KB167483

눈먼 암살자 2

The Blind Assassin

THE BLIND ASSASSIN
by Margaret Atwood

세계문학전집 261

눈먼 암살자 2

The Blind Assassin

마거릿 애트우드

차은정 옮김

민음사

단 한 사람의 예외도 없이, 케르만 시의 주민 모두를 살육하거나 눈멀게 만들도록 명령한 아가모하메드 칸, 그의 왕조를 상상해 보라. 그의 집정관들은 단호하게 임무를 수행한다. 그들은 거주민들을 줄 세우고, 어른들의 목을 자르고, 아이들의 눈을 도려낸다……. 그 후 눈먼 아이들의 행렬이 도시를 떠난다. 일부는 지방을 헤매고 다니다가 사막에서 길을 잃고 목마름 때문에 목숨을 잃는다. 다른 일부는…… 케르만 시민의 종말에 대한 노래를 부르며…… 다른 정착지에 다다른다……. ─ 리샤드 카푸친스키

나는 혜엄을 쳤다, 바다는 끝이 없었다, 나는 해안을 볼 수 없었다. 타니트는 자비를 베풀지 않았고, 내 기도는 응답을 받았다. 오 사랑에 빠져 죽은 자들이여, 나를 기억하라. ─ 카르타고의 장례 항아리에 새겨진 비문

언어는 어두운 거울 속에서 타오르는 불꽃이다. ─ 실라 왓슨

차례

1권 차례

7부

여행용 짐 가방

진실을 쓸 수 있는 유일한 방법은 내가 쓰는 것을 아무도 읽지 않을 것이라고 가정하는 것이다. 어느 누구도, 심지어 훗날의 나 자신조차도. 그렇지 않을 경우 우리는 스스로에 대해 변명을 늘어놓기 시작한다. 글쓰기가 오른손의 검지에서 흘러나오는 잉크의 긴 두루마리처럼 나타나는 것을 볼 수 있어야 한다. 왼손이 그것을 지우는 것을 볼 수 있어야 한다.

물론 불가능한 일이다.

나는 내가 쓴 글을 풀어 놓는다. 나의 글을 풀어 놓는다. 종이 위에 내가 잣고 있는 이 검은 줄들을.

어제 내 앞으로 소포가 하나 도착했다.『눈먼 암살자』새 판. 그저 관례상 보낸 것일 테다. 이것으로 돈을 손에 넣게 되는 일은 없을 것이다. 아니, 적어도 내 손에 들어오는 돈은 없을 것이다. 이 책은 이제 공공 소유로 넘어갔고, 누구든지 출판할 수 있다. 그러므로 로라의 재산권으로는 수익을 챙길 수 없다. 저자가 죽은 후 일정 기간이 지나면 그렇게 된다. 통제권을 잃게 되는 것이다. 작품은 저 밖, 세상으로 나가서 셀 수도 없는 수많은 형태로 자기 복제를 해 댄다. 나의 결정권은 아랑곳지 않은 채.

　아르테미시아 프레스, 이것이 출판사의 이름인데, 영어 이름이다. 내게 서문을 써 달라고 요청했던 이들인 것 같다. 물론 나는 거절했다. 이름으로 보건대, 한 무리의 여자들이 운영하는 곳일 것이다. 어떤 아르테미시아를 염두에 둔 것인지 궁금하다. 전투가 불리하게 진행되자 도망가 버린, 헤로도토스*의 책에 나오는 페르시아 여자 장군인가, 아니면 자신의 몸이 살아 있는 무덤이 되도록 죽은 남편의 재를 먹은 로마의 부인인가? 아마도 강간당한 르네상스 시대의 화가**일 것이다. 현재까지 기억되는 인물은 마지막 사람뿐이다.

　책은 내 부엌 탁자 위에 놓여 있다. "이십 세기의 잊힌 걸작." 제목 밑에는 이탤릭체로 이렇게 쓰여 있다. 로라는 "모더니스트"였다고 책장 안쪽에 기록되어 있다. 그녀는 듀나 반스***, 엘리자베스 스마트****, 카슨 매컬러스*****와 같은 작가들에게 "영향을 받았다." 로라가 그런 작가들을 전혀 읽지 않았다는 것을 나는 알고 있다. 그렇지만 책 표지 디자인은 그다지 나쁘지 않다. 바랜 갈

---

* 고대 그리스의 역사가(?BC 484~?BC 430)로 '역사의 아버지'라 불린다. 저서로 『역사』가 있다.

** 이탈리아 르네상스 시대의 화가 아르테미시아 젠틸레스키(1593~1651)는 19세에 미술 선생인 타시에게 강간을 당했다.

*** 1892~1982. 미국의 모더니스트 작가.

**** 1913~1986. 캐나다의 시인이자 소설가.

***** 1917~1967. 미국의 소설가.

색이 도는 자주 색조. 사진처럼 정밀한 그림. 슬립을 입고 창가에 앉은 여자를 그물 커튼을 통하여 바라본 모습. 그늘진 얼굴. 그녀 뒤로 보이는 남자 모습의 일부. 팔, 손, 머리 뒤쪽. 이 정도면 괜찮은 것 같다.

내 전담 변호사에게 전화할 때가 됐다. 정말 내 전담 변호사는 아니다. 예전 내 전담이라고 여겼던 사람, 리처드와의 문제를 처리해 주었고, 비록 보람 없이 끝나기는 했지만 위니프리드와 그토록 용감하게 싸웠던 변호사는 몇십 년 전에 죽었다. 그 이후로 나는 법률 사무소의 이 사람 저 사람의 손을 전전했다. 각 젊은 세대에게 결혼 선물이라는 명목으로 떠맡겨지지만 아무도 쓰지 않는 화려한 은제 찻주전자처럼.

"사이크스 씨 부탁합니다." 나는 전화를 받은 여자에게 말했다. 접수계원이나 뭐 비슷한 사람일 것이다. 나는 적갈색을 칠한 그녀의 길고 뾰족한 손톱을 상상해 보았다. 그러나 오늘의 접수계원에게는 적합하지 않은 종류의 손톱인지도 모른다. 어쩌면 담청색일지도.

"미안합니다. 사이크스 씨는 회의 중이십니다. 누가 전화하셨다고 할까요?"

차라리 로봇을 고용하는 게 나을 것이다. "아이리스 그리픈 부인이에요. 그분의 가장 오래된 고객 중 한 사람이죠." 나는 가장 날카로운 목소리로 말했다.

그런다고 해서 닫힌 문이 꿈쩍하는 것은 아니다. 사이크스 씨는 여전히 회의 중이었다. 그는 바쁜 청년인 것 같다. 그런데 왜 나는 그를 청년이라고 생각하는가? 그는 아마 오십 대 중반은

되었을 것이다. 아마 로라가 죽은 해에 태어났을 것이다. 그녀가 죽은 지 정말 그렇게 오랜 시간이 흘렀던가? 변호사를 키워 내고 원숙하게 만들 정도의 시간이? 이 또한 다른 모든 사람들이 동의하는 것으로 보아 진짜인 것이 분명한 그런 일 중의 하나다. 비록 나에게는 그렇게 느껴지지 않지만.

"사이크스 씨에게 용건이 뭐라고 말씀드릴까요?" 접수계원은 묻는다.

"내 유언장이오. 유언장을 남기려고 해요. 그렇게 해야 한다고 그가 종종 조언을 했어요.(그건 거짓말이다. 그러나 사이크스 씨와 내가 한 꼬투리 속의 콩처럼 가까운 사이라는 사실을 쉽게 산만해지는 그녀의 두뇌 속에 각인시키고 싶었다.) 그것과 다른 여러 가지 문제들요. 변호사님과 상의하기 위해 곧 토론토로 가야 해요. 그분이 시간이 나면 내게 전화를 한 번 주실 수도 있을 텐데." 나는 말한다.

사이크스 씨가 이 말을 전해 듣는 모습을 상상해 보았다. 내가 누구인지 기억을 되살리려고 애쓰다가 이내 생각해 내고는, 목덜미를 타고 내려가는 작은 오한을 느끼는 그의 모습을 떠올려 보았다. 그는 황당해한다. 한때 유명했거나 매력적이었거나 혹은 악명이 높았던, 그리고 이제는 죽었으리라 생각했던 사람에 관한 작은 기사를 신문에서 우연히 읽게 되었을 때의 느낌. 심지어 나도 그런 것을 느낀다. 그런데 그들은 시들고 흐릿해진 모습으로, 돌 아래 깔린 딱정벌레처럼 세월로 딱딱해진 껍질을 입고서 계속 살아 있는 것이다.

"물론이지요, 그리픈 부인. 전화를 거시도록 변호사님께 꼭 말씀 드리겠습니다." 접수계원은 말했다. 그들은 배려와 경멸을 가장 적절하게 섞어 말할 수 있도록 화술 수업을 받았을 것이다. 그런데 나는 왜 불평하는가? 한때 나 자신이 선호했던 기술인데 말이다.

나는 수화기를 내려놓았다. 사이크스 씨와 젊고, 대머리에, 메르세데스 벤츠를 몰고 다니고, 둥글게 배가 나온 그의 동료들은 분명 자기들끼리 눈썹을 치켜 올리며 의구심을 나타낼 것이다. "저 늙은 여편네가 남겨 놓을 게 뭐가 있다는 거지?"

그러니까, 언급할 만한 가치가 있는 무엇이 있다는 것인지?

내 부엌 한구석에는 너덜너덜해진 꼬리표가 붙은 여행용 짐 가방이 놓여 있다. 그것은 내 혼수를 담았던 여행 가방 세트의 일부다. 한때는 선명한 노란 송아지 가죽이었으나 이제는 칙칙해졌고, 강철 접합부는 손상되고 더러워졌다. 나는 그것을 늘 잠가 두고, 열쇠는 밀기울 시리얼로 가득 찬 봉인용 단지 속 깊숙이 넣어 두었다. 커피와 설탕용 주석 통은 너무 빤하다.

나는 단지 뚜껑을 두고 씨름하다가 마침내 열어서 열쇠를 꺼냈다. 좀 더 괜찮고 쉬운 비밀 보관 장소를 찾아야 한다. 나는 힘겹게 무릎을 꿇고 앉아서 자물쇠를 열고 덮개를 들어 올렸다.

한동안 이 짐 가방을 열지 않았다. 그슬린 가을 낙엽 냄새를 풍기는 낡은 종이가 나를 맞이했다. 싸구려 판지 겉장이 달린 모든 공책이 눌린 톱밥같이 그곳에 들어 있었다. 옛날 부엌용 끈으로 십자 모양으로 한데 묶어 놓은 타자 문서 또한. 그리고 출판업자에게 보낸 편지들(물론 로라가 아닌 내가 보낸 것이다. 그때 로라는 이미 죽은 뒤였다.), 그리고 수정된 원고. 그리고 내가 수집을 그만둘 때까지 모아 둔 항의 투서.

또한 겉표지만은 아직 새것 같은 상태로 보존된 초판 다섯 권. 겉표지는 무척 현란하다. 그러나 당시, 전쟁이 끝난 후 몇 년 동안은 일반적으로 그랬다. 얇은 종이 위에 형편없는 그림이 곁들여진 화려한 주황색, 노골적인 자주색, 라임 녹색. 불룩한 녹색 가슴과 검게 눈꺼풀을 칠한 눈과 턱에서 배꼽까지 늘어진 자주색 목걸이와 거대하고 튀어나온 주황색 입술을 가진 가짜 클레오파트라 타입의 여자가 자주색 담배의 뒤틀린 연기 속에서 도깨비처럼 솟아오르는 그림. 산 때문에 종이가 부식되었고, 유독한 겉장은 박제된 열대 지방 새의 깃털처럼 바랬다.

(저자 증정본이라고 불리는 책 여섯 권을 무료로 받았는데, 한 권은 리처드에게 주었다. 그 책은 어떻게 되었는지 모른다. 아마도 그가 찢어 버렸을 것이다. 언제나 필요 없는 모든 종이를 그렇게 처리했듯이. 아니다. 이제 기억이 난다. 그것은 범선에서, 배의 주방 탁자, 그의 머리 옆에서 발견되었다. 위니프리드는 쪽지와 함께 그것을 내게 보내 주었다. "이제 네가 무슨 짓을 했는지 봐!" 나는 그 책을 버렸다. 리처드와 접촉한 것은 내 주변에 아무것도 두고 싶지 않았다.)

나는 이 모든 것을 어떻게 처리해야 할까 궁리하곤 했다. 이 잡동사니 저장품, 이 작은 기록 보관소를. 이걸 팔 수는 없지만 그렇다고 버릴 수도 없다. 내가 아무 조처도 취하지 않는다면, 내 물건을 정리하게 될 마이라가 결정권을 가질 것이다. 처음 경악의 순간이 지나고 나면(그녀가 이것을 읽기 시작한다고 가정한다면) 분명히 몇몇의 문서가 찢겨 폐기될 것이다. 그다음에는 성냥이 그어질 것이고, 그러면 아무에게도 알려지지 않을 것이다. 그녀는 그것을 충직함이라고 해석할 것이다. 리니도 똑같이 했을 것이다. 과거에는 문젯거리는 가정 내에서만 공유했다. 그리고 지금두 그렇게 하는 것이 최선의 방법이다. 문젯거리를 가져가기 좋은 곳이란 사실상 없는 것이지만. 관련된 모든 이들이 지친 아이처럼 말끔하게 무덤 속에 안착되어 있는데 이렇게 오랜 세월이 흐른 지금 왜 모든 것을 다시 끄집어낼 것인가?

어쩌면 이 트렁크와 내용물을 대학이나 도서관에 기증해야 하는 것인지도 모르겠다. 적어도 그곳의 사람들은 죽음을 음미하듯 이것을 충분히 음미할 것이다. 그들은 이것을 "자료"라고 부를 것이다. 노획품을 부르는 이름. 그들은 나를 부정한 방법으로 얻은 비축물 위에 웅크리고 있는 완고한 늙은 용으로 생각하고 있을 것이다. 말라빠진 심술쟁이, 바짝 마르고 깐깐한 여자 교도관, 굶주린 로라가 벽에 사슬로 묶여 있는 지하 감옥을 지키는, 입을 꼭 다문 열쇠 간수.

수년간 그들은 로라의 친필 편지, 원고, 유품, 인터뷰, 일화, 모든 으스스한 세부 사항들을 요청하는 엄청난 수량의 편지를 내게 보냈다. 이런 성가신 편지를 받으면 나는 꾸밈없는 답장을 보냈다.

"더블유(W) 양께, 로라 체이스의 비극적 운명 장소인 다리에서 '기념행사'를 개최하려는 당신의 계획은 천박할 뿐만 아니라 병적이라고 생각합니다. 당신은 제정신이 아닌 것이 분명합니다. 저는 당신이 자기도취에 빠져 있다고 믿습니다. 관장(灌腸)을 해 보시기를 권합니다."

"엑스(X) 양께, 당신의 논문안에 관한 편지에 감사드립니다. 그러나 제가 보기에 그 제목은 말이 안 되는 것 같습니다. 분명 당신이 보기에는 말이 되겠지요. 그렇지 않았다면 이런 것을 생각해 내지 않았겠지요. 저는 아무런 도움도 드릴 수 없습니다. 또한 당신은 도움을 받을 만한 가치도 없습니다. '해체(deconstruction)'라는 것은 파괴용 폭탄을 의미하는 것이고, '문제화하다(problemize)'라는 것은 동사가 아닙니다."

"와이(Y) 박사님께, 『눈먼 암살자』에 나타난 신학적 함의에 관한 귀하의 연구에 관해 말씀 드리자면, 제 동생의 종교적 믿음은 매우 강한 것이었지만, 소위 관습적 신앙과는 상당히 거리가 있었습니다. 그녀는 신을 좋아하거나 인정하거나 이해한다고 주장하지 않았습니다. 그녀는 신을 사랑한다고 말했습니다. 그리고 인간들과의 관계에서와 마찬가지로, 그것은 다른 것입니다. 아니오, 그녀는 불교 신자가 아니었습니다. 어리석게 굴지 마십시오. 읽기 공부를 해 보시기를 권해 드립니다."

"제트(Z) 교수님께, 로라 체이스의 전기가 오래전에 나왔어야 했다는 당신의 의견은 익히 들어 왔습니다. 당신이 말한 것처럼 그녀는 '세기 중반의 가장 중요한 여자 작가 중 한 사람'일 수도 있습니다. 저는 판단할 입장이 아닙니다. 그러나 소위 '당신의 연구 과제'라는 것에 제가 협조하는 것은 생각조차 할 수 없는 일입니다. 마른 피가 든 작은 약병과 성인들의 잘린 손가락에 대한 당신의 욕망을 충족시켜 줄 생각이 전혀 없습니다.

로라 체이스는 당신의 '연구 과제'가 아닙니다. 그녀는 제 동생이었습니다. 그녀는 죽은 후에 사람들이 자신을 만지작거리는 것을 원하지 않았을 것입니다. 그 행위를 어떤 식으로 완곡하게 표현하든 간에 말입니다. 글로 기록된 것은 많은 해악을 불러올 수 있습니다. 너무 많은 경우 사람들은 그것에 대해 숙고해 보지 않습니다."

"더블유(W) 양께, 이것은 같은 주제에 관한 당신의 네 번째 편지입니다. 저를 더 이상 귀찮게 하지 마십시오. 당신은 지긋지긋한 사람입니다."

수십 년 동안 나는 이런 독기 서린 글을 끄적거리면서 잔인한 만족감을 얻었다. 우표에 침질을 한 다음, 다량의 수류탄이라도 되는 것처럼 빛나는 붉은 상자 속에 편지를 떨어뜨리고는 진지하고 탐욕스러운 참견쟁이를 처치했다는 기분을 즐겼다. 그러나 최근 들어 나는 답장 쓰는 것을 그만두었다. 모르는 사람들을 뭐하러 괴롭힐 것인가? 내가 자신들을 어떻게 생각하든 그들은 개의치 않는다. 그들에게 있어 나는 그저 부속에 불과할 뿐이다. 로라에게 딸린 괴상한 여분의 손, 어떤 몸에도 붙어 있지 않은. 그녀를 세상으로, 그들에게로 전해 주는 손. 그들은 나를 저장실, 살아 있는 영묘(靈廟), 그들의 용어를 빌리자면 "자료 출처"로 여긴다. 어째서 내가 그들에게 호의를 베풀어야 하는가? 내가 보기에 그들은 썩은 고기를 먹고 사는 존재들이다. 하이에나, 그 무리들, 썩은 고기 냄새에 몰려드는 자칼, 차에 치여 죽은 동물을 찾아다니는 까마귀, 시체 파리. 그들은 내가 뼈 무더기라도 되는 것처럼 들쳐 대며, 금속 파편과 깨진 도자기와 설형 문자 사금파리와 파피루스 단편, 골동품, 잃어버린 장난감, 금니를 찾는다. 내가 여기 감춰 둔 것이 무엇인지 조금이라도 낌새를 챘다면 그들은 자물쇠를 열어젖히고 문을 부수고 들어와, 나를 쓰러뜨리고 노획물을 갖고 달아날 것이다. 그리고 자신들이 정당한 일을 했다고 여길 것이다.

아니다. 그럼 대학은 안 된다. 왜 그들을 만족시킬 것인가?

아마도 내 여행용 가방은 사브리나가 가져야 할 것이다. 비록 그녀가 나와 연락을 끊고 지내기로 결정했지만, 비록 가슴 아프게도 나를 계속 외면하고 있기는 하지만. 그렇지만 피는 물보다 진하다. 그 두 가지를 다 맛본 사람은 누구나 알 것이다. 이 물건들은 당연히 그녀의 것이다. 그녀가 상속한 유산이라고도 할 수 있을 것이다. 어찌 되었건 그녀는 내 손녀인 것이다. 로라의 조카손녀이기도 하다. 그녀는 틀림없이 자신의 혈통에 대해 알고 싶어 할 것이다. 그런 것에게까지 신경을 쓸 여유가 생기게 된다면.

그러나 사브리나는 분명 그런 선물을 거절할 것이다. 나는 스스로에게 그녀가 이제 성인이라는 사실을 계속 주지시킨다. 만일 내게 묻고 싶은 것이 있다면, 혹시 내게 무슨 할 말이 있다면, 그녀는 내게 알려 줄 것이다.

그런데 그녀는 왜 그렇게 하지 않는가? 왜 이렇게 지체하는가? 그녀의 침묵은 어떤 일 혹은 어떤 사람에 대한 일종의 복수인가? 리처드에 대한 복수는 절대 아니다. 그녀는 리처드를 알지 못했다. 그녀가 피해 달아난 위니프리드도 아니다. 그렇다면 자신의 어머니, 가련한 에이미에 대한 복수인가?

그녀가 기억을 한다 해도 얼마나 하고 있겠는가? 겨우 네 살밖에 되지 않았는데.

에이미의 죽음은 내 잘못이 아니다.

사브리나는 지금 어디 있는가? 그리고 그녀는 무엇을 찾고 있는가? 좀 마르고 주저하는 듯한 미소와 약간 금욕적인 성향을 지닌 소녀일 것이라고 나는 상상해 본다. 그래도 아름다울 것이다. 로라처럼 심각한 푸른 눈과 머리 주위에 똬리를 틀고 잠을 자는 뱀 같은 검은 긴 머리를 가진 모습. 그러나 베일은 쓰지 않았을 것이다. 밑창이 닳은 멋진 취향의 샌들, 혹은 부츠를 신고 있을 것이다. 아니면 사리*를 두르고 있을 것인가? 그녀 같은 부류의 여자 애들은 그렇다.

  그녀는 무슨 임무 같은 것을 수행 중이다. 제3세계 빈민들에게 음식을 공급하는 것, 죽어 가는 이를 위로하는 것, 우리들의 죄를 속죄하는 것. 헛된 과업. 우리의 죄는 바닥이 보이지 않는 구덩이이며, 그 수는 헤아릴 수 없이 많다. 그러나 헛됨, 그것이야말로 신이 말하는 바라고 그녀는 주장할 것이다. 신은 언제나 무익함을 좋아한다. 그것이 숭고하다고 생각하는 것이다.

  그런 면에서 그녀는 로라를 닮았다. 절대성을 향한 성향, 타협에 대한 거절, 저속한 인간적 결점에 대한 경멸. 그런 기질을 가지고 별 탈 없이 살기 위해서는 아름다워야 한다. 그렇지 않다면 그저 괴팍한 사람으로 비칠 것이다.

---

* 인도나 파키스탄 등에서 힌두교도 성인 여성들이 허리와 어깨를 감고 남은 부분으로 머리를 싸는 무명이나 명주 천.

불구덩이

날씨가 계절에 걸맞지 않게 따뜻하다. 온화하고, 쾌적하고, 건조하고 화창하다. 보통 이때 즈음이면 창백하고 희박해지는 햇빛조차 충만하고 부드러우며, 저녁노을은 화려하다. 날씨 방송에 나오는 활발하고 미소를 띤 사람들은 이와 같은 이상 기후가 좀 멀리서 발생한 먼지투성이 재해 때문이라고 말한다 — 지진인가, 화산인가? 새롭고 흉악한 불가항력. 구름 뒷면에는 항상 은빛이 도사리고 있기 마련이라는 것이 그들의 좌우명이다. 그리고 구름 없이 배경의 은빛은 존재할 수 없다.

예약해 둔 변호사 상담에 갈 수 있도록 어제 월터가 나를 토론토까지 차로 데려다 주었다. 그는 피할 수 있다면 토론토에 절대 가지 않지만, 마이라가 그렇게 하도록 시켰다. 내가 버스를 타고 가겠다고 말한 다음이었다. 마이라는 그 말을 들은 척도 하지 않았다. 모든 사람이 알고 있듯이, 버스 편은 한 번밖에 없으며, 어두울 때 떠나서 어두워진 후 돌아온다. 밤에 버스에서 내리면 자동차 운전자들은 나를 보지 못할 것이고, 나는 벌레처럼 깔려 죽게 될 것이라고 그녀는 말했다. 어쨌든, 나는 토론토에 혼자 가서는 안 된다고, 왜냐하면 모든 사람이 알고 있듯이 그곳에는 사기꾼과 살인자들만 버글거리기 때문이라고 했다. 그녀는 월터가 나를 돌봐 줄 것이라고 말했다.

월터는 여행 차림으로 붉은 야구 모자를 썼다. 모자 뒷면과 재킷 칼라 윗부분 사이로 그의 털투성이 목이 이두박근처럼 불거져 보였다. 그의 눈꺼풀은 팔꿈치처럼 주름이 져 있었다. "소형 트럭을 몰고 가는 게 나아요. 벽돌 뒷간처럼 탄탄해서, 치사한 녀석들이 나한테 달려들어 부딪히기 전에 생각을 좀 해야 할 걸요. 단, 스프링 몇 개가 나가서 아주 매끄럽게 나가지는 않을 거예요." 그는 말했다. 그의 말에 따르면, 토론토의 운전자들은 다 미쳤다고 했다. "하긴, 거길 가려면 미쳐야 하지요, 그렇죠?"

"우리도 거기 가고 있는 않은가." 나는 지적했다.

"하지만 딱 한 번이죠. 우리가 여자들한테 늘 말했듯이 한 번은 안 치는 거예요."

"그러면 그 여자들이 자네를 믿던가, 월터?" 나는 그가 좋아하는 식으로 장단을 맞춰 놀리면서 물었다.

"그럼요. 나무 밑동처럼 미련하게 믿던걸요. 특히 금발들이요." 나는 그가 미소를 짓는 것을 감지할 수 있었다.

"벽돌 뒷간처럼 탄탄하다." 이것은 여자를 두고 사용하던 표현이었다. 모두가 벽돌 화장실을 갖추지는 못했던 시절, 칭찬으로 하던 말이었다. 나무로 된 것은 약하고 악취 풍기고 넘어뜨리기 쉬웠던 것이다.

월터는 나를 차 안에 앉히고 안전벨트를 매 준 후, 곧바로 라디오를 틀었다. 구슬프게 우는 전기 바이올린, 뒤틀린 로맨스, 실연의 4분의 4박자. 진부한 고통, 그럼에도 고통은 고통이다. 연예 산업. 우리 모두는 무슨 관음증 환자가 되어 버린 것인지. 나는 마이라가 마련해 둔 베개에 몸을 기댔다.(그녀는 우리가 무슨 항해라도 나서는 것처럼 채비를 해 주었다. 무릎 덮개, 참치 샌드위치, 브라우니, 커피를 담은 보온병.) 창밖으로는 천천히 갈 길을 가는 조그 강이 보였다. 우리는 강을 건너 북쪽으로 향했다. 노동자들의 소주택이었으나 이제 "신혼부부용 첫 주택"이라고 불리는 집들이 서 있는 거리를 지나고, 몇몇의 작은 사업장을 지나갔다. 자동차 해체 업자, 망해 가는 건강식품 상점, 녹색 네온 발이 마치 한 장소에서 혼자 걷는 것처럼 깜박이고 있는 정형외과용 신발 할인점. 그다음에는 점포 다섯 개로 구성된 소형 쇼핑센터. 다섯 군데 중 한 곳만 크리스마스 장식을 해 놓았다. 그다음에는 마이라가 다니는 미장원 '헤어 포트.' 창에는 몸이 잘려 나간 사람들의 머리 사진이 붙어 있었다. 남자인지 여자인지 정말 분간할 수 없었다.

그다음에는 '여로 끝나다'라는 이름의 모텔. 그들은 "연인들의 만남 속에 여로는 끝난다."*라는 시구를 염두에 둔 것 같았다. 그러나 모든 사람들이 그 출처를 짐작할 수 있는 것은 아니다. 그것은 불길한 느낌을 줄 수도 있다. 입구만 있고 출구는 없는 건물, 동맥과 혈전증(血栓症)과 빈 수면제 병과 머리에 입은 권총 부상의 악취가 나는 곳. 이제 이곳의 이름은 단순히 '여로'가 되었다. 이름을 바꾸다니 얼마나 현명한 일인가. 이전처럼 결

---

* 셰익스피어의 『십이야』 2막 3장에 나오는 대사.

정적이고 최종적인 느낌을 풍기지 않는다. 도착하는 것보다는 이동하는 것이 훨씬 낫다.

우리는 프랜차이즈 점포 몇 군데를 더 지났다. 자신들의 튀긴 몸 부위를 담은 큰 접시를 내밀고 미소 짓는 닭들, 싱긋 웃으며 타코*를 들고 있는 멕시코인. 읍의 물탱크가 앞쪽에 커다랗게 보였다. 만화의 말풍선에서 말을 지워 버린 것 같은 모양으로 시골 풍경에 점점이 서 있는 거대한 거품 모양의 시멘트 구조. 이제 우리는 탁 트인 곳으로 나왔다. 잠수함의 전망 탑처럼 벌판에 솟아 있는 금속 사일로**. 길옆에서 갈가리 찢어진 털투성이의 우드척 덩어리를 쪼아 먹고 있는 까마귀 세 마리. 울타리, 더 많은 사일로, 젖은 소떼, 짙은 개잎갈나무 숲, 그다음에는 늪지대, 여름에 자랐던 갈대는 이미 시들어 사라지고 있었다.

가랑비가 내리기 시작했다. 월터는 와이퍼를 작동시켰다. 나는 그 부드러운 자장가를 들으며 잠에 빠졌다.

잠에서 깨어났을 때 처음으로 생각한 것은 내가 코를 골았는지 여부였다. 그렇다면 입을 벌리고 있었던가? 얼마나 꼴불견인가, 그리고 얼마나 부끄러운 일인가. 그러나 도저히 물어볼 수는 없었다. 궁금하다면 말해 주겠는데, 허영심은 결코 사라지지 않는다.

우리는 토론토 인근의 8차선 고속도로를 달리고 있었다. 월터가 그렇다고 알려 주었다. 하얀 거위 수송 상자를 가득 싣고 휘청거리며 시장으로 향하고 있는 농장용 트럭 뒤를 따라가는 중

---

* 옥수수 가루, 혹은 밀가루로 된 팬케이크에 고기와 야채를 끼운 멕시코 요리.
** 목초의 저장 및 발효를 위한, 보통 탑 모양의 건조물.

이었기 때문에 나는 아무것도 볼 수 없었다. 거위들은 길고 죽을 운명에 처한 목과 광란적인 머리를 여기저기 창살 사이로 삐죽삐죽 내밀고, 부리를 여닫으면서 비극적이고도 우스꽝스러운 울음소리를 내고 있었고, 그 울음소리는 바퀴의 소음에 뒤덮여 버렸다. 자동차 앞부분의 방풍 유리에 붙은 깃털, 거위 똥 냄새와 가스로 가득 찬 차.

트럭에는 이런 표지가 붙어 있었다. "이것을 읽을 수 있을 정도라면 지나치게 근접한 것입니다." 트럭이 비로소 옆길로 들어섰을 때 토론토가 바로 앞에 보였다. 편평한 호수 옆 평원에 솟아난 유리와 콘크리트 산, 수정과 뾰족탑과 빛나는 거대한 널판과 가장자리가 날카로운 오벨리스크* 모양의 모든 것이 스모그의 주황색 섞인 갈색 엷은 안개 속에서 떠다니는 모습. 이전에 한 번도 보지 못한 무엇처럼 보였다. 하룻밤 사이에 자라난 무엇, 혹은 신기루처럼 실제로는 존재하지 않는 무엇처럼.

앞쪽에서 종이 더미가 검게 타고 있는 것처럼 검은 파편이 날려 지나갔다. 분노가 열기처럼 공기 속에서 진동하고 있었다. 차를 타고 가며 총격을 퍼부어 대는 광경이 떠올랐다.

변호사 사무실은 킹 스트리트와 베이 스트리트 교차로 주변에 있었다. 월터는 길을 잃었고, 그다음에는 주차할 곳을 찾지 못했다. 우리는 다섯 구획을 걸어야 했다. 월터는 내 팔짱을 끼고 나를 재촉했다. 모든 것이 너무나 많이 바뀌었기 때문에 우리가 어디 있는지 전혀 알 수 없었다. 그곳에 가는 것이 그리 잦

---

* 고대 이집트에서 태양 숭배의 상징으로 세웠던 기념비. 네모진 기대한 돌기둥으로, 위쪽으로 갈수록 가늘어지고 꼭대기는 피라미드 모양으로 되어 있다.

은 일은 아니지만, 어쨌든 갈 때마다 바뀐다. 그리고 그 모든 변화가 축적되어 내는 효과는 굉장하다. 마치 도시가 폭탄을 맞은 수준이었다가 무(無)에서부터 다시 지어진 것처럼.

내가 기억하는 도시 중심가의 모습, 즉 짙은 색 코트를 입은 백인들이 보도에서 조심스럽게 걸어가고, 한결같이 하이힐과 장갑, 모자, 겨드랑이 밑에 끼는 작은 핸드백 차림에 시선은 정면을 향하고 있는 여자들이 때때로 그 속에 섞여 있던 우중충하고 칼뱅주의적인 풍경은 완전히 없어져 버렸다. 하긴 생각해 보니 사라진 지 꽤 되었던 것 같다. 토론토는 더 이상 신교도들의 도시가 아니다. 이곳은 중세의 도시다. 거리를 메우고 있는 대중들은 다양한 색을 띠고 있고, 옷 색깔은 선명하다. 노란 우산이 있는 핫도그 판매대, 프레첼* 상인, 귀걸이와 끈을 엮어 만든 가방과 가죽 벨트를 파는 상인, 크레용으로 "실직 중"이라고 쓴 판자를 걸고 있는 거지들. 그들 간에는 영역이 구분되어 있다. 플루트 연주자, 전기 기타를 연주하는 트리오, 킬트를 입고 백파이프를 부는 남자를 지나쳤다. 어느 순간에라도 곡예사 혹은 불 먹는 사람, 후드를 쓰고 쇠 종을 든 나병 환자의 행렬이 튀어나올 것만 같았다. 소음이 요란하게 울려 퍼졌다. 진줏빛 얇은 막이 기름처럼 내 안경알에 달라붙었다.

마침내 우리는 법률 사무소까지 왔다. 1940년대, 내가 처음으로 이 사무소에서 상담을 했을 때, 그곳은 검댕이 묻은 붉은 벽돌로 된 맨체스터 스타일의 사무실 전용 건물 중 하나에 위치해 있었다. 그 건물에는 모자이크 타일이 있는 로비와 돌사자, 그리

---

* 하트 모양의 밀가루 반죽에 소금을 뿌려 구워 낸 빵 과자의 일종.

고 자갈 유리로 상감이 된 문에 금색 글씨가 새겨져 있었다. 엘리베이터의 차체 안에는 십자 모양으로 교차된 금속대가 있었다. 그 안에 들어서면 잠시 동안 감옥에 가는 느낌이 들었다. 감색 제복을 입고 하얀 장갑을 낀 여자가 10층까지밖에 되지 않는 층수를 크게 부르면서 엘리베이터를 작동하고 있었다.

이제 법률 사무소는 판유리로 된 고층 건물 내, 지상 50층에 있는 사무실용 공간에 있다. 월터와 나는 번쩍이는 엘리베이터를 탔다. 그것은 플라스틱 대리석으로 내부 마감이 되어 있었고 자동차 좌석용 마감재 냄새와 정장을 한 수많은 사람들, 수많은 남자와 여자의 냄새가 풍겼다. 종신 시종의 외면하는 눈과 공허한 얼굴을 가진 사람들. 특정한 것만 보도록 돈을 받고 그것만 보는 사람들. 법률 사무소에는 별 다섯 개 호텔로도 손색이 없을 접수대가 있었다. 18세기식 밀도와 허식을 내보이는 꽃꽂이, 바닥 전체에 깔린 진한 버섯 색깔의 융단, 비싼 얼룩으로 이루어진 추상화.

변호사가 도착하고, 악수를 하고, 중얼거리고, 손짓을 했다. 나는 그를 따라가야 했다. 월터는 그 자리에서 나를 기다리겠다고 말했다. 그는 검은 정장과 담자색 스카프 차림에 진주색 손톱을 가진 젊고 세련된 접수계원을 약간 불안한 기색으로 바라보았다. 그녀는 월터의 얼굴은 쳐다보지 않고 그의 체크무늬 셔츠와 거대한 콩꼬투리 같은 고무 밑창 장화를 응시했다. 이내 그는 2인용 소파에 앉았다. 소파는 마치 마시멜로 무더기라도 되는 것처럼 즉시 푹 가라앉았다. 그의 무릎이 접이 칼처럼 꺾이고, 바지를 입은 다리는 붉은 벌목꾼용 양말을 드러내며 위로 치솟아 있었다. 그의 앞에 놓인 매끈한 커피 탁자 위에는 투자

한 돈을 어떻게 극대화하는지 조언해 주는 비즈니스 잡지가 정돈되어 있었다. 그는 상호 신탁에 대한 발행물을 집어 들었다. 그의 손아귀 안에서 그것은 크리넥스처럼 보였다. 그는 스탬피드 축제*에 나온 수소처럼 눈을 뒤룩거렸다.

"시간이 오래 걸리지는 않을 걸세." 나는 그를 안심시키기 위해 말했다. 사실은 내가 생각한 것보다 조금 더 오래 걸렸다. 하긴, 이런 변호사들은 싸구려 창녀처럼 분당 돈을 청구하는 것이다. 나는 문을 두드리는 소리를, 그리고 짜증난 목소리가 이렇게 말하는 것을 계속해서 기다렸다. "어이, 거기, 뭘 기다리는 거야? 일으켜서 들여보내고 빼내!"

우리는 변호사와의 업무를 끝내고 나서 주차해 둔 곳으로 돌아왔고 월터는 내게 점심을 대접하겠다고 말했다. 그는 갈 만한 곳을 알고 있다고 말했다. 마이라가 그렇게 하도록 시켰을 것이다. "제발 꼭 뭘 좀 드시도록 해 드려요. 그 나이가 되면 노인들은 새같이 먹고는, 언제 기운이 빠졌는지도 알아차리지 못한다고요. 차 안에서 굶어 죽을 수도 있어요." 또한 그도 배가 고팠을 것이다. 그는 내가 자는 동안 마이라가 꼼꼼하게 싸 준 샌드위치를 모두 게걸스럽게 먹어 치웠고, 게다가 브라우니도 다 먹어 버렸다.

자신이 아는 곳은 불구덩이라는 식당이라고 그가 말했다. 한 이삼 년 전에 그곳에서 식사를 했으며, 따져 보면 그럭저럭 괜찮은 곳이었다는 것이다. 무엇을 따져 본다는 말인가? 토론토에

---

* 로데오 경기가 벌어지는 미국 서부 및 캐나다 등지의 축제.

있다는 점을 고려해 보면. 그는 더블 치즈 버거와 그에 딸려 나오는 음식을 먹었다고 했다. 그곳에서는 바비큐 갈비를 했고, 전반적으로 석쇠 요리를 전문으로 했다.

나도 이 식당을 기억하고 있었다. 십여 년 전, 사브리나가 처음 가출을 한 뒤 그녀를 미행하던 당시였다. 나는 공원 벤치에, 잠복하여 그녀를 볼 수 있는 곳에 자리를 잡고, 하루 종일 그녀의 학교 근처를 서성거렸다. 아니, 비록 그럴 가능성은 거의 없었지만, 그녀가 나를 알아볼 만한 곳에. 나는 신문을 펼치고 그 뒤에 숨어 있었다. 강박적이고 측은한 노출증 환자처럼. 그런 환자와 마찬가지로, 내가 타락한 여자라도 되는 것처럼 나를 보면 분명히 도망가 버릴 소녀에 대한 가망 없는 열망에 가득 차서.

그저 내가 여기 있다는 것을 사브리나에게 알게 해 주고 싶었을 뿐이다. 내가 존재한다는 것을. 그녀가 나에 대해 들은 말과 실제의 나는 다르다는 것을. 내가 그녀에게 도피처가 될 수 있다는 것을. 그녀가 도피처를 필요로 할 것이라는 것을, 아니, 이미 필요로 한다는 사실을 나는 알고 있었다. 나는 위니프리드가 어떤 사람인지 알고 있었기 때문이다. 그렇지만 아무런 성과가 없었다. 그녀는 결코 나를 알아보지 못했고, 나는 결코 나 자신을 밝히지 않았다. 그럴 시점이 다가오면 나는 너무 소심해졌다.

어느 날 나는 불구덩이까지 그녀를 따라갔다. 소녀들, 그 학교에 다니는 그 연령대의 여학생들이 점심시간이나 수업을 빼먹었을 때 어울려 다닐 만한 장소인 것 같았다. 문 바깥의 간판은 붉은색이었고, 가리비 껍데기 모양의 노란 플라스틱으로 장식된 창문 가장자리는 불꽃을 형상화한 것이었다. 나는 그 이름이 밀턴풍의 대담함을 지니고 있다는 사실에 놀랐다. 그들은 그것이 무엇에 대한 인유인지 알고 있었을까?

> 영묘한 천상으로부터 불을 뿜은 채 거꾸로 던져졌다.
> 끔찍한 파괴와 소동을 일으키며 아래쪽으로.
> ……불의 범람, 소멸되지 않는
> 영원히 불타는 유황으로 지펴진.*

아니, 그들은 알지 못했다. 불구덩이란 고기들에게나 지옥일 뿐이었다.

내부 장식으로는 스테인드글라스 갓이 달린 늘어진 전등과 도기 화분에 담긴 얼룩덜룩한 섬유 같은 식물이 있었다, 60년대 풍. 나는 사브리나가 학교 친구 두 명과 앉아 있는 칸막이 옆에 자리를 잡았다. 그들은 하나같이 소년용으로 보이는 둔중한 교복을 입고 있었다. 담요처럼 보이는 킬트와 똑같은 천으로 된 타이, 위니프리드가 언제나 고급스럽게 보인다고 생각했던 그런 디자인. 세 명의 소녀는 교복이 자아내는 그런 효과를 반감시키기 위해 온갖 애를 썼다. 밑으로 축 늘어진 양말, 허리춤 밖으로 반쯤 나온 셔츠 자락, 삐뚜름한 타이. 마치 종교적 의무라도 되는 양 껌을 씹고 있었고, 그 나이 정도의 소녀들이 언제나 숙달한 것처럼 보이는 권태롭고 지나치게 소란스러운 말투로 이야기를 하고 있었다.

그들 세 명은 아름다웠다, 그 나이의 모든 소녀들이 아름답듯이. 그런 종류의 아름다움은 피할 수도, 보존할 수도 없는 것이

---

* 영국의 시인 존 밀턴(1608~1674)의 『실낙원』 1권에서 인용한 대목으로, 천사였던 사탄이 천상에서 지옥으로 추방당하는 것을 묘사한 부분이다.

다. 그것은 세포의 신선함, 통통함 때문이다. 아무 노력 없이도 그냥 얻어지는 것이고, 순간적이며, 절대로 복제할 수 없는 것이다. 그러나 그들은 그것에 전혀 만족하지 않았다. 벌써부터 그들은 자신들의 모습을 변화시키려는 시도를 하고 있었다. 얼굴을 잡아 뜯고 그려 댐으로써 개선하고 뒤틀고 축소하고, 자신을 불가능하고 상상적인 틀 속에 밀어 넣으려는 시도. 나도 한때 그랬기 때문에 그들을 비난하지 않았다.

나는 거기 앉아 펄럭이는 밀짚모자 챙 아래로 사브리나를 눈여겨보며 그들이 위장 수단인 양 앞에 던져 대는 하찮은 수다를 엿들었다. 어느 누구도 진심을 털어놓지 않았고, 어느 누구도 상대방을 믿지 않았다. 정말 그 나이에는 스스럼없는 배신이 일상사인 것이다. 다른 두 소녀는 금발이었다. 사브리나만이 오디처럼 검고 빛나는 머리를 갖고 있었다. 그녀는 친구들의 말에 귀기울이지도 않았고 그들을 잘 쳐다보지도 않았다. 무표정을 가장한 그녀의 시선 뒤에는 반항심이 들끓고 있었을 것이다. 나는 그 쌀쌀, 완강함, 무기가 충분히 모일 때까지 숨겨야 하는, 포로가 된 공주의 분개 같은 것을 알아 볼 수 있었다. 조심해야 할걸, 위니프리드. 나는 만족감을 느끼며 생각했다.

사브리나는 나를 보지 못했다. 혹은 나를 봤지만 내가 누구인지 몰랐을 수도 있다. 그들 세 명은 나를 흘끗 쳐다보며 킥킥거리기도 했다. 나는 그런 일을 기억한다. 시들어 빠진 촌뜨기, 또는 그것의 현대판. 내 모자가 그런 대상이 되는 것은 당연한 일이었다. 세련과는 거리가 먼 것이었다. 그날의 사브리나에게 나는 그저 늙은 여자였을 뿐이다. 나이가 많은 여자, 막연히 나이가 많은 여자, 그러나 눈에 띌 정도로 늙어 빠지지는 않은.

그들 셋이 떠난 후 나는 화장실로 갔다. 화장실 칸 벽에는 시 한 편이 있었다.

나는 대런을 사랑해 그럼 정말로
내 운명이지 네 운명이 아니야
네가 내 자리를 차지하려 든다면
맹세코 내 얼굴을 갈겨 버리겠어.

소녀들은 예전보다 더 솔직해졌다. 구두점에 관한 지식은 더 나아진 것이 없지만.

(월터의 말에 따르면) 그가 마지막으로 갔던 때와 위치가 바뀐 불구덩이를 우리가 드디어 찾았을 때, 합판이 그곳의 창문을 가로지른 채 못으로 고정되어 있었고, 공식 알림 같은 것이 스테이플러로 고정되어 있었다. 월터는 뼈를 어디에 두었는지 잊어버린 개처럼 잠긴 문 주변을 코로 킁킁거렸다. "문을 닫은 것 같은데요." 하고 그가 말했다. 그는 손을 주머니에 넣고 잠시 서 있었다. "항상 뭔가 바뀌고 있죠. 그걸 따라잡을 길이 없어요."

약간 궁리를 하고 몇 번 길을 잘못 든 후, 우리는 대븐포트에 있는 더러운 대중식당 같은 곳에 자리를 잡았다. 그곳에는 비닐 좌석이 있었고, 컨트리 음악과 옛 비틀스와 엘비스 프레슬리 노래 몇 곡이 갖춰진 자동 전축이 탁자 위에 놓여 있었다. 월터는 「하트브레이크 호텔」을 틀었고 우리는 햄버거를 먹고 커피를 마시며 그 노래를 들었다. 월터는 돈을 내겠다고 고집했다. 이것도 분명 마이라가 시킨 일일 것이다. 그녀는 그의 주머니에 20달러를 슬쩍 넣어 주었을 것이다.

　나는 햄버거를 반만 먹었다. 다 먹을 수가 없었다. 월터가 나머지 반을 마치 우편함에 넣듯이 한 입에 넣어 먹어 치웠다.

　도시를 떠나오는 길에 나는 내가 살던 옛집에 들렀다 가자고 월터에게 부탁했다. 한때 내가 리처드와 살았던 집. 가는 길을 완벽하게 기억하고 있었지만, 정작 집에 도착했을 때는 첫눈에 알아보지 못했다. 그것은 여전히 각지고 볼품없는 외관에 작은 창문이 달려 있었고 거대했으며 오래 우려낸 차처럼 짙은 갈색이었다. 그러나 담쟁이덩굴이 벽을 따라 자라 있었다. 한때 크림색이었던 가짜 스위스 농가풍의 반 목재 구조는 푸른 사과색으로 칠해졌고, 육중한 앞문도 마찬가지였다.

　리처드는 담쟁이덩굴을 싫어했다. 처음 우리가 이사했을 때 담쟁이덩굴이 약간 있었지만 그가 뽑아 버렸다. 벽돌 건물을 약하게 만들고, 굴뚝 속으로 들어가며, 설치류 소굴이 된다고 그는 말했다. 그때만 하더라도 그는 자신이 생각하고 행동하는 것에 대한 이유를 설명해 주었으며, 나 역시 그렇게 생각하고 행동해야 할 근거들을 제시하곤 했다. 그가 이성을 바람 속에 내팽개쳐 버리기 전의 일이었다.

　당시의 내 모습이 눈앞에서 스쳐 갔다. 더위 때문에 밀짚모자와 연노랑 면 드레스를 입은 모습. 결혼한 이듬해 늦은 여름이었다. 땅이 벽돌 같았다. 위니프리드의 부추김을 받아 나는 원예를 시작했다. 그녀는 취미를 가져야 한다며 내가 암석정원부터 시작해야 한다고 결정했다. 식물을 죽이더라도 암석은 남아 있기 때문이었다. "암석을 죽이기 위해 할 수 있는 일은 별로 없지." 그녀는 농담을 던졌다. 그녀는 믿을 만한 사람이라며 땅을 파고 암석을 배치할 세 남자를 보냈다. 그런 다음 내가 식물을 심으면 되는 것이었다.

정원에는 위니프리드가 주문한 암석이 이미 몇 개 있었다. 작은 것들, 넓은 판 같은 커다란 것들이 제멋대로 흩어져 있거나 쓰러진 도미노처럼 쌓여 있었다. 나는 세 명의 믿을 만한 남자와 그곳에 서서 엉망으로 놓인 돌무더기를 바라보았다. 그들은 모자를 쓰고, 재킷을 벗고, 셔츠 소매는 걷어 올렸으며, 바지 멜빵을 훤히 드러내고 있었다. 그들은 내 지시를 기다리고 있었지만 나는 무슨 말을 해야 할지 몰랐다.

그때만 하더라도 나는 여전히 뭔가를 바꾸고 싶어 했다. 무엇이 되었든 간에 가망 없는 재료들을 가지고 직접 무언가를 하고, 무언가를 만들고 싶었다. 아직은 그렇게 할 수 있을 것이라고 생각했다. 그러나 원예에 대해서는 아무것도 몰랐다. 울고 싶었지만, 일단 울면 모든 것이 끝장날 터였다. 눈물을 보이면 믿을 만한 남자들은 나를 무시하게 될 것이고, 그렇게 되면 그들을 더 이상 믿을 수 없게 되는 것이다.

월터는 나를 차에서 내려 준 다음 뒤쪽 약간 떨어진 곳에 서서 내가 쓰러지면 붙잡아 줄 태세를 하고 말없이 기다렸다. 나는 보도에 서서 집을 바라보았다. 암석정원은 비록 방치되기는 했지만 아직도 그대로 있었다. 물론 겨울이었기 때문에 분간하기는 힘들었지만, 어디서나 솟아나는 용혈수*를 제외하면 그곳

---

* 백합과의 식물. 줄기에서 짜낸 붉은색의 나뭇진을 착색제나 방식제 따위로 쓴다.

에서 무엇이 자라고 있을 것 같지 않았다. 사유 차도에는 동강 난 나무와 석고판을 가득 실은 커다란 덤프트럭이 서 있었다. 보수 작업이 진행되는 중이었다. 그게 아니라면 화재가 났던 것일 수도 있다. 위층 창문이 부서져 있었다. 마이라의 말에 따르면 노숙자들이 그런 집에서 야영을 한다고 한다. 세입자를 두지 않고 집을 놓아두면, 그들은 총알같이 들어와서 마약 파티나 온갖 짓을 다 한다는 것이다. 적어도 토론토에서는 그렇다고 했다. 마이라가 들은 바로는 악마 숭배를 하는 것이라고 했다. 그들은 나무 마룻바닥에 모닥불을 피우고 변기를 막히게 만들고 개수대에 똥을 눌 것이다. 수도꼭지와 예쁜 손잡이, 팔 수 있는 모든 것을 다 훔칠 것이다. 때로는 재미로 기물을 파손하는 아이들뿐일 경우도 있지만. 젊은 사람들은 그런 일을 잘한다.

그 집은 소유자가 없는 것처럼, 일시적으로 존재하는 것처럼 보였다. 마치 부동산 광고 전단에 나오는 사진인 것처럼. 더 이상 어떤 식으로도 나와 연관된 것으로 보이지 않았다. 겨울 장화를 신고 뽀드득 소리를 내는 마른 눈을 밟으며, 늦은 시간, 변명을 짜내며 서둘러 집으로 향하던 내 발걸음 소리를 기억해 내려고 애썼다. 출입구의 새까만 내리닫이 창살문. 가장자리는 차가운 푸른색으로 물들고 개 오줌으로 점자 무늬가 점점이 그려진 눈 더미 위에 가로등 불빛이 떨어지던 모습. 그때는 그림자도 달랐다. 불안하게 뛰던 내 심장, 얼어붙은 공기 속으로 하얀 연기같이 뿜어져 나오던 내 숨결. 흥분으로 인한 내 손가락의 열기. 새로 칠한 립스틱 아래서 날것으로 느껴지던 입술.

거실에는 벽난로가 있었다. 나는 리처드와 그 앞에 앉아 있곤 했다. 빛은 우리 위에, 합판 표면을 보호하기 위해 컵 받침 위에 올려놓은 잔 위에 어른거렸다. 저녁 6시, 마티니 마시는 시간. 리처드는 하루를 요약하는 것을 좋아했다, 그 시간을 그는 그렇게 불렀다. 그는 내 목덜미에 손을 얹는 습관이 있었다. 거기에 놓아두는 것. 요약을 하면서 그저 가볍게 놓아두곤 했다. '요약'이란 소송이 배심원에게 넘어가기 전 판사가 하는 것이었다. 그는 자신을 판사 같은 존재라고 간주했던 것인가? 아마도. 그러나 많은 순간, 그의 내적 생각과 동기는 그저 모호하게 느껴졌다.

그것은 우리 사이에 긴장을 자아냈다. 내가 그를 이해하지 못하고, 그의 소망을 예상하지 못한 것. 그는 그것을 의도적이고 심지어 공격적이기까지 한 관심 결여 때문이라고 했다. 사실 그것은 당혹스러운 일이기도 했고, 나중에는 두려움으로 바뀌었다. 함께 살아갈수록, 그가 내게 있어 점점 덜 인간적으로 느껴졌고, 피부와 작동하는 부위를 가진 존재로만 생각되었다. 그리고 점점 더 거대한 실타래로 여겨졌다. 마법 때문에 내가 운명적으로 매일매일 풀어내려고 애써야 하는 실타래. 나는 결코 풀어내지 못했다.

나의 집, 나의 예전 집 밖에 서서 어떤 감정 같은 것이 일어나는지 기다렸다. 아무런 감정도 느껴지지 않았다. 강렬한 감정과 그것의 부재, 그 두 가지를 다 경험해 본 나로서는 어떤 것이 더 끔찍한지 분간하기 힘들다.

잔디밭의 밤나무에는 다리 두 개가 매달려 있었다. 여자의 다리. 자세히 살펴보기 전에는 도망치기 위해 기어 내려오는 진짜 다리라고 순간적으로 생각했다. 그것은 팬티스타킹이었다. 분명 화장지나 속옷 같은 것으로 속을 채운 후 아마 숭배 의식이

나 십대들의 장난이나 노숙자들의 잔치가 벌어지는 동안 위층에서 던진 것이 나뭇가지에 걸린 것이었을 게다.

이 육체에서 분리된 다리가 던져진 곳은 내 창문이었을 것이다. 나의 예전 창. 오래전, 그 창밖을 내다보던 내 모습을 떠올렸다. 눈에 띄지 않게 그곳을 통해 빠져 나와 나무를 타고 내려갈지를 고민하던. 조용히 신발을 벗고, 창턱을 넘어 몸을 던진 다음, 손잡이를 꼭 쥐고서 스타킹을 신은 발을 한 발짝씩 내디디며 내려오는 것을 상상하던. 그러나 실제로 그렇게 해 본 적은 없다.

창밖을 응시하며. 주저하며. 내가 어떻게 나 자신을 상실하게 되었던가 생각하면서.

유럽에서 보낸 엽서

　날이 어두워지고, 나무들은 침울해지고, 해는 동지 지점을 향하여 내리막길을 굴러간다. 그러나 아직 겨울은 아니다. 눈도 오지 않고, 진눈깨비도 내리지 않고, 아우성치는 바람도 불지 않는다. 이렇게 겨울이 늑장을 부리는 것이 왠지 심상치 않다. 회갈색 고요함이 만연하다.

　어제 나는 주빌리 다리까지 걸어갔다. 녹, 부식, 구조적 결함에 대한 논의가 있어 왔다. 그것을 철거한다는 소리가 들려왔다. 마이라의 말에 따르면 정체를 알 수 없는 무명의 어떤 개발 업자가 그것에 인접한 공유지에 분양 아파트를 세우고 싶어 한다고 한다. 전망 때문에 최상품 위치라는 것이다. 요즘 세상에는 전망이 감자보다 더 가치 있게 취급된다. 물론 그 자리에 감자가 심겨 있던 것은 아니지만. 거래를 원활하게 하기 위해 더러운 돈다발이 은밀히 오갔다는 소문이 돈다. 명목상으로는 빅토리아 여왕을 기리기 위해 건축된 이 다리가 처음 지어질 때도 분명히 똑같은 일이 있었을 것이다. 청부업자 또는 다른 사람들이 계약을 따내기 위해 여왕 폐하의 선택된 대표에게 뇌물을 주었을 것이고, 이 읍에서는 그런 옛날 방식을 계속해서 존중하고 있다. "무슨 수단을 써서라도 돈을 벌어라." 옛날 방식이란 바로 이것이다.

주름 장식과 불룩한 허리받이를 한 숙녀들이 한때 이 다리 위를 거닐며 경치를 보기 위해 세공 무늬가 새겨진 난간에 몸을 기대고 있던 모습을 상상해 보면 이상한 기분이 든다. 이제는 값비싸고 곧 개인 소유가 될 그 경치를. 다리 아래 거칠게 흘러가는 물, 서쪽에 펼쳐진 그림처럼 아름다운 석회암 절벽, 옆쪽의 공장들. 하루에 열네 시간씩 전력 가동하던 그 공장은 모자를 연신 끌어내리는 비굴한 시골뜨기들로 가득 차 있었고, 황혼 속에서 가스등이 켜진 도박 카지노처럼 빛났다.

나는 다리 위에 서서 옆쪽, 물의 상류 쪽을 바라보았다. 사탕처럼 부드럽고 어둡고 고요하며 모든 위협적인 가능성으로 가득 차 있는. 맞은편에서는 폭포, 소용돌이, 잡음이 들려왔다. 아래쪽까지는 상당한 거리다. 내 심장 상태와 현기증이 갑자기 느껴졌다. 그리고 숨 가쁨 역시. 마치 머리 위쪽까지 잠겨 버린 듯이. 그런데 무엇 속에 잠겼다는 말인가? 물은 아니었다. 보다 진한 것. 시간. 오래된 차가운 시간. 연못 속에 미세한 진흙처럼 켜켜이 쌓이는 오래된 슬픔.

예를 들자면,

육십사 년 전, 대서양 반대편의 해안에 도착한 베렌제리아의 통로를 걸어 나오던 리처드와 나. 멋 부린 각도로 쓴 그의 모자와 그의 팔 위에 살짝 놓여 있던 장갑 낀 나의 손. 밀월여행 중인 신혼부부.

왜 밀월여행이라 불리는가? '륀 드 밀.'* 꿀의 달. 마치 달 자체가 차갑고 공기가 없고 곰보 자국의 암석으로 된 황량한 천체가 아니라 부드럽고 황금색이고 감미로운 것이라도 되는 것처럼. 빛을 발하는 설탕 졸임 노란 자두, 입에서 스르르 녹고 욕망처럼 찐득거리는, 아프도록 달콤해서 이를 상하게 만드는 그것. 하늘이 아닌 몸속에서 떠다니는 따뜻한 투광 조명기.

나는 그 모든 것에 대해 잘 알고 있다. 그 모든 것을 잘 기억하고 있다. 그러나 내 밀월여행에서 알게 된 것은 아니다.

그 8주 동안의 기간에서 — 8주밖에 되지 않았던가? — 내가 가장 선명하게 기억할 수 있는 감정은 조바심이었다. 리처드가 우리 결혼 생활에 대해, 그러니까 어둠 속에서 일어나는 말할 수 없는 그 부분에 대해, 나처럼 실망스러워했을까 봐 걱정되었다. 그러나 그런 것 같지는 않았다. 그는 처음에는 나에게 그런 대로 상냥히 대해 주었다. 적어도 낮 동안에는. 나는 할 수 있는 한 조바심을 감추었고, 목욕을 자주 했다. 마치 계란처럼 속이 썩어 가는 느낌이었다.

사우샘프턴**의 부두에 닿은 후 리처드와 나는 기차로 런던에 갔고, 그곳에서 브라운 호텔에 묵었다. 우리는 호텔 방에서 아침 식사를 했고, 나는 그때 네글리제를 입고 있었다. 위니프리드가 나를 위해 골라 준 세 벌 가운데 한 벌이었다. 장미의 잿빛***, 비둘기 회

---

* Lune de miel. '꿀의 달'이라는 뜻의 프랑스어.
** 영국 남부의 항구 도시.
*** 회색이 도는 연한 분홍색.

색 레이스가 달린 상아색, 연한 청록색이 도는 라일락색 등 아침 얼굴에 쉽게 잘 어울리는 창백하고 엷은 색들. 각각의 네글리제와 맞춰 입을 수 있도록 염색된 털 또는 백조의 솜털 장식이 달린 슬리퍼가 있었다. 성인 여자들은 아침에 이런 것을 입는 것이라고 나는 생각했다. 그런 옷 사진을 본 적이 있었다.(그런데 어디서 봤던가? 무슨 커피 광고 같은 것이었던가?) 남자는 양복과 넥타이 차림을 하고 머리는 뒤로 매끈하게 빗어 넘기고, 네글리제를 입고 남자 못지않게 깔끔하게 다듬은 여자가 한 손을 들고 굴곡이 진 주둥이가 달린 은제 커피 주전자를 들고 있고, 얼근한 표정으로 버터 접시 너머로 서로를 보며 미소 짓는 모습.

로라는 그런 의상을 보고 비웃었을 것이다. 그 옷을 챙겨 넣는 것을 보고 이미 비웃었다. 엄밀히 말해 비웃음은 아니었지만. 로라는 진정으로 비웃을 수 있는 능력이 없었다. 그러기 위해 필수적인 잔인함을 결여하고 있었던 것이다.(그러니까 필수적인 의도적 잔인함 말이다. 그녀의 잔인함은 우연한 것이었다. 머릿속에서 오가던 어떤 고상한 개념의 부산물 같은 것.) 그녀의 반응은 놀람, 불신에 가까운 것이었다. 그녀는 약간 떨면서 공단을 쓰다듬었다. 그리고 나 역시 손가락 끝으로 직물의 차가운 기름기, 매끄러움을 느껴 보았다. "이걸 정말 입을 거야?" 그녀는 물었다.

런던에서 보낸 그 여름 동안 ── 그때 즈음 여름이 되었다. ── 우리는 투명하게 들어오는 햇빛을 막기 위해 커튼을 반쯤 드리우고 아침을 먹곤 했다. 리처드는 삶은 달걀 두 개와 두툼한 베이컨 두 조각과 구운 토마토, 그리고 토스트 꽂이에서 식힌 바삭바삭한 토스트에 마멀레이드를 바른 것을 먹었다. 나는 그레이프프루트 반쪽을 먹었다. 차는 늪지의 물처럼 검고 쓴 맛이 났다. 그것이 제대로 된 영국식 차를 대접하는 방법이라고 리처드는 말했다.

"당신 잘 잤어요?" 그리고 "음, 당신은?" 같은 의무적인 인사를 빼면 할 말이 별로 없었다. 리처드는 전보와 함께 신문을 배달시켰다. 신문은 언제나 여러 부가 있었다. 그는 신문을 훑어보고, 그다음에는 전보를 열어서 읽고 나서는 조심스럽게 한 번, 그리고 다시 한 번 접어서 주머니 안에 집어넣었다. 아니면 조각조각 찢어 버리기도 했다. 구깃구깃 뭉쳐서 휴지통 속에 던져 버리는 일은 절대 없었다. 만일 그렇게 했다 하더라도 내가 그걸 끄집어내서 읽어 보지는 않았을 것이다. 적어도 그 당시에는.

나는 모든 전보가 그에게 온 것일 거라고 믿었다. 전보를 한 번도 받아 본 적이 없었기 때문에 내게 온 것이 있으리라고 전혀 생각하지 못했다.

낮 동안 리처드는 다양한 약속이 있었다. 나는 사업 동료들과의 약속일 것이라고 추측했다. 그는 나를 위해서 차와 운전사를 고용했고, 그가 생각하기에 내가 봐야 하는 것들이 있는 곳으로 나를 데리고 가도록 시켰다. 내가 살펴본 것 대부분은 건물이었고, 다른 것들은 공원이었다. 또 다른 것들은 건물 밖이나 공원 안에 세워진 동상들이었다. 배를 집어넣고 가슴을 내밀고 앞으로 내민 다리는 구부리고 두루마리 종이를 움켜쥐고 있는 정치가들. 말을 타고 있는 군인들. 지주 위의 넬슨, 시끄럽게 뒹굴면서 과일과 밀을 토하고 있는 이국적 여자 네 명을 발치에 거느린 앨버트 공*. 그 여자들은 유럽 대륙이며, 앨버트 공이 비

---
* 빅토리아 여왕의 남편.

록 죽었지만 여전히 그곳에 위세를 떨치고 있는 것을 보여 주는 것이라고 했다. 그러나 그는 그 여자들을 전혀 쳐다보지 않고 있었다. 그는 화려하고 도금된 반구형 천장 아래서 엄격하고 조용하게 앉아서 더 높은 것에 마음을 둔 채 먼 곳을 바라보고 있었다.

"오늘은 뭘 봤어?" 리처드는 저녁 식사 때 묻곤 했다. 그리고 나는 건물 혹은 공원 혹은 동상을 하나씩 표시해 가면서 의무적으로 열거해 대곤 했다. 런던 탑, 버킹엄 궁전, 켄싱턴, 웨스트민스터 사원, 국회 의사당. 그는 자연사 박물관을 제외하고는 박물관에 가는 것을 권하지 않았다. 그렇게 크고 많은 박제 동물들을 보는 것이 어째서 내 교육에 도움이 될 것이라고 생각했는지 이제 와서야 궁금해진다. 이 모든 방문의 목적이 결국 나를 교육하기 위한 것이라는 사실이 분명해졌던 것이다. 왜 박제된 동물이, 예를 들어 그림으로 가득 찬 방보다 나에게, 혹은 그가 생각하는 나의 이상적인 모습에 더 좋은 것일까? 내가 답을 알고 있다고 생각하지만, 어쩌면 아닐 수도 있다. 박제된 동물을 동물원과 다소 비슷한 것으로 간주했기 때문일 수도 있다. 아이들을 데리고 소풍 가는 곳.

그렇지만 내셔널 갤러리에는 가 보았다. 가 볼 만한 건물이 바닥나자 호텔 수위가 그곳을 추천했다. 벽에 기대선 수많은 육체, 엄청난 황홀한 빛이 있어서 꼭 백화점 같았다. 그곳에서 나는 완전히 녹초가 되었지만, 동시에 들뜨기도 했다. 한 장소에서 그렇게 많은 나신의 여자들을 본 적이 없었다. 나신의 남자들도 있었지만, 완전히 벗은 것은 아니었다. 또 화려한 옷도 많았다. 아마 이런 것이 주요한 범주인 것 같다. 여자와 남자, 나신과 착복.

어쨌든, 신은 그렇게 생각했다.(어릴 때 로라는 이런 질문을 했다. "하느님은 뭘 입죠?")

이런 모든 곳에 갈 때마다 차와 운전사는 밖에서 기다리고 있었고, 나는 무슨 용무가 있는 것처럼 보이려고 애쓰면서 출입구나 문을 통해 활기차게 들어가곤 했다. 외롭거나 공허하게 보이지 않으려고 노력하면서. 그런 다음 나중에 무슨 말을 할 수 있도록 열심히 바라보고 또 바라보았다. 그러나 내가 보고 있는 것을 정말로 이해할 수는 없었다. 건물은 그저 건물일 따름이었다. 건축에 대한 지식이 있거나, 과거에 그곳에서 무슨 일이 일어났는지 아는 것이 아니라면 그곳에는 특별할 것이 없었다. 그리고 나는 아무것도 몰랐다. 개관하는 능력이 부족했다. 봐야 하는 것을 똑바로 응시하고 있으면서도 결국 표면의 질감만을 보고 나오는 것과 비슷했다. 벽돌이나 돌의 거칢, 왁스로 닦은 나무 난간의 부드러움, 털이 빠진 모피의 깔깔함. 뿔에 난 가는 홈, 상아의 따스한 빛. 유리 같은 눈.

이런 교육 목적의 외출 말고도, 리처드는 내게 쇼핑을 하러 가라고 권했다. 나는 상점의 점원이 두려웠고 거의 아무것도 사지 않았다. 다른 때에는 머리를 했다. 리처드는 내가 머리를 자르거나 물결 모양으로 웨이브를 넣는 것을 좋아하지 않았기 때문에 나는 그렇게 하지 않았다. 그는 단순한 스타일이 내게 가장 잘 어울린다고 말했다. 그것이 내 젊음에 잘 어울린다는 것이다.

때로는 그냥 걸어 다니거나 공원 벤치에 앉아서 돌아갈 시간이 되기를 기다리기도 했다. 때로는 어떤 남자가 내 옆에 앉아서 대화를 시도하기도 했다. 그러면 나는 그 자리를 떴다.

나는 옷을 바꿔 입는 데 많은 시간을 할애했다. 끈, 버클, 모자의 각도, 스타킹의 이음매를 두고 시간을 보냈다. 이런저런 것이 적당한지, 이 시간 저 시간에 적합한지에 대해 걱정하면서. 누구도 내 목 뒤 고리를 채워 주거나 뒷모습이 어떻게 보인다거나 옷을 제대로 집어넣었는지 말해 주지 않았다. 예전에는 리니나 로라가 해 주던 일이었다. 나는 그들이 그리웠지만, 그러지 않기 위해 노력했다.

손톱을 다듬거나 발을 담그기. 털을 잡아 뜯거나 밀기. 거친 털 없이 매끈한 피부를 가져야 했다. 젖은 진흙 같은 지형, 손이 미끄러지듯 어루만질 수 있는 표면.

밀월여행은 새로운 한 쌍이 서로를 더 잘 알게 되는 시간을 허락해 준다고들 하지만, 나는 날이 갈수록 리처드가 점점 더 낯설게 느껴졌다. 그는 스스로를 지워 버리고 있었다. 아니, 은폐였던가? 유리한 자리로의 퇴거. 그러나 나 자신은 형체를 갖춰 가고 있었다. 그가 의도한 형태. 거울을 들여다볼 때마다 내가 조금씩 채색되고 있었다.

런던을 방문한 후 우리는 해협을 건너는 배, 그다음에는 기차를 타고 파리로 갔다. 파리에서의 일과는 아침 식사를 제외하면 런던과 거의 같았다. 딱딱한 빵, 딸기잼, 뜨거운 우유를 넣은 커피. 식사는 훌륭했다. 리처드는 먹는 것을 두고, 특히 포도주에 대해 아주 까다롭게 굴었다. 우리가 지금 토론토에 있는 것이 아니라는 자명한 사실을 그는 거듭해서 말했다.

나는 에펠탑을 보았지만 높은 곳을 싫어하기 때문에 올라가지는 않았다. 판테온과 나폴레옹의 무덤도 보았다. 노트르담 성당은 보지 않았다. 리처드가 교회를, 아니, 적어도 가톨릭교회를 싫어했기 때문이었다. 교회가 활력을 빼앗는다고, 특히 향이 두뇌를 어리석게 만든다고 생각했다.

프랑스 호텔에는 비데가 있었다. 내가 거기서 발을 씻는 것을 본 후 리처드는 약간의 선웃음을 치며 설명해 주었다. 프랑스인들, 그들은 다른 종족들이 이해하지 못하는 것을 이해하는군, 나는 생각했다. 그들은 몸에 대한 조바심을 이해한다. 적어도 그것이 존재한다는 것을 인정하는 것이다.

우리는 루트샤 호텔*에 머물렀다. 그곳은 나중에 전쟁이 났을 때 나치 본부가 된 곳이었다. 그러나 우리가 그런 것을 어떻게 알았겠는가? 나는 호텔 카페에서 아침 커피를 마시며 앉아 있곤 했다. 겁이 나서 다른 곳으로는 갈 수 없었다. 호텔이 보이지 않는 곳으로 가면 다시는 돌아오지 못할 것이라는 생각이 들었다. 어스카인 선생에게 배운 프랑스어가 아무런 소용이 없다는 것을 그때 이미 파악했던 것이다. "르 쾨르 아 세 레종 크 라 레종 느 코네 프왕."** 같은 문장으로는 뜨거운 우유를 주문할 수 없는 것이다.

바다코끼리 같은 얼굴의 나이 많은 웨이터가 내 시중을 들었다. 그는 주전자 두 개를 공중 높이 들고 커피와 뜨거운 우유를 따르는 재주를 가지고 있었고, 나는 그 모습을 황홀하게 바라보았다. 그가 마치 아이들 마술사라도 되는 것처럼. 어느 날 그가 내게 물었다. ─ 그는 영어를 좀 할 줄 알았다. ─ "당신은 왜 슬픈가요?"

---

* 1910년에 문을 연 파리 최초의 아르 데코 호텔.
** 『눈먼 암살자』 1권 5부 281쪽 주석 참조.

"저는 슬프지 않아요." 나는 말했다, 그리고 울기 시작했다. 낯선 사람이 보여 주는 동정에 갑자기 마음이 무너질 수 있는 법이다.

"그렇게 슬퍼하면 안 돼요." 그는 구슬프고 완고한 바다코끼리 같은 눈으로 나를 들여다보며 말했다. "사랑 때문일 거예요. 하지만 당신은 젊고 예뻐요. 나중에 슬퍼할 시간이 있을 거예요." 프랑스인들은 슬픔에 관한 전문가들이다. 그들은 온갖 종류의 슬픔을 안다. 그렇기 때문에 그들은 비데를 갖고 있는 것이다. "사랑, 그건 범죄예요. 그러나 그것보다 나쁜 건 없죠." 그는 내 어깨를 두드리며 말했다.

위로의 효과는 다음날 다소 손상되었다. 그가 나를 유혹했던 것이다. 아니, 그랬다고 생각한다. 내 프랑스어는 그걸 구별할 만큼 능숙하지 못했다. 따지고 보면 그가 그리 늙은 것도 아니었다. 아마 45세 정도였을 것이다. 나는 그 유혹에 넘어갔어야 했다. 그렇지만 슬픔에 관한 그의 말은 틀렸다. 젊을 때 슬퍼하는 것이 훨씬 낫다. 슬퍼하는 젊고 예쁜 여자는 위로의 충동을 불러일으킨다. 슬퍼하는 늙은 쭈그렁 할멈과는 달리. 하지만 그 부분은 그냥 넘어가기로 하자.

그다음 우리는 로마로 갔다. 로마는 친숙하게 느껴졌다. 적어도 옛날 라틴어 수업 시간에 어스카인 선생에게 배워서 역사적 맥락은 알고 있었던 것이다. 나는 포럼*을, 아니, 그 유적을 보았다. 그리고 아피아 가도**와 쥐가 갉아 먹은 치즈처럼 보이는 콜

---

* 고대 로마의 공공 집회 광장.
** 고대 로마인들이 기원전 321년에 건설한 가장 오래되고 유명한 길.

로세움을 보았다. 다양한 다리, 마멸된 엄숙하고 수심 어린 표정의 다양한 천사들. 티베르 강이 황달처럼 노랗게 흐르는 것을 보았다. 비록 외관만 구경한 것이지만, 그래도 성 피터 성당도 보았다. 아주 거대했다. 검은 군복을 입은 무솔리니의 파시스트 군대가 행군을 하며 사람들을 거칠게 다루는 광경을 보았겠지만 ─ 그런 일이 이미 벌어지고 있었던가? ─ 나는 알아차리지 못했다. 당시 그런 일은 실제로 당하는 당사자가 아닌 한 볼 수 없었다. 그저 나중에, 뉴스 영화에서, 혹은 그 일이 일어난 지 오랜 시간이 지난 후에 만들어진 영화에서 볼 수 있을 뿐이다.

매일 오후 나는 차를 한 잔 시켰다. 이제는 주문하는 것에 익숙해졌다. 웨이터들에게 어떤 어조를 사용하고 어떻게 그들과 안전거리를 유지하는지 알아차리게 되었다. 나는 차를 마시면서 엽서를 썼다. 로라와 리니에게, 그리고 아버지에게 여러 장 보냈다. 엽서에는 내가 끌려다닌 건물들 사진이 있었다. 내가 무엇을 보았어야 하는지 세피아 톤으로 작은 세부 모습까지 보여 주는 사진. 엽서 내용은 별 다른 것이 없었다. 리니에게는 이렇게 썼다. "날씨가 정말 좋아요. 한껏 즐기고 있어요." 로라에게 보낸 것은 이런 내용이었다. "콜로세움을 봤어. 그곳에서 기독교인들이 사자에게 던져졌지. 네가 흥미로워했을 텐데." 아버지에게는 이렇게 썼다. "건강하시길 바랄게요. 리처드가 안부 전해 달래요."(이 마지막 문장은 사실이 아니었다. 그러나 아내로서 자동적으로 어떤 거짓말을 해야 하는지 나는 배우고 있었다.)

밀월여행의 막바지에 우리는 베를린에서 한 주를 보냈다. 리처드는 삽 손잡이와 관련된 업무를 처리해야 했다. 리처드 소유의 한 회사에서는 삽 손잡이를 생산했는데, 독일인들은 나무가 부족했다. 채굴 작업이 많이 진행되고 있었고 또 앞으로 더 많은 공사가 계획되어 있어서, 리처드는 경쟁자들보다 더 싼 가격으로 삽 손잡이를 공급할 수 있었다.

리니가 늘 말했듯이 "아주 하찮은 것이라도 모두 도움이 되는 법이다." 그녀가 또한 늘 말했듯이 "사업은 사업이고, 그다음에는 수상쩍은 사업이 있는 법이다." 그러나 나는 사업에 대해서는 아무것도 몰랐다. 내가 맡은 일은 미소를 짓는 일이었다.

내가 베를린 체류 기간을 즐겼다는 것은 인정해야겠다. 그 어떤 곳에서도 내 금발이 그렇게 주목을 받은 적이 없었다. 남자들은 이례적으로 공손했다. 비록 반회전문을 지나 성큼성큼 걸어 나간 후에는 절대로 뒤를 돌아보는 법이 없었지만. 손등에 하는 키스는 수많은 죄를 덮어 주었다. 손목에 향수를 뿌리는 것을 배우게 된 것도 베를린에서였다.

나는 호텔들로 도시를 기억하고, 화장실로 호텔을 기억했다. 옷을 입고, 벗고, 물속에 몸을 담그고 누워 있기. 이제 여행 이야기는 그만하기로 하자.

우리는 8월 중순, 열파가 닥치고 있을 때 뉴욕을 거쳐 토론토로 돌아왔다. 유럽과 뉴욕을 보고 난 뒤라 토론토는 납작하고 좁아 보였다. 유니언 역 밖에는 도로의 구멍을 메우는 데서 풍기는 역청질 냄새가 났다. 임대 차가 우리를 마중 나와서, 전차와 먼지와 쟁그랑거리는 소리, 화려하게 장식된 은행과 백화점을 지나 경사진 지대를 올라가 로즈데일 지역으로, 밤나무와 단풍나무 그늘 속으로 들어갔다.

우리는 리처드가 전보를 통한 거래로 사들인 집 앞에 멈춰

섰다. 전 집주인이 파산한 후 노래 한 곡조 값밖에 안 되는 헐값에 자신이 사들였다고 리처드는 말했다. 그는 노래 한 곡조 값밖에 안 되는 돈을 지불했다는 말을 자주 했다. 그가 절대로 노래를 부르지 않았기 때문에 그런 표현은 무척 이상하게 들렸다. 그는 휘파람조차 불지 않았다. 음악적 취향을 가진 사람이 아니었던 것이다.

집은 외관이 어두웠고, 담쟁이덩굴에 뒤덮여 있었으며, 길고 폭이 좁은 창문은 안쪽으로 열리게 되어 있었다. 열쇠는 신발 닦개 아래 있었고, 바깥 현관에서는 화학 약품 냄새가 났다. 우리가 없는 동안 위니프리드가 집안을 다시 장식하고 있었는데, 아직 작업이 끝나지 않았던 것이다. 빅토리아 시대 양식의 벽지를 뜯어 낸 앞방에는 페인트공의 천 조각이 아직도 떨어져 있었다. 새로 칠한 색은 진줏빛이 나는 옅은 색이었다. 사치스러운 무관심, 차가운 초연함의 색. 희미한 석양에 물든 덩굴손 모양의 구름이 저속할 정도로 강렬한 새와 꽃 따위의 위로 높이 흘러가는 그림. 나를 위해 꾸며 놓은 것이었다. 그 세련된 분위기 속에서 나는 표류하듯 가볍게 떠돌 수 있는 것이다.

리니라면 이런 인테리어 디자인을 경멸했을 것이다, 번들거리는 공허함, 나쁜 색조를. "집 전체가 화장실처럼 보이는구나." 그러나 동시에 나처럼 그녀도 두려워했을 것이다. 나는 애들리아 할머니를 떠올렸다. 할머니라면 적절한 대처 방식을 알았을 것이다. 감탄을 자아내기 위한 신흥 부자 특유의 노력을 알아차렸을 것이다. 정중하게, 그러나 거만하게 대했을 것이다. "이런, 분명 현대적이긴 하네요." 할머니는 이렇게 말했을 것이다. 할머니라면 위니프리드의 코를 납작하게 해 주었을 것이라고 나는 생각했다. 그러나 그런 생각이 내게 위로가 되지는 못했다. 이제 나도 위니프리드 무리에 속하게 된 것이다. 적어도 일부분은.

그렇다면 로라는? 로라는 색연필, 그림물감 튜브를 몰래 갖고 왔을 것이다. 그녀는 이 집에 무언가를 쏟아 놓고, 무엇인가를 부수고, 적어도 작은 구석 한 부분이라도 훼손했을 것이다. 자신의 흔적을 남겼을 것이다.

위니프리드가 남겨 놓은 쪽지가 바깥 현관에 있는 전화에 기대어져 있었다. "안녕, 자기들! 환영해! 침실을 먼저 끝내도록 시켰어! 맘에 들길 바라 — 정말 끝내줘! 프레디."

"위니프리드가 이런 일을 하고 있는 줄 몰랐는걸요." 나는 말했다.

"당신을 놀래 주고 싶었어. 당신이 세부적인 문제로 쩔쩔매는 걸 원하지 않았거든." 리처드는 말했다. 다시 한 번 나는 부모들에게 배척당한 아이가 된 기분이었다. 상냥하지만 야비한 부모, 결과에 몰두하면서, 모든 일에 있어 자신들의 선택이 옳다고 단정하는 부모. 리처드가 줄 생일 선물은 언제나 내가 원하지 않는 물건이리라는 사실을 나는 이미 알아차렸다.

나는 리처드의 제안으로 매무새를 다듬으러 위층으로 올라갔다. 다시 단장을 해야 할 몰골이었던 것 같다. 정말로 온몸이 끈적끈적하고 피곤했다.("장미에서 이슬이 사라졌군." 하고 그가 말했다.) 내 모자는 완전히 망가졌다. 모자를 화장대 위로 내던졌다. 얼굴에 물을 튀긴 다음, 위니프리드가 구비해 둔, 모노그램이 새겨진 하얀 타월로 물기를 찍어 냈다. 침실 창은 손질이 되지 않은 뒤뜰을 향해 나 있었다. 신발을 차 벗어 버린 후 끝없이 넓은 크림색 침대 위로 몸을 던졌다. 침대에는 차양이 있었고, 마치 사파리 여행에서처럼 모슬린이 그 주위에 드리워져 있었다. 그러니까 여기서 나는 웃음을 머금고 그것을 견뎌 내야 하는 것이다. 내가 준비하지 않았지만 누워 있어야 하는 침대 잠자리. 그리고 내 목 아래서 세상적인 일이 진행되는 동안, 안개 같은 모슬린 천을 통해 이 천장을 응시하고 있어야 하는 것이다.

침대 옆의 전화는 하얀색이었다. 전화가 울렸다. 나는 수화기를 들었다. 울고 있는 로라였다. "어디 갔었어? 왜 답을 안 한 거야?" 그녀는 흐느꼈다.

"무슨 소리야? 이때 돌아오기로 되어 있었잖아! 침착해. 무슨 소린지 잘 못 알아듣겠어." 나는 말했다.

"언니는 한 번도 답장을 안 보냈어!" 그녀는 울부짖었다.

"도대체 무슨 소리를 하는 거야?"

"아버지가 돌아가셨어! 돌아가셨어, 돌아가셨다고. 우리는 전보를 다섯 통 보냈어! 리니가 보냈단 말이야!"

"잠시만. 천천히 말해 봐. 언제 돌아가셨니?"

"언니가 떠난 지 일주일 후에. 우리는 전화를 하려고 했어. 모든 호텔에 전화를 했다고. 언니한테 전하겠다고 그랬는데. 그렇게 약속했단 말이야! 아무 말 못 들었어?"

"내가 내일 갈게. 나는 몰랐어. 아무도 내게 아무 말도 해 주지 않았어. 전보도 받지 못했어. 전혀." 나는 말했다.

나는 이해할 수 없었다. 무슨 일이 일어난 것인가, 무엇이 잘못된 것인가, 왜 아버지는 작고했으며, 왜 나는 연락을 받지 못한 것인가? 나는 방바닥, 상앗빛 회색 카펫 위, 전화 위에 웅크리고 앉아서 마치 그것이 소중하고 유약한 무엇이라도 되는 것처럼 몸으로 감싸고 있었다. 내가 유럽에서 보낸, 명랑하고 대수롭지 않은 내용을 담은 엽서가 아빌리온에 도착하는 것을 상상해 보았다. 그것은 아직도 바깥 현관 탁자 위에 놓여 있을 것이다. '아버지께서 건강하시길 바랄게요.'

"하지만 신문에 났단 말이야!" 로라는 말했다.

"내가 있던 곳에서는 아니었어. 그곳 신문에는 나지 않았어." 신문을 볼 생각도 하지 않았다는 말은 덧붙이지 않았다. 나는 너무 멍한 상태로 지냈던 것이다.

배와 호텔에서 전보를 받은 것은 리처드였다. 나는 그의 세심한 손가락이 봉투를 열고, 전보를 읽고, 넷으로 등분한 후, 챙겨 넣는 모습을 기억했다. 그가 거짓말을 했다고 비난할 수는 없다. 그는 전보에 대해 아무 말도 하지 않았다. 그러나 그것은 거짓말과 마찬가지다. 그렇지 않은가?

그는 분명 전화를 연결하지 말라고 호텔 측에 얘기했을 것이다. 나에게, 그리고 내가 그곳에 있을 때에는. 그는 의도적으로 내게 아무것도 알려 주지 않은 것이다.

앓아누울 것 같더니 괜찮아졌다. 잠시 후 나는 아래층으로 내려갔다. "화를 내면 싸움에 지게 되는 법이다." 리니는 이렇게 말하곤 했다. 리처드는 뒤 베란다에 앉아서 진 토닉을 마시고 있었다. 이렇게 진을 갖춰 두다니, 위니프리드는 정말 사려 깊어. 그는 벌써 두 번이나 말했다. 다른 잔에 준비된 진이 유리 상단의 낮고 하얀 연철 탁자 위에서 나를 기다리고 있었다. 나는 잔을 집어 들었다. 얼음이 크리스털 잔에 부딪치며 아름다운 소리를 냈다. 내 목소리도 그래야 한다.

"맙소사. 매무새를 다듬는 줄 알았는데. 눈이 어쩌된 거요?"

리처드는 나를 보며 말했다. 눈이 붉어졌을 것이다.

"아버지께서 돌아가셨어요. 전보 다섯 통을 보냈대요. 당신은 나에게 아무 말도 해 주지 않았어요." 나는 말했다.

"메아 쿨파.* 말해야 한다는 것은 알고 있었지만, 당신의 걱정을 덜어 주고 싶었어, 여보. 그에 대해 아무 일도 할 수 없었고, 장례식에 시간을 맞춰 돌아갈 길도 없었잖아. 그리고 당신을 위해 계획한 일이 어긋나는 것도 원하지 않았고. 내가 이기적인 탓도 있었지. 잠시만이라도 당신을 나 혼자 독점하고 싶었던 거야. 이제 앉아서 기운 내고 이걸 좀 마셔. 그리고 나를 용서해 줘. 아침이 되면 모든 일을 처리할 거야."

열기 때문에 현기증이 날 것 같았다. 잔디밭에 햇빛이 떨어지는 곳은 눈이 부실 정도로 푸르렀다. 나무 아래 그늘은 타르처럼 탁했다. 리처드의 목소리가 폭발적인 스타카토처럼, 모스 부호처럼 들렸다. 나는 몇몇 단어만 들을 수 있었다.

'걱정.' '시간.' '어긋나는.' '이기적.' '용서해 줘.'

거기에 대고 내가 무슨 말을 할 수 있었겠는가?

---

* Mea Culpa. '나의 잘못'이라는 뜻의 라틴어.

엷은 노란색 모자

크리스마스가 다가오고 지나갔다. 나는 모른 척하려고 했다. 그러나 마이라를 뿌리칠 수는 없었다. 그녀는 직접 만든 작은 자두 푸딩을 내게 주었다. 그것은 당밀과 누수 방지재를 섞어 만든 다음, 구식 스트립쇼 댄서가 사용하는 젖꼭지 가리개같이 선명한 빨간색의 고무 버찌를 마라스키노*에 절인 것 반토막과 후광이며 천사 날개를 가진 평면적 채색 나무 고양이로 장식한 것이었다. 마이라는 그 고양이들이 진저브레드 하우스에서 엄청나게 인기가 좋았다고 말했다. 그리고 자신은 그것들이 상당히 귀엽다고 생각했는데, 딱 하나가 남았다고, 거의 안 보이는 가느다란 금이 갔지만, 내 스토브 위의 벽에 걸면 아주 좋아 보일 거라고 말했다.

딱 적당한 위치로군, 하고 나는 그녀에게 말했다. 하늘에는 천

---

* 크로아티아 달마티아에서 나는 마라스카 버찌를 원료로 하여 알코올과 설탕을 섞어 증류한 혼성주.

사, 그것도 육식 천사 — 그들이 이 문제에 대해 진실을 밝힐 좋은 때다! 신빙성 있는 모든 서술에 나온 것처럼, 땅에는 오븐. 그리고 그 사이에 나머지 우리들이 프라이팬의 수준인 중간 지구에 갇혀 있는 것이다. 신학 얘기가 나오면 언제나 그랬듯이 가련한 마이라는 당황했다. 그녀는 신이 담백하기를 바란다. 무처럼 담백하고 가공되지 않은 존재이기를.

기다리던 겨울은 섣달 그믐날에 다가왔다. 딱딱한 동결, 다음 날 그에 이은 엄청난 폭설. 창 밖에서 큰 눈이 끊임없이 소용돌이치며 내렸다. 마치 신이 아이들 가장 행렬의 끝에서 세탁용 세제 파편을 뿌려 대는 것처럼. 나는 전체 상황이 어떻게 돌아가는지 보기 위해 날씨 방송을 틀었다. 길이 차단되고, 차가 묻히고, 전력이 끊기고, 판매는 정지되고, 두꺼운 옷을 입은 직장인들은 나가 놀기 위해 옷을 껴입어 둔중해진 아이들처럼 뒤뚱거리며 걸어 다녔다. "현재 상황"이라고 완곡히 표현된 사태에 대해 방송하는 내내 젊은 앵커는 기운찬 낙관적 태도를 유지했다. 상상할 수 있는 모든 재난이 닥칠 때마다 상습적으로 그러듯이. 그들은 마음대로 태평할 수 있다. 음유 시인 혹은 유원지 집시들, 혹은 보험 회사 영업 사원, 혹은 주식 시장 전문가의 태평함. 그래서 자신들이 말하는 것이 실제로는 일어나지 않으리라는 것을 알면서 과장된 예보를 해 댄다.

마이라는 내가 괜찮은지 물어보기 위해 전화를 했다. 눈이 멈추는 대로 나를 구해 내기 위해 월터를 보내겠다고 말했다.

"바보 같은 짓 하지 마, 마이라. 나도 빠져나올 능력은 있어." (이건 거짓말이었다. 나는 손가락 하나 까딱할 생각이 없었다. 나는 땅콩버터를 잔뜩 갖춰 놓았고, 사태가 호전될 때까지 기다릴 수 있었다.

그러나 누가 함께 있었으면 했다. 그리고 보통 내가 무엇을 하겠다고 으름장을 놓으면 월터가 더 빨리 도착했다.)

"삽에 손도 대지 마요! 수많은 늙은…… 그러니까 당신과 나이가 비슷한 이들이 눈을 치우다가 매년 심장 마비로 죽는단 말이에요! 그리고 혹시 전기가 나가면 촛불 놔두는 곳을 조심하세요!"

"나는 노망하지 않았어. 만일 집이 불타 버린다면 그건 내가 의도적으로 한 일일 거야." 나는 딱 부러지게 말했다.

월터가 나타나서 눈을 치웠다. 그는 동그란 구멍 도넛 한 봉지를 가져왔다. 우리는 부엌 탁자에 앉아서 그걸 먹었다. 나는 조심스럽게, 월터는 왕성하게, 그러나 깊은 생각에 잠긴 채로. 그에게 있어 씹는 것은 일종의 사고(思考) 행위였다.

그때 나는 서니사이드 놀이 공원에 있는 다우니플레이크 도넛 판매대의 창에 걸려 있던 표지판을 떠올렸다. 그때가 언제였더라, 1935년 여름.

인생길을 걸어가면서, 형제여,
너의 목표가 무엇이든 간에,
도넛을 응시하고
구멍은 바라보지 말라.

구멍 도넛이라니, 역설적이다. 한때는 빈 공간이었던 것, 그러나 이제 그들은 그것조차 상품화한 것이다. 이제는 먹을 수 있도록 만들어진 마이너스 분량, '무(無).' 그것이 신의 존재를 증명하는 데 — 물론 은유적으로 — 사용되는 것은 아닐지 나는 궁금했다. 무의 공간에 이름을 붙이면 그것이 존재로 바뀌는가?

다음날 나는 춥고 근사한 눈 언덕 사이로 대담하게 길을 나섰다. 어리석은 짓이지만 나도 한몫 끼고 싶었다. 녹아내리고 거무스름하게 되기 전까지는 눈은 너무나 매력적이다. 앞 잔디밭에는 찬란한 눈사태가 벌어졌고, 고산 터널이 그것을 가로지르고 있었다. 나는 보도까지 나갔다. 지금까지는 괜찮았다. 그러나 우리 집의 북쪽에 있는 몇몇 집들이 눈을 치우는 데 월터만큼 열심을 내지 않았기 때문에, 나는 흩날리는 눈 속에 갇혀 허둥거리다 미끄러져 넘어졌다. 부러지거나 삔 곳은 없는 것 같았지만 일어날 수가 없었다. 나는 눈 속에 누워서 거꾸로 누운 거북이처럼 팔과 다리로 버둥거렸다. 아이들도 그렇게 하지만 일부러 그러는 것이다. 그들은 새처럼 날갯짓을 하며 천사 형상을 만든다. 그들에게 그것은 즐거움이다.

저체온증이 슬슬 걱정 되기 시작할 즈음 낯선 두 남자가 나를 일으켜서 현관문까지 데려다 주었다. 나는 덧신과 코트를 착용한 채로 절뚝거리며 앞방으로 들어가 소파 위에 무너지듯 앉았다. 언제나처럼 먼 곳에서 사고의 냄새를 맡은 마이라가 부푼 컵케이크 여섯 개를 가지고 도착했다. 가족들과 전문이 잔뜩 든 음식을 해 먹고 남은 것이었다. 그녀는 뜨거운 물병과 차를 준비해 주고, 의사를 불렀다. 그리고 그들 둘은 수선을 떨면서, 일장의 충고를 늘어놓고, 애정 어린, 그리고 위협적인 쯧쯧 소리를 냈다. 그리고 자신들의 조치에 대해 아주 대견해하고 만족스러워했다.

이제 나는 외출이 금지되었다. 나 자신에게 화가 나기도 했다. 아니, 나 자신이 아니라 내 몸이 내게 가한 이 나쁜 짓에 대해. 자기중심적으로 우리에게 자신을 지우고, 자신이 필요한 것을 시끄럽게 요구하고, 자신의 더럽고 위험한 욕망을 억지로 떠맡기고 난 후, 몸의 마지막 수법은 그냥 사라져 버리는 것이다. 우리가 그것을 필요로 할 때, 우리가 팔이나 다리를 사용하려고 하는 바로 그 순간, 갑자기 몸은 다른 할 일을 발견한다. 그것은 비틀거리고, 우리에게 굴복한다. 마치 눈으로 만들어진 것처럼 거의 아무것도 남기지 않은 채 녹아 버린다. 석탄 두 덩이, 오래된 모자, 조약돌로 된 미소. 잘 부러지는 마른 가지로 된 뼈.

이 모든 것은 모욕이다. 약한 무릎, 관절염에 걸린 손가락 마디, 비정상적으로 부푼 정맥, 병약함, 무능함. 그것은 우리 것이 아니다. 우리는 그것을 원한 적도, 우리 것이라고 주장한 적도 없다. 머릿속에서 우리는 완벽한 자신의 모습을 가지고 다닌다. 가장 좋은 나이일 때의 모습, 그리고 가장 좋은 각도에서 바라본 모습. 난처한 순간에 포착된 모습, 차에서 한쪽 다리는 나오고 한쪽 다리는 여전히 빼지 않은 모습, 혹은 이를 쑤시거나 어깨를 구부리거나 혹은 코나 엉덩이를 긁는 모습은 절대 아니다. 만일 벌거벗었다면 엷게 비치는 안개 속에서 우아하게 기대어 누워 있는 모습. 이 시점에서 영화배우들이 등장한다. 그들은 우리를 위해 그런 포즈를 취해 준다. 그들은 이제 멀어져 빛을 발하며 신화로 변화된 젊은 시절의 우리 자아다.

어릴 때 로라는 이렇게 묻곤 했다. "천국에서 나는 몇 살이 되는 걸까?"

로라는 아빌리온의 앞 층계, 한 번도 꽃을 심은 적이 없었던 두 개의 돌 항아리 사이에서 우리를 기다리며 서 있었다. 키가

컸음에도 그녀는 아주 어리고, 아주 약하고, 외로워 보였다. 촌부같이 빈곤하게 보이기도 했다. 삼 년 전 내가 입었던 희미한 담자색 나비가 새겨진 연푸른 실내복을 입고 있었고 신발 같은 것은 신지 않았다.(새로운 형태의 금욕, 아니면 단순한 기행이었던가, 아니면 그냥 잊어버린 것이었던가?) 머리는 수련 연못에 있는 님프 석상처럼 한 갈래로 땋아서 어깨 위에 늘어뜨리고 있었다.

그녀가 얼마나 오랫동안 거기 서 있었는지 알 수 없는 일이었다. 우리는 자동차를 타고 왔기 때문에 정확히 언제 도착할지 말해 줄 수가 없었다. 연중 이때 즈음에는 길이 물에 잠기거나 차축이 진흙에 잠길 만큼 질거나 하지 않았고 어떤 곳에는 포장까지 되어 있기 때문에 차를 모는 것이 가능했다.

"우리"라고 말한 것은 리처드도 나와 함께 왔기 때문이었다. 이런 때에 혼자 보내서 그런 일을 감당하도록 만들지는 않겠다고 그는 말했다. 그는 단순히 걱정을 해 주는 이상의 정성을 보였다.

그는 자신의 푸른 쿠페를 직접 몰았다. 그것은 그의 최신 장난감이었다. 뒤의 트렁크에는 하룻밤을 지내기 위한 작은 여행용 가방 두 개가 실려 있었다. 그의 것은 적갈색 가죽, 내 것은 레몬 셔벗 노란색이었다. 나는 엷은 노란색 마직 정장을 입고 있었다. 언급할 가치도 없는 시시한 일임이 분명하지만, 어쨌든 그건 파리에서 산 것이었고 내가 아주 좋아하는 옷이었다. 도착할 때면 옷 뒷부분에 주름이 져 있을 거라는 사실을 알고 있었다. 빳빳한 천으로 된 리본이 달리고 발가락이 살짝 내보이는 마직 신발. 옷과 짝이 맞는 엷은 노란색 모자는 부서지기 쉬운 선물 상자처럼 내 무릎 위에 놓여 있었다.

리처드는 차를 몰 때 상당히 예민했다. 집중력에 방해가 된다는 이유로 참견받는 것을 싫어했다. 그래서 우리는 거의 침묵 속에서 차를 타고 갔다. 요즘 같으면 두 시간밖에 걸리지 않을 여행이 네 시간 걸렸다. 하늘은 금속처럼 맑고 밝고 평평해 보였다. 햇빛은 용암처럼 쏟아졌다. 열기가 아스팔트에서 올라왔다. 커튼을 드리운 작은 읍들은 햇빛에 등을 돌리고 폐쇄되어 있었다. 그을린 잔디밭과 하얀 기둥이 서 있는 현관, 그리고 외따로 서 있는 주유소, 팔이 하나밖에 없는 원통형의 로봇 같은 펌프, 챙이 없는 투수 모자 같은 유리 상단, 그리고 앞으로는 어느 누구도 묻힐 것 같지 않던 공동묘지들을 기억한다. 이따금 죽은 작은 물고기와 따뜻한 수초 냄새가 풍기는 호수를 지나기도 했다.

우리가 차를 몰아 올라갔을 때도 로라는 우리에게 손을 흔들지 않았다. 그녀는 리처드가 차를 멈추고 기어 내려와 내 차문을 열어 주기 위해 걸어올 때까지 기다리며 서 있었다. 나는 그간 배운 대로 무릎을 모아 다리를 옆으로 돌리고 리처드가 내밀고 있는 손을 붙잡았다. 그때 로라가 갑자기 움직였다. 그녀는 계단을 뛰어 내려와 리처드를 완전히 무시하고 나의 다른 편 팔을 잡고 차에서 끌어내렸다. 그리고 마치 물에 빠지고 있는 것처럼 내게 팔을 두르더니 매달렸다. 눈물은 흘리지 않고 그저 등뼈가 부러질 듯 세게 끌어안기만 했다.

나의 엷은 노란색 모자가 자갈길 위에 떨어졌고 로라는 그것을 밟았다. 딱 하는 소리가 났고, 리처드는 숨을 들이켰다. 나는 아무 말도 하지 않았다. 그 순간 모자는 중요하지 않았다.

서로의 허리를 껴안은 채 로라와 나는 집으로 들어가는 계단을 올라갔다. 리니가 현관 맞은편 끝 쪽의 부엌문에 어렴풋이 나타났다. 그러나 현명하게도 그녀는 그 순간 우리 둘만 있도록 해 주었다. 그녀가 리처드에게 관심을 돌려 마실 것이나 뭐 그런 걸로 그의 주의를 돌렸을 것이다. 그는 저택을 둘러보기 원했을 것이고 경내를 돌아보고 싶었을 것이다. 이제 사실상 그것을 물려받게 되었던 것이다.

우리는 곧바로 로라의 방으로 올라가서 그녀의 침대 위에 앉았다. 우리는 서로의 손을 꼭 잡았다. 왼손으로 오른손을, 오른손으로 왼손을. 로라는 전화 통화를 할 때처럼 흐느끼지 않았고, 아주 침착했다.

"아버지는 작은 탑에 계셨어. 완전히 고립된 채로." 로라는 말했다.

"언제나 그러셨잖아." 나는 말했다.

"하지만 이번에는 밖으로 나오지 않으셨어. 리니는 언제나처럼 식사를 담은 쟁반을 문 밖에 놔뒀지. 하지만 아무것도 안 드셨어. 마시지도 않으셨지. 적어도 우리가 아는 한은. 그래서 문을 강제로 열어야 했어."

"너랑 리니가?"

"리니의 남자 친구인 론 힝크스가 왔어. 그 사람이랑 리니는 결혼할 거야. 그가 문을 차서 쓰러뜨렸어. 그리고 아버지는 바닥에 쓰러져 계셨어. 그런 상태로 적어도 이틀은 계셨던 것 같다고 의사가 말했어. 너무 끔찍해 보였어."

나는 론 힝크스가 리니의 남자 친구인 줄 몰랐다. 아니, 약혼자라는 것을. 이 일은 얼마나 오랫동안 진행되고 있었으며 나는 왜 몰랐던 것일까?

"아버지가 이미 돌아가셨다, 그 말이니?"

"처음에는 그렇게 생각하지 않았어. 눈을 뜨고 계셨거든. 하지만 정말로 돌아가신 후였어. 아버지는…… 아버지의 모습을 어떻게 표현해야 할지 모르겠어. 마치 충격을 가한 무엇에 귀를 기울이는 듯한 모습이었어. 경계하는 모습이었어."

"총을 맞으셨니?" 왜 이런 질문을 했는지 나도 모르겠다.

"아니야. 그냥 돌아가셨어. 자연사라고 신문에 났어. '갑자기, 자연사하다.'라고 나왔어. 그리고 리니는 힐코트 부인에게 정말로 자연사라고 말했어. 술을 마시는 것은 아버지에게 제2의 본성 같은 거였으니까. 그리고 모든 빈 병으로 미루어 보건대 말도 질식시킬 만큼 많은 술을 드셨던 것 같아."

"결국 술 때문에 돌아가신 거구나." 나는 말했다. 그건 질문이 아니었다. "그게 언제 일이니?"

"공장을 영구적으로 폐쇄한다는 발표가 난 직후였어. 그것 때문에 돌아가신 거야. 난 알아!"

"뭐라고? 영구적 폐쇄? 어떤 공장?" 나는 물었다.

"모두. 우리 공장 모두. 읍에 있는 우리 모든 공장. 언니가 분명 알고 있었을 거라고 생각했는데." 로라는 말했다.

"나는 몰랐어." 나는 말했다.

"우리 공장은 리처드의 공장과 합병되었어. 모든 것이 토론토로 옮겨갔지. 이제 모두 그리폰-체이스 로열 합병 회사가 되었어." 다른 말로 하면 '아들들'은 더 이상 존재하지 않는다는 것이다. 리처드는 그것을 깨끗이 휩쓸어 가 버렸다.

"그러니까 일거리가 없다는 뜻이구나. 여기에는. 다 끝난 거야. 완전히 없어진 거구나." 나는 말했다.

"그들은 비용 때문이라고 말했어. 단추 공장에 불이 난 후 재건을 하려면 돈이 너무 많이 든다고 그랬어."

"그들이 누군데?"

"나도 몰라. 리처드 아니야?" 로라는 말했다.

"계약 내용은 그게 아니었어." 나는 말했다. 불쌍한 아버지. 악수와 명예를 건 말과 무언의 가정을 믿다니. 일이 더 이상 그런 식으로 성사되지 않는다는 것을 나는 이제 확실히 알아차리게 되었다. 어쩌면 언제나 그런 식이었는지도 모르겠다.

"무슨 계약?" 로라가 물었다.

"신경 쓰지 마."

그렇다면 나는 헛것을 위해 리처드와 결혼한 것이다. 나는 공장을 구하지도 못했고, 분명히 아버지도 구하지 못했다. 그렇지만 로라는 아직 남아 있었다. 그녀는 거리로 쫓겨나지 않았다. 나는 그것을 생각해야 했다. "아버지가 뭘 남겨 두셨니 무슨 편지, 쪽지 같은 거라도?"

"아니."

"찾아봤니?"

"리니가 찾아봤어." 로라는 작은 목소리로 말했다. 그녀 자신은 그런 일에 신경을 쓰지 않았다는 뜻이었다.

당연하지. 나는 생각했다. 리니가 찾아봤을 것이다. 그리고 실제로 그런 것을 찾았다면 아마 불태워 버렸을 것이다.

취한

그렇지만 아버지는 쪽지를 남겨 두지 않았을 것이다. 그것이 함축하는 바를 주지하고 있었을 것이다. 아버지는 자살이라는 판정을 원하지 않았을 것이다. 왜냐하면 아버지는 생명 보험에 가입해 있었기 때문이다. 그 사실은 나중에 밝혀졌다. 수년 간 돈을 내 왔기 때문에 어느 누구도 아버지가 죽기 직전 이런 조처를 해 두었다는 비난을 할 수 없었다. 아버지는 돈을 유용하지 못하도록 묶어 두었다. 돈은 곧바로 위탁 관리하에 들어가서 로라만이 스물한 살이 된 후에 손을 델 수 있었다. 아버지는 그때 이미 리처드를 믿지 않았고, 나에게 돈을 남겨 놓는 것은 아무 소용이 없다고 결론을 내렸던 것이다. 나는 아직 미성년이었고, 리처드의 부인이었다. 그 당시에는 법이 달랐다. 내 것은 사실상 모두 그의 것이었다.

내가 전에 언급했듯이, 나는 아버지의 훈장을 물려받았다. 무엇 때문에 받은 훈장인가? 용맹스러움. 포화 세례 속에서 발휘

된 용기. 자기희생이라는 고귀한 행위. 나는 그런 기준에 부응하여 살았어야 했다.

"읍내의 모든 사람들이 장례식에 왔단다." 리니는 말했다. 그러니까 거의 모든 사람이 왔다. 일부는 상당히 반감을 품고 있었던 것이다. 그래도 아버지는 존경을 많이 받았고, 그 즈음에는 공장을 영구적으로 폐쇄한 것이 아버지가 아니라는 것을 사람들이 알게 되었다. 그런 일에 아버지가 참여하지 않았다는 것을 그들은 알았다. 아버지는 그걸 멈출 수 없었던 것뿐이다. 아버지를 죽게 만든 것은 비싼 이자였다.

읍내의 모든 사람들이 로라를 측은히 여기고 있다고 리니는 말했다.(나는 동정의 대상이 아니라는 의미가 행간에 배어 있었다. 그들 관점에서 보자면 나는 그래도 횡재한 것이었다. 그래 봐야 보잘 것없는 것이었지만.)

리처드가 제시한 협정 안은 다음과 같았다.

로라는 우리와 함께 살 것이다. 그녀는 당연히 그렇게 해야 했다. 혼자 아빌리온에 남아 있을 수는 없었다. 열다섯 살밖에 되지 않았던 것이다.

"리니랑 지낼 수도 있어." 로라는 말했다. 그러나 리처드는 그것은 말도 안 된다고 했다. 리니는 곧 결혼할 예정이었다. 로라를 돌볼 시간이 없을 것이다. 로라는 아무도 자기를 돌봐 줄 필요가 없다고 말했지만 리처드는 그저 미소만 지었다.

"리니가 토론토로 올 수도 있어요." 로라가 말했다. 그러나 리니가 그렇게 하고 싶어 하지 않는다고 리처드는 말했다.(리처드는 그녀가 오는 것을 원치 않았다. 그와 위니프리드는 벌써 가사를 꾸릴

적임자를 고용했다. 요령을 아는 사람들이라고 리처드는 말했다. 리처드의 요령, 그리고 위니프리드의 요령을 아는 사람들이라는 뜻이었다.)

리처드는 이미 리니와 이 문제를 두고 상의했으며 만족스러운 해결안을 찾았다고 말했다. 그는 이렇게 말했다. 리니와 그녀의 새로운 남편은 우리의 관리인이 될 것이며, 집수리를 감독하게 될 것이다. 아빌리온은 상당히 낡았기 때문에 지붕을 비롯해서 많은 수리를 해야 한다. 그리고 그렇게 함으로써 그들은 필요할 때마다 우리가 집을 사용할 채비를 해 줄 수 있을 것이다. 그곳을 여름 별장으로 쓸 예정이기 때문이었다. 우리는 범선 놀이 같은 것을 하기 위해 아빌리온으로 올 것이라고 그는 관대한 삼촌 같은 목소리로 말했다. 그렇게 되면 로라와 나는 우리 조상의 집을 잃지 않게 될 것이다. "조상의 집"이라는 말을 할 때 그는 미소를 지었다. 이런 계획이 마음에 들지 않는가?

로라는 그에게 감사하지 않았다. 그녀는 한때 어스카인 선생에게 사용했던, 연습으로 단련된 무표정한 얼굴로 그의 이마를 응시했다. 그리고 나는 앞으로 힘든 상황이 펼쳐지리라는 것을 알아차렸다.

일단 사태가 진정되면 리처드와 나는 차를 타고 토론토로 돌아갈 것이라고 그는 계속해서 말했다. 먼저 그는 아버지의 변호사와 만나야 한다. 그곳에 우리가 참석할 필요는 없다. 최근 사건을 고려해 볼 때 그것은 우리에게 무척 힘든 일이 될 것이다. 그리고 그는 가능한 한 우리가 그런 일을 피할 수 있도록 하고 싶다. 이 변호사 중 한 명은 우리 어머니와 결혼으로 맺어진 친척 관계에 있는 사람(육촌의 남편)이기 때문에 분명히 신중하게 대처할 것이라고 리니는 비밀스럽게 말했다.

로라는 리니와 함께 짐을 다 쌀 때까지 아빌리온에 머무를 것이다. 그런 다음 기차를 타고 토론토로 와서 역에서 우리를 만나게 될 것이다. 그녀는 우리 집에서 우리와 함께 살게 될 것이다. 재정비를 하고 나면 그녀에게 적격일 방이 하나 있다. 그리고 그녀는 드디어 제대로 된 학교에 다니게 될 것이다. 세인트 세실리아 학교는 그런 방면에 대해 잘 알고 있는 위니프리드에게 자문을 구해서 그가 고른 학교다. 로라는 과외 학습이 좀 더 필요하겠지만 시간이 지나면 다 괜찮아질 것이다. 이렇게 함으로써 그녀는 이익을 얻을 수 있을 것이다. 이점…….

"어떤 이점이요?" 로라는 물었다.

"네 높은 신분이라는 이점 말이야." 리처드는 말했다.

"제가 어떤 높은 신분을 갖고 있다고 생각되지 않는데요." 로라는 말했다.

"도대체 무슨 뜻이야?" 리처드는 약간 엄한 태도로 물었다.

"높은 지위를 갖고 있는 건 언니죠. 언니가 그리폰 부인이고 저는 덤에 불과하죠."

"네 심경이 어지러울 거라는 건 이해가 가. 이 불행한 상황을 고려해 본다면 말이지. 이건 모두에게 힘든 일이었어. 하지만 못마땅해할 필요는 없단다. 아이리스나 나에게도 쉬운 일은 아니야. 내가 할 수 있는 한 네게 최대로 잘해 주려고 노력하는 것뿐이야." 리처드는 딱딱하게 말했다.

"형부는 내가 방해가 될 거라고 생각해." 그날 밤 로라는 우리가 리처드를 피해 부엌에 들어가 있을 때 내게 말했다. 그가 무엇을 버리고, 무엇을 수리하고, 무엇을 바꾸고 하는 등의 목록을 만드는 것을 보고 있는 것은 참 심란한 일이었다. 그런 것을 보면서 아무 말도 할 수 없는 것은. "저 사람은 마치 이곳을 소유한 것처럼 행동하는군." 리니는 분개하며 말했다. "하지만 정말로 소유하고 있는걸요." 나는 대답했다.

"뭐에 방해가 된단 말이야? 분명 그런 뜻으로 말한 게 아닐 거야." 나는 말했다.

"형부에게, 언니와 형부 두 사람 모두에게." 로라는 말했다.

"모두 잘될 거다." 리니는 말했다. 그녀는 기계적으로 반복해서 이렇게 말했다. 목소리는 지쳐 있었고 확신이 없었다. 그리고 그녀에게서 더 이상 어떤 도움도 기대할 수 없다는 것을 나는 알아차렸다. 그날 밤 부엌에서 본 그녀는 늙어 보였고, 다소 뚱뚱해 보였고, 또 패배한 듯 보였다. 이제 보다시피, 그녀는 이미 마이라를 임신하고 있었다. 기분에 휩쓸려 행동한 것이다. "더러운 것들이 휩쓸려 쓰레기통 속으로 들어가게 되는 거다."라고 그녀는 말하곤 했다. 그러나 그녀는 스스로 자신의 좌우명을 위반했다. 그녀는 교회 제단에 가서 결혼을 하게 될 것인지, 만일 그렇지 않다면 어떻게 될 것인지, 이런 문제를 생각하며 딴 곳에 마음이 팔려 있었을 것이다. 분명 어려운 시대였다. 당시에는 도덕적 충만함과 타락 사이에 어떤 방어벽도 없었다. 혹시라도 미끄러지게 되면 당연히 넘어지게 되고, 넘어지게 되면 허우적거리다가 파멸하게 되었던 것이다. 또 다른 기회를 잡기는 무척 힘들었을 것이다. 그녀가 다른 곳에 가서 아기를 낳은 다음 아기를 포기한다 하더라도 소문이 돌게 될 것이고 읍내의 사람들은 그런 일은 절대 잊지 않았을 것이다. 차라리 간판을 내거는 것이 나았을 것이다. 그 구획 부근에는 길게 늘어선 행렬이 생길 것이다. 여자가 한번 방종하게 행동하면 계속 그럴 것이라고 간주되었다. '우유가 공짜인데 소를 뭐 하러 사겠어.' 그녀는 그런 생각을 하고 있었을 것이다.

그래서 그녀는 우리를 포기했고, 넘겨준 것이다. 수년 동안 그녀는 최선을 다해 왔고, 이제 더 이상 여력이 없었다.

나는 토론토로 돌아와서 로라가 도착하기를 기다렸다. 불볕더위가 계속되었다. 찌는 듯한 날씨, 땀에 젖은 이마, 샤워를 마치고 시들어 버린 정원이 내려다보이는 뒤 베란다에서 마시는 진토닉. 젖은 불 같은 공기. 모든 것은 축 늘어지거나 누렇게 바랬다. 늙은이가 목발을 짚고 계단을 올라가는 것 같은 소리를 내는 선풍기가 침실에 있었다. 숨넘어가는 듯한 헐떡거림, 쿵 하는 소리, 헐떡거림. 이렇게 무겁고 별이 보이지 않는 밤에 리처드가 하는 일에 열중하는 동안 나는 천장을 응시했다.

그는 나에게 취했다고 말했다. '취했다.' — 마치 술에 취한 것처럼. 마치 취하지 않고 제정신을 차리고 있다면 나에 대해 가졌던 감정을 느끼지 못할 것처럼.

나는 의아해하며 거울 속의 내 모습을 바라보았다. 내 어떤 모습 때문이지? 무엇이 그토록 취하도록 만드는 것인가? 그것은 전신 거울이었다. 그 속에서 나는 내 뒷모습이 어떻게 보이는지 알아내려고 노력했다. 그러나 물론 볼 수 없었다. 다른 사람들이 나를 보는 것처럼, 내가 알아차리지 못할 때 뒤에서 남자가 나를 보는 것처럼 스스로를 볼 수는 없는 법이다. 거울 속에서 내 머리는 언제나 어깨 위에서 뒤쪽으로 돌아가 있다. 교태가 가득한 유혹적인 자세. 뒷모습을 보기 위해 다른 거울을 하나 더 들고 있을 수도 있다. 그러나 그렇게 하면 수많은 화가들이 그리고 싶어 했던 모습과 대면하게 된다. 거울을 쳐다보는 여자의 모습. 허영의 상징. 비록 그것이 허영일 가능성은 별로 없고 오히려 그 반대일 경우가 더 많지만. 흠을 찾는 것. "내 어떤 모습 때문이지?"라는 질문은 "내가 뭐가 잘못된 거지?"라는 질문으로 쉽게 해석될 수 있다.

여자들은 엉덩이 모양에 따라 사과와 서양배로 분류될 수 있다고 리처드는 말했다. 나는 서양배인데, 아직 익지 않은 배라고 말했다. 그는 바로 그 점을 좋아했다. 나의 푸릇푸릇함, 딱딱함. 그가 의미한 것은 엉덩이 부분에 대한 지적이었겠지만, 그것은 전체에 대한 언급일 수도 있다.

샤워를 하고 털을 밀고 솔질을 하고 머리를 빗고 나면, 이제 바닥에 떨어진 머리카락을 주의해서 치웠다. 욕조나 세면대의 배수구에서 작은 머리카락 뭉치를 집어 들어서 변기로 흘려보내곤 했다. 여자들은 언제나 머리카락을 주변에 남겨 놓는다고 리처드가 지나가는 투로 말한 적이 있었던 것이다. 마치 털을 가는 동물처럼, 그런 암시를 하고 있었다.

그는 어떻게 알았을까? 서양배와 사과와 떨어진 머리카락에 대해 어떻게 알고 있었을까? 이 여자들, 다른 여자들은 누구였을까? 나는 피상적인 호기심 외에는 별 관심이 없었다.

나는 아버지에 대해, 아버지가 죽은 방식에 대해, 그리고 죽기 직전까지 무엇을 하고 있었는지, 무엇을 느꼈는지, 그리고 리처드가 내게 말하지 않는 것이 낫다고 판단한 모든 것에 대해 생각하지 않으려고 애썼다.

위니프리드는 일벌처럼 무척 바쁜 사람이었다. 그런 정열을 가졌음에도, 요정 대모의 변형이나 되는 것처럼 가볍고 가뿐한

휘장 같은 옷을 휘감고 있는 그녀는 언제나 서늘해 보였다. 그녀가 얼마나 대단하고 나를 대신해 얼마나 많은 일과 수고를 해 주고 있는지 리처드가 거듭해서 말했지만, 나는 갈수록 그녀가 더 불편하게 느껴졌다. 그녀는 끊임없이 우리 집에 드나들었다. 그녀가 언제 활기찬 미소와 함께 머리를 문에 들이밀며 나타날지 알 수 없었다. 내 유일한 피난처는 화장실이었다. 그곳에서는 문을 잠그고 있어도 무례한 것으로 간주되지 않았던 것이다. 그녀는 실내 장식의 나머지 작업을 감독하고 있었고, 로라의 방에 들여놓을 가구를 주문하고 있었다.(분홍색 꽃무늬 주름 장식이 달린 화장대, 같은 문양의 커튼과 침대 덮개. 하얀 소용돌이 문양에 금색으로 장식한 틀이 달린 거울. 이건 로라에게 꼭 들어맞는 물건들이야. 자기도 동의하지 않아? 나는 동의하지 않았다. 그렇지만 그렇게 말해봐야 아무 소용없는 일이었다.)

그녀는 정원도 계획하고 있었다. 벌써 여러 도안을 그려 놓았다. 그냥 몇 가지 생각해 본 거야, 하고 그녀는 내게 종이 몇 장을 내밀며 말했다. 그런 다음 도로 가져가서 그녀의 다른 작은 생각으로 이미 불룩하게 차 있는 폴더 속에 조심스럽게 집어넣었다. 분수가 있으면 아름다울 거야, 그녀는 말했다. 프랑스풍, 하지만 진짜여야 하지. 자기도 그렇게 생각하지 않아?

나는 로라가 오기를 바랐다. 그녀가 도착할 날짜는 이제까지 세 번이나 연기되었다. 짐을 덜 쌌다고, 감기에 걸렸다고, 기차표를 잃어버렸다고 했다. 나는 하얀 전화로 그녀와 통화를 했다. 그녀의 목소리는 억누른 듯이, 서먹서먹하게 들렸다.

사람 둘이 고용되었다. 시무룩한 요리사 겸 가정부 한 사람과 정원사이자 운전사로 불리는 턱살이 찐 뚱뚱한 남자 한 사람이었다. 그들의 성은 머거트로이드였고, 부부라고 했지만 남매처럼 보였다. 그들은 의혹 어린 태도로 나를 대했고, 나 역시 똑같이 응대했다. 나는 리처드가 사무실에 있고 위니프리드가 도처에 있는 낮 동안에는 되도록 집 밖에서 시간을 보내려고 노력했다. 시내에 나간다고, 쇼핑을 하러 간다고 말하곤 했다. 쇼핑으로 시간을 보내는 것은 그들의 기준에 부합하는 여가 방식이었다. 운전사가 심슨스 백화점에 내려 주고 나면, 나는 택시를 타고 집으로 돌아가겠다고 그에게 말했다. 그런 다음 안으로 들어가서 재빨리 물건을 샀다. 스타킹과 장갑은 언제나 나의 쇼핑 열정을 보여 주는 좋은 증거였다. 그다음 상점을 가로질러 걸어가서 반대편 출입구로 나왔다.

내 옛날 버릇이 되살아났다. 목적 없이 배회하기, 상점 진열장과 극장 포스터 들여다보기. 심지어 혼자서 영화관까지 갔다. 몸을 더듬는 남자들에 대해 더 이상 민감하게 굴지 않았다. 이제 그들이 무슨 생각을 품고 있는지 알고 있었기 때문에 그들의 악마 같은 마술적 분위기는 영향력을 발휘하지 못했다. 나는 똑같은 일을 더 경험하는 것에는 별 관심이 없었다. 똑같은 과다한 포옹과 더듬기. "손을 거두지 않으면 소리를 지를 거예요." 하고 말하는 것은 정말로 그렇게 할 태세만 되어 있다면 상당히 효과가 있었다. 그들은 내가 그렇게 하리라는 것을 알고 있는 것 같았다. 존 크로포드는 그 당시 내가 가장 좋아하던 영화 배우였다. 상처 입은 눈, 치명적인 입.

때로는 왕립 온타리오 박물관에 가기도 했다. 갑옷 일습, 박제된 동물, 오래된 악기를 보았다. 그건 그리 오래 지속되지 않았다. 혹은 청량음료나 커피를 마시기 위해 다이애나 스위츠에 가기도 했다. 그곳은 백화점 건너편에 있는 품위 있는 찻집으로, 숙녀들이 애용하는 곳이었다. 그리고 그곳에서는 부랑아 같은 남자들이 귀찮게 구는 일이 없었다. 혹은 퀸스 공원을 빠르고 단호하게 가로질러 걷기도 했다. 너무 천천히 걸으면 언제나 남자가 나타났다. 리니는 특정한 젊은 여자를 "파리 잡이 끈끈이 종이"라고 불렀다. "저 여자는 그들을 다 긁어 내 없애 버려야 해." 한번은 남자가 내 바로 앞, 눈높이에서 자신을 노출했다.(나는 대학의 구내의 외진 벤치에 앉아 있는 바보짓을 했다.) 그는 노숙자 같은 사람도 아니었고, 옷차림도 말쑥했다. "미안해요. 관심 없어요." 나는 그에게 말했다. 그는 너무나 실망한 것 같았다. 아마도 내가 기절하기를 바랐을 것이다.

이론상으로는 내가 원하는 곳은 어디든 갈 수 있었지만, 실제로는 눈에 보이지 않는 장벽이 있었다. 나는 중심가, 번화한 곳만을 고수했다. 그런 한정된 곳 내에서도 구속력이 느껴지지 않는 곳은 몇 군데 되지 않았다. 나는 다른 사람들을 바라보았다. 남자들보다는 여자들을. 그들은 결혼을 했는가? 그들은 어디로 가는가? 직업이 있는가? 그냥 보는 것만으로는 그들의 신발 가격 외에는 별 다른 것을 알아낼 수 없었다.

마치 누군가가 나를 들어 올려 모든 사람들이 다른 언어를 사용하는 외국 땅에 내려놓은 것 같은 기분이었다.

때로는 행복한 연애를 하는 연인들이 팔짱을 끼고 웃으면서 지나가기도 했다. 거대한 사기의 희생자, 그와 동시에 그 하수인, 그것이 바로 나 자신이라고 느꼈다. 나는 증오심을 품고 그들을 응시했다.

그러던 어느 날, 어느 목요일, 나는 알렉스 토머스를 보았다. 그는 길 맞은편에서 신호등이 바뀌기를 기다리고 있었다. 퀸 스트리트와 영 스트리트 교차 지점이었다. 노동자처럼 푸른 셔츠에 낡은 모자를 쓴, 더 형편없는 차림이었지만, 틀림없이 그 사람이었다. 그는 환하게 빛나고 있었다. 마치 어떤 보이지 않는 근원에서 나오는 빛이 그에게 쏟아져 놀랄 정도로 두드러지게 만드는 것처럼. 정말로 거리의 모든 사람들이 그를 쳐다보고 있었다. 그들은 분명 그가 누구인지 알고 있었다! 어느 순간에라도 그를 알아볼 것이고, 소리를 지르며 쫓아올 것이다.

순간적으로 나는 그에게 경고를 해 주어야겠다는 충동이 일었다. 그러나 얼마 지나지 않아 그 경고가 우리 둘 모두에게 해당하는 것이라는 사실을 알게 되었다. 그가 처한 곤경이 어떤 것이든 어느새 나 역시 거기에 얽혀 들게 된 것이다..

주의를 전혀 기울이지 않을 수도 있었다. 그냥 돌아서 버릴 수도 있었다. 그렇게 하는 편이 현명했을 것이다. 그러나 당시 내게는 그런 현명함이 없었다.

나는 보도에서 내려서 그를 향해 길을 건너가기 시작했다. 신호등 불이 다시 바뀌었다. 나는 도로 한 가운데서 오도 가도 못하게 되었다. 차들이 경적을 울렸다. 고함 소리가 터졌다. 차량행렬이 몰려왔다. 나는 되돌아가야 할지 앞으로 걸어가야 할지 판단할 수 없었다.

그때 그가 고개를 돌렸다. 그가 나를 보았는지 처음에는 확실하지 않았다. 나는 물에 빠져 구조를 간청하는 사람처럼 손을 내밀었다. 그 순간 이미 나는 마음속에서 배반을 저질렀다.

그것이 배신이었던가, 아니면 용기 있는 행동이었던가? 아마

둘 다였을 것이다. 그 두 가지 모두 미리 계획할 필요가 없다. 그런 것은 한순간, 눈 깜짝할 사이에 일어나는 법이다. 이미 침묵과 어둠 속에서 그것을 거듭 연습해 왔기 때문에 가능한 것이다. 너무나 깊은 침묵, 너무나 깊은 어둠이라서 우리 자신은 그것을 모르는 것이다. 앞은 보이지 않지만 확신에 찬 발걸음으로 우리는 기억하고 있는 춤을 추듯 앞으로 발을 내디딘다.

서니사이드

이 일이 있은 지 사흘 뒤에 로라가 도착할 예정이었다. 나는 기차 시간에 맞추어 유니언 역까지 직접 차를 몰고 갔지만, 그녀는 기차에 타고 있지 않았다. 아빌리온에도 없었다. 나는 확인하기 위해 리니에게 전화를 했고, 리니는 분노를 터뜨렸다. 로라의 됨됨이를 미루어볼 때 이런 일이 일어날 것이라고 생각했다고 말했다. 그녀는 로라와 함께 기차를 타러 갔고, 지시받은 대로 트렁크와 모든 것을 실어 보냈으며, 할 수 있는 한 모든 주의를 기울였다. 종착지까지 함께 왔어야 했다. 그리고 이제 보라! 이제 백인 노예 매매 업자가 그녀를 데리고 달아나 버린 것이다.

로라의 트렁크는 예정한 시간에 도착했지만, 로라는 사라져 버린 것 같았다. 리처드는 내가 예상했던 것보다 더 화를 냈다. 알 수 없는 어떤 세력, 그에게 앙심을 품은 사람들이 그녀를 납치했을까 봐 걱정했다. 빨갱이들일 수도 있고, 비양심적인 사업 경쟁 상대일 수도 있다. 그런 뒤틀린 사람이 존재한다. 온갖 종류의 인간들, 그러니까 그가 정치적 인맥을 넓혀 가고 있었기 때문에 자신에 부당한 영향력을 발휘하기 위해 무슨 짓이든 할 인간과 결탁하는 범죄자들일 수도 있다고 그는 넌지시 내비쳤다. 다음에는 협박을 당할 수도 있다.

그해 8월, 그는 많은 것에 대해 의혹을 품었다. 우리는 경계를 늦추지 말아야 한다고 그는 말했다. 7월에는 오타와에서 큰 데모 행진이 있었다. 실업자라고 주장하면서 직업과 정당한 임금을 요구하는 수천, 수만 명의 사람들. 정부를 전복하고자 하는 불순분자들에게 꼬드김을 당한 이들.

"분명히 이름이 머시기라고 하는 그 젊은 놈도 거기에 섞여 있을 거야." 리처드는 나를 면밀하게 바라보며 말했다.

"젊은 누구요?" 나는 창밖으로 눈길을 돌리며 말했다.

"내 말 잘 들어, 여보. 로라의 친구 말이야. 그 검게 생긴 놈. 당신 아버지 공장을 불태워 없애 버린 젊은 악당."

"그건 불타 없어지지 않았어요. 제때 화재를 진화했는걸요. 어쨌든, 입증된 건 없었잖아요." 나는 말했다.

"그는 허둥지둥 도망쳤어. 토끼처럼 달아나 버렸지. 내겐 그것만으로도 충분한 증거야." 리처드는 말했다.

오타와의 데모 참가자들은 리처드가 제안한 교묘한 비책으로 사면초가에 빠졌다. 적어도 리처드 자신은 그렇게 말했다. 그는 근래 고위 당직자 무리의 일원이 된 것이다. 데모 주동자들은 '공식 회담'을 위해 오타와로 유인되었고, 참가자들은 리자이너*에

---

* 캐나다 서스캐처원 주의 주도.

서 오도 가도 못하는 신세가 되었다. 회담은 계획한 대로 무산되었지만, 이후 폭동이 일어났다. 파괴주의자들이 소요를 일으켰고 대중은 걷잡을 수 없는 상태가 되었고 사람들이 죽고 부상을 당했다. 배후에 있던 것은 공산주의자들이다. 그들은 모든 수상적은 일에 관여하고 있다. 그리고 로라를 유괴한 사람이 그와 관련된 사람이 아니라고 누가 말할 수 있겠는가?

나는 리처드가 필요 이상으로 흥분한다고 생각했다. 나 역시 심란하기는 했지만 로라가 그저 길을 잃었을 거라고, 뭔가 혼동했을 거라고 생각했다. 그게 더 그녀다운 일이었다. 다른 역에 내리고, 우리 집 전화번호를 잊어버리고, 길을 잃었을 것이다.

병원에 확인을 해 봐야 한다고 위니프리드는 말했다. 로라가 병이 났거나 사고를 당했을 수도 있다는 것이다. 그러나 그녀는 병원에 없었다.

걱정하며 이틀을 보낸 후 우리는 경찰에게 알렸다. 그리고 그 직후, 리처드가 주의를 주었음에도, 신문에 이야기가 실렸다. 기자들은 우리 집 바깥 보도를 에워쌌다. 그들은 우리 집 문과 창문밖에 나오지 않는데도 사진을 찍어 댔다. 그들은 전화를 하고 인터뷰를 해 달라고 간청했다. 추문을 원한 것이다. "사랑의 보금자리를 튼 유명한 사교계 학교 소녀." "무시무시한 흔적이 남은 유니언 역 현장." 로라가 결혼한 남자와 도망갔다거나 무정부주의자에게 납치를 당했다거나 물품 보관소에 맡겨 놓은 여행용 가방 속에서 시체로 발견되었다는 얘기를 듣고 싶어 했다. 섹스나 죽음, 아니면 그 두 가지 모두. 그들이 염두에 둔 것은 그런 것이었다.

기자들에게 정중하게 하되 아무런 정보도 주어서는 안 된다고 리처드는 말했다. 쓸데없이 기자들을 적으로 만들 필요는 없다고, 왜냐하면 기자들이란 수년 동안 원한을 품고 있다가 전혀 예상치 않은 순간 앙갚음을 하는 복수심이 강한 작은 해충들이기 때문이라고 했다. 자신이 알아서 일을 처리하겠다고 그는 말했다.

그는 먼저 아내가 거의 쓰러지기 일보 직전이며 아내의 사생활과 허약한 건강 상태를 존중해 달라고 기자들에게 부탁했다. 그 말에 기자들은 약간 물러섰다. 물론 그들은 내가 임신을 한 것이라고 생각했다. 그 당시에는 임신이란 것이 여전히 중요한 어떤 것으로 여겨졌고, 또한 여자의 두뇌를 혼란 상태로 몰아넣는 것이라고 간주되었다. 그런 다음 그는 정보를 알려 주면 보상이 있을 것이라고 넌지시 흘렸다. 하지만 보상이 얼마가 될지에 대해서는 구체적으로 말하지 않았다. 여드레째 되던 날 익명으로 전화가 걸려 왔다. 로라가 죽은 것이 아니라 서니사이드 놀이 공원의 와플 판매대에서 일하고 있다는 것이다. 전화를 건 사람은 온갖 신문에 실린 인상착의에 대한 설명을 읽고 그녀를 알아보았다고 주장했다.

리처드와 내가 함께 차를 운전해서 그녀를 데리러 가기로 결정했다. 아버지가 꼴사납게 죽은 것과 그녀가 사체를 발견하게 된 점을 고려해 볼 때 로라가 지체된 충격 상태에 있을 가능성이 높다고 위니프리드는 말했다. 그런 시련을 겪고 난 후에는 누구든지 마음이 어지러울 것이다. 특히 로라는 신경이 과민한 소녀 아닌가. 분명 그녀는 자신이 무엇을 하는지, 혹은 말하는지 의식하지 못할 것이다. 일단 집으로 데리고 오면 강한 진정제를 준 후 의사에게 데려가야 한다.

그러나 가장 중요한 일은 이 사건이 단 한 마디도 새어나가서는 안 된다는 것이라고 위니프리드는 말했다. 그런 식으로 도망간 열다섯 살짜리 소녀, 그것은 가족 명예에 누가 되는 일이다. 사람들은 그녀가 학대당했다고 생각할 것이다. 그리고 이것은 심각한 장해물이 될 수도 있다. 리처드와 그의 미래 정치적 야망에 장애가 된다는 것이 그녀가 의미한 바였다.

서니사이드는 그 당시 사람들이 여름이면 놀러 가던 곳이었다. 리처드나 위니프리드 같은 사람들은 아니었지만. 그들에게는 너무 소란스럽고 땀으로 얼룩진 곳이었다. 회전목마, 핫도그, 루트 비어*, 사격장, 미인 대회, 공중목욕탕. 한마디로 말해, 저속한 오락 장소였다. 리처드와 위니프리드는 다른 사람들의 겨드랑이나 푼돈을 세는 사람들 가까이 다가가는 것을 싫어했을 것이다. 내가 왜 그들보다 내가 더 괜찮은 사람인 체하는지 모르겠다. 사실은 나도 그런 것을 싫어했을 것이다.

서니사이드, 이제 그곳은 사라져 버렸다. 50년대에 12차선 아스팔트 고속도로에 휩쓸려 없어졌다. 다른 많은 것들과 마찬가지로 철거된 것이다. 그러나 그해 8월에는 아직 성업 중이었다. 우리는 리처드의 쿠페를 타고 그곳으로 향했다. 그러나 교통 체증 때문에, 그리고 보도와 먼지투성이 도로에서 서로 밀치며 걸어가는 군중 때문에 상당히 떨어진 곳에 차를 세워 두어야만 했다.

날씨가 뜨겁고 탁한 불쾌한 날이었다. 이제 월터가 말하는 식

---

* 나무나 풀의 뿌리에서 채취한 즙을 발효해 만든 음료.

으로 표현하자면 지옥문의 경첩보다 더 뜨거운 닐이었나. 호수 연안 위쪽에는 보이지 않지만 거의 만져질 듯한 안개가 피어오르고 있었다. 오래된 향수와 햇볕에 태운 벌거벗은 어깨에서 나오는 기름이 비엔나소시지를 굽는 데서 나오는 증기, 그리고 솜사탕에서 흘러나오는 탄내와 합쳐져 만들어진 안개. 군중 속으로 걸어 들어가는 것은 스튜 속에 빠지는 것과 비슷했다. 우리는 일종의 음식 재료가 되고 특정한 풍미를 입게 되는 것이다. 파나마모자 챙 아래로 보이는 리처드의 이마마저 땀으로 젖어 있었다.

머리 위에서 금속과 금속이 맞물려 나는 날카로운 소리, 험악한 덜거덕 소리, 그리고 여자들 비명의 합창이 들려왔다. 롤러코스터였다. 나는 롤러코스터를 한 번도 타 본 적이 없었기 때문에, 리처드가 이렇게 말할 때까지 입을 벌린 채 멍하니 바라보고 있었다. "여보, 입 다물어. 파리 들어가겠어." 나중에 나는 괴상망측한 이야기를 들었다. 누구에게 들었느냐고? 물론 위니프리드에게서였다. 삶 속에서, 그러니까 하층민들의 삶의 이면에서 실제로 어떤 일이 일어나는지 자신이 알고 있다는 것을 과시하기 위해 슬쩍 던지는 그런 유의 이야기 중 하나였다. 곤경을 자처한 소녀들(그건 위니프리드가 사용한 단어였다. 마치 소녀들이 마음대로 곤경을 조작해내는 것처럼.)이 유산이 되기를 바라면서 서니사이드의 롤러코스터를 타러 간다는 얘기였다. 위니프리드는 웃음을 터뜨렸다. "물론 그렇게 되지는 않지. 그리고 만약 됐다 하더라도 뭘 어떻게 하겠어? 내 말은, 그 모든 피랑 말이야? 저 위 높은 곳에서? 상상해 봐!" 그녀는 말했다.

그녀가 이런 이야기를 해 주었을 때 내가 떠올린 것은 예전에 정기 항해선이 출항하는 순간 밑에서 올려다보던 사람들에게로 붉은 테이프를 던져 폭포처럼 떨어지게 만들던 일이었다. 또는 일련의 선, 길고 두꺼운 붉은 선들이 양동이에서 쏟아 부은 페인트처럼 롤러코스터에 탄 소녀들로부터 흘러나오는 모습. 휘갈겨 쓴 낙서 같은 주홍색 구름처럼. 공중에 쓴 글처럼.

이제 나는 생각한다. 그것이 글이라면, 어떤 종류의 글인가? 일기, 소설, 자서전? 혹은 단순한 낙서. "메리는 존을 사랑해." 그러나 존은 메리를 사랑하지 않는다. 적어도 많이 사랑하지는 않는다. 그녀가 모든 사람 위에 그렇게 붉고 붉은 글자로 끼적여 대며 자신의 몸을 비워 내는 입장을 모면하게 해 줄 정도로 사랑하지는 않는 것이다.

옛날 이야기.

그러나 1935년 8월의 그날까지 나는 낙태에 관한 이야기를 한 번도 들어 보지 못했다. 만일 내 앞에서 그런 단어가 발화되었다 하더라도(그런 일은 한 번도 없었다.) 그게 무슨 뜻인지 전혀 몰랐을 것이다. 리니조차 그것을 언급하지 않았다. 그녀가 말한 것은 부엌 탁자 위에서 일하는 푸주한에 대한 비밀스러운 암시 정도였다. 그리고 뒤 층계에 숨어 엿듣고 있던 로라와 나는 그녀가 식인 풍습에 대해 이야기하는 것이라고 생각하고 흥미로워했다.

롤러코스터 비명 소리가 지나가고, 사격장에서 팝콘 튀는 것 같은 소음이 들려왔다. 다른 사람들은 웃음을 터뜨렸다. 나는 점점 배가 고파 왔지만 간식을 먹자고 제안할 수는 없었다. 그때 그런 제안을 하는 것은 적당하지 않았고, 그곳의 음식은 생각할 수조차 없이 형편없는 것이었다. 리처드는 숙명인 것처럼 인상을 찌푸리고 있었다. 그는 내 팔짱을 끼고 군중 사이로 이끌고 갔다. 다른 한 손은 주머니에 넣고 있었다. 이런 장소에는 손버릇이 나쁜 도둑들이 들끓는 법이라고 그는 말했다.

우리는 와플 점포까지 갔다. 로라는 보이지 않았다. 그러나 리처드는 로라와 먼저 이야기하는 것이 현명한 방법이 아니라는 것 정도는 알고 있었다. 그는 가능하다면 언제나 상부에서부터 일을 처리하는 것을 선호했다. 그래서 그는 와플 점포 주인에게 따로 조용히 이야기를 하자고 부탁했다. 그는 짙은 턱을 가진 몸집이 큰 사람이었고 오래된 버터 냄새를 풍겼다. 그는 리처드가 왜 그곳에 와 있는지 즉시 알아차렸다. 그는 점포에서 한 발짝 물러나 어깨 너머로 은밀한 눈길을 던졌다.

와플 점포 주인은 가출한 미성년자를 숨겨 주고 있다는 사실을 알고 있는가? 리처드는 물었다. 말도 안 됩니다! 그 남자는 두려워하며 소리를 질렀다. 로라는 그의 환심을 샀고, 자신이 열아홉 살이라고 말했다. 그렇지만 그녀는 훌륭한 점원이었다. 말같이 열심히 일했다. 이곳을 깨끗하게 청소했고, 아주 바쁠 때면 와플 만드는 데 일손을 보태기도 했다. 그녀는 어디서 잤는가? 이 문제에 관해서 그는 막연하게 대답했다. 이 주변의 누군가가 그녀에게 침대를 제공했지만, 그는 아니었다. 적어도 그가 아는 한에서는 불미스러운 일이 일어나지 않았다. 우리는 그것을 믿어야 한다. 그녀는 착한 소녀고, 그는 이 주변의 다른 몇몇 사람과는 달리 행복한 결혼 생활을 하고 있는 사람이다. 그는 그녀에게 연민을 느꼈다. 그녀가 어떤 곤경에 처한 거라고 생각했던 것이다. 그녀와 같이 착한 아이들을 그는 좋아한다. 사실, 전화를 건 것은 바로 그 남자였다. 그리고 보상을 바라고 그런 것도 아니었다. 그녀가 가족들에게 돌아가는 것이 더 나을 거라고 생각했기 때문이었다. 그렇지 않은가?

이 대목에서 그는 기대하는 듯한 눈빛으로 리처드를 쳐다보았다. 돈이 오갔다. 비록 (내 추측에는) 그가 기대한 만큼 많은 돈은 아니었지만. 그런 다음 로라가 불려 나왔다. 그녀는 저항하지 않았다. 우리를 한 번 쳐다보더니 반항하지 않기로 결정한 것 같았다. "어쨌든 모든 것에 대해 감사해요." 그녀는 와플 점포 주인에게 말했다. 그녀는 그와 악수를 했다. 그가 자신을 현금과 바꿔치기했다는 사실을 알아차리지 못했다.

리처드와 나는 양쪽에서 그녀의 팔짱을 꼈다. 우리는 그녀와 함께 서니사이드를 다시 걸어 나왔다. 나는 배신자가 된 느낌이었다. 리처드는 그녀를 차에 태우고 자신과 나 사이의 좌석에 앉혔다. 나는 팔로 그녀의 어깨를 단단히 감싸고 있었다. 그녀에게 화가 났지만 위로를 해 주어야 한다는 것을 알고 있었다. 그녀에게서는 바닐라 냄새, 단 시럽, 그리고 감지 않은 머리 냄새가 났다.

일단 로라를 집에 데려오고 난 후 리처드는 머거트로이드 부인에게 로라에게 아이스티를 한 잔 가져다주라고 말했다. 그러나 그녀는 마시지 않았다. 소파 한가운데 무릎을 한데 모으고 앉아 있었다. 굳은 돌 같은 얼굴. 석판석 같은 눈.

그녀가 얼마나 많은 걱정과 소동을 일으켰는지 알고 있는가? 리처드는 물었다. 아니요. 신경을 쓰기라도 했는가? 아무 대답이 없었다. 그녀가 그런 짓은 다시 하지 않기를 바란다고 그는 말했다. 아무 대답이 없었다. 이제 그는, 말하자면 '인 로코 파렌

티스'*에 있으며, 그녀에 대한 책임을 지고 있고, 이딴 대가를 지르더라도 그 책임을 다할 작정이다. 그리고 어떤 것도 일방적일 수 없기 때문에 그녀 또한 그에 대한 책임이 있다는 것을 알아차리기를 바란다. 우리에 대한 책임이라고 그는 덧붙였다. 즉, 착하게 행동하고, 상식 내에서 지시 받은 대로 행동해야 하는 것이다. 알아들었는가?

"네. 무슨 말씀하시는지 알아들었어요." 로라는 말했다.

"그러기를 바랄게. 정말 그랬으면 좋겠어, 어린 아가씨."

"어린 아가씨"라는 말은 나를 불안하게 만들었다. 그것은 질책이었다. 마치 어리다는 것, 그리고 아가씨라는 것이 무슨 잘못이나 되는 것처럼. 만일 그렇다면 그것은 나에게 향한 질책이기도 했다. "뭘 먹고 지냈니?" 나는 화제를 바꾸기 위해 물었다.

"사탕 입힌 사과. 다우니플레이크 상표 도넛. 둘째 날에는 더 싸더라. 그곳 사람들은 정말 친절했어. 핫도그." 로라는 말했다.

"오, 이런." 나는 리처드를 향해 비난하는 듯한 엷은 미소를 지어 보이며 말했다.

"다른 사람들은 그런 걸 먹고 살아. 실제 삶에서는." 로라는 말했다. 그녀가 왜 서니사이드에 이끌렸는지 조금씩 이해되기 시작했다. 이 "다른 사람들" ― 로라에게 있어 지금까지 '다른' 존재였고 앞으로도 언제까지나 마찬가지일 그들 때문이었던 것이다. 그녀는 그들을 섬기고 싶어 했다. 이 다른 사람들을. 어떤 의미에서 그녀는 그들에게 합류하고 싶어 했지만 결코 그럴 수 없었다. 포트 타이콘드로가 무료 급식소의 재연이었다.

---

* in loco parentis, 라틴어로 '부모의 위치'라는 뜻.

"로라, 왜 그런 짓을 했지?" 나는 단 둘이 있게 되자 가장 먼저 그렇게 물었다.(어떻게 그렇게 했느냐는 질문은 간단한 대답밖에 얻어 낼 수 없다. 런던에서 기차에서 내려서 나중에 오는 기차로 표를 바꾼 것이다. 적어도 다른 도시로는 가지 않았다. 그렇게 했더라면 영영 그녀를 찾을 수 없었을 것이다.)

"형부는 아버지를 죽였어. 나는 이 집에 살 수 없어. 이건 잘못된 일이야." 그녀는 말했다.

"그렇게 말하는 건 정말 정당하지 못해. 아버지께서는 불행한 상황이 겹쳐서 돌아가신 거야." 나는 이런 말을 하는 자신이 부끄러웠다. 꼭 리처드가 하는 말 같았다.

"정당하지 않은지는 모르지만 사실이야. 표면 아래를 들여다보면 사실이야. 어쨌든, 나는 일을 갖고 싶었어." 그녀는 말했다.

"왜 직업을 갖고 싶었니?"

"우리가, 내가 할 수 있다는 것을 보여 주기 위해서. 우리 그렇게 할 필요가 없었다는 걸……." 그녀는 나를 외면하더니, 손가락을 깨물었다.

"뭘 할 필요가 없었다는 거지?"

"언니도 알잖아. 이 모든 것." 그녀는 주름 장식이 달린 화장대, 그와 같은 천으로 된 꽃무늬 커튼에 대고 손을 내저었다. "처음에는 수녀원에 갔어. '바다의 별' 수도원에 갔어."

맙소사, 나는 생각했다. 또 수녀 얘기라니. 수녀가 되려던 계획은 포기시켰다고 생각했는데. "그래서 그들이 뭐라고 하던?" 나는 다정하게, 별 다른 관심을 보이지 않는 척하며 물었다.

"아무 소용이 없었어." 그녀는 말했다. "아주 친절하게 대해 주기는 했지만 안 된다고 했어. 단지 가톨릭 신자가 아니기 때문에 그런 건 아니었어. 내가 진정한 소명이 없고, 그저 내 의무를 피하고 있는 거라고 말했어. 내가 하느님을 섬기고 싶으면 하느님이 나를 부른 삶 속에서 그렇게 해야 한다고 그랬어." 잠시의 침묵. "그런데 무슨 삶이라는 거야? 나는 삶이 없어!"

그리고 그녀는 울었다. 나는 팔로 그녀를 감싸 안아 주었다. 어릴 때부터 늘 해 주던 오래된 몸짓. 제발 그만 울어. 내게 흑색 각설탕이 한 조각 있다면 그녀에게 주었을 것이다. 하지만 그때 우리는 흑설탕 단계를 훨씬 지나 버렸다. 설탕은 아무런 도움이 되지 못했을 것이다.

"도대체 어떻게 여기서 벗어날 수 있지? 너무 늦어지기 전에?" 그녀는 울부짖었다. 적어도 그녀는 두려워할 줄 아는 통찰력이 있었다. 나보다 더 깊은 통찰력을 지니고 있었다. 그렇지만 나는 그것이 사춘기적 멜로드라마에 불과한 것이라고 생각했다. "뭘 하기에 너무 늦어진단 말이니?" 나는 부드럽게 물었다. 나는 그저 숨을 깊이 들이쉬었을 뿐이다. 깊은 숨, 평정, 현재 상황 점검. 공포에 질릴 필요는 없었다.

나는 내가 리처드를, 위니프리드를 감당할 수 있으리라고 생각했다. 호랑이의 성안에서 쥐처럼, 벽 안쪽에서 눈에 보이지 않게 기어 다니며 살 수 있을 거라고 생각했다. 침묵을 지키며, 머리를 숙이고. 그런데 아니었다. 나 자신을 너무 믿었다. 위험을 보지 못했다. 그들이 호랑이라는 사실마저 몰랐다. 더 끔찍한 사실은, 나 자신이 호랑이가 될 수 있다는 사실을 몰랐던 것이다. 적절한 환경이 주어진다면 로라도 그렇게 될 수 있다는 사실을 몰랐다. 사실 따져 보면, 어느 누구라도 그럴 수 있다.

"밝은 면을 봐." 위로를 하려고 최대한 노력하며 나는 말했다.

그녀의 등을 다독여 주었다. "따뜻한 우유 한 잔 가져다줄게. 그런 다음 푹 자는 거야. 내일이면 기분이 더 나아질 거야." 그러나 그녀는 울고 또 울면서 위로를 거부했다.

재너두

어젯밤, 나는 재너두 무도회에서 입었던 옷을 입고 있는 꿈을 꿨다. 나는 아비시니아의 처녀, 즉 덜시머를 들고 있는 아가씨로 분장했다. 그 복장은 녹색 공단으로 되어 있었다. 가슴과 허리 부근이 많이 드러나는 금색 스팽글 장식이 달린 작은 볼레로 재킷, 녹색 공단 팬츠, 반투명 바지. 목걸이와 이마 위의 고리로 사용된 많은 가짜 금 동전. 초승달 핀이 달린 작고 멋진 터번. 코에 걸친 베일. 화려한 서커스 디자이너가 상상한 동방의 모습.

내 늘어진 배와 푸른 핏줄이 불거진 손마디와 쪼그라든 팔을 내려다보고 그때의 나이가 아니라 지금 나이라는 것을 알아차리기 전까지는 그 복장을 입은 내 모습이 상당히 멋있다고 생각했다.

그러나 내가 있는 곳은 무도장이 아니었다. 나는 아빌리온의 무너진 유리 온실에 혼자 있었다. 아니, 처음에는 그렇게 보였다. 빈 화분이 여기저기 흩어져 있었다. 비지 않은 화분에는 마른 흙과 죽은 식물이 담겨 있었다. 돌 스핑크스 하나가 바닥에 옆면으로 쓰러져 있었고 매직 마커 펜으로 훼손이 돼 있었다. 이름, 머리글자, 조악한 그림. 유리 천장에는 구멍이 나 있었다. 그곳에서는 고양이 악취가 풍겼다.

내 뒤에 서 있는 본채는 어둡고 황폐했다. 그곳에 살던 사람들은 모두 떠나 버렸다. 나는 이 우스꽝스러운 화려한 드레스를 입은 채 뒤에 남겨졌다. 초승달이 떠 있는 밤이었다. 식물 하나가 실제로 아직 살아 있다는 것을 달빛으로 확인할 수 있었다. 하얀 꽃 한 송이가 핀 윤기 나는 덤불 같은 것. 나는 "로라." 하고 불렀다. 그늘 속에서 한 남자가 웃었다.

악몽이라고 할 만한 것도 못 된다고 할지도 모르겠다. 그런 꿈을 꿀 때까지 기다려 보라. 나는 비참한 마음으로 깨어났다.

마음은 왜 그런 짓을 하는가? 우리를 공격하고, 잡아 찢고, 손톱으로 파헤친다. 너무 배가 고파지면 자신의 심장을 먹기 시작한다고들 말한다. 아마 그것과 비슷한 것일지도 모르겠다.

말도 안 된다. 다 화학 물질 때문이다. 이런 꿈에 대해 조치를 취해야겠다. 무슨 약이 있을 것이다.

오늘은 눈이 더 내린다. 창밖으로 눈을 바라보는 것만으로도 손가락이 저려온다. 나는 부엌 탁자에 앉아 새기듯 글을 천천히 쓰고 있다. 펜이 무거워 힘을 줘서 쓰기 힘들다. 못으로 시멘트 바닥을 긁는 것처럼.

1935년 가을. 더위가 물러가고 추위가 다가왔다. 낙엽 위에, 그다음에는 아직 지지 않은 잎사귀에, 서리가 내렸다. 그다음에는 창문 위에. 그때에는 그런 세세한 부분을 보며 기쁨을 느꼈다. 나는 숨을 들이쉬는 것을 좋아했다. 내 허파 안의 공간은 전적으로 내 소유인 것이다.

그러는 동안, 삶은 계속되었다.

위니프리드가 이제 "로라의 작은 일탈"이라고 부르는 것은 가능한 한 은폐되었다. 리처드는 로라에게 만일 그녀가 다른 사람, 특히 학교에서 만난 누군가에게 그 사건에 대해 말한다면, 리처드 자신이 그것에 대해 듣게 될 것이고 그것을 개인적인 모독으로 간주할 것이며 뿐만 아니라 일종의 방해 공작을 시도하는 것으로 여기겠다고 말했다. 언론 기관에는 손을 써 놓았다. 리처드가 대단하게 생각하는 친구들인 뉴턴-도브스 씨 부부(그 남편이 철도 회사에서 중책을 맡고 있었다.)가 알리바이를 제공해 주었다. 그들은 로라가 머스코카에 있는 자신들의 별장에서 내내 지냈다고 증언할 준비가 되어 있었다. 그것은 여행 직전에 이루어진 휴가 계획이었고, 로라는 뉴턴-도브스 씨 부부가 우리에게 전화를 했다고 생각했고, 뉴턴-도브스 씨 부부은 로라가 했다고 생각했다. 그리고 이것은 모두 단순한 오해였고, 휴가 기간 동안에는 뉴스에 전혀 관심을 두지 않기 때문에 그들은 로라가 실종된 것으로 간주되고 있는 줄 몰랐다.

말도 안 되는 이야기. 그러나 사람들은 그것을 믿었다. 아니, 믿는 척해야 했다. 아마도 뉴턴-도브스 씨 부부는 진짜 이야기를 자신들의 가장 가까운 친구 스무 명에게 퍼트리고 있었을 것이다. 쉬쉬해 가며, 네게만 말하는 거라고 하며. 위니프리드가 그들 입장이었다면 똑같이 행동했을 것이다. 쑥덕공론도 다른 모든 것과 마찬가지로 일종의 상품이었던 것이다. 그러나 적어도 신문에는 나지 않았다.

로라는 까끌까끌한 킬트와 체크무늬 넥타이 복장을 하고 세인트 세실리아 학교에 다니게 되었다. 그녀는 학교를 싫어한다는 사실을 전혀 감추지 않았다. 학교에 다닐 필요가 없다고 말했다. 한번 직업을 가져 봤기 때문에 다른 직업도 가질 수 있다고 말했다. 리처드가 있는 자리에서 내게 이런 말을 했다. 그에게는 직접 말을 하지 않았다.

그녀는 손가락을 물어뜯었고, 식사를 제대로 하지 않았으며, 아주 여위었다. 당연히 나는 그녀가 무척 걱정되었다. 정말이지 예전부터 걱정했어야 했다. 그러나 리처드는 이런 히스테리적인 허튼 소리에 싫증이 났다고 말했다. 그리고 직업에 관련된 것에 대해서는 이제 더 이상 아무 말도 듣고 싶지 않다고 했다. 로라는 혼자 살기에는 너무 어리다. 그녀는 불미스러운 일에 말려들 것이다. 험한 세상에는 그녀같이 어리석은 소녀들을 등쳐먹는 것을 일삼는 사람들로 가득 차 있다. 만일 그녀가 이 학교를 좋아하지 않으면 먼 곳, 다른 도시에 있는 다른 학교로 가면 되는 것이다. 그리고 그 학교에서 도망친다면 그녀는 다른 비행 소녀들과 함께 '제멋대로 구는 소녀들을 위한 집'에 감호될 것이다. 그리고 그것도 효과가 없으면 언제나 진료소가 있다. 창문에 창살이 달린 개인 진료소. 그녀가 원하는 것이 삼베옷과 재라면, 그것이야말로 안성맞춤일 것이다. 그녀는 미성년자고 그는 보호자다. 그리고 절대 착각하지 마라. 그는 자신이 말한 대로 할 것이다. 그녀가 알고 있듯이, 모든 사람이 알고 있듯이, 그는 말한 바를 지키는 사람이다.

그는 화를 낼 때면 눈이 튀어나오오곤 했는데, 지금 눈이 튀어나와 있었다. 그러나 그는 이 모든 것을 조용하고 신빙성 있는 어조로 말했다. 그리고 로라도 그가 하는 말을 믿었고 겁을 먹었다. 이런 위협은 너무 지나친 것이고 그는 로라를, 모든 말을 문자 그대로 믿는 그녀의 사고방식을 이해하지 못한다고 말하면서 내가 중재하려고 했지만 그는 내게 개입하지 말라고 말했다. 필요한 것은 단호한 태도다. 로라는 지금까지 응석받이로 자랐다. 이제 그녀가 행실을 바로 고칠 때다.

몇 주간에 걸쳐 불안한 정전 협정이 맺어졌다. 나는 그 둘이 다시는 충돌하지 않도록 집안의 일을 조정했다. 그들이 서로 마주치지 않는 것, 그것이 내가 바라는 바였다.

물론 위니프리드는 한몫을 하려고 끼어들었다. 그녀는 리처드에게 단호한 태도를 취하라고, 로라는 입마개를 하지 않으면 자신에게 먹이를 준 손을 물어 델 그런 부류의 소녀라고 말했을 것이다.

리처드는 모든 일에 관해 위니프리드와 상의했다. 그녀야말로 모든 일의 전반에 걸쳐 그에게 공감해 주고, 그를 지지해 주고, 격려해 주는 사람이었던 것이다. 그녀는 그를 사교계에서 후원해 주고, 적합하다고 판단되는 방면에서 그의 이득을 증대시켜 주었다. 국회에 들어가려는 시도를 언제쯤 하는 것이 좋겠는가? 아직은 아니다, 그녀는 자기 말을 듣는 사람 귀에 대고 속삭였다. 시기가 아직 이르다, 하지만 곧 다가올 것이다. 리처드는 미래에 중요한 사람이 될 것이며 그의 뒤에 서 있을 여자는 — 성공한 남자에게는 모두 그런 여자가 한 명씩 있지 않던가? — 바로 그녀 자신이 될 것이라고 그들은 결론을 내려놓은 상태였다.

분명 나는 아니었다. 그녀와 나, 우리의 상대적 위치는 분명치 않았다. 아니, 그녀에게는 언제나 분명했고, 이제 내게도 점차 분명해지기 시작했다. 그녀는 리처드에게 필요한 존재였고, 반면 나는 언제나 대치될 수 있는 사람이었다. 내가 할 일은 다리를 벌리고 입을 다무는 것이었다.

잔인하게 들리는가? 사실 잔인했다. 그렇지만 특이한 일은 아니었다.

위니프리드는 내가 낮 동안 할 일을 마련해야 했다. 내가 지루해서 돌아 버리거나 엉뚱한 짓을 시작하는 것을 원하지 않던 것이다. 그녀는 내가 할 무의미한 과업을 고심해서 짜낸 후 그것을 자유롭게 할 수 있도록 내 시간과 공간을 재조정해 주었다. 이런 과업들은 전혀 흥미롭지 않았다. 나를 멍청한 사람으로 여기고 있다는 사실을 그녀는 조금도 감추지 않았던 것이다. 나는 그녀의 그런 생각을 바꾸기 위한 어떤 시도도 하지 않았다.

그렇게 해서 그녀가 주최한 도심 기아 보육원 자선 무도회가 열리게 되었다. 그녀는 나를 조직책 중 한 사람으로 집어넣었다. 그것은 내가 도망가는 것을 막는 수단이 될 뿐만 아니라 리처드의 위신을 세워 주는 것이기 때문이기도 했다. '조직책'이라는 것은 농담에 불과했다. 그녀는 내가 신발 끈도 정리하지 못한다고 생각했다. 그러니 어떤 하찮은 과업이 내게 주어졌겠는가? 그녀는 봉투에 주소 쓰는 일이 좋겠다고 판단했다. 그녀가 옳았다. 나는 할 수 있었을 뿐만 아니라 잘하기까지 했다. 생각할 필요 없이 정신을 딴 곳에 팔며 시간을 보낼 수 있었다.("천만다행으로 한 가지 재주는 있더군." 그녀가 빌리와 찰리 같은 친구에게 말하는 것이 들려오는 것 같았다. "아, 깜빡했다, 두 가지!" 왁자지껄한 웃음소리.)

빈민가의 아이들을 돕는 도심 기아 보육원은 위니프리드가 한 일 중 가장 성공적이었다. 아니, 적어도 자선 무도회는. 대부분의 그런 모임이 그랬듯이 가장 무도회였다. 당시 사람들은 특이한 복장을 좋아했다. 제복만큼이나 좋아했다. 그 두 가지 모두 같은 목적으로 사용되었다. 자신의 진정한 모습을 외면하고 다른 사람인 척할 수 있는 것. 이국적인 옷을 걸치는 것만으로 더 크거나 더 힘센 사람, 혹은 더 매혹적이고 신비한 사람이 될 수 있었던 것이다. 거기에는 뭔가 특별한 것이 있었다.

무도회를 위한 위원회가 있었지만 위니프리드가 모든 중요한 결정을 내린다는 것을 모두 알고 있었다. 그녀가 줄을 들고 있었고 다른 이들은 줄넘기만 했다. 1936년의 주제를 '재너두'로 정한 것도 그녀였다. 경쟁 상대인 순수 미술 무도회에서는 바로 전에 '사마르칸트의 티무르'를 했고 대단한 성공을 거두었다. 동양을 주제로 한 것은 실패하는 경우가 없었고, 모든 이들이 학교에서 「쿠빌라이 칸」을 외워야 했기 때문에, 심지어 변호사들, 의사들, '은행가'들도 재너두가 무엇인지 알고 있었다. 그들의 부인들도 당연히 알고 있었다.

재너두에서 쿠빌라이 칸은
장엄한 환락의 궁을 명했다.
성스러운 강, 알프가
인간이 측량할 수 없는 큰 동굴을 지나
해가 없는 바다까지 흐르는 곳에.

위니프리드는 시 전문을 타자하여 등사 인쇄를 한 뒤 위원회에 나눠 주었다. 능률적으로 생각할 수도 있도록 하기 위해서라고 그녀는 말했다. 그리고 우리가 어떤 제안거리가 있으면 언제든지 환영이라고 했다. 그러나 그녀가 이미 전체 계획을 머릿속에 짜 놓았다는 사실을 우리는 알고 있었다. 그 시는 새김 장식으로 인쇄된 초대장에도 인용될 예정이었다. 금색 글자, 금색과 짙은 청색 아라비아 문자로 가장자리를 장식한 초대장. 그런 문자를 이해할 수 있는 사람이 있었던가? 없었다. 하지만 그건 멋있게 보였다.

이런 행사에는 초대받은 사람만 참석할 수 있었다. 초대를 받은 후에는 터무니없는 돈을 지불해야 했다. 그러나 모임은 매우 배타적이었다. 누가 명단에 올라갔는가는 조바심 나는 기대심을 불러일으켰다. 물론 사교계 내 위치가 불안정한 사람에게 해당되는 말이었지만. 초대장을 기대하고 있다가 받지 못하는 것은 연옥을 미리 맛보는 것과 마찬가지였다. 그런 일을 두고 많은 사람들이 비밀스럽게 눈물을 흘렸을 것이다. 그런 부류의 세계에서는 자신이 신경을 쓰고 있다는 것을 내보여서는 안 되는 것이다.

재너두의 매력은(하고 위스키 목소리로 시를 낭독한 후 그녀는 말했다. 낭독은 상당히 좋았다. 그녀가 잘했다는 것은 나도 인정하겠다.) 그것의 '매력'은 그런 주제로는 원하는 대로 감출 수도 있고 드러낼 수도 있다는 점이다. 뚱뚱한 사람들은 풍부한 비단으로 휘감을 수 있고, 날씬한 사람들은 노예 소녀나 페르시아 댄서로 변장해서 거의 모든 신체 부분을 드러낼 수 있다. 얇은 천으로 된 치마, 팔찌, 딸랑거리는 팔목 사슬, 범위는 그야말로 무한하다. 그리고 남자들은 당연히 터키 주지사로 꾸미고 하렘이 있는 척하는 것을 즐길 것이다. 환권으로 분장하라고 누구를 실득할 수 있을지는 잘 모르겠지만, 그녀는 이렇게 덧붙였고 농담을 이해한다는 듯 킥킥거리는 웃음이 터져 나왔다.

로라는 이런 무도회에 참가하기에는 너무 어렸다. 위니프리드는 그녀를 위한 데뷔, 아직까지 거행되지 않은 통과 의식을 준비하고 있었고, 그 전까지는 참가 자격이 되지 않았다. 그러나 그녀는 준비 과정에 많은 관심을 보였다. 그녀가 다시 어떤 일에 관심을 가지는 것에 나는 상당히 안도감을 느꼈다. 학교 공부에는 정말 아무런 관심을 보이지 않았다. 성적은 엉망이었다.

앞서 한 말을 수정해야겠다. 그녀가 관심을 보인 것은 준비 과정이 아니라 시였다. 나는 아빌리온에서 바이올런스 선생에게 이 시를 배워 이미 알고 있었지만, 그 당시 로라는 별 신경을 쓰지 않았다. 이제 그녀는 그 시를 읽고 또 읽었다.

악마 연인이 뭐야? 그녀는 알고 싶어 했다. 왜 바다에는 해가 없어? 왜 대양에는 생명이 없지? 왜 햇빛 찬란한 환락의 궁에는 얼음 동굴이 있지? 아보라 산은 뭐고, 아비시니아 처녀는 왜 그것에 대해 노래를 하는 걸까? 조상의 목소리는 왜 전쟁을 예언하는 거지?

이런 질문들에 대한 대답을 나는 전혀 알지 못했다. 이제는 모두 알고 있다. 새뮤얼 테일러 콜리지의 대답이 아니라 나 자신의 대답. 콜리지는 그 당시 마약에 취해 살았기 때문에 그가 어떤 대답을 갖고 있었을지 알 수 없는 일이다. 제대로 된 것인지 모르겠지만, 내 대답은 다음과 같다.

성스러운 강은 살아 있다. 그것은 생명 없는 대양으로 흐른다. 살아 있는 모든 것이 그곳에서 삶을 마치는 것이다. 연인은 존재하지 않는 사람이기 때문에 악마 연인이다. 햇빛 찬란한 환락의 궁전에 얼음 동굴이 있는 까닭은 환락의 궁전이 그것을 소유하고 있기 때문이다. 한참 후 그것은 매우 차가워졌고, 그다음에는 녹아 버렸다. 그러면 우리는 어디에 있는가? 흠뻑 젖어 버렸다. 아보라 산은 아비시니아 처녀의 집이다. 그리고 그녀는 그곳으로 돌아갈 수 없기 때문에 거기에 대한 노래를 부르는 것이다. 조상의 목소리가 전쟁을 예언하는 이유는 결코 입을 다물 수 없기 때문이고 틀리는 것을 싫어하기 때문이며, 전쟁은 언제고 확실히 일어나게 되어 있기 때문이다.

내가 틀렸다면 고쳐 달라.

눈이 내렸다. 처음에는 부드럽게, 그다음에는 바늘처럼 피부를 찌르는 단단한 탄환같이. 오후에 해가 졌고, 하늘은 씻겨 내려간 피 색깔에서 탈지유 색깔로 바뀌었다. 굴뚝에서, 석탄으로 불을 지핀 화로에서 연기가 흘러나왔다. 빵 마차를 끄는 말들은 거리에 김이 모락모락 오르는 갈색 똥 더미를 남겨 놓았고, 그것은 이내 딱딱하게 얼어 버렸다. 아이들은 서로에게 그것을 던져 댔다. 시계는 거듭해서 자정을 알렸다. 매일 밤 자정 깊은 푸른색 도는 검은 하늘은 차가운 별들로 가득 찼고 뼈 같은 하얀 달이 떴다. 나는 침실 창문 너머로 밤나무 가지를 통해 보도를 바라보았다. 그런 후 나는 불을 껐다.

재너두 무도회는 1월 두 번째 토요일에 열렸다. 내 의상은 그날 아침 얇은 종이로 가득 찬 상자에 담겨 배달되었다. 말라바 상점*에서 의상을 빌리는 것이 현명한 짓이었다. 특별 제작을 하는 것은 지나치게 애쓰고 있다는 것을 드러내는 것이기 때문이다. 거의 6시가 되었고 나는 옷을 입어 보고 있었다. 로라는 내 방에 있었다. 그녀는 종종 그곳에서 숙제를 했다. 아니, 하는 시늉을 했다. "언니는 누구로 분장하는 거야?" 그녀가 물었다.

"아비시니아 처녀." 나는 말했다. 무엇으로 덜시머를 삼을지 아직 정하지 못했다. 아마도 밴조**에 리본을 둘러서 쓰면 될 것이다. 이내 내가 가지고 있는 유일한 밴조는 아빌리온의 다락에 있는 죽은 삼촌 것밖에 없다는 사실을 기억했다. 덜시머는 생략해야 했다.

로라가 내게 예쁘게 보인다거나 멋있게 보인다는 말을 하리라고 기대하지 않았다. 그녀는 한 번도 그런 적이 없었다. '예쁘다'라거나 '멋있다'라는 것은 그녀의 사고 범주가 아니었다. 이번에는 그녀는 이렇게 말했다. "언니는 아비시니아 사람처럼 보이지 않아. 아비시니아 사람들은 금발이 아니야."

"내 머리 색깔은 어쩔 수 없어. 이건 위니프리드의 실수야. 그녀는 바이킹이나 뭐 그런 걸 골랐어야 했어." 나는 말했다.

"왜 그들은 모두 그를 두려워하는 거지?" 로라가 물었다.

"누구를 두려워해?" 나는 말했다.(나는 이 시에서 두려움보다는 환락에 대해 관심을 기울였다. 환락의 궁. 환락의 궁이야 말로 내가 지금 살고 있는 곳이었다. 나를 둘러싼 사람들이 모르는 나의 진정한 존재가 있는 곳. 성벽과 탑에 둘러싸여 있어 다른 어느 누구도 들어올 수 없는 곳.)

"들어 봐." 그녀는 눈을 감고 암송했다.

---

* 토론토와 오타와에 위치한 특수 의상 전문점.
** 미국의 민속 음악이나 재즈에 쓰는 현악기.

내가 내 안에

그녀의 심포니와 노래를 재연할 수 있을까,

나를 사로잡은 그런 깊은 기쁨으로,

그래서 소리가 크고 긴 음악으로

나는 그 궁전을 공중에 지으리,

그 햇빛 찬란한 궁전! 그 얼음 동굴!

그리고 들은 자들은 모두 그곳에서 그것을 보리,

그리고 모두 외치리, 조심하라! 조심하라!

그의 번득이는 눈, 그의 휘날리는 머리칼!

그의 주변에 원을 세 번 돌라,

그리고 경외감으로 눈을 감으라,

그는 꿀물을 먹었고,

낙원의 젖을 마셨다.

"봐, 저들은 그를 두려워하고 있잖아. 그런데 왜? 왜 조심해야
하지?"

"정말이지, 로라, 나는 아무것도 몰라. 이건 단지 시에 불과해.
시가 무엇을 의미하는지 언제나 알 수는 없는 법이야. 그가 미쳤
다고 생각했나 보지." 나는 말했다.

"그건 그가 너무 행복하기 때문이야. 그는 낙원의 젖을 마셨
어. 언니가 너무 행복해하면 사람들은 언니를 두려워하게 돼 있
어. 그런 식의 두려움. 그렇지 않아?" 로라는 말했다.

"로라, 나 좀 그만 괴롭혀. 내가 모든 걸 알 수는 없어. 나는 교
수가 아니야." 나는 말했다.

로라는 킬트 교복을 입고 마루에 앉아 있었다. 그녀는 실망한

채 손가락 마디를 빨면서 나를 올려다보았다. 근래 들어 나는 그녀를 자주 실망시켰다. "며칠 전에 알렉스 토머스를 봤어." 그녀는 말했다.

나는 황급히 얼굴을 돌리고 거울을 보며 베일을 똑바로 고쳤다. 녹색 공단, 이건 상당히 조악한 효과를 냈다. 사막에 관한 영화에 나오는 할리우드 요부. 다른 사람들 역시 가짜로 보일 거라는 생각으로 스스로를 위로했다. "알렉스 토머스? 정말로?" 나는 말했다. 좀 더 놀란 척했어야 했다.

"언니는 기쁘지 않아?"

"뭐가 기쁘단 말이야?"

"그가 살아 있다는 게. 그가 붙잡히지 않았다는 게." 그녀는 말했다.

"물론 기쁘지. 하지만 아무에게도 아무 말 하지 마. 그들이 그를 추적하길 바라는 건 아니겠지." 나는 말했다.

"나한테 그런 말 할 필요는 없어. 나는 아기가 아니야. 그래서 그에게 손을 흔들지 않았어."

"그가 너를 봤니?" 나는 물었다.

"아니. 그는 그냥 길을 걷고 있었어. 코트 깃을 올리고 턱까지 머플러를 두르고 있었어. 하지만 나는 그 사람인 줄 알아봤지. 손은 주머니에 넣고 있었어."

손과 주머니가 언급되자, 날카로운 아픔이 나를 관통했다. "무슨 거리에서였니?"

"우리 집 거리. 그는 맞은편에서 집들을 올려다보고 있었어. 우리를 찾고 있는 거라고 생각했지. 우리가 여기 주변에 산다는 걸 아는 것 같아." 그녀는 말했다.

"로라, 너 아직도 알렉스 토머스한테 빠져 있니? 그렇다면, 그걸 극복하려고 노력해야 해."

"나는 그 사람한테 빠지지 않았어. 빠진 적 없어. 빠진다는 건 끔찍한 단어야. 정말 거지 같은 말이야." 그녀는 말했다. 학교에 다니기 시작한 후부터 그녀는 덜 경건해졌고, 훨씬 더 심한 말을 쓰게 되었다. '거지 같다'라는 말은 한층 더 수위가 높은 말이었다.

"네가 무엇이라고 부르든, 그걸 포기해야 해. 가능한 일이 아니야. 너를 불행하게 만든 뿐이야." 나는 부드럽게 말했다.

로라는 팔로 무릎을 감쌌다. "불행하다고. 도대체 언니가 '불행'에 대해서 뭘 알아?" 그녀는 말했다.

8부

눈먼 암살자

육식 동물 이야기

그는 또 이사했다. 잘된 일이다. 그녀는 교차로 근처의 그 장소가 싫었다. 그곳에 가는 것을 좋아하지 않았다. 어쨌든 거기는 너무 멀었고 또 그 즈음에는 너무 추웠다. 그곳에 갈 때마다 이를 부딪치며 떨곤 했다. 좁고 생기 없는 방, 고정된 창문을 열 수 없기 때문에 밴 오래된 담배 냄새, 한구석에 붙은 더럽고 작은 샤워 시설, 계단에서 마주치곤 했던 그 여자를 그녀는 싫어했다. 진부한 오래된 소설에 나오는 짓밟힌 소작농 같은 여자. 등 뒤에 나뭇짐을 한 가득 지고 갈 듯 느껴지는 그런 여자. 그의 방문이 닫히고 난 뒤 그 안에서 무슨 일이 일어날 것인지 정확히 그려 보는 듯한 그녀의 무뚝뚝하고 무례한 시선. 선망의 시선, 또한 악의에 찬 시선.

그 모든 것으로부터의 탈출.

그늘에는 잿빛 오점 같은 흔적이 좀 남았지만 이제 눈은 거의 녹았다. 햇볕은 따뜻하고, 축축한 땅과 움직이는 뿌리와 번져

서 읽을 수 없게 된, 지난겨울에 버려진 신문의 젖은 흔적 냄새
가 난다. 좀 더 잘 가꿔진 도시 구역에는 수선화가 피어났고, 그
늘이 지지 않은 몇몇 앞뜰에는 붉은색과 주황색 튤립이 피어 있
다. 원예 칼럼에서 약속의 징후라고 부르는 것. 4월 말인 지금도
며칠 전 눈이 내리기는 했지만. 커다랗고 하얗고 질척질척한 눈
송이. 기이한 눈보라.

그녀는 감색 코트를 입고 손수건 아래 머리를 감추고 있다.
그나마 가장 수수하게 보이는 것이다. 그는 그것이 제일 낫다고
말했다. 이 아래쪽 외진 곳 구석에는 수고양이 냄새와 토사물,
수송용 나무 상자에 담긴 닭에서 나는 악취가 가득하다. 길에
쌓인 말 배설물. 도둑이 아닌 선동자들을 감시하고 있는 기마경
찰의 말에게서 나온 것이다. 외국 빨갱이들과 한 패거리인 작자
들, 밀짚 속 쥐새끼들처럼 서로 속닥거리고, 한 침대에 여섯 명씩
잠을 자는 것은 물론이고, 여자들을 공유하고, 뒤틀리고 복잡
한 계략을 짜내는 자들. 미국에서 망명한 에마 골드먼*이 근방
에 있다는 소문이 돌고 있다.

보도에 흥건한 피, 양동이와 솔을 든 남자. 그녀는 젖은 분홍
색 웅덩이 주변을 조심스럽게 디딘다. 이곳은 유대교식 푸줏간
지역이다. 또한 재단사와 도매 모피상 지역이기도 하다. 그리고
말할 것도 없이 노동 착취 공장이 있는 곳이기도 하다. 열을 지
어 기계 위로 몸을 굽히고 폐를 실 보푸라기로 가득 채운 채 일
하는 여자 이민자들.

당신이 등에 걸치고 있는 옷은 다른 사람의 거야. 그는 언젠

---

* 1869~1940. 미국의 급진주의와 여성주의에 중요한 역할을 한 무정부주의자.

가 그녀에게 말했다. 그래요, 그녀는 가볍게 응수했다. 하지만 내가 입으면 더 예뻐 보여요. 그리고 약간 화가 나서 덧붙였다. 내가 '뭘' 하길 바라는데요? '어떻게' 하길 바라냐고요? 정말로 내게 무슨 힘이 있다고 생각해요?

그녀는 청과물 상회에서 걸음을 멈추고 사과를 세 개 산다. 그다지 신선하지는 않다. 지난 철에 나온, 껍질에 약간 주름이 진 사과. 그러나 일종의 평화 제물 같은 것이 필요할 것 같다. 그 여자는 그녀에게서 사과 하나를 거둬 가 보기 흉한 갈색 부분을 가리켜 보이더니 성한 사과로 바꿔 준다. 아무 말도 하지 않은 채. 의미심장한 끄덕임과 이 빠진 자리가 드러나 보이는 미소.

검은 긴 코트와 챙이 넓은 검은 모자 차림의 남자, 작고 예민한 눈을 가진 여자. 숄, 치마. 문법에 어긋나는 동사. 그들은 정면을 쳐다보지 않지만 빈틈없이 본다. 그녀는 이목을 끈다. 여자 거인. 밖으로 훤히 드러난 그녀의 다리.

여기 단추 가게가 있다. 그가 말한 바로 그곳에. 그녀는 진열창 안을 들여다보기 위해 잠시 멈춘다. 화려한 단추, 공단 리본, 납작한 끈, 리크랙*, 장식용 금속 조각 — 패션 복제물의 꿈나라 형용사를 만들어 내기 위한 원료. 바로 이 부근에서 일하는 누군가의 손가락이 그녀의 하얀 시폰 이브닝 케이프에 흰담비 장식을 바느질해 붙였을 것이다. 연약한 베일과 거친 동물 모피의 대조, 신사들은 그것에 이끌린다. 섬세한 육체, 그다음에는 거친 관목 같은 털.

그의 새로운 방은 제과점 위에 있다. 옆쪽으로 가서 계단을

_____

* 옷의 가장자리 장식으로 쓰는 여러 갈래를 엇갈려 짠 끈, 혹은 천.

올라가면 그녀가 좋아하는 냄새가 안개처럼 퍼져 있는 곳. 그러나 짙고 압도적이기도 하다. 발효 중인 이스트 냄새가 따뜻한 헬륨처럼 그녀 머릿속으로 곧바로 침투한다. 그를 너무 오랫동안 보지 못했다. 그녀는 왜 소원했던가?

그는 여기 있다. 그가 문을 연다.

사과를 좀 가져왔어요. 그녀는 말한다.

어느 정도 시간이 지난 후 이 세계의 사물들이 그녀 주변에서 다시 한 번 형태를 갖춘다. 그의 타자기가 작은 세면대 위에 위태롭게 놓여 있다. 푸른 여행용 가방이 그 옆에 있고, 가방 위에는 떨어져 나온 세면기가 놓여 있다. 바닥에 구겨져 있는 셔츠. 왜 바닥에 떨어져 있는 옷은 언제나 욕망을 의미하는가? 그 비틀리고 충동적인 형태로. 그림 속의 불꽃이 그렇게 보인다. 주황색 천이 거칠게 내던져져 있는 모습.

방을 거의 다 채우고 있는 거대한 조각된 마호가니 구조물인 침대 위에 그들은 누워 있다. 한때 평생 지속되리라 생각되었던 결혼식 가구였던 것. 어딘가 먼 곳에서 만들어진 것. 평생, 바로 지금 그 단어는 얼마나 바보같이 들리는지. 지속성, 얼마나 쓸데없는 것인가. 그녀는 그의 휴대용 칼로 사과를 썰어서 그에게 먹인다.

내가 당신을 잘 몰랐더라면 나를 유혹하고 있다고 생각했을 거야.

아니에요, 그저 당신을 살려 두는 것뿐이죠. 나중에 잡아먹으려고 살찌우는 거예요.

그건 변태적인 생각이야, 젊은 아가씨.

그래요. 당신의 생각이죠. 푸른 머리칼과 뱀이 도사리고 있는 심연과 같은 눈을 가진 죽은 여자들을 잊어버렸다고는 하지 마요. 그들은 당신을 아침 식사로 먹어 치웠을 거예요.

허용이 될 경우에만. 그는 그녀에게 다시 손을 뻗는다. 도대체 그 동안 어디 있었던 거야? 몇 주씩이나 됐어.

그래요. 기다려요. 당신한테 할 말이 있어요.

급한 거야? 그는 묻는다.

그래요. 뭐 그렇진 않아요. 아니요.

해가 지고, 커튼 그림자가 침대를 가로질러 움직인다. 바깥 거리에서 들려오는 목소리, 알 수 없는 언어들. 언제까지나 이걸 기억하겠어. 그녀는 스스로에게 말한다. 왜 기억에 대해 생각하고 있지? 아직 '이전'이 아니야. 현재야. 아직 지나지 않았어.

이야기를 생각해 봤어요. 그녀는 말한다. 다음 부분을 지어냈어요.

오? 나름대로의 생각이 있다고?

나는 언제나 나만의 생각을 갖고 있어요.

좋아. 한번 들어 보지. 그는 싱긋 웃으며 말한다.

좋아요, 그녀는 말한다. 우리가 마지막으로 알고 있는 것은 소녀와 눈먼 남자가 황폐함의 족속의 지도자인 환희의 시종을 만나도록 인도되는 것이었어요. 그 두 사람을 신의 전령이라고 생각했기 때문이죠. 내가 틀렸으면 고쳐 줘요.

당신, 정말로 이것에 관심을 기울이고 있군? 그는 의아해하며 말한다. 정말로 기억해?

물론이죠. 당신이 말한 모든 단어를 기억해요. 그들은 야만인들의 캠프에 도착해요. 그리고 눈먼 암살자는 무적의 존재에게서 받은 메시지가 있다고 환희의 시종에게 말하죠. 그것은 저곳에 있는 소녀만 동석한 곳에서 비밀리에 전달되어야 하는 거예요. 그녀를 시야에서 놓치고 싶지 않았기 때문이죠.

그는 볼 수 없어. 눈이 멀었다고. 기억해?

내가 무슨 말을 하는지 알잖아요. 그래서 환희의 시종은 괜찮다고 말해요.

그는 그냥 "괜찮다."라고 하지 않아. 연설을 하지.

그 부분은 못하겠어요. 그들 세 명은 다른 이들을 떠나 텐트 안으로 들어가요. 그리고 암살자는 자기가 세운 계획이 있다고 말하죠. 그는 포위 공격을 하거나 목숨을 희생할 필요 없이 사키얼-논으로 들어가는 방법을 알려 줄 거예요. 그러니까 그들 편의 목숨 말이죠. 그들은 두어 사람을 파견해야 하고, 그는 그 사람들에게 성문 암호를 알려 줄 거예요. 그가 암호를 알고 있다는 것, 기억하고 있죠? 그리고 일단 그들이 성문 안으로 들어가면, 운하로 가서 궁형 길 아래까지 밧줄을 떠내려 보내야 해요. 그리고 밧줄의 끝부분을 돌기둥이나 뭐 그런 것에 매어 두죠. 그러고 나서 밤이 되면 일단의 병사들이 밧줄을 타고 물 밑으로 도시 안으로 들어가서 파수병을 꼼짝 못 하게 만든 뒤 성문 여덟 개를 모두 여는 거예요. 그러면 빙고.

빙고? 그는 웃음을 터뜨리며 말한다. 자이크론 말같이 들리지는 않는데.

흠, 그러면 제격 해결된다라고 해요. 그런 후 성에 찰 때까지 모든 사람을 죽일 수 있어요. 그게 그들이 원하는 거라면 말이죠.

현명한 책략인걸. 아주 교묘해. 그는 말한다.

그래요. 헤로도토스, 아니면 그런 비슷한 거에 나오는 거예요. 바빌론의 몰락, 그거였던 것 같아요. 그녀는 말한다.

놀랄 만큼 많은 양의 골동품 잡동사니를 머릿속에 담고 있군. 하지만 뭔가 대가를 치러야 하겠지? 우리의 두 젊은이가 계속해서 신의 전령인 척할 수는 없을 거 아냐. 너무 위험한 일이야. 조만간 무심결에 실수를 저지르고 실패해서 죽임을 당하게 될 거야. 도망을 가야 해.

그래요. 나도 거기에 대해 생각해 봤어요. 암호와 길을 가르쳐 주기 전에, 눈먼 남자는 풍부한 음식과 기타 등등을 꾸려서 그들 두 사람을 서쪽 산 구릉으로 데려가 달라고 말해요. 그곳에서 일종의 순례를 하겠다고 말하죠. 산에 올라가 신의 계시를 더 받는다고요. 그런 후에야 상품, 즉 암호를 건네줄 거예요. 그렇게 되면, 만일 야만인들의 공격이 실패하더라도, 그 두 사람은 사키얼-논의 시민들 어느 누구도 감히 쫓아올 생각을 할 수 없는 곳에 가 있게 될 거예요.

하지만 늑대들에게 잡아먹힐걸. 그는 말한다. 늑대들한테 먹히지 않는다면 곡선미 있는 몸매와 루비처럼 붉은 입술을 가진 죽은 여자들에게. 혹은 그녀는 죽임을 당하고 그는 영원히 그 여자들의 변태적인 욕망을 채워 주어야 할지도 몰라. 가련한 녀석.

아니에요, 그녀는 말한다. 그런 일은 일어나지 않을 거예요.

오, 아니야? 누가 그러는데?

"오, 아니야."라고 말하지 마요. 내가 그렇게 말해요. 들어 봐요. 이렇게 되는 거예요. 눈먼 암살자는 온갖 소문을 다 들어 왔고, 그래서 그 여자들에 대한 진실을 알고 있어요. 그들은 사실 죽은 게 아니에요. 아무도 자신들의 귀찮게 굴지 못하도록 하기 위해 그런 소문을 퍼뜨린 것뿐이죠. 실제로는 그들은 탈출한 노예들이거나 남편이나 아버지에 의해 팔려 가는 운명을 피하기 위해 도망친 여자들이에요. 모두 여자도 아니에요. 일부는 남자인데, 그들은 모두 친절하고 우호적이에요. 그들은 모두 동굴 속에 살면서 양을 치고 자기들만의 채소 정원을 가지고 있어요. 자신들의 명성을 지키기 위해 돌아가면서 무덤 주변에 숨어서 소리를 지르거나 하면서 여행자들을 놀라게 만들죠.

뿐만 아니라 늑대들은 정말 늑대가 아니에요. 늑대 시늉을 내도록 훈련을 받은 양치기 개일 뿐이에요. 실제로는 정말 순하고 충직해요.

그래서 이 사람들은 그 두 도망자를 받아들일 것이고, 일단 그들의 슬픈 얘기를 듣고 나면 정말로 잘 대해 줄 거예요. 그런 다음 눈먼 암살자와 혀가 없는 소녀는 그곳에 있는 동굴 중 하나에 살 수 있게 되고, 조만간 볼 수 있고 말할 수 있는 아이들이 태어날 거고, 그럼 그들은 매우 행복하게 살 수 있을 거예요.

그러는 동안 그들의 동포들은 살육을 당하고? 그는 싱긋 웃으며 말한다. 당신은 자기 나라를 배반하는 걸 지지하는 거야? 전체 사회의 이익을 개인적 만족과 바꾸는 거야?

음, 그들은 이 둘을 죽이려고 했는걸요. 그 동포들 말이에요.

소수만이 그런 의도를 갖고 있었지. 엘리트들, 거물들 말이야. 나머지 사람들까지 한데 묶어서 비난하는 거야? 이 두 사람이 자기 동포를 배반하도록 만들 거야? 당신 아주 이기적이군.

이건 역사적 사실이에요. 그녀는 말한다. 『멕시코의 정복』에 나오는 거예요. 그 사람 이름이 뭐더라, 코르테즈. 그의 아즈텍 정부, 그 여자가 한 짓이에요. 성경에도 나오죠. 창녀 라합도 여리고 성이 무너질 때 똑같은 일을 했어요. 여호수이의 정탐꾼을 도와주었고, 그녀와 가족들은 살아남았죠.*

맞는 말이야. 그는 말한다. 그렇지만 당신은 규율을 어겼어. 죽지 않은 여자들을 마음 내키는 대로 전설적인 목가적 인물들 무리로 바꿔 버릴 수는 없어.

당신은 한 번도 이 여자들을 실제로 이야기 속에 집어넣은 적이 없어요. 그녀는 말한다. 직접적으로 다룬 적이 없잖아요. 그저 그들에 대한 소문만 언급했죠. 소문은 틀릴 수 있는 거예요.

그는 웃는다. 그럴싸하군. 내가 지은 얘기는 다음과 같아. 기쁨의 민족 야영지에서 당신이 말한 대로 모든 일이 진행되지. 더 멋진 연설도 곁들여서 말이야. 우리의 두 젊은이는 서쪽 산 구릉으로 인도되고 무덤 사이에 남겨져. 그런 후 야만인들은 지시를 받은 대로 도시로 진입해서 약탈과 파괴를 자행하고, 거주민들을 대량 학살하지. 어떤 누구도 살아남아 도망치지 못해. 왕은 나무에서 교수형을 당하고, 여대제사장은 배에 칼을 맞아 죽임을 당해. 모략을 짜던 조신들은 나머지 사람들과 함께 죽게 되지. 결백한 노예 아이들, 눈먼 암살자 길드, 신전의 제물 처녀들, 그들 모두 죽어. 전체 문명이 우주에서 제거되어 버린 거지. 그 놀라운 카펫을 짜는 방법을 아는 그 어느 누구도 살아남지 못해. 그게 안타까운 일이라는 건 당신도 인정하겠지.

한편, 두 젊은이는 손을 잡고 서쪽 산을 천천히 이리저리 헤매면서 자기들만의 길을 가고 있어. 채소 정원을 가꾸는 자비로운 사람들이 자신들을 발견하고 받아들여 주리라 확신하고 있

---

* 구약 성경 「여호수아」 2장 참조.

지. 하지만, 당신이 말했듯이, 소문이란 진실이 아닐 경우가 왕왕 있는 법이고, 눈먼 암살자는 잘못된 소문을 들은 거였어. 죽은 여자들은 정말로 죽은 자들이야. 그뿐만 아니라 늑대는 정말 늑대고, 죽은 여자들은 원할 때마다 휘파람을 불어서 늑대들을 불러 댈 수 있어. 우리의 낭만적 주연 배우 두 명은 눈 깜짝할 사이에 늑대 먹이가 되어 버릴 거야.

당신은 정말 치유할 수 없는 낙관주의자로군요, 하고 그녀는 말한다.

치유할 수 없지는 않아. 그렇지만 나는 내 이야기가 사실에 충실하기를 바라지. 그건 이야기에 늑대가 나와야 한다는 뜻이지. 이전 저런 형태의 늑대.

왜 그게 사실에 충실한 거죠? 그녀는 그로부터 몸을 돌려 똑바로 누워서 천장을 응시한다. 자신의 이야기가 무시당했기 때문에 그녀는 발끈한다.

모든 이야기는 늑대에 관한 거야. 거듭해서 읽을 만한 가치가 있는 이야기는 말이지. 다른 것은 감상적인 헛소리에 불과해.

모두?

물론이지, 하고 그는 말한다. 생각해 봐. 늑대에게서 도망치는 것, 늑대와 싸우는 것, 늑대를 잡는 것, 늑대를 길들이는 것. 늑대에게 던져지는 것, 혹은 늑대들이 나 대신 먹도록 다른 사람들을 내던지는 것. 늑대 무리와 함께 달리는 것. 늑대로 변하는 것. 가장 좋은 것은 우두머리 늑대로 변하는 것이지. 다른 괜찮은 이야기는 없어.

다른 얘기도 있다고 생각해요, 하고 그녀는 말한다. 당신이 나에게 늑대에 관한 이야기를 해 주는 것에 관한 이야기는 늑대에 관한 것이 아니라고 생각해요.

확신하지는 마, 하고 그는 말한다. 나는 늑대 같은 면이 있다고. 이쪽으로 와.

기다려요. 당신에게 물어볼 게 있어요.

좋아, 말해 봐. 그는 나른하게 말한다. 그의 눈은 다시 감겨 있고, 손은 그녀의 몸 위에 가로질러 걸쳐져 있다.

나에게 신실하지 않은 때도 있나요?

신실하지 않다. 정말 고리타분한 단어로군.

내가 어떤 단어를 택하든 신경 쓰지 말고요. 하고 그녀는 말한다. 그런 건가요?

당신이 나한테 하는 것보다 더하지는 않지. 그는 잠시 멈춘다. 그게 신실하지 않은 거라고 생각하지는 않는데.

그럼 그걸 뭐라고 생각하는데요? 그녀는 차가운 목소리로 묻는다.

방심 상태라고나 할까, 당신 입장에서 말이야. 당신은 눈을 감고 자신이 어디 있는지 잊어버리지.

그리고 당신 입장에서 본다면?

동급의 사람들 가운데 당신이 첫 번째라고 해 두지.

당신은 정말 나쁜 사람이로군요.

그저 진실을 말할 뿐이야, 그는 말한다.

그렇다면, 진실을 말하지 않는 게 낫겠네요.

그렇게 갑자기 흥분하지 마. 그냥 장난이야. 다른 여자에게 손 하나 까딱할 수 없을 거야. 구역질이 날 거라고.

잠시 침묵이 흐른다. 그녀는 그에게 입맞춤을 하고 물러선다. 멀리 떠나야 해요, 하고 그녀는 조심스럽게 말한다. 당신에게 말해야 했어요. 내가 어디 있을까 당신이 궁금해하지 않기를 바랐어요.

멀리 어디로? 뭐 하러?

처녀항해를 떠나요. 우리 모두, 가까운 사람들 모두. 그는 이 기회를 놓칠 수 없다고 말하고 있어요. 이 세기의 대사건이라고 하더군요.

이 세기는 겨우 3분의 1밖에 안 지났어. 그리고 그렇다 치더라도, 대 전쟁을 위해 작은 지점이 남겨져 있다고 나는 늘 생각해왔어. 달빛 아래서 샴페인을 마시는 것은 참호 속에서 수만 명이 죽는 것과 비견될 수 없어. 아니면 독감 유행이나 또는……

그는 사교계 행사에 대해 말하는 거예요.

오, 죄송합니다, 부인. 정정하신 걸 받아들이겠어요.

도대체 뭐가 문제예요? 한 달 동안만 가 있을 거예요. 음, 한 달여 정도. 계획에 따라 말이죠.

그는 아무 말도 하지 않는다.

내가 '원해서' 가는 게 아니잖아요.

응. 당신이 원하는 거라고는 생각하지 않아. 일곱 코스 식사를 너무 많이 해야 하고, 춤을 지나치게 많이 춰야 하잖아. 너무 지쳐 빠질 수도 있지.

그런 식으로 말하지 마요.

내가 어떻게 해야 한다고 말하지 마! 내가 무엇을 개선해야 하는지에 대해 계획을 가진 그 수많은 사람들과 한패가 되지 말란 말이야. 진저리가 날 지경이야. 나는 내 모습 그대로 있을 거야.

미안해요. 미안해요. 미안해요. 미안해요.

당신이 굽실거리는 거 싫어. 그런데 제길, 당신 그걸 아주 잘 한단 말이야. 분명 집에서 연습을 아주 많이 하겠지.

떠나야 할 것 같네요.

가고 싶으면 가. 그는 등을 돌리고 돌아눕는다. 당신이 하고 싶은 거지 같은 게 뭐든 다 하라고. 나는 당신을 지키는 사람이 아냐. 나를 위해 앉아서 빌어 대고 훌쩍이고 꼬리를 흔들 필요 없어.

당신은 이해 못 해요. 그런 시도조차 하지 않죠. 이게 어떤 건 지 전혀 이해 못 해요. 내가 '즐겨서' 하는 게 아니라고요.

그렇겠지.

《메이페어》, 1936년 7월

형용사를 찾아서
─ J. 허버트 호진스

⋯⋯이보다 아름다운 배가 항로를 지난 적은 없었다. 외적인 구조에 있어서는 그레이하운드의 유연하고 현대적인 아름다움을 지니고 있고, 이 배 전체를 안락함과 효율성, 그리고 쾌락의 명품으로 만들어 주는 풍부한 세부와 뛰어난 장식을 실내에 갖추고 있다. 이 새로운 선박은 떠다니는 월도프-아스토리아 호텔*이라고 할 수 있다.

나는 적절한 형용사를 찾으려고 노력해 왔다. 이 배는 경탄할 만한, 오싹한, 웅장한, 호화로운, 당당한, 장엄한, 훌륭한 등의 수사로 표현되어 왔다. 이 모든 단어들은 어느 정도 정확성을 담고 있다. 그러나 각 단어 그 자체로는 이 '영국 선박 산업 역사에 있어 최대의 업적'의 단일한 국면밖에 설명하지 못한다. 퀸 메리호**는 묘사가 불가능한 것이다. 그저 보고 느껴야 하며, 독특한 선상 생활에 참여해 봐야 한다.

⋯⋯물론 중심 라운지에서는 매일 밤 무도회가 열렸다. 그리고 이곳에서는 우리가 항해 중이라는 사실을 상상하기 힘들었

---

* 뉴욕에서 가장 역사가 깊은 호화 호텔.
** 영국의 초호화 여객선. 조지 5세의 왕비 이름을 따서 만든 선박으로, 1936년에 항해를 시작해 삼십일 년간 대서양을 횡단했다.

다. 음악, 댄스 플로어, 우아하게 차려 입은 사람들은 세계 몇몇 도시의 호텔 무도장 특유의 광경이었다. 이제 막 포장 상자에서 꺼낸 새롭고 신선한, 런던과 파리에서 발표된 최신식 드레스를 모두 볼 수 있었다. 또한 가장 최신식 장신구도 볼 수 있었다. 매력적인 작은 핸드백. 색채 구성을 두드러지게 할 수 있는 멋진 변형이 다양한 풍성한 이브닝 케이프. 모피로 된 호화로운 랩과 작은 케이프. 호박단이나 그물로 된 불룩한 드레스가 가장 많은 찬사를 받았다. 가느다란 실루엣이 애호될 때에는 호박단이나 날염 공단으로 된 정교한 튜닉이 언제나 프록*과 함께 선보였다. 시폰 케이프는 많고 다양했다. 그러나 모두 흐르는 듯한 군복 패션 풍으로 어깨를 드러내도록 디자인되어 있었다. 하얀 머리 장식 아래 드레스덴 도자기 인형 같은 얼굴을 가진 어느 아름답고 젊은 숙녀는 폭이 풍성한 회색 드레스 위에 라일락색 시폰 케이프를 입고 있었다. 수박 분홍색 드레스를 입은 키 큰 금발 미녀는 흰 담비 꼬리 장식이 달린 하얀 시폰 케이프를 입고 있었다.

* 가슴 부분과 스커트가 한데 붙은 부인용 혹은 여아용 드레스.

눈먼 암살자

아어아의 복숭아 여자들

밤마다 무도회가 열린다. 매끄러운 바닥 위에서 벌어지는 부드럽고 현란한 춤. 유도된 유쾌함. 그녀는 그것을 거부할 수 없다. 주변의 모든 곳에서 플래시 전구가 터진다. 그들이 어디를 찍고 있는지, 머리를 뒤로 젖히고 있는 사진, 이를 다 드러낸 사진이 언제 신문에 나올지 전혀 알 수 없다.

아침이면 발이 아프다.

오후가 되면 그녀는 갑판 의자에 누워 선글라스 뒤에서 추억 속으로 피한다. 수영장, 고리 던지기, 배드민턴은 거부한다. 끝없고 무의미한 게임. 여가는 시간을 보내기 위한 것이고 그녀는 자신만의 여가 방법을 가지고 있다.

개들이 목줄을 달고 갑판을 빙빙 돌고 있다. 그들 뒤에는 최고의 개 산책 전문가가 따라다닌다. 그녀는 책을 읽는 척한다.

어떤 이들은 도서실에서 편지를 쓴다. 그녀가 편지를 쓰는 건 부질없는 짓이다. 편지를 보낸다고 해도 그는 이사를 너무 많이

다녀서 절대 받지 못할 것이다. 그러나 다른 누군가가 받을 수도 있다.

잔잔한 날이면 파도는 사람들이 돈을 낸 제값을 한다. 파도는 잔잔하게 위로해 준다. 바다 공기, 사람들은 말한다, 오, 이건 건강에 좋은 거야. 그냥 깊게 숨을 들이켜 봐. 그냥 긴장을 풀어 봐. 그냥 잊어버려.

왜 내게 이렇게 슬픈 얘기를 해 주는 거죠? 몇 달 전, 그녀는 그렇게 묻는다. 그들은 그의 요청에 따라 털 쪽을 위로 한 그녀의 코트로 몸을 감싸고 누워 있다. 차가운 공기가 유리창 틈으로 불어 들어오고, 전차가 쨍쨍거리며 지나간다. 잠깐만요, 하고 그녀가 말한다. 단추가 등에 배겨요.

내가 아는 얘기들은 다 이런 종류야. 슬픈 이야기들. 그러나 저러나, 논리적으로 끝까지 따라가다 보면 모든 얘기가 슬픈 얘기야. 결국에는 모든 사람이 죽게 되잖아. 출생, 성교, 그리고 죽음. 어떤 사람들은 그렇게까지도 못해. 불쌍한 녀석들.

그렇지만 그 중간에 행복한 부분도 있을 수 있잖아요. 출생과 죽음 사이에요. 그렇지 않아요? 천국이 존재한다고 믿는다면, 그것도 일종의 행복한 얘기가 되겠네요. 그러니까 죽는 거 말이에요. 안식으로 들어가도록 한 무리의 천사들이 노래를 불러 주고 하는 거요. 그녀는 말한다.

그래. 죽으면 있는 그림의 떡. 고맙지만 사양하겠어.

그래도, 뭔가 행복한 부분이 있을 거예요. 아니면 당신이 삽입한 것보다는 많은 부분이. 당신은 조금밖에 포함시키지 않았잖아요. 그녀는 말한다.

그러니까 우리가 결혼하고 작은 단층집에 정착하고 아이 둘을 가지는 거? 그 대목?

심술궂게 굴고 있군요.

좋아. 행복한 얘기를 원한다 이거지. 그런 얘기를 들을 때까지는 가만히 안 있을 것 같군. 그럼 시작해 볼까.

후일 100년 전쟁, 혹은 지노어의 전쟁이라고 알려진 전쟁이 구십구 년 째 되던 해였어. 우주의 다른 차원에 위치한 지노어 행성에는 엄청난 지력과 엄청난 잔인함을 갖춘 도마뱀 인간이라는 존재들이 살고 있었어. 그들 자신은 스스로를 그렇게 부르지 않았지. 외모를 보자면, 210센티미터의 키에 몸은 비늘로 덮여 있고 회색이었어. 고양이나 뱀의 눈처럼 눈에는 세로로 긴 선 모양이 나 있었어. 피부는 너무나 억세서 보통은 아무 옷도 걸칠 필요가 없었어. 다만 지구에는 알려지지 않은 유연한 붉은색 금속인 코치닐로 만들어진 반바지만 입고 다녔지. 그 바지는 그들의 중요 부분을 보호해 주었어. 그 부분 역시 비늘로 덮여 있었고, 참, 아주 거대했다는 걸 덧붙여야겠군. 하지만 그런 동시에 약하기도 했어.

약했다니 천만다행이네요, 하고 그녀는 웃으며 말한다.

당신이 그걸 좋아할 줄 알았어, 하고 그는 말한다. 어쨌든, 그들의 계획은 지구 여자를 많이 잡아서 반은 인간이고 반은 지노어의 도마뱀 인간인 초인 종족을 생산해 내는 것이었어. 그들은 거주가 가능한 우주의 다른 다양한 행성에 살기에 현존 종족보다 더 적합한 조건을 갖춘 종족이 될 거야. 괴상한 공기에 적응하고, 다양한 음식을 먹고, 알 수 없는 병에 대한 저항력을 갖고 있고, 등등. 게다가 지노어인들의 힘과 외계 지능을 겸비하게 될 거야. 이 초인 종족은 우주 전체에 퍼져서 우주를 정복할 거야. 그 과정에서 다른 행성의 거주민들을 먹어 치우면서 말이지. 도마뱀 인간들은 확장을 위한 공간과 단백질 공급원이 필요했거든.

지노어 도마뱀 인간의 우주 비행대는 1967년에 지구에 대한 첫 공격을 시작했어. 주요 도시에 압도적인 공격을 감행해 수백만 사람이 죽었어. 공포가 퍼져 나가는 가운데 도마뱀 인간들은 유라시아 대륙의 일부와 남아메리카를 노예 식민지로 삼아서, 젊은 여자들은 지옥 같은 교배 실험에 사용하고, 남자들은 자신들이 좋아하는 부위를 먹어 치운 후 시체는 거대한 구덩이에 묻어 버렸어. 그들은 뇌와 심장을 특히 좋아했고, 살짝 구운 콩팥도 좋아했지.

하지만 지노어의 공급 항로가 지구의 숨겨진 설비에서 발사된 로켓 포화 때문에 끊겨 버렸고, 그래서 도마뱀 인간들은 치명적인 조르크 광선총에 필수적인 재료를 구할 수 없게 되었어. 그리고 지구는 단결하여 반격을 했어. 자신들이 지닌 전투 세력뿐만 아니라, 한때 얼린스의 나크로드족이 화살 끝에 발랐던 희귀한 이리디스 호르츠 개구리 독으로 만든 가스 구름까지 사용해서 말이야. 지노어인들이 이 독에 특히 약하다는 사실을 지구 과학자들이 발견했거든. 그래서 승산이 비슷해졌어.

또한 그들의 코치닐 반바지는 이미 달구어진 미사일로 강타하면 불타오르곤 했지. 장거리용 탄환 총으로 명중시킬 수 있는 지구의 사격수들은 당대의 영웅이었어. 비록 그들에 대한 복수는 그전에는 알려지지 않았던 방법이자 엄청난 고통을 야기할 수 있는 전기 고문이 포함된 혹독한 것이었지만 말이야. 도마뱀 인간들은 은밀한 부분이 불타 버리는 것에 격노했어. 물론 당연한 일이지.

이제 2066년까지 외계의 도마뱀 인간들은 우주의 다른 차원으로 격퇴되었어. 그리고 작고 재빠른 공격용 2인 비행선을 탄 지구의 전투 파일럿들이 그곳까지 그들을 추적하고 있었어. 그들의 최종 목표는 지노어인들을 완전히 제거해 버리고, 깨지지 않는 특별 강화 유리로 된 동물원에 전시하게 그저 몇십 명 정도만 살려 둘 생각이었지. 그러나 지노어인들은 죽을 때까지 싸워 보기 전에는 절대 포기하지 않았어. 그들에게는 아직까지 전투가 가능한 비행단이 있었고, 소맷부리 속에 몰래 감춰 둔 몇 가지 전략이 남아 있거든.

그들에게 소매가 있었어요? 상반신은 다 벗고 있는 줄 알았는데.

제기랄, 그렇게 까다롭게 굴지 마. 무슨 말인지 알잖아.

윌과 보이드는 오랜 두 친구였어. 상처와 전투로 단련된 삼 년 경력의 공격용 비행선 베테랑이었지. 생명을 잃는 경우가 많은 공격용 비행선 업종에서 이건 상당히 긴 기간이었어. 그들은 분별력보다 용맹함이 더 뛰어나다고 지휘관들이 평가했어. 그래도 이제까지는 수차례에 걸친 대담한 공격에서 보여 준 무모한 행동에도 다행히 별 일 없이 살아남았어.

하지만 우리의 이야기가 시작될 무렵 지노어의 조르크 비행선이 이들에게 접근했고, 이제 그들은 맹렬한 폭격을 받아 심하게 흔들리고 있었어. 조르크 광선은 그들의 연료 탱크에 구멍을 내고 지구에서 그들에게 보내는 통제 연결망을 끊어 버리고 조종 장치를 녹여 버렸어. 그런 과정에서 보이드는 머리에 위험한 부상을 입었고, 윌은 몸 중간쯤 알 수 없는 부분을 다쳐 우주복 안으로 피를 흘리고 있었어.

끝장난 거 같은데, 하고 보이드가 말했지. 완전 끝장났어. 온몸이 멍들었고 상처투성이야. 이 비행선은 이제 금방이라도 폭발해 버릴 거야. 내가 바라는 건 우리가 이 비늘투성이 개새끼들 수백 명을 폭파시켜 저 하늘나라로 보내 버렸더라면 하는 거, 그게 전부야.

그래, 나도 이하동문이야. 친구, 눈에 진흙이 묻었어, 하고 윌이 말했어. 거기 뭔가 흘러내리는 거 같아. 붉은 진흙이. 네 발가락이 새고 있어, 하하.

하하. 보이드도 고통으로 찡그리면서 말했어. 농담하고는. 네 유머 감각은 언제나 형편없어.

윌이 채 대답하기 전, 비행선이 통제할 수 없이 돌기 시작하더니 현기증 나도록 나선을 그렸어. 중력권에 붙잡혔던 거야. 그런데 무슨 행성의 중력권이지? 현재 위치가 어디인지 그들은 전혀 알 수 없었어. 그들의 인공 중력 체계는 파괴되었고 그래서 이 두 사람은 의식을 잃었지.

깨어났을 때 그들은 스스로의 눈을 믿을 수 없었어. 그들은 더 이상 전투 비행기를 타고 있지도 않았고, 꼭 끼는 금속성 우주복도 입고 있지 않았어. 그 대신 반짝이는 재료로 된 헐렁한 녹색 긴 옷을 입고 잎이 무성한 덩굴의 그늘에 있는 부드러운 금색 소파에 기대어 누워 있었어. 상처는 치유되었고, 이전 공격에서 날아가 버렸던 윌의 왼손의 세 번째 손가락은 다시 자랐어. 건강함과 행복감으로 충만한 느낌이 들었지.

충만하다, 하고 그녀는 중얼거린다. 이런, 이런.

그래, 우리 남자들도 때로는 멋진 단어를 좋아해. 그는 영화에 나오는 폭력단 일원처럼 입 한쪽으로 말한다. 그건 이곳에 어느 정도 기품을 더해 주지.

그런 것 같군요.

이야기를 계속하지. 이해할 수 없어, 하고 보이드는 말했어. 우리가 죽었다고 생각해?

우리가 죽은 거라면 그냥 그걸로 만족할래, 하고 윌은 말했어. 이거 괜찮은데. 아주 괜찮아.

물론이지.

바로 그때 윌이 낮게 휘파람을 불었어. 그들이 이제까지 본 여자들 중에서 가장 예쁜 아가씨 두 명이 그들을 향해 걸어오고 있었어. 둘 다 버드나무를 쪼개 만든 바구니 색깔의 머리칼을 갖고 있었지. 자주색이 도는 푸른 긴 옷을 입고 있었는데, 작은 주름이 아래로 져 있고 그들이 움직일 때마다 살랑거리는 소리가 났어. 윌은 그걸 보면서 오만한 최상급 식료품점에서 과일 둘레에 씌워 두는 작은 종이 장식을 떠올렸지. 그들은 팔다리에 아무것도 걸치지 않았고, 섬세한 붉은 그물로 된 기이한 머리 장식을 하고 있었어. 피부는 윤기가 흐르는, 금빛 도는 분홍색이었어. 그들은 마치 시럽에 담갔다 나온 것처럼 물결치는 듯한 동작을 하며 걸었어.

인사드립니다, 지구의 남자분들. 첫 번째 여자가 말했어.

네, 인사드립니다. 두 번째 여자도 말했지. 오랫동안 당신들을 기다려 왔어요. 행성 간 텔레 카메라로 당신들의 출현을 관찰했어요.

우리는 지금 어디 있는 겁니까? 윌이 물었어.

아어아 행성에 계신 거예요. 첫 번째 여자가 대답했어. 마치 포식한 후 한숨을 쉬는 소리에 아기들이 잠자다가 뒤척일 때 내는 듯한 작은 숨소리가 중간에 삽입된 것처럼 들리는 단어였어. 죽기 전 마지막으로 내쉬는 숨소리처럼 들리기도 했지.

우리가 어떻게 여기로 오게 된 거죠? 윌이 물었어. 보이드는 아무 말도 할 수 없었어. 눈앞에 펼쳐진 풍성하고 무르익은 곡선들을 눈으로 훑고 있었거든. 저들을 한번 깨물어 보고 싶군. 그는 생각하고 있었어.

비행선을 타고 하늘에서 떨어지신 거예요. 첫 번째 여자가 말했어. 유감스럽게도 비행선은 파괴되었어요. 당신들은 이곳에서 우리와 함께 머물러야 해요.

그건 별로 어려운 일이 아니죠. 윌이 말했어.

당신들은 융숭한 보살핌을 받을 거예요. 당신들은 보상받을 치적을 세웠어요. 지노어인들로부터 당신들의 세계를 보호하면서, 우리 세계 또한 보호해 주었거든요.

정숙함을 위해서는 그다음에 무슨 일이 일어나는지 생략해야겠는걸.

그래야 해요?

곧 설명해 줄게. 간단히 말하자면 보이드와 윌은 아어아 행성에 있는 유일한 남자였고, 그래서 이 여자들은 당연히 처녀들이었지. 하지만 그들은 독심술 능력을 갖고 있었기 때문에 윌과 보이드가 무엇을 원할지 미리 알고 있었어. 그래서 이 두 친구의 가장 선정적인 성적 환상이 곧 실현되었지.

그런 후 감미로운 음료로 만든 맛있는 식사가 마련되었어. 그것은 늙음과 죽음을 막아 주는 것이라고 했어. 그런 다음 상상할 수도 없이 아름다운 꽃으로 가득 찬 훌륭한 정원을 거닐었지. 그다음에는 파이프로 가득 찬 커다란 방으로 인도되었어. 그곳에서 그 둘은 원하는 파이프를 모두 선택할 수 있었지.

파이프라고요? 담배 피우는 거요?

그다음에 제공된 실내용 덧신이랑 어울리게 말이야.

내가 당연한 걸 못 알아들었군요.

그러게 말이야. 그는 미소를 지으며 말했다.

점점 더 좋은 일이 일어났어. 여자 한 명은 성적 매력이 넘쳤던 반면, 다른 한 명은 보다 진지해서 신학은 말할 것도 없고 예술, 문학, 철학에 대해 논할 수 있었어. 그 여자들은 주어진 때에 무엇을 해야 하는지 알고 있는 것 같았고, 보이드와 윌의 기분과 기호에 맞추어 태도를 바꾸곤 했어.

그렇게 해서 시간이 조화롭게 흘러갔어. 완벽한 나날들이 지나감에 따라 그 남자들은 아어아 행성에 대해 더 많은 것을 알게 되었어. 첫째, 그곳에서는 육식을 하지 않았고, 육식 동물도 없었지. 나비와 노래하는 새는 많았지만 말이야. 아어아 행성에서 섬기는 신이 거대한 호박 형상을 하고 있다는 것도 덧붙여야 되나?

둘째, 출생이라는 것이 존재하지 않았어. 이 여자들은 나무에서 머리 위쪽과 연결된 가지 끝에서 자라나서 성숙하게 되면 조상들에 의해 수확되었지. 셋째, 죽음이란 것도 없었어. 때가 되면 — 보이드와 윌이 이내 그녀들을 지칭하는 데 사용했던 이름을 사용하자면 — 각각의 복숭아 여인들은 자신의 분자를 해체했고, 그 분자들은 곧 나무에 의해 새롭고 신선한 여자들로 재조합이 되었어. 그래서 가장 최근에 생겨난 여자는 형태뿐만 아니라 구성 요소에 있어서도 처음에 존재했던 여자와 동일했지.

때가 되었는지 어떻게 알았죠? 분자를 해체할 때 말이에요.

먼저, 지나치게 성숙하게 되면 벨벳과 같은 피부에 주름이 생기는 걸 보고 알 수 있었지 두 번째로는, 파리를 보고 알 수 있었어.

파리요?

붉은 그물로 된 머리 장식 주변을 구름같이 떼를 지어 날아다니는 초파리들 말이야.

당신은 이걸 행복한 이야기라고 생각하는 거예요?

기다려 봐. 좀 더 있어.

어느 정도 시간이 지나자 이런 생활은 비록 경탄할 만한 것이기는 했지만 시시하게 느껴지기 시작했어. 그중 한 가지 이유를 들자면, 여자들은 그들이 행복한지 확인하기 위해 계속해서 그들을 살펴보았어. 그런 건 남자들에게 상당히 지겹게 느껴질 수 있지. 게다가, 이 아가씨들은 빼는 일이 없었어. 그들은 부끄러운 줄을 몰랐어. 아니, 부끄러움을 안 타는 거던가, 하여간. 약간의 신호만 주면 가장 음탕한 짓을 해 보이곤 했지. 방종한 여자라는 건 그들을 묘사하기에 너무 약한 단어야. 그들은 또 수줍고 새침하고, 겸손하고, 정숙하게 행동할 수도 있었어. 흐느끼거나 비명을 지르기도 했어. 그것 역시 주문할 수 있었지.

윌과 보이드는 처음에는 이것이 매우 신나는 일이라고 생각했지만, 나중에는 짜증이 나기 시작했어.

여자를 때리면 피가 나지 않고 즙만 나왔어. 더 세게 때리면 달콤하고 흐물흐물한 과육으로 녹아 버렸고, 그것은 이내 다른 복숭아 여인으로 변했어. 그들은 진정한 의미의 고통은 경험하지 않는 것 같았고, 월과 보이드는 그들이 쾌락은 경험할 수 있는지 궁금해하기 시작했어. 그 동안의 모든 황홀경이 다 가짜 쇼였단 말인가?

이것에 대해 질문을 하니까 여자들은 미소를 지으며 답변을 회피했어. 그녀들의 진심을 결코 알아낼 수 없었지.

지금 당장 내가 원하는 게 뭔지 알아? 어느 화창한 날 월이 말했어.

분명히 내가 원하는 것과 똑같은 것일 거야. 보이드가 말했어.

맛있고 커다란 구운 스테이크. 살짝 익혀서 피가 뚝뚝 떨어지는 것. 가득 쌓인 감자튀김. 그리고 차가운 맥주.

이하동문이야. 그리고 그다음에는 지노어에서 온 그 비늘투성이 개새끼들과 떠들썩한 난투를 벌이는 것.

바로 그거야.

그들은 탐사를 해 보기로 결정했어. 아어아 행성은 어디로 가든 똑같을 것이며, 결국 더 많은 나무, 더 많은 나무 그늘과 더 많은 새와 나비, 그리고 더 많은 관능적인 여자들과 마주치게 되는 데 그칠 것이라는 말을 듣기는 했지만, 일단 서쪽을 향해 떠났어. 오랫동안 아무 사건도 없이 걸어가다가 보이지 않는 벽에 부딪혔어. 그것은 유리처럼 매끄럽지만 밀면 부드럽고 유연하게 구부러졌어. 그런 다음에는 원래 모양으로 되돌아왔지. 손을 뻗치거나 올라타기에는 너무 높은 벽이었어. 마치 수정 거품 같았지.

거대하고 투명한 젖가슴 속에 갇힌 듯해. 보이드가 말했어.

그들은 깊은 절망감에 싸여 벽 아래쪽에 주저앉았어.

이곳은 평화롭고 풍요로워. 윌이 말했어. 이곳은 밤의 부드러운 침대와 감미로운 꿈이야. 햇살 비추는 아침 식탁 위의 튤립이지. 커피를 끓여 주는 작은 여자야. 이곳은 모든 모양과 형태에서 우리가 꿈꾸어 보았던 모든 사랑이야. 저 바깥, 우주의 다른 차원에서 전투를 하는 남자들이 원한다고 생각하는 모든 것이지. 이것을 위해 다른 사람들은 목숨을 바쳤을 거야. 내 말이 맞지?

아주 적절하게 잘 표현했어. 보이드가 말했어.

그렇지만 이건 사실이라고 믿기에는 너무 좋은 거야. 윌이 말했어. 분명 속임수일 거야. 우리를 전투에서 몰아내기 위한 지노어인들의 사악한 심리 도구인지도 몰라. 이곳은 낙원이지만 우린 여기서 벗어날 수가 없잖아. 그리고 벗어날 수 없는 곳이란 모두 지옥이야.

하지만 이건 지옥이 아니에요. 행복이에요. 가까운 곳에 있던 나무의 가지에서 생겨난 복숭아 여인 한 명이 말했어. 여기서는 갈 곳이 아무 데도 없어요. 긴장 푸세요. 마음껏 즐기세요. 익숙해질 거예요.

그리고 그게 끝이야.

그것뿐이에요? 그 두 사람을 그곳에 영원히 가둬 둘 건가요? 그녀는 말한다.

나는 당신이 원하는 것을 했을 뿐이야. 당신은 행복을 원했잖아. 당신의 바람에 따라서 그들을 가두어 둘 수도, 내보낼 수도 있어.

그럼 내보내 줘요.

밖에 나가는 건 죽음을 의미해, 기억해?

오. 알겠어요. 그녀는 옆으로 돌아누워 모피 코트를 잡아당겨 몸을 덮고 팔로 그를 감싼다. 하지만 복숭아 여인들에 대한 건 틀렸어요. 그들은 당신이 생각하는 것 같지 않다고요.

어떻게 틀렸는데?

그냥 틀렸어요.

《메일 앤드 엠파이어》, 1936년 9월 19일

그리픈 씨 스페인의 공산주의자들에 대해 경고하다
메일 앤드 엠파이어 특보

저명한 실업가인 그리픈-체이스 로열 합병 회사 대표 리처드 E. 그리픈 씨는 지난 목요일 엠파이어 클럽에서 열성적인 연설을 통해 스페인에서 일어나고 있는 내분으로 인해 세계 질서와 국제 무역의 평화로운 경영이 위협받는 잠재적 위험에 대해 경고했다. 사유 재산 몰수, 평화로운 민간인 학살, 그리고 종교에 대해 자행된 잔학 행위에서 드러난 바와 같이 공화주의자들은 공산주의자들에게 명령을 받고 있다고 그는 말했다. 많은 성당이 더럽혀지고 불탔으며, 수녀와 신부 살해는 일상사가 되었다.

프랑코 장군이 이끄는 민족주의자의 개입은 기대되던 반응이었을 뿐이다. 분개한 용감한 모든 계층의 스페인 사람들은 전통과 사회 질서를 지키기 위해 연합했고, 세계는 조바심을 가지고 그 결과를 지켜볼 것이다. 공화당이 승리하게 되면 러시아가 더욱 공격적이 될 것이고, 많은 작은 나라들은 위협을 느끼게 될 것이다. 유럽 대륙에 있는 나라 가운데서 독일과 프랑스만이 그 흐름을 거부할 수 있는 힘을 지녔고, 이탈리아도 어느 정도까지는 그렇게 할 수 있을 것이다.

그리픈 씨는 캐나다가 영국과 프랑스와 미국의 전범을 따라 이런 갈등과 거리를 두어야 한다고 강하게 촉구했다. 불개입 정책은 건전한 것이며 즉각적으로 적용되어야 하는 것이다. 캐나다 국민들에게 외국에서 일어나는 이런 충돌에 목숨을 걸라고 요청하는 일이 있어서는 안 된다. 그러나 이미 골수 공산주의자들이 비밀리에 우리 북미 대륙에서 스페인으로 향하고 있다. 그들이 그렇게 하는 것을 법으로 금지해야 하겠지만, 세금 납부자들에게 부담을 지우지 않고 사회 방해 세력들을 없앨 수 있는 기회가 생긴 것에 대해 우리나라는 감사해야 한다.

그리픈 씨의 견해에 청중은 힘찬 박수를 보냈다.

눈먼 암살자

실크해트 그릴 음식점

'실크해트 그릴'에는 붉은 실크해트와 그것을 들어 올리는 푸른 장갑 모양의 네온 간판이 있다. 모자가 들리고, 또 들린다. 아래로 내려오는 법은 없다. 그 아래 머리는 없고 눈 하나가 윙크를 하고 있다. 떴다가 감는 남자의 눈. 마술사의 눈. 교활하고 머리가 없는 재담.

실크해트 간판은 이 식당에서 그나마 가장 세련된 부분이다. 그래도, 그들은 이곳에, 칸막이 좌석에 앉아 있다. 보통 사람들처럼 밖으로 나와 각각 뜨거운 쇠고기 샌드위치를 먹으면서. 천사의 엉덩이처럼 하얗고 부드럽고 풍미 없는 빵 위에 얹은 회색 고기, 밀가루로 걸쭉하게 만든 소스. 곁들이로 나온 미묘한 잿빛이 도는 녹색의 통조림 완두콩, 기름에 절어 눅진한 감자튀김. 다른 칸막이 좌석에는 약간 더러운 셔츠와 회계 장부 기입자가 맬 법한 반들거리는 넥타이 차림을 하고 핏발이 선 미안해하는 듯한 눈을 가진 외롭고 우울해 보이는 남자들, 그리고 금요일 밤을 최대한 즐겨 보려는 몇몇의 지친 연인들이 있고, 영업을 하지 않는 창녀들이 세 명씩 무리 지어 있다.

내가 없을 때 이 사람이 저기 있는 창녀들과 관계를 맺는 걸까, 그녀는 생각한다. 그건 그렇고, 저들이 창녀라는 걸 내가 어떻게 아는 거지?

가격을 따져 봤을 때 여기선 이게 최고야, 하고 그가 말한다. 뜨거운 쇠고기 샌드위치에 대해 말하고 있다.

다른 것도 먹어 봤어요?

아니, 하지만 본능적으로 알지.

상당히 괜찮군요, 같은 종류 가운데서는.

파티에서 사용하는 점잖은 태도는 내게 삼가 줘. 하지만 너무 무례하게는 하지 말고. 그의 분위기는 온화하다고 말하기는 어렵고, 조심스럽다. 무언가에 대해 긴장한 것 같다.

그녀가 여행에서 돌아온 이후로 그는 이런 모습을 보인 적이 없었다. 계속 무뚝뚝했고, 앙심을 품은 듯 행동했다.

오랜만이야. 늘 하던 거랑 똑같은 걸 원해?

늘 하던 뭐 말이에요?

늘 하던 한판 놀이.

왜 이렇게 상스럽게 굴려고 하는 거예요?

내가 노는 물이 그렇지.

지금 그녀가 알고 싶은 것은 그들이 외식을 하는 이유다. 왜 그들은 그의 방에 머물지 않는가. 왜 그는 조심성을 헌신짝처럼 버리는가. 그는 어디서 돈을 구했는가.

그녀가 물어보지 않았는데도 그는 마지막 질문에 대한 대답을 먼저 한다.

당신 앞에 놓여 있는 쇠고기 샌드위치는 지노어의 도마뱀 인간들이 관대하게 하사하는 거야. 사악한 비늘투성이 야수인 그들을 위해, 그리고 그들을 공격한 이들을 위해. 그는 코카콜라 잔을 든다. 플라스크를 꺼내 콜라에 럼주를 넣는다.(아쉽게도 칵테일은 없어. 그녀를 위해 식당 문을 열어 주며 그는 말했다. 이 음식점은 마녀의 거시기처럼 메마른 곳이라서.)

그녀도 잔을 든다. 지노어의 도마뱀 인간? 같은 건가요?

바로 그거야. 신문에 투고를 했지. 두 주 전에 보냈어. 곧바로 채택하더군. 어제 수표가 도착했어.

그는 직접 사서함으로 갔을 것이고, 수표도 환전했을 것이다. 최근 들어 계속 그렇게 해 왔다. 그렇게 할 수밖에 없었다. 그녀가 너무 오랫동안 떠나 있었던 것이다.

기뻐요? 기뻐하는 것 같군요.

응, 물론이지…… 그건 명작이야. 액션도 많고, 바닥에 피도 많이 흐르고. 아름다운 여인들도 나오고. 그는 싱긋 웃는다. 누가 거부할 수 있겠어?

그게 복숭아 여자들에 관한 건가요?

아니. 그 책에는 복숭아 여자들은 나오지 않아. 전혀 다른 줄거리야.

그는 생각한다. 내가 이 여자한테 그걸 말하면 어떻게 될까? 판이 깨져 버리는 걸까 아니면 영원한 맹세를 하게 되는 것일까, 그 둘 중 어떤 것이 더 끔찍할까? 그녀는 올이 성기고 가벼운 소재로 된 분홍색이 도는 주황색 스카프를 두르고 있다. 그 색조의 이름은 '수박색'이다. 달콤하고 아삭한 과육. 그는 그녀를 처음 보았던 때를 기억한다. 그때에는 그녀의 드레스 안쪽에 대해 그가 상상할 수 있는 것이란 막연한 안개밖에 없었다.

무슨 생각에 사로잡혀 있는 거예요? 그녀가 말한다. 당신은 아주…… 당신 술 마셨나요?

아니. 많이 마시지는 않았어. 그는 접시 위에 놓인 엷은 회색 완두콩을 밀어낸다.

드디어 일이 성사됐어, 하고 그는 말한다. 떠날 채비가 다 됐어. 여권과 다른 모든 것.

오, 그냥 그렇게요. 그녀는 당황한 흔적을 목소리에서 지워 버리려고 노력한다.

그냥 그렇게. 동지들이 연락을 해 왔어. 내가 이곳보다는 저곳에서 더 쓸모가 있을 거라고 판단한 거 같아. 어쨌든, 그렇게 끊임없이 속을 떠보더니, 갑자기 나를 보내 버리려고 안달이 났지. 눈엣가시 같은 존재를 하나 없애 버리는 거지.

여행하는 게 안전한가요? 내 생각엔…….

여기 머무르는 것보다는 안전해. 소문에 의하면 나를 그렇게 열심히 추적하는 것은 아니라는군. 다른 편에서도 내가 꺼져 버리길 바란다는 느낌이 들어. 그렇게 되면 그들도 문제가 덜 복잡해지는 거지. 그렇지만 내가 어떤 기차를 탈 것인지는 아무에게도 말하지 않을 거야. 머리에 구멍이 뚫리거나 등에 칼이 꽂힌 채로 기차에서 떠밀려 죽는 건 흥미 없어.

국경을 건너는 건요? 당신이 항상 말하기를…….

지금 국경은 얇은 종이와 같아. 밖으로 나갈 때는 말이지. 세관 녀석들은 지금 무슨 일이 벌어지고 있는지 알고 있어. 여기서 뉴욕까지, 그다음에는 파리까지 직선 경로가 있다는 걸 알지. 모두 조직화되어 있고, 모든 이들이 '조'라는 이름으로 통하고 있어. 경찰들은 명령을 받았지. 그냥 모른 척하라는 명령. 자신들에게 이익이 되는 게 뭔지 그들은 알고 있거든. 그들은 콧방귀도 끼지 않을 거야.

나도 당신과 함께 갈 수 있다면 좋을 텐데, 하고 그녀는 말한다.

그래서 저녁을 나와서 먹었던 것이다. 그녀가 소란을 부리지 않을 곳에서 사실을 알려 주려고 했던 것이다. 그는 공공장소에서 그녀가 흐느껴 울고, 통곡하고, 머리를 잡아 뜯으면서 난처한 광경을 연출하지 않기를 바란다. 그렇게 하지 않을 것이라고 그는 믿는다.

그래. 당신이 그럴 수 있었으면 좋겠어. 그는 말한다. 하지만 그럴 수 없지. 그곳에서는 무척 힘들 거야. 그는 머릿속에서 노래를 읊조린다.

험악한 날씨,
왜 그런지 모르겠네, 바지 앞쪽에 단추가 없네.
지퍼가 있다네…….

마음 단단히 먹어. 그는 스스로에게 중얼거린다. 머리가 진저에일처럼 부글부글 끓어오르는 것 같다. 발포성 피. 마치 날면서 공중에서 그녀를 내려다보는 느낌이다. 비탄에 잠긴 그녀의 아름다운 얼굴이 휘저은 웅덩이에 비친 그림자처럼 흔들린다. 이미 엷어져 가는 그 얼굴은 곧 눈물을 떨어뜨릴 것이다. 그러나 그녀의 슬픔에도 불구하고 그녀는 어느 때보다 더 매혹적이다.

온화하고 부드러운 빛이 그녀를 감싼다. 그가 잡고 있는 그녀의 팔을 통해 느껴지는 육체는 단단하고 통통하다. 그는 그녀를 끌어안고 자신의 방으로 이끌고 가서 온갖 방법으로 범하고 싶다. 마치 그렇게 하면 그녀를 붙들어 둘 수 있기라도 할 것처럼.

기다릴게요, 하고 그녀가 말한다. 당신이 돌아오면 나는 집을 나올 거예요. 그런 다음 우리 함께 도망가 버릴 수 있어요.

정말로 떠날 거야? 그를 떠날 거야?

네. 당신을 위해서라면 그렇게 하겠어요. 당신이 원한다면. 모든 걸 떠나겠어요.

네온 불빛 조각이 그들 위에 달린 창을 통해 들어온다. 빨강, 파랑, 빨강. 그녀는 그가 부상당하는 것을 상상해 본다. 그를 머무르게 만들 한 가지 방법이 될 것이다. 그를 감금하고 묶어 두고 자기만을 위해 잡아 두고 싶다.

지금 그를 떠나, 하고 그는 말한다.

지금? 그녀는 눈을 크게 뜬다. 지금 당장? 왜요?

당신이 그와 함께 있는 걸 견딜 수 없어. 그걸 생각하는 것도 견딜 수 없어.

그건 내게 아무런 의미가 없어요, 하고 그녀는 말한다.

내겐 의미가 있어. 특히 내가 떠난 다음, 당신을 볼 수 없게 되면. 나는 미쳐 버릴 거야. 그걸 생각하다 보면 그렇게 될 거야.

그렇지만 나는 돈이 한 푼도 없을 거예요, 하고 그녀는 놀란 목소리로 말한다. 어디에 살아야 하죠? 셋방에, 나 혼자서? 당신처럼 말이에요, 하고 그녀는 생각한다. 뭘 하면서 살죠?

일을 구할 수 있어. 그는 무기력하게 말한다. 내가 당신에게 돈을 좀 보내 줄 수 있을 거야.

당신은 돈이 없잖아요. 딱히 돈이라고 할 만한 것이. 그리고 나는 아무것도 못 해요. 바느질도, 타자치는 일도 못해요. 또 다른 이유도 있지만 그에게는 말할 수 없어, 하고 그녀는 생각한다.

무슨 방법이 있을 거야. 그러나 그는 그녀에게 강요하지 않는다. 그녀가 혼자 나와 사는 건 그리 현명한 생각이 아닐지도 몰라. 이 거대하고 나쁜 세상에서, 여기서부터 중국까지 온갖 사내들이 그녀에게 덤벼들려고 하는 세상에서. 일이 잘못되기라도 한다면 전적으로 그의 책임인 것이다.

그대로 있는 게 더 좋을 것 같아요. 그렇지 않아요? 그게 최선의 방법이에요. 당신이 돌아올 때까지. 당신은 돌아올 거예요, 그렇죠? 안전하고 건강하게 돌아올 거죠?

당연하지, 하고 그는 말한다.

당신이 돌아오지 않는다면 내가 무슨 짓을 할지 나도 몰라요. 당신이 죽임을 당하거나 하면 나는 완전히 무너지고 말 거예요. 그녀는 생각한다. 나는 영화 대사처럼 말하고 있구나. 그렇지만 다른 식으로 어떻게 말하지? 우리는 다른 방법을 잊어버렸어.

제기랄, 그녀는 너무 흥분했군, 하고 그는 생각한다. 이제 이 여자는 울 거야. 그녀가 울면 나는 이곳에 바보처럼 앉아 있게 될 거야. 일단 여자가 울기 시작하면 멈출 방법이 없지.

이봐, 당신 코트를 가져다줄게, 하고 그는 냉정하게 말한다. 이건 재미가 없어. 시간이 별로 없다고. 방으로 돌아가지.

9부

세탁물

드디어 3월이다. 그리고 봄을 알리는 몇 가지 신호가 조금씩 나타나고 있다. 나무는 여전히 헐벗었고, 겨울 눈들은 아직 단단하고 비늘잎에 싸여 있지만, 햇빛이 비치는 곳에는 눈이 녹아내리고 있다. 개똥이 녹으면서 부스러지고, 그 사이로 오래된 오줌으로 누르스름해진 얼음 레이스 무늬를 드러낸다.

오늘 나는 아침 식사로 좀 색다른 것을 먹었다. 마이라가 내 원기를 북돋워 주기 위해 가져온 새로운 종류의 시리얼 플레이크였다. 그녀는 포장 상자 뒤쪽에 쓰여 있는 문구에 잘 속아 넘어간다. 이 플레이크는 변질되고 지나치게 상업적인 옥수수와 밀로 만든 것이 아니라, 고전적이고 신비로운 발음하기 힘든 이름의 잘 알려지지 않은 곡물로 만들어진 것이라고 쓰여 있다. 막대 사탕 색깔, 양털 같은 면 조깅복 색깔의 소박한 글자체. 곡물 씨앗은 콜럼버스 상륙 이전의 무덤과 이집트 피라미드에서 재발견되었다고 한다. 신빙성 있게 들리는 설명이지만, 다시 한 번 생각해 보면 그렇게 안심하고 먹을 만한 것이 못 된다. 이 플레이크는 냄비용 솔처럼 우리 속을 깨끗이 쓸어 줄 뿐만 아니라 재생된 생명력, 끝없는 젊음, 불멸에 대해 속삭일 것이다. 상자 뒷면에는 유연한 분홍색 장(腸) 그림이 그려져 있다. 앞면에는 옥으로 된, 눈이 없는 모자이크 얼굴이 있다. 광고를 맡은 사람들은 그것이 아즈텍의 매장용 가면이라는 것을 몰랐던 것이다.

이 새로운 시리얼에 경의를 표하기 위해 나는 식기와 종이 냅킨 일습을 갖춰 놓고 부엌 탁자에 제대로 앉았다. 혼자 사는 이들은 서서 먹는 습관을 가지게 된다. 공유하거나 책망을 할 사람이 없는데 왜 귀찮게 우아함 같은 것에 신경을 쓰겠는가? 그렇지만 한 부분이 느슨해지면 다른 모든 부분이 흐트러지게 마련이다.

어제 나는 세탁을 하기로 결정했다. 일요일에 보란듯이 일을 해서 신을 조롱하고 싶었던 것이다. 그렇다고 그가 무슨 요일인지 신경을 쓰는 것은 아니지만. 천국에서는 잠재의식 상태처럼 시간의 구분이 없다. 적어도 우리가 배운 바에 의하면 그렇다. 그러나 사실 그것은 마이라를 골려 주기 위한 것이었다. 마이라는 내가 침대 정리도 해서는 안 된다고 말한다. 나는 더러운 옷이 담긴 무거운 바구니를 들고 삐걱거리는 계단을 지나 광적으로 작동하는 오래된 세탁기가 있는 지하실로 내려가서는 안 된다.

누가 세탁을 하는가? 의례적으로 마이라가 한다. "내가 여기 있는 동안 세탁기 한번 돌리면 되죠." 그녀는 말할 것이다. 그리고 우리 둘 다 그녀가 하지 않은 척한다. 나 혼자서 잘 꾸려 갈 수 있다는 허구를 우리는 함께 만들어 낸다. 아니, 그것은 급속히 허구가 되어 가고 있다. 그러나 이런 허구를 유지해야 한다는 부담감이 이제 그녀를 내리누르기 시작한다.

게다가 그녀는 허리가 안 좋다. 그녀는 어떤 여자, 시끄럽고 낯선 고용인이 와서 모든 일을 하도록 조처를 취하고 싶어 한다. 그녀의 변명거리는 바로 내 심장 상태다. 그녀는 내 심장에 대해서, 의사와 엉터리 약과 그의 예견에 대해서 어찌어찌 알아냈다 ─ 화학 약품으로 머리를 붉게 염색하고 끊임없이 입을 나불거리는 간호사에게서 들었을 것이다. 이 읍은 모든 것이 그대로 흘러나오는 체와 같다.

나는 더러워진 내 속옷으로 무엇을 하든 그건 내 일이라고 마이라에게 말했다. 나는 이 포괄적인 '여자'라는 존재를 가능한 한 오랫동안 저지할 것이다. 이것이 내게 얼만큼 낭패스러운 일이냐고? 아주 많이 당혹스럽다. 다른 사람이 나의 부족함, 얼룩과 냄새를 쑤셔 대는 것을 나는 원하지 않는다. 마이라가 그렇게 하는 것은 괜찮다. 나도 그녀를 알고 그녀도 나를 알기 때문이다. 나는 그녀가 져야 할 십자가다. 내 덕분에 그녀는 다른 사람들에게 착한 사람으로 비춰지는 것이다. 그녀가 그저 내 이름을 언급하고 어이없다는 표정을 짓기만 하면, 천사들은 몰라도 적어도 이웃 사람들은 그녀에게 관대함을 베풀어 준다. 그리고 천사들보다 이웃 사람들을 만족시키기가 훨씬 더 힘든 법이다.

내 말을 오해하지는 말라. 나는 선함을 조롱하는 것이 아니다. 선함이란 악함보다 훨씬 더 설명하기 힘들고, 그만큼 복잡하다. 그렇지만 그것을 견디는 것이 때로는 어려울 수도 있다.

결정을 내리고 나서, 그리고 세탁되어 개켜진 타월 더미를 보고 마이라가 잔소리를 늘어놓는 모습과 내가 승리의 미소를 짓는 모습을 떠올려 본 다음, 빨래라는 탈선행위에 착수했다. 커다란 빨래 광주리 안에 거꾸로 처박히는 신세를 겨우 모면하면서 그 안에 몸을 잔뜩 구부린 다음, 과거의 속옷에 대한 향수에 젖지 않으려고 노력하면서 내가 운반할 수 있을 만큼 세탁물을 꺼냈다.(옛날 속옷은 얼마나 좋았던가! 요즘은 그렇게 만들지 않는다. 저절로 감춰지는 단추도 없고 손바느질로 작업하지도 않는다. 어쩌면 그런 것이 있는데도 내가 발견하지 못하는 것일 수도 있다. 어쨌든 그런 걸 살 돈도 없고 내 몸에 맞지도 않을 것이다. 그런 것에는 잘룩한 허리선이 달려 있다.)

나는 선택한 세탁물을 플라스틱 바구니에 넣고 한 발짝 한 발짝씩 측면으로 계단을 내려가기 시작했다. 마치 지하 세계를 통해 할머니 집으로 향하는 빨간 모자처럼. 단, 나 자신이 할머니이며 나만의 나쁜 늑대를 품고 있다는 사실을 제외하고. 조금씩, 조금씩 갉아먹어 들어가는 늑대.

1층까지 왔다. 이제까지는 괜찮았다. 복도를 따라 부엌으로, 그다음에는 지하실 불빛과 축축한 공기 속으로 침강. 갑자기 공포가 밀려왔다. 내가 쉽게 피해 갈 수 있던 이 집의 모든 곳들이 위험하게 느껴졌다. 새시 창문은 덫같이 자리를 잡고 내 손 위로 떨어질 채비를 하고 있고, 계단 발판은 무너지겠다고 위협을 하고, 찬장의 맨 위 칸은 위태로운 유리그릇으로 위장 폭탄이 설치되어 있었다. 지하실 계단을 반쯤 내려갔을 때, 이런 시도를 하지 말았어야 했다는 생각이 들었다. 경사가 너무 급하고 그림자는 너무 짙었으며, 냄새는 너무 고약했다. 감쪽같이 독살한 배우자를 감추기 위해 이제 막 시멘트를 부은 것처럼. 그 아래쪽의 바닥은 어둠의 웅덩이였다. 진짜 웅덩이처럼 깊고 반짝이고 젖어 있는. 어쩌면 정말 웅덩이였는지도 모른다. 어쩌면 날씨 방송에서 본 것처럼 강이 바닥까지 차오른 것일지도. 4대 원소는 언제라도 위치를 바꿀 수 있다. 불이 흙 속에서 터져 나올 수도 있고, 흙은 액화되어 귓전에서 출렁일 수 있고, 공기는 바위처럼 세게 부딪혀 와 머리 위 지붕을 부수어 버릴 수 있다.

나 자신에게서 나는 것일 수도 아닐 수도 있는 꾸르륵 소리가 들렸다. 심장이 가슴 속에서 공포로 꿀꺽거리는 것을 느낄 수 있었다. 물이 있다고 느낀 것은 눈의, 혹은 귀의, 혹은 마음의 기이한 장난이라는 것을 알고 있었다. 그렇지만 내려가지 않는 편이 나을 것 같았다. 나는 세탁물을 지하실 계단에 떨어뜨리고 그냥 내동댕이쳤다. 나중에 되돌아가서 다시 집어 올 수도 있고, 그러지 않을 수도 있다. 누군가가 그렇게 할 것이다. 마이라가 입을 꼭 다문 채 그렇게 할 것이다. 이제 내가 이런 짓을 했으니, 이제야말로 어떤 '여자'가 확실히 내게 떠맡겨질 것이다. 나는 몸을 돌리다가 반쯤 넘어지며 난간을 붙잡았다. 그런 다음 가까스로 몸을 들어 올려 한 발짝씩 내디디서 부엌의 건전하고 온화한 햇빛 속으로 되돌아왔다.

창밖은 온통 잿빛이었다. 단조롭고 활기 없는 회색. 성기고 오래된 눈은 물론이고, 하늘 역시 마찬가지였다. 나는 전기 주전자 플러그를 꽂았다. 그것은 이내 증기의 자장가 소리를 내기 시작했다. 내가 가정용품을 관리하는 것이 아니라 그것이 나를 돌봐 주고 있다고 느껴진다면 그건 사태가 걷잡을 수 없는 정도까지 나아갔다는 것을 의미한다. 그렇지만, 나는 위안을 얻었다.

나는 차 한잔을 만들어 마신 다음 컵을 씻었다. 나는 적어도 설거지는 한다. 그런 다음 다른 컵들이 있는 선반에 컵을 올려놓았다. 애들리아 할머니의 수공예 문양 컵들, 백합과 맞춰진 백합, 바이올렛과 짝지어진 바이올렛, 비슷한 문양끼리 짝지어진 것들. 적어도 내 찬장은 엉망이 되지 않았다. 그렇지만 지하실 계단에 떨어져 있을 버려진 세탁물들의 영상 때문에 마음이 편치 않았다. 허물 벗듯 벗어 놓은 하얀 피부 같은(비록 아주 하얀 것은 아니지만) 그 모든 넝마. 구겨진 조각들. 무언가에 대한 증거. 내 몸은 그 빈 페이지 위에 끼적거리면서 천천히 그러나 확실하게 속을 드러내며 불가해한 흔적을 남겨 놓았다.

아무도 알아채지 못하도록 옷가지들을 집어 들어 큰 바구니 속에 담아 넣으려는 시도를 해야 하는 것인지도 모르겠다. '아무도'란 마이라를 의미하는 것이다.

나는 청결에 대한 욕망에 사로잡힌 것 같다.

"늦게라도 하는 것이 아예 하지 않는 것보다는 낫지."라고 리니는 말한다.

오, 리니. 당신이 여기 있다면 하고 내가 얼마나 바라는지. 돌아와서 나를 돌봐 줘요!

그렇지만 그녀는 그렇게 하지 않을 것이다. 내가 스스로를 돌봐야 한다. 나 자신과 로라를. 엄숙하게 약속했던 대로.

늦게라도 하는 것이 아예 하지 않는 것보다는 낫다.

어떤 대목이더라? "겨울이었다." 아니, 그 부분은 이미 했다.

봄이었다. 1936년 봄. 모든 것이 붕괴되기 시작한 해였다. 아니, 이전보다 더 심각하게 붕괴가 진행되었다는 뜻이다.

그해 에드워드 국왕이 왕위를 포기했다. 그는 야망보다 사랑을 택했다. 아니다. 그는 자신의 야망보다 먼저 공작부인의 야망을 택했다.* 사람들이 기억하는 사건은 그것이다. 그리고 스페인에서 내전이 시작되었다.** 그러나 그런 일들은 몇 달 후에야 일어났다. 3월은 무엇으로 기억되던가? 중요한 일. 리처드는 아침 식탁에서 신문을 뒤적이더니 말했다. "결국 그는 해냈군."

그날은 우리 둘만 아침 식사를 하고 있었다. 로라는 주말을 제외하고는 우리와 아침을 먹지 않았고, 그것마저 늦잠 자는 척하면서 최대한 피했다. 주중에는 혼자 부엌에서 먹었다. 학교에 가야 했던 것이다. 혹은 혼자 먹지 않고 머거트로이드 부인과 합석하기도 했다. 그다음에는 머거트로이드 씨가 학교까지 차를 태워 주고 하교 때 차에 태워 데려왔다. 리처드는 그녀가 걷는 것을 싫어했다. 그가 정말로 싫어한 것은 그녀가 길을 잃을 수도 있다는 점이었다.

그녀는 학교에서 점심을 먹었고, 화요일과 목요일마다 학교에서 플루트 지도를 받았다. 악기를 다루는 것이 필수였던 것이다. 피아노도 시도했지만 잘되지 않았다. 첼로도 마찬가지였다. 통지문에는 로라가 연습을 싫어한다고 쓰여 있었다. 그렇지만 밤이 되면 때때로 구슬프고 음정이 맞지 않는 플루트의 슬픈 소리가 들려오기도 했다. 일부러 잘못된 소리를 내는 것 같았다.

"내가 직접 얘기하겠소." 리처드가 말했다.

---

* 영국 왕 에드워드 8세(1894~1972)는 이혼 경력이 두 번 있는 심슨 부인과 결혼하기 위해 왕위를 포기했다. 그 후 부부가 된 두 사람은 윈저 공작과 윈저 공작부인의 작위를 받았다.

** 스페인의 좌파 인민 정부와 우파 반란군 사이에서 발발한 전쟁. 소비에트 연방이 좌파 인민 정부(공화 진영)를 지원하고 파시스트 진영이 우파 반란군(민족 진영)을 지원하여 2차 세계대전의 전초전 양상을 띠었다.

"우리는 불평할 입장이 못 돼요. 그 애는 당신이 요구한 것을 하고 있을 뿐인걸요." 나는 말했다.

이제 로라는 리처드에게 드러나게 무례하게 굴지는 않았다. 그러나 그가 방에 들어오면 나가 버렸다.

아침 신문 얘기로 다시 돌아오자. 리처드가 우리 사이에 신문을 펼쳐 들고 있었기 때문에 나는 표제 기사를 읽을 수 있었다. "그"란 라인 지방으로 침공해 들어간 히틀러였다. 그는 규율을 어기고, 경계선을 넘어서고, 금지된 일을 했다. "오래전부터 이런 일이 일어나리라는 걸 알 수 있었는데, 나머지 사람들은 예상치 못하게 당한 거요. 그가 그들을 조롱한 거지. 똑똑한 친구로군. 방어벽에서 취약한 부분을 본 거로군. 기회를 보고 낚아챈 거요. 그걸 그에게 넘겨줘야 하오." 리처드는 말했다.

나는 맞장구를 쳤지만, 귀 기울여 듣지는 않았다. 그 몇 달 사이 내가 평정을 유지하는 길은 그 방법밖에 없었다. 주위의 소음을 꺼 버려야 했다. 나이아가라 폭포를 외줄 타기로 건너는 사람처럼, 넘어지게 될까 봐 주위를 둘러볼 경황이 없었다. 깨어 있는 매 순간 생각하는 것이 자신이 살아야 하는 삶과 너무 동떨어진 것일 때 다른 무엇을 할 수 있겠는가? 바로 저기 탁자에 놓인 것에서 너무나 동떨어진 것일 때. 그날 아침 거기에는 위니프리드가 보내 준, 억지로 꽃을 피게 만든 화분에서 딴 하얀 수선화가 꽂힌 화병이 있었다. "연중 이맘때 정말 아름답지." 그녀는 말하곤 했다. 너무나 향기로워. 희망의 숨결처럼.

위니프리드는 내가 무해한 존재라고 생각했다. 다른 말로 하자면 나를 바보로 여긴 것이다. 나중에, 십 년의 세월이 흐른 후, 우리가 더 이상 서로를 만나지 않게 되었을 때, 그녀는 전화에 대고 이렇게 말했다. "네가 멍청하다고 생각했었지. 그런데 사실 너는 사악해. 네 아버지가 파산을 하고 자신의 공장을 불태워 버렸기 때문에 너는 언제나 우리를 증오했지. 그리고 그걸 우리 탓으로 돌렸어."

"아버지는 공장을 태워 버리지 않았어요. 리처드가 그랬어요. 혹은 그가 사주를 한 거죠." 나는 대답하곤 했다.

"그건 부당한 거짓말이야. 네 아버지는 빈털터리로 파산했고, 그 건물에 들어 둔 보험이 아니었다면 너는 땡전 한 푼도 없었을 거야. 우리는 너희 둘을 수렁에서 건져 주었어. 너와 네 멍청한 동생을! 우리가 아니었더라면 너희는 지금처럼 은 쟁반에 앉혀 놓은 응석받이 계집애들같이 편안히 궁둥이를 깔고 앉아 있는 대신 거리를 헤매고 있을 거야. 언제나 네게 모든 것이 주어졌고, 너는 노력 같은 것을 할 필요도 없었어. 단 한 순간도 오빠에게 감사를 표시한 적도 없었고, 그를 돕기 위해 손가락 하나 까딱한 적 없어. 단 한 번도, 전혀."

"나는 당신이 원한 것을 했을 뿐이에요. 입을 다물고 미소를 지었어요. 나는 창문 장식 같은 존재였어요. 그렇지만 로라까지는 너무 지나쳤죠. 그는 로라를 끌어들이지 말았어야 해요."

"그 모든 것이 원한에 불과했어. 원한, 원한! 너는 우리에게 모든 것을 신세 지고 있었고, 그 사실을 견딜 수 없었던 거야. 오빠에게 앙갚음을 해야 했지. 너희 둘 사이에서 네가 오빠를 죽게 만든 거야. 네가 오빠의 머리에 권총을 대고 방아쇠를 당긴 거나 마찬가지야."

"그럼 로라는 누가 죽인 거죠?"

"네가 잘 아는 바와 마찬가지로 로라는 자살한 거지."

"리처드에 대해서도 똑같이 말할 수 있죠."

"그건 중상모략이나 다름없는 거짓말이야. 어쨌거나, 로라는 완전히 미친 애였어. 그런 애가 하는 말을 어떻게 단 한 마디라도 믿을 수 있는지 이해가 안 가는구나. 리처드 일이나 다른 모든 것에 관해서 말이야. 제정신을 가진 사람이라면 아무도 믿지 않을 거야."

나는 단 한 마디 말도 더 할 수 없었다. 그래서 그냥 전화를 끊어 버렸다. 그렇지만 나는 그녀에 대해 무력했다. 그때 그녀는 인질을 데리고 있었던 것이다. 에이미를 데리고 있었다.

그러나 1936년에는 그녀가 아직 그런대로 상냥하게 대해 주었고, 나는 여전히 그녀의 피보호자였다. 그녀는 계속해서 주니어 리그 회의, 정치 관련 빵 축제, 이런 저런한 위원회 등 여러 가지 행사로 나를 끌고 가서 의자와 구석 자리에 나를 놓아두고, 자기는 필요한 사교 활동을 했다. 대부분의 경우 사람들이 그녀를 좋아하는 것이 아니라 그녀가 가진 돈과 무한한 에너지 때문에 그저 견뎌 주는 것이라는 것을 이제 나는 알게 되었다. 그런 모임에 나오는 여자들 대부분은 관여하고 있는 일에서 위니프리드가 가장 좋은 몫을 맡도록 내버려 두는 것에 별다른 불만이 없었다.

이따금 그들 중 한 사람이 내게 살그머니 다가와서 나의 할머니를 알고 있었노라고 말하기도 했다. 혹 좀 더 젊은 사람일 경우에는, 세계대전이 일어나기 전의 그 황금빛 나날들, 진정한 우아함이 아직 가능하던 때, 할머니를 알았었더라면 하고 바랐다는 말을 했다. 그것은 암호였다. 위니프리드는 출세주의자, 경솔하고 저속한 신흥 부자이며, 내가 다른 가치들을 옹호해야 한다는 뜻이었다. 나는 모호하게 미소 지으며 할머니는 내가 태어나기 훨씬 오래전에 작고했다고 말하곤 했다. 다른 말로 하자면, 내가 위니프리드에 대항할 것이라는 기대는 하지 말아야 한다는 뜻이었다.

"그리고 당신의 유능한 남편은 어떤가요? 언제쯤 중대 발표를 듣게 될까요?" 그들은 묻곤 했다. 중대 발표란 정식으로 시작된 것은 아니었지만 곧 시작될 것으로 예상되는 리처드의 정치 활동에 관한 것이었다.

"오." 나는 미소를 지었다. "제가 제일 먼저 알게 되겠죠." 나는 스스로의 말을 믿지 않았다. 아마 가장 나중에 알게 될 것이라고 생각했다.

우리의 삶, 리처드와 나의 삶은 그 당시로는 영원히 지속될 것으로 보이던 방식에 정착했다. 아니, 두 개의 삶 이라고 하는 것이 더 낫겠다. 낮의 삶과 밤의 삶. 그 두 가지 삶은 완전히 분리된 것이었고, 또 변하지 않는 것이기도 했다. 평온함과 질서와 모든 것이 제자리에 놓여 있는 삶, 그 모든 것의 표면 아래에서 세련되고 용인된 폭력이 진행되고 있었다. 카펫이 깔린 바닥에 가볍게 툭툭 쳐서 리듬을 만들어 내는 무겁고 잔인한 신발처럼. 매일 아침 나는 밤을 지워 버리기 위해 샤워를 했다. 리처드가 머리에 바른 것을 씻어 내기 위해. 향내가 나는 기름 같은 것이었다. 그것은 내 피부에 온통 묻어났다.

내가 그가 하는 밤의 행위에 무관심하다는 것, 심지어는 혐오감을 느낀다는 사실에 그가 신경을 썼던가? 그는 전혀 개의치 않았다. 그는 삶의 모든 영역에서 협동보다는 정복을 선호했다.

때로는 멍이 드는 때도 있었다. 자주색, 그다음에는 푸른색, 그다음에는 노란색. 시간이 감에 따라 그것이 더 잦아졌다. 내가 얼마나 쉽게 멍이 드는지 놀랍다고 리처드는 미소를 지으며 말했다. 약간 건드리기만 해도 그랬다. 그는 그렇게 멍이 잘 드는 여자를 본 적이 없었다. 내가 너무나 젊고 섬약해서 그런 것이라고 했다.

그는 멍이 드러나지 않는 허벅지를 좋아했다. 너무 눈에 드러나는 것은 그의 야망에 방해가 되었던 것이다.

때때로 내 몸 위의 이런 자국이 일종의 암호 같다고 느껴지기도 했다. 촛불에 갖다 대면 드러나는, 보이지 않는 잉크처럼, 피어올랐다가 사라져 버리는. 그렇지만 그것이 암호라면, 누가 그것을 해독할 열쇠를 쥐고 있는가?

나는 모래였다, 눈이었다, 누군가가 쓰고, 다시 쓰고, 손으로 지워 버리는.

재떨이

　나는 다시 의사를 만나러 갔다. 마이라가 차로 데려다 주었다. 그녀는 녹았다가 다시 동결되어 생긴 검은 얼음을 보니 내가 걷기에는 길이 너무 미끄러울 것 같다고 말했다.

　의사는 내 갈빗대를 두드려 보고 심장 소리를 엿듣고 찌푸리더니 이내 찌푸린 인상을 폈다. 그런 다음에는 이미 판단을 내리고 나서 내 느낌이 어떠냐고 물었다. 그는 머리에 무슨 짓을 한 것 같았다. 예전에는 머리 윗부분이 더 성글었는데. 그는 머리 가죽에 머리 가닥을 붙이는 짓을 해 왔던가? 아니, 더 끔찍하게도, 이식을 한 것인가? 아하, 나는 생각했다. 당신이 조깅을 하고 다리에 털이 많아도, 노화의 구두가 점점 조여 오는 것이군. 곧 그 동안 했던 일광욕을 후회하게 되리다. 당신 얼굴은 고환처럼 보일 거요.

　그럼에도 그는 기분 나쁠 정도로 익살을 떨었다. 적어도 그는 "우리 오늘 기분이 어때요?" 따위의 말은 하지 않는다. 그는 일부 사람들이 하는 것처럼 나를 "우리"라고 부르지 않는다. 일인 칭 단수의 중요성을 이해하고 있는 것이다.

"잠을 잘 수가 없어요. 꿈을 너무 많이 꾸거든요." 나는 그에 게 말했다.

"그럼, 꿈을 꾸고 있다면, 잠을 자는 거겠네요." 그는 재치 있 게 보이려고 하며 말한다.

"무슨 뜻인지 알잖아요. 그건 같은 게 아니에요. 꿈 때문에 깨 게 되요." 나는 날카롭게 말했다.

"커피를 마시나요?"

"아니요." 나는 거짓 대답을 했다.

"마음이 편하지 않아서 그럴 거예요." 그는 처방전을 써 주었 다. 분명 설탕 알약일 것이다. 그는 혼자 쿡쿡 웃었다. 자신이 아 주 익살스러웠다고 생각하는 것이다. 어떤 시점이 지나고 나면, 경험의 파괴 행위는 역전된다. 우리는 나이가 들어가면서 순수 함을 입게 된다. 적어도 다른 사람들이 보기에는 그렇다. 그는 나 를 무력한, 따라서 나무랄 데가 없는 늙은 노파로 보는 것이다.

내가 내부 사무실에 들어가 있는 동안 마이라는 대기실에 앉 아서 날짜가 지난 잡지를 읽고 있었다. 그녀는 스트레스를 이기 는 방법에 대한 기사, 그리고 생 양배추의 유익한 효과에 대한 또 다른 기사를 찢어 냈다. 이건 나를 위한 거라고, 자신의 유용 한 '트루바유'*에 만족해하며 그녀는 말했다. 그녀는 언제나 나 를 진단한다. 내 영적 건강만큼이나 내 육체적 건강에 대해 관심 을 가지고 있다. 특히 내 창자에 대해서는 전매특허를 가진 양

---

* Trouvailles. '의외의 발견물', '새로운 고안'이라는 뜻의 프랑스어.

행동한다.

나는 그녀에게 내가 스트레스로 힘들어 할 일은 없다고, 진공 상태에서는 스트레스 같은 것이 있을 수 없기 때문이라고 말했다. 생 양배추의 경우에는, 그걸 먹으면 죽은 암소가 부풀 듯 가스가 속에 가득 차기 때문에 그것의 유익한 효과는 그냥 건너뛰겠다고 했다. 사워크라우트* 통 냄새를 풍기고 트럭 경적 같은 소리를 내며 내 삶을, 아니, 삶의 나머지 부분을 살아가고 싶지 않다고 말했다.

몸의 기능에 대해 노골적으로 언급하면 마이라는 보통 말을 멈춘다. 집까지 가는 내내 마이라는 파리의 석고처럼 굳어진 미소를 머금은 채 침묵 속에서 운전했다.

때로는 나 자신이 수치스럽다.

손보고 있던 일로 되돌아가자. '손보다'라는 표현은 참으로 적절하다. 때로는 글을 쓰는 것이 내가 아닌 내 손인 것처럼 느껴질 때가 있다. 손이 그 자체만의 생명을 가지고 있고, 나로부터 분리되더라도 계속 살아 있을 것만 같다. 향유로 방부 처리된 이집트의 마법적 주물, 혹은 행운을 위해 사람들이 차에 달아 두던 마른 토끼 발톱같이. 손가락 관절염이 있음에도, 나의 이 손은 최근 들어 놀라울 만큼 장난기를 발휘했다. 억제력을 개한테 던져 버린 것처럼.

페이지를 넘기자, 페이지를 넘기자. 어디까지 했더라? 1936년 4월.

---

* 양배추를 소금에 싱겁게 절여 발효한 독일식 김치.

4월에 우리는 로라가 다니고 있던 세인트 세실리아 학교의 교장에게 전화를 받았다. 로라의 행동에 관한 것이라고 그녀가 말했다. 전화로 상의할 만한 내용이 아니라는 것이다.

리처드는 사업 문제로 꼼짝할 수 없는 상태였다. 그는 위니프리드와 함께 가라고 제안했지만, 나는 분명 아무 일도 아닐 거라고 말했다. 나 혼자 일을 처리할 수 있으며 무슨 중요한 일이 생기면 알리겠다고 했다. 나는 교장 선생과 만날 약속을 했다. 그녀의 이름은 이제 잊어버렸다. 나는 그녀를 위압할 만한, 아니, 적어도 리처드의 지위와 영향력을 상기시켜 줄 만한 옷차림을 했다. 오소리 모피로 장식이 된 캐시미어 코트를 입었던 것 같다. 계절에 비해 좀 더운 것이었지만 그래도 인상적인 옷차림이었다. 그리고 죽은 꿩, 아니, 그 일부가 붙은 모자를 썼다. 날개, 꼬리, 그리고 구슬같이 작고 붉은 유리 눈이 붙은 머리.

교장 선생은 머리가 희끗희끗하고 나무 옷걸이같이 생긴 여자였다 ── 부러지기 쉬운 뼈 위에 축축해 보이는 천이 걸쳐진 듯한 모습. 그녀는 자기 사무실에 떡갈나무 책상으로 방책을 치고 두려움에 어깨가 귀까지 닿을 듯 움츠린 모습으로 앉아 있었다. 일 년 전만 하더라도 내가 그녀를 두려워했을 것이다. 그녀가 나를, 아니, 내가 대표하는 것, 즉 엄청난 돈 뭉텅이를 두려워하듯. 그렇지만 이제 나는 자신만만할 수 있었다. 나는 위니프리드가 행동하는 것을 보았고, 연습을 했던 것이다. 이제 나는 적절한 때에 눈썹을 치켜 올릴 수 있게 되었다.

그녀는 반쯤 먹어 치운 옥수수 알 같은 통통하고 노란 치아를 드러내며 긴장된 미소를 지었다. 나는 로라가 무슨 짓을 저질렀는지 궁금했다. 부재한 리처드와 그의 보이지 않는 권력에 맞설 정도로 교장 선생을 화나게 만든 큰일이었음이 분명했다. "로라를 더 이상 수학시킬 수 없어서 죄송합니다. 우리는 최선을 다했고, 참작할 만한 사유가 있다는 것도 알고 있습니다만, 다른 학생들을 위해 생각해야 할 모든 문제들을 고려해 볼 때, 로라는 지나치게 방해가 되고 있습니다." 그녀는 말했다.

그때 나는 다른 사람들이 자진해서 설명하게 만드는 것의 유용성을 배운 상태였다. "미안합니다만, 무슨 말씀을 하시는 건지 모르겠군요." 나는 입술을 거의 움직이지 않은 채로 말했다. "참작할 만한 사유라니요? 방해라니요?" 나는 손을 여전히 무릎 위에 얹어 두고, 머리는 꼿꼿이 세운 채 약간 기울이고 있었다. 꿩 모자를 가장 돋보이게 만드는 각도였다. 두 개가 아닌 네 개의 눈이 자신을 응시하고 있다고 상대방이 느끼게 되기를 나는 바랐다. 비록 나는 부유함이라는 이점을 가지고 있지만, 그녀에게는 나이와 직위라는 유리함이 있었다. 사무실은 더웠다. 코트를 의자 등받이에 걸어 두었지만 아직도 나는 하역 인부처럼 땀을 흘리고 있었다.

"로라는 종교적 지식 수업 시간에 하느님에 대해 논박했습니다. 그 수업이야말로 그녀가 약간이라도 관심을 가진 유일한 수업이었다는 걸 말씀드려야겠군요. 심지어 '하느님은 거짓말을 하는가?'라는 제목의 논문을 쓰기까지 했습니다. 전체 학급에 매우 큰 동요를 일으킨 일이었어요."

"그럼 로라는 어떤 대답을 제시했나요? 하느님에 대해서 말이죠." 나는 물었다. 비록 내색은 하지 않았지만 나는 상당히 놀랐다. 로라가 신에 대한 관심을 늦추었다고 생각했는데, 분명 아니었던 것이다.

"긍정적인 대답이었습니다." 교장 선생은 로라의 논문이 펼쳐져 있는 책상 쪽으로 내려다보았다. "그녀는, 바로 여기, 「열왕기상」 22장, 하느님이 왕 아합을 속이는 부분을 인용했습니다. '이제 여호와께서 거짓말하는 영을 왕의 이 모든 선지자의 입에 넣으셨고.'* 그리고 만일 하느님이 이런 일을 한 번 했다면, 그 이상하지 않았다는 것을 우리가 어떻게 알 수 있겠는가, 그리고 우리가 진짜 예언자와 가짜 예언자를 어떻게 구분할 수 있겠는가, 라고 논조를 펼쳤습니다."

"어쨌든 논리적인 결론이로군요. 로라는 성경을 잘 알아요." 나는 말했다.

"감히 말씀을 드리자면, 악마도 자기 목적에 맞게 성경을 인용할 줄 압니다. 비록 하느님이 거짓말을 하지만, 속임수는 쓰지 않는다고, 그는 언제나 진짜 예언자를 보내지만 사람들이 귀를 기울이지 않는다고 로라는 썼습니다. 그녀의 의견에 따르자면 하느님은 라디오 방송자고 우리는 고장 난 라디오라는 겁니다. 완곡하게 말해서 그건 매우 불경한 비유라고 할 수 있습니다." 화가 난 교장 선생이 말했다.

"로라는 불경하게 굴려는 의도로 그런 것이 아니에요. 적어도 하느님에게는." 나는 말했다.

교장은 그 말을 무시했다. "이건 그녀가 하는 허울 좋은 논쟁 때문이라기보다는, 애초에 의문을 제기할 여지가 있다고 생각했다는 사실 때문입니다."

"로라는 대답을 찾는 것을 좋아해요. 중요한 문제에 대한 해

---

* 구약 성경 「열왕기상」 22장 23절.

답을 찾고 싶어 하죠. 하느님이 중요한 문제라는 사실에 대해서는 선생님께서도 동의하시겠지요. 그게 왜 방해가 되는지 이해가 가지 않는군요." 나는 말했다.

"다른 학생들은 방해가 된다고 생각합니다. 그들은 로라가, 음, 과시하는 거라고 믿고 있습니다. 기존의 권위에 도전하는 것이라고."

"그리스도가 했던 것처럼 말이죠. 혹은 당시 다른 사람들이 그렇게 생각했던 것처럼 말이죠." 나는 말했다.

교장은 그런 일이 그리스도에게는 맞는 것이지만 열여섯 살짜리 소녀에게는 적절하지 않다는 뻔한 얘기를 하지 않았다. "이해를 못 하시는군요." 그녀는 말했다. 그녀는 자신의 손을 쥐어짜고 있었다. 나는 그런 동작을 한 번도 본 적이 없었기 때문에 흥미롭게 지켜보았다. "다른 학생들은 로라가, 로라가 익살스럽게 구는 거라고 생각합니다. 일부 학생들은 말이죠. 다른 학생들은 그녀가 볼셰비키주의자라고 생각하지요. 나머지 학생들은 그저 괴상하다고 여기고 말입니다. 어쨌든, 로라는 바람직하지 못한 관심을 끌고 있어요."

나는 교장이 무슨 말을 하는지 알아차리기 시작했다. "로라가 익살스럽게 굴려고 든 것은 아닐 거예요." 나는 말했다.

"그렇지만 그걸 구별하기는 정말 힘듭니다!" 우리는 책상을 사이에 두고 침묵 속에서 서로를 바라보았다. "로라는 추종자가 많습니다." 교장 선생은 약간의 부러움을 내비치며 말했다. 그녀는 내가 그 말을 이해하기를 기다렸다가 계속했다. "로라의 결석 문제도 있습니다. 건강에 문제가 있는 건 이해하고 있습니다만……."

"무슨 건강 문제요? 로라의 건강에는 아무 문제도 없어요."
나는 말했다.

"그러니까, 그렇게 자주 병원에 예약하는 것을 고려해 봤을 때 제가 생각하기로는……."

"무슨 병원 예약이요?"

"직접 승인하신 게 아니었습니까?" 그녀는 편지 한 묶음을 꺼냈다. 나는 그게 내 편지지라는 걸 알아보았다. 나는 편지를 훑어보았다. 내가 쓰지 않았지만 내 이름으로 서명이 돼 있었다.

"알겠어요." 나는 내 오소리 모피 코트와 핸드백을 집어 들며 말했다. "로라와 이야기를 해 봐야겠군요. 시간 내주셔서 감사해요." 나는 그녀의 손가락 끝을 잡고 악수했다. 말할 필요도 없이 로라는 학교에서 자퇴해야 했다.

"우리는 최선을 다했습니다." 그 가련한 여자는 말했다. 그녀는 거의 울고 있었다. 이 사람은 또 한 명의 바이올런스 선생이었다. 고용된 기계 인간. 의도는 좋지만 무능한 사람. 로라에게 적합한 사람이 아니었다.

그날 밤, 면담이 어떻게 진행되었느냐고 리처드가 물었을 때 나는 로라가 학급 동료들에게 방해가 된다고 얘기했다. 그는 화를 내는 대신 즐거워하는 것 같았고, 거의 감탄하는 눈치였다. 그는 로라가 강단이 있다고 말했다. 어느 정도의 반항적인 면은 패기를 보여 주는 것이라고 했다. 그는 자신도 학교를 싫어했으며 선생들을 고달프게 만들었다고 말했다. 그것이 로라의 목적이었다고는 생각되지 않았지만 나는 아무 말도 하지 않았다.

가짜 병원 편지에 대해서는 언급하지 않았다. 그것은 공연한 소란을 불러일으킬 것이라고 생각되었다. 선생을 괴롭히는 것과

학교를 빼먹는 것은 상당히 다른 일이다. 그것은 비행으로 간주될 수 있는 것이다.

"내 서명을 위조하지는 말았어야지." 나는 로라에게 은밀히 말했다.

"리처드의 것은 위조할 수 없었어. 우리 글씨랑 너무 달라. 언니 것이 훨씬 쉬웠어."

"필체는 개인적인 거야. 도둑질과 마찬가지야."

그녀는 잠시 분해하는 듯 보였다. "미안해. 그냥 빌리는 거였어. 언니가 개의치 않으리라고 생각했어."

"왜 네가 그랬는지 궁금해해 봤자 소용없는 일이겠지?"

"나는 학교에 보내 달라고 한 적 없어. 학교 사람들이 나를 좋아하지 않는 것처럼 나도 그들을 좋아하지 않아. 그들은 내 말을 심각하게 여기지 않아. 그들은 심각한 사람들이 아니야. 내가 그곳에 계속 있어야 한다면 정말로 병이 나고 말 거야." 로라는 말했다.

"학교에 가지 않았을 때 뭘 하고 있었니? 어디에 간 거야?" 나는 물었다. 누군가를, 어떤 남자를 만나고 있던 것은 아닌지 걱정이 되었다. 그럴 만한 나이가 된 것이다.

"아, 뭐 이곳저곳. 중심가에도 가 보고, 공원이나 여러 곳에 앉아 있기도 하고. 아니면 그냥 걸어 다녔어. 두어 번 언니를 보기도 했는데, 언니는 나를 보지 못한 것 같더라. 쇼핑하러 가는 중이었겠지." 로라는 말했다. 나는 심장에 피가 몰려드는 것을, 그리고 압박감을 느꼈다. 내 입을 막아 버리는 손 같은 공포. 아마도 내 얼굴이 창백해졌던 것 같다.

"무슨 일이야? 몸이 안 좋아?" 로라가 말했다.

그해 5월, 우리는 베렌제리아 호를 타고 영국으로 건너갔다가 퀸 메리 호의 처녀항해 때 승선해서 뉴욕으로 돌아왔다. 퀸 메리 호는 이제까지 건조된 것 중 가장 크고 화려한 바다 정기선이었다. 아니, 팸플릿에 그렇게 쓰여 있었다. 그것은 한 시기를 구획 짓는 사건이라고 리처드는 말했다.

위니프리드도 우리와 함께 왔다. 로라 역시. 리처드는 말했다. 그런 여행은 로라에게 아주 유익할 것이다. 그녀는 초췌하고 여위어 보였다. 학교를 갑작스레 그만둔 이후로 하는 일 없이 지내 왔다. 여행은 그녀에게, 그녀와 같은 소녀들이 정말로 활용할 수 있는 좋은 교육이 될 것이다. 어쨌든, 그녀를 혼자 뒤에 놓아둘 수는 없지 않은가.

대중은 퀸 메리 호에 대해 게걸스럽게 알고 싶어 했다. 사람들은 그것의 구석구석을 빼놓지 않고 묘사를 해 대고 사진을 찍어 댔다. 그리고 그곳의 장식 역시 실제로 빈틈없이 되어 있었다. 관상 형광등 조명과 플라스틱 박판 재질과 세로 홈이 새겨진 기둥과 단풍나무 돌기. 비싼 베니어판이 도처에 사용되었다. 그렇지만 그 배는 돼지처럼 요동쳤고, 2등석 갑판이 1등석 갑판을 내려다보고 있어서 걸어 다닐 때마다 난간을 가득 메운 가난한 얼간이들이 위에서 우리를 내려다보고 있었다.

나는 항해 첫날에는 뱃멀미가 났지만, 그 이후로는 괜찮았다. 무도회가 자주 있었다. 그때는 춤추는 법을 알고 있었다. 괜찮은 정도였지만, 아주 잘 추지는 못했다.("어떤 것도 너무 능숙하게 하지는 마. 네가 노력하고 있다는 걸 보여 주게 되거든." 위니프리드가 말했다.) 나는 리처드 이외의 다른 남자들과 춤을 추었다. 그가 사업을 통해 아는 남자들, 그가 내게 소개해 준 남자들. "나 대신 아이리스를 보호해 줘." 그는 이런 남자들에게 미소를 짓고 그들의 팔을 두드리며 말하곤 했다. 그는 때로 다른 여자들과 춤을 추기도 했다. 그가 아는 남자들의 부인들. 때로 그는 담배를 피우거나 갑판을 한번 둘러보기 위해 나가기도 했다. 아니, 그런 것이라고 그가 말했다. 나는 그가 골이 나거나 골똘히 생각에 잠긴 것이라고 생각했다. 그런 다음 그는 돌아와서 우리 탁자에 앉아서 내가 그럭저럭 춤을 추는 모습을 바라보았다. 그리고 나는 그가 거기에 얼마나 오래 있었는지 궁금해하곤 했다.

이 여행이 계획한 대로 진행되지 않았기 때문에 그가 언짢아하는 것이라고 나는 판단했다. 그는 베란다 그릴에서 원했던 저녁 식사 예약을 하지 못했고, 원하는 사람들을 만날 수 없었다. 그는 자신에게 익숙한 장소에서는 중요한 인물이었지만, 퀸 메리 호에서는 정말로 하찮은 사람이었다. 위니프리드 역시 하찮은 사람이었다. 그녀의 스포트라이트는 힘을 잃었다. 그녀가 가만히 다가간 여자들에게 완전히 무시당하는 모습을 여러 번 목격했다. 그런 후 그녀는 아무도 눈치채지 않기를 바라며 "우리 패거리"라고 부르는 이들에게로 슬그머니 돌아오곤 했다.

로라는 춤을 추지 않았다. 어떻게 하는지도 몰랐고, 관심도 없었다. 어쨌든, 그녀는 너무 어렸다. 저녁 식사가 끝나고 나면 그녀는 자신의 선실에 틀어박혀 있었다. 독서를 하는 것이라고 했다. 여행 사흘째 되던 날 아침 식탁에 앉았을 때, 그녀의 눈은 붓고 붉게 충혈되어 있었다.

오전에 나는 그녀를 찾으러 다녔다. 나는 그녀가 갑판 의자에 앉아 체크무늬 융단을 목까지 끌어올려 덮고 고리 던지기 경기를 무심하게 보고 있는 것을 발견했다. 나는 그녀 옆에 앉았다.

건장한 젊은 여자가 개 일곱 마리를 각각 목줄에 묶어 데리고 지나갔다. 날씨가 쌀쌀한데도 반바지를 입고 있었고, 다리는 갈색으로 그을었다.

"나도 저런 직업을 가질 수 있을 텐데." 로라가 말했다.

"어떤 직업?"

"개 산책시키는 거. 다른 사람들의 개. 나는 개가 좋아." 로라가 말했다.

"개 주인을 좋아하진 않을걸."

"주인들을 산책시키는 것도 아닌데, 뭐." 그녀는 선글라스를 쓰고 있었지만 몸을 떨고 있었다.

"무슨 문제가 있니?" 나는 물었다.

"아니."

"추워 보여. 좀 아픈 것 같아."

"나는 아무 문제 없어. 수선 떨지 마."

"당연히 걱정이 되지."

"그렇게 안 해도 돼. 나는 열여섯 살이야. 내가 아프면 아프다고 할 수 있어."

"너를 돌봐 주겠다고 아버지와 약속했어. 그리고 어머니하고도." 나는 딱딱하게 말했다.

"바보 같으니."

"물론이지. 하지만 나는 어렸어. 잘 몰랐지. 어리다는 건 그런 거야."

로라는 선글라스를 벗었다. 그러나 나를 쳐다보지는 않았다. "다른 사람들이 한 약속은 내 잘못이 아니야. 아버지는 언니에게 나를 억지로 떠맡겼어. 아버지는 나를, 우리를 어떻게 해야 좋을지 몰랐지. 그렇지만 아버지는 돌아가셨어. 두 분 다 돌아가셨어. 그러니까 괜찮아. 언니 의무를 면제해 줄게. 이제 풀려난 거야."

"로라, 도대체 뭐니?"

"아무것도 아니야. 그렇지만 내가 마음을 정리하기 위해 그냥 좀 생각을 하고 싶을 때마다 언니는 내가 아프다고 생각하고 와서 나를 못살게 굴잖아. 그것 때문에 미칠 것 같아." 그녀는 말했다.

"정말 너무해. 나는 노력하고 또 노력했는데, 나는 너를 좋은 식으로 생각했는데, 나는 네게 가장……." 나는 말했다.

"그만두자. 봐, 얼마나 바보 같은 게임인지! 왜 저걸 고리 던지기라고 부르는 거지?"

나는 오랜 슬픔을 달래기 위해 이 모든 것을 기록한다. 애도하기 위하여. 아빌리온과 그곳에서 일어난 모든 일을 애도하며. 아니면 그녀는 아직도 알렉스 토머스를 흠모하고 있었던 것인가? 그녀에게 좀 더 물어봤어야 했다. 좀 더 집요하게 물었어야 했다. 그렇지만 그렇게 했다 하더라도 정말 그녀가 무엇 때문에 괴로워했는지 내게 말해 주었을 것 같지는 않다.

로라를 제외하고 그 여행에서 가장 선명하게 기억나는 것은 항구에 도착하던 날 배 전체에서 횡행했던 도둑질이었다. 퀸 메리라는 이름이나 모노그램이 새겨진 모든 것은 핸드백이나 여행용 가방 속으로 들어갔다. 편지지, 은제 식기, 타월, 비누 용기, 작품, 바닥에 사슬로 고정되지 않은 것은 모두. 어떤 이들은 심지어 수도꼭지를 뽑아 가기도 했고, 작은 거울, 문손잡이까지 가져갔다. 일등석 승객들이 다른 이들보다 더 심했다. 하긴, 부자들이란 언제나 도벽이 있는 사람들이었으니까.

이런 약탈을 어떻게 정당화했던가? 기념품이라고 했다. 이 사람들은 스스로를 기억할 무언가가 필요했던 것이다. 기념품 사냥이라니, 참 이상한 일이다. 아직 지금인데도 '지금'은 '그때'가 되어 버린다. 스스로가 정말로 그곳에 있었다는 사실을 우리는 믿지 않으며, 그렇기 때문에 어떤 증거, 혹은 그런 증거가 될 것이라고 착각하는 무엇을 훔치는 것이다.

나는 재떨이를 하나 가져왔다.

머리가 불타는 남자

어젯밤 나는 의사가 처방한 알약을 하나 먹었다. 그것 덕분에 잠은 그런대로 잤지만, 곧 꿈을 꾸었다. 그리고 이 꿈은 약을 먹지 않고 꾸던 꿈과 별 다를 것이 없었다.

강의 녹색 빛을 띤 얼음 조각이 종처럼 사방에서 찰랑거리는 소리를 내는 가운데 나는 아빌리온의 선창에 서 있었다. 겨울 코트는 입지 않고 나비 문양으로 뒤덮인 면 날염 드레스만 입고 있었다. 그리고 토마토 붉은색, 끔찍한 라일락색 등 야단스러운 색깔의 플라스틱 꽃으로 만들어졌고 안에서 작은 전구로 불이 켜지는 모자도 쓰고 있었다.

"내 건 어디 있어?" 로라가 다섯 살배기의 목소리로 물었다. 나는 그녀를 내려다보았다. 그러나 우리는 더 이상 아이들이 아니었다. 로라도 나처럼 늙은 모습이었다. 그녀의 눈은 작은 건포도였다. 그것은 너무 끔찍하게 보였다. 그리고 나는 잠에서 깨어났다.

새벽 3시였다. 심장이 요동을 멈출 때까지 기다렸다가 아래층까지 더듬으며 내려가 따뜻한 우유를 한 잔 마셨다. 알약 따위에 의존하는 멍청한 짓을 하지 말았어야 했다. 무의식을 그렇게 싸게 살 수는 없는 법이다.

그러나 이야기를 계속하도록 하자.

일단 퀸 메리 호에서 내린 다음 우리 가족 일행은 뉴욕에서 사흘을 보냈다. 리처드가 결말을 지어야 할 문제가 있었던 것이다. 우리는 관광을 할 수 있을 거라고 그는 말했다.

로라는 로켓 무용단* 공연에도 가고 싶어 하지 않았고, 자유의 여신상이나 엠파이어스테이트 빌딩 꼭대기에도 올라가고 싶어 하지 않았다. 쇼핑도 하고 싶지 않다고 했다. 그녀는 그저 걸어 다니면서 길에 있는 것들을 보고 싶다고 말했다. 그렇지만 그녀 혼자 그렇게 하기에는 너무 위험하다고 리처드가 말했기 때문에 내가 함께 갔다. 그녀는 그다지 명랑한 동행자가 되지 못했다. 인간적으로 가능한 한 최대한으로 명랑하기로 작정한 듯한 위니프리드를 겪고 난 후라 오히려 안도감이 느껴졌다.

그런 후 리처드가 밀린 일을 처리하는 동안 우리는 몇 주를 토론토에서 보냈다. 그다음에는 아빌리온으로 갔다. 그곳에서 뱃놀이를 할 것이라고 리처드는 말했다. 아빌리온은 그것밖에는 쓸모가 없다는 투로 들렸다. 또한 우리의 변덕스러운 마음을 받아 주기 위해 자신의 시간을 희생하게 되어 기쁘다는 암시를 하는 것 같기도 했다. 혹은, 좀 더 부드럽게 표현하자면, 우리를 즐

---

* 1925년 미주리 주에서 창단된 미국 무용단.

겁게 해주기 위해서. 나뿐만이 아니라 로라 역시 즐겁게 해 주기
위해서.

그는 로라를 일종의 수수께끼, 이제 그가 풀어야만 하는 수
수께끼로 여기게 된 것 같았다. 의외의 순간에 그가 그녀를 바라
보는 모습을 목격한 적이 여러 번 있었다. 주식 시장 면을 들여
다보는 것과 같은 식으로, 쥐는 곳, 비틀린 곳, 손잡이, 틈, 출입
구를 찾는 듯한 모습. 그의 인생관에 따르자면, 모든 것에 그런
쥐는 곳, 혹은 비틀린 곳이 있다는 것이다. 그런 부분을 찾는 듯
한, 혹은 가격을 알아보는 듯한 시선. 그는 로라를 자신의 엄지
손가락 아래 두고 싶어 했고, 가볍게라도 발로 그녀의 목을 내리
누르고 싶어 했다. 그렇지만 로라에게는 내리누를 만한 부분이
없었다. 그래서 그는 매번 헛발질을 하는 것으로 끝나곤 했다.
마치 사냥한 곰이 사라진 와중에 포즈를 취하고 있는 곰 사냥
꾼의 사진처럼.

로라는 어떻게 그렇게 할 수 있었을까? 그녀는 더 이상 그에
게 반항하지 않았다. 이제 그와의 정면충돌을 피했다. 뒷걸음치
거나 돌아가거나 그가 균형을 잃도록 만들었다. 그는 언제나 그
녀 쪽을 향해 성큼 내디뎠고, 언제나 움켜쥐려고 했고, 언제나
허공을 움켜쥐었다.

그는 그녀의 인정, 심지어는 존경까지 바랐다. 혹은 단순히 감
사. 그런 것들. 다른 소녀들에게라면 진주 목걸이, 캐시미어 스웨
터 같은 선물을 시도해 보았을 것이다. 열여섯 살짜리들이 흔히
갖고 싶어 하는 것들을. 그러나 그런 것들을 로라에게 갖다 안길
정도로 그가 멍청하지는 않았다.

돌에서 피를 짜내려고 하다니, 하고 나는 생각했다. 그는 그

녀를 결코 파악할 수 없어. 그리고 그는 그녀가 원하는 것을 아무것도 갖추지 못했기 때문에 그녀를 살 수도 없어. 로라가 어느 누구하고든 의지력 대결을 하게 된다면 나는 언제나 로라 편에 돈을 걸었을 것이다. 그녀는 자기 나름의 방식으로 멧돼지처럼 완고했다.

로라가 아빌리온을 그토록 떠나기 싫어했기 때문에 그곳에서 시간을 보낼 수 있게 된 것을 뛸 듯이 좋아하리라고 나는 생각했다. 그러나 그 계획에 대해 말해 주자 그녀는 시큰둥한 반응을 보였다. 그녀는 어떤 일에 대해서도 리처드를 신뢰하고 싶어 하는 것 같지 않았다. 적어도 내가 보기에는 그랬다. "리니를 만날 수는 있겠네요." 그렇게 말한 것이 전부였다.

"미안하지만 리니는 더 이상 우리 고용인이 아니란다. 사직 권고를 받았지." 리처드가 말했다.

그게 언제 일인가? 한참 전. 한 달 전, 여러 달 전? 리처드는 막연하게 대답했다. 술을 지나치게 많이 마시는 리니의 남편 때문이었다고 리처드는 말했다. 그 때문에 상식적인 사람의 견지에서 볼 때 집수리가 적시 적절하게 이루어지지 않았다고 했다. 그리고 리처드는 게으름 피우는 것에 대해, 그리고 불순종이라고 불릴 만한 태도를 보이는 것에 대해 많은 돈을 지급할 이유가 없다고 했다.

"형부는 리니가 우리와 이곳에 함께 있는 게 싫었던 거야. 그녀가 우리 편을 들어주리라는 것을 안 거지." 로라는 말했다.

우리는 아빌리온의 1층을 돌아보고 있었다. 집 자체의 규모가 축소된 것처럼 보였다. 가구는 걸레로 덮여 있었다. 몇 개 남지 않은 가구들. 무겁고 우중충한 가구들은 없어졌다. 아마 리처드가 시킨 일이었을 것이다. 그렇게 육중하고 사실적으로 보이지 않는 포도 문양으로 장식된 찬장을 가지고 누가 살 수 있겠느냐고 말하는 위니프리드의 모습이 상상되었다. 가죽 장정이 된 책들은 도서실에 여전히 있었다. 그러나 그럴 기간도 얼마 남지 않았을 거라는 예감이 들었다. 벤저민 할아버지가 수상들과 찍은 사진도 없어졌다. 누군가가(분명히 리처드였을 것이다.) 파스텔 색깔로 칠해진 얼굴을 드디어 본 것이다.

아빌리온은 한때 완고함에 가까운 안정성을 풍겼다. 시간의 흐름 한가운데 떨어뜨려 놓은 커다랗고 땅딸막한 호박돌. 어느 누구도 치울 수 없는 그것. 그러나 이제는 초라하고 미안해하는 듯한 모습이었다. 그냥 푹 쓰러져 버릴 것처럼. 스스로의 훌륭함을 내세울 만한 용기가 더 이상 없는 것 같았다.

위니프리드는 말했다. 얼마나 엉망인지, 모든 것이 얼마나 먼지투성이였는지. 부엌에는 쥐가 들끓었고, 쥐똥과 좀도 있었다. 그러나 그날 오후 머거트로이드 부부가 우리 측근 일행에 합류한 두어 명의 새로운 고용인들과 함께 기차 편으로 도착할 예정이고, 그러면 모든 것이 잘 건조된 배처럼 깔끔하게 정리될 것이다. 물론 (그녀는 웃으며 말했다.) 배 자체는 제외하고. '워터 닉시'를 가리키는 말이었다. 바로 그때 리처드는 배 창고에 내려가서 그것을 살펴보는 중이었다. 리니와 론 힝크스의 감독하에 그 배에 사포질을 하고 다시 페인트칠하기로 되어 있었는데, 그것 역시 제대로 되지 않은 업무 중 하나였다. 위니프리드는 리처드가 그 낡은 배를 가지고 무엇을 하고 싶어 하는 건지 이해할 수 없었다. 리처드가 정말로 뱃놀이를 하고 싶었다면 그는 그 공룡 같은 배를 단념하고 새것을 사야 할 것이다.

"그이는 그 배에 감정적 가치가 있다고 생각한 것 같아요. 내 말은, 우리에게 말이죠." 내가 말했다.

"정말로 그런 가치가 있어?" 위니프리드가 그녀 특유의 즐거워하는 미소를 지으며 말했다.

"아니요. 그럴 이유가 뭐가 있겠어요? 아버지가 우리를 뱃놀이에 데려가신 적도 없는데. 칼리 피츠시먼스만 데려가셨죠." 로라가 말했다. 우리는 식당에 있었다. 적어도 큰 탁자는 그대로 있었다. 리처드가, 아니, 그보다는 위니프리드가 트리스탄과 이졸데와 유리로 된 그들의 낡은 로맨스에 대해 어떻게 생각할지 궁금했다.

"칼리 피츠시먼스가 장례식에 왔었어." 로라는 말했다. 우리 둘만 있을 때였다. 위니프리드는 소위 미인 휴식을 위해 위층으로 올라간 상태였다. 그녀는 풍년화 수액으로 적신 화장 솜을 눈위에 올려놓고, 비싼 녹색 진흙팩을 얼굴 전체에 바르고 있었다.

"오? 나한테 말하지 않았잖아."

"잊어버렸어. 리니는 그녀에게 엄청나게 화가 났어."

"장례식에 왔다고?"

"더 일찍 오지 않았다고. 그녀에게 아주 무례하게 대했어. 이렇게 말했지. '참 빨리도 오셨구려.'"

"그렇지만 리니는 칼리를 싫어했잖아! 그녀가 와서 머무르는 걸 언제나 싫어했지. 그녀가 놀아나는 여자라고 생각했잖아!"

"리니를 만족시킬 만큼 놀아나는 여자는 아니었던 것 같아. 그것에 그다지 열심을 내지 않았어. 실패한 거지."

"놀아나는 여자가 되는 것에?"

"그러니까 리니는 칼리가 철저히 해냈어야 한다고 생각한 거지. 아버지가 그런 어려운 상황에 처했을 때 최소한 와 보기라도 했어야지. 아버지 마음이 좀 가벼워지도록."

"리니가 그런 말을 다 했어?"

"꼭 이렇게 말한 것은 아니었지만, 그래도 무슨 뜻으로 한 말인지는 알 수 있었어."

"칼리는 어떻게 했니?"

"이해하지 못한 척했어. 그런 다음 그녀는 사람들이 장례식에서 으레 하는 일을 했어. 울고 거짓말을 했지."

"무슨 거짓말?" 나는 물었다.

"비록 아버지와 그녀가 정치적 관점에서 일치하지는 않았지만, 아버지는 정말, 정말로 고결한 사람이었다고 그녀는 말했어. 리니는 '정치적 관점 좋아하시네.'라고 말했지만, 그래도 그녀가 듣지 않는 곳에서 그랬지."

"아버지는 그렇게 하기 위해 노력하셨다고 생각해. 그러니까 고결하기 위해서." 나는 말했다.

"글쎄, 정말 열심히 노력하시진 않았지. 아버지께서 항상 하시던 말씀 생각 안 나? 우리가 아버지 손에 '남아 있다.'라고 하시던 거? 우리가 무슨 얼룩이라도 되는 것처럼." 로라는 말했다.

"아버지는 할 수 있는 한 최선을 다하셨어." 나는 말했다.

"아버지가 산타클로스로 변장하셨던 크리스마스 기억해? 어머니가 돌아가시기 전이었어. 나는 다섯 살밖에 안 됐을 땐데."

"그래. 그게 바로 내가 말한 거야. 아버지는 노력하셨어."

"나는 그게 너무 싫었어. 그런 식으로 누군가 갑자기 나를 놀래는 걸 언제나 싫어했다고."

우리는 외투 보관소에서 기다리라는 지시를 받았다. 복도로 나가는 이중문 안쪽에는 얇은 커튼이 달려 있었기 때문에 우리는 벽난로가 놓인 정방형의 정면 복도를 볼 수 없었다. 그곳에 크리스마스트리가 있었다. 우리는 외투 보관소의 긴 의자에 앉아 있었다. 의자 뒤에는 타원형의 거울이 걸려 있었다. 코트는 긴 옷걸이에 걸려 있었다. 아버지의 코트, 어머니의 코트, 그리고 그 위에는 모자도 걸려 있었다. 어머니의 모자는 커다란 깃털이 달린 것, 아버지의 모자는 작은 것. 고무 덧신 냄새, 앞 층계 난간 둘레에 감아 둔 장식 화환에서 풍기는 새 송진과 삼목 냄새가 났고, 난방 때문에 따뜻해진 바닥재에서 왁스 냄새가 풍겼다. 라디에이터가 쉭쉭거리는 소리와 쨍그랑거리는 소리를 냈다. 창턱 아래로 차가운 바람, 그리고 무자비하고 기분을 고조시키는 눈 냄새가 새어 들어왔다.

방의 조명은 천장에 달린 전구 하나밖에 없었다. 불빛은 노란 실크 같은 색조를 띠고 있었다. 유리문에 우리의 모습이 비쳤다. 레이스 칼라가 달린 진보라 벨벳 드레스, 하얀 얼굴, 중간에 가르마를 탄 엷은 머리칼, 무릎 위에 포개 놓은 창백한 손. 하얀 양말, 검은 메리 제인 구두. 우리는 한쪽 발을 다른 발 위에 겹쳐 놓도록 교육을 받았기 때문에(무릎을 겹치는 것은 절대로 허용되지 않았다.) 그렇게 앉아 있었다. 거울은 머리 위쪽에서 솟아난 유리 거품처럼 떠 있었다. 우리가 숨을 내쉬는 소리가 들렸다. 기다림의 호흡. 다른 누군가가 숨을 쉬는 것처럼 들렸다. 거대하지만 보이지 않는, 온몸을 감싸는 코트 안에 숨어 있는 누군가가.

갑자기 이중문이 열렸다. 붉은 옷을 입은 남자, 위로 솟은 붉은 거인이 서 있었다. 그의 뒤에는 밤의 어두움이 펼쳐져 있었고, 불꽃이 타오르고 있었다. 그의 얼굴은 하얀 연기로 뒤덮여 있었고, 머리는 불타고 있었다. 그는 앞으로 숙이고 손을 펼쳤다. 그의 입에서 야유하는 듯한 소리, 혹은 외치는 듯한 소리가 났다.

나는 순간적으로 놀랐지만, 어느 정도 컸기 때문에 그게 무엇을 의도한 것인지 알아차릴 수 있었다. 그 소리는 웃음소리를 모방한 것이었다. 그것은 산타클로스로 분장한 아버지였으며, 그의 머리에는 불이 붙은 것이 아니었다. 단지 불이 켜진 크리스마스트리와 머리에 쓴 촛불 화환이 아버지 뒤에서 빛나고 있었을 뿐이다. 아버지는 붉은 비단 실내복을 거꾸로 입었고, 솜으로 만든 수염을 달고 있었다.

어머니는 아버지가 자신의 힘을 가늠하지 못한다고 말하곤 했다. 다른 사람과 비교해 봤을 때 자신이 얼마나 거대한지 모른다는 것이다. 자신이 얼마나 무섭게 보이는지 아버지는 몰랐을 것이다. 분명 로라에게는 무섭게 보였다.

"너는 계속해서 비명을 질러 댔지. 아버지가 분장하고 계신다는 걸 넌 알아차리지 못했어." 이제 나는 말했다.

"단지 그것 때문만은 아니었어. 아버지가 평상시에 분장을 하고 계셨던 거라고 나는 생각했거든." 로라가 말했다.

"무슨 뜻이야?"

"아버지 진짜 모습이 그거라고 생각한 거야. 겉모습 이면으로는 불타고 있다고. 언제나." 로라는 참을성 있게 말했다.

워터 닉시 호

어젯밤 어둠 속을 돌아다닌 탓에 지쳐서 오늘 아침 나는 늦잠을 잤다. 내 발은 마치 딱딱한 땅 위를 오랫동안 걸은 것처럼 부어올랐다. 머리는 구멍이 숭숭 뚫리고 축축해진 느낌이었다. 나를 잠에서 깨운 것은 마이라가 문을 두드리는 소리였다. "일어나세요." 그녀는 편지 투입구에 대고 노래하듯 말했다. 나는 괜히 심술궂은 생각이 들어 대답을 하지 않았다. 아마도 그녀는 내가 죽었다고, 침대에 뻗어 있다고 생각했을 것이다. 그녀는 분명 벌써부터 내 꽃무늬 옷 중 어떤 것을 수의로 사용할지를 놓고 야단법석을 떨고, 장례식 후 모임에서 어떤 먹을거리를 내놓을지 계획을 세우고 있었을 것이다. 그것은 경야라고 불리지 않을 것이다. 그렇게 천박한 것은 하지 않을 것이다. 경야란 죽은 이들을 깨우는 것이었다. 죽은 사람 위에 흙을 덮기 전 그들이 정말로 죽었는지 확인해 보는 것이 좋기 때문이다.

나는 그런 생각을 하며 미소를 지었다. 이내 마이라가 열쇠를 가지고 있다는 생각이 났다. 그녀에게 적어도 일 분간의 유쾌한 공포를 안겨 주기 위해 침대보를 얼굴 위에 뒤집어써 볼까 생각도 했지만, 그렇게 하지 않는 편이 낫겠다고 판단했다. 나는 힘겹게 일어나 침대 밖으로 나와서 실내복을 걸쳤다.

"조금만 기다려." 나는 계단통 아래 대고 소리쳤다.

그러나 마이라는 벌써 집 안으로 들어와 있었고, '여자'도 함께 와 있었다. 청소하는 여자. 그녀는 포르투갈인처럼 생긴 건장한 사람이었다. 그녀를 피할 방안이 없을 것 같았다. 그녀는 즉시 마이라의 진공청소기로 일에 착수했다. 그들은 미리 모든 것을 생각해 두었던 것이다. 그러는 동안 나는 밴시*처럼 그녀를 따라다니면서 하소연했다. "그건 만지지 말아요." "그건 거기 놔둬요!" "그건 내가 할 수 있어요!" "이젠 아무것도 못 찾겠네요!" 그래도 그들보다 먼저 부엌에 들어가서 내가 끼적거린 종이 뭉치를 오븐에 넣을 시간은 있었다. 첫날부터 오븐 청소에 달려들 가능성은 별로 없었던 것이다. 어쨌든 내가 아무것도 굽지 않기 때문에 오븐은 그다지 더럽지 않았다.

"자, 모든 것이 깨끗하고 단정하죠. 기분 좋지 않으세요?" 그 여자가 일을 끝내고 나자 마이라가 말했다.

그녀는 진저브레드 하우스에서 새로운 장식품을 내게 가져다주었다. 수줍게 미소 짓는 소녀 머리 모양의 에메랄드 녹색 크로커스 분재 용기였는데 약간 이가 나간 상태였다. 크로커스는 윗부분에 난 구멍을 통해 자라서, 그녀의 말 그대로 표현하자면 "꽃의 원광(圓光)"을 터뜨리게 되는 것이다. 내가 물만 주면 너무

---

* 아일랜드 민화에 나오는 여자 유령으로, 울음소리로 가족에게 죽을 사람이 있다는 것을 알린다.

나 귀엽게 자라날 거라고 마이라는 말한다.

리니는 신이 자신의 기적을 행하기 위해 신비한 방법으로 일한다고 말하곤 했다. 마이라가 나의 지정된 수호천사일까? 아니면 그녀는 연옥을 미리 맛보게 해 주는 사람인가? 그리고 그 둘의 차이를 어떻게 알 수 있는가?

아빌리온에서 머물던 둘째 날, 로라와 나는 리니를 만나러 갔다. 그녀가 살고 있는 곳을 알아내는 것은 어렵지 않았다. 읍내의 모든 사람들이 알고 있었다. 아니, 베티네 간이식당 사람들은 알고 있었다. 이제 리니는 그곳에서 일주일에 사흘씩 일하고 있었다. 리처드와 위니프리드에게는 우리가 어디에 가는지 알리지 않았다. 아침 식탁에 언짢은 분위기를 퍼뜨릴 이유가 뭐가 있겠는가? 우리가 가는 것을 완전히 막을 수는 없었겠지만, 신경에 거슬릴 정도의 은근한 경멸을 내보였을 것이다.

우리는 리니의 아기를 위해 토론토의 심슨스 백화점에서 산 곰 인형을 가져갔다. 그다지 부드러운 곰 인형은 아니었다. 엄격한 표정을 짓고 있었고 단단하게 속이 채워져서 딱딱했다. 하찮은 공무원, 그 시절의 공무원처럼 보였다. 지금은 공무원들이 어떻게 보이는지 모르겠다. 아마도 청바지를 입고 다닐 것이다.

리니와 그녀의 남편은 원래 공장 노동자들을 위해 지어진 작은 석회석 연립 주택에 살았다. 2층 건물, 뾰족한 지붕, 좁은 정원 뒤쪽의 옥외 변소. 지금 내가 살고 있는 곳에서 그리 멀지 않은 곳이다. 그들에게 전화가 없었기 때문에 우리가 간다는 사실을 알릴 수 없었다. 그녀는 문을 열고 우리 둘이 서 있는 것을 보더니, 함박웃음을 짓다가 이내 울음을 터뜨렸다. 잠시 후 로라도 울기 시작했다. 나는 함께 울지 않았기 때문에 소외감을 느끼며 곰 인형을 들고 서 있었다.

"하느님의 은총이 있기를. 들어와서 아기를 보렴." 그녀는 우리 둘에게 말했다.

우리는 장판이 깔린 복도를 지나 부엌으로 들어갔다. 리니는 부엌을 하얗게 칠하고 노란 커튼을 달았다. 아빌리온에 있던 커튼과 같은 노란색이었다. 역시 흰색에 스텐실 기법으로 노란색 글자를 새긴 깡통 한 세트도 보였다. 밀가루, 설탕, 커피, 차. 리니 자신이 이런 장식을 했다는 것은 말하지 않아도 자명한 일이었다. 깡통, 그리고 커튼, 그리고 손댈 수 있는 모든 것을. 그녀는 나름대로 최선을 다해 꾸며 놓았다.

아기 — 마이라, 그건 너란다. 이제 네가 이야기에 등장하는 거야. — 는 세탁용 버드나무 바구니에 누워서 둥글고 보통 아기들 눈보다 더 푸른 눈을 전혀 깜박이지 않고 우리를 바라보았다. 솔직하게 말하자면 그녀는 지방 푸딩처럼 보였다. 하긴 아기들이 대부분 그렇다.

리니는 우리에게 차를 만들어 주겠다고 고집했다. 그녀는 이제 우리가 어린 아가씨들이라고 말했다. 예전처럼 우유에 차를 약간 탄 것이 아니라 진짜 차를 마실 수 있는 것이다. 그녀는 살집이 붙었다. 한때 탄탄하고 강했던 팔 아래쪽이 약간 건들거렸고, 부엌을 가로질러 스토브 쪽으로 걸어갈 때는 어기적거리는 것처럼 보였다. 손은 부어올랐고, 손가락 관절 부근은 움푹 패었다.

그녀는 말했다.

"2인분을 먹어 오다가 이제 그렇게 하지 말아야 한다는 걸 잊어버려. 내 결혼반지 보이지? 반지를 잘라 버리지 않으면 빼낼 수가 없어. 무덤에 갈 때까지 끼고 있어야 해." 그녀는 평온한 만족감이 깃든 한숨을 쉬며 말했다. 곧 아기가 칭얼거리기 시작했다. 리니는 아기를 들어 올려 무릎 위에 놓고 거의 도전적인 표정으로 탁자 맞은편의 우리를 쳐다보았다. 평범하고, 좁고, 노란 튤립 프린트 무늬가 만발한 유포(油布)로 덮어 놓은 탁자는 거대한 틈처럼 보였다. 한편에는 우리 둘이 있고, 이제 한없이 멀어진 저편에는 아무런 후회도 하지 않는 리니와 아기가 있었다.

무엇에 대한 후회인가? 우리를 저버린 것에 대한 후회. 적어도 나에게는 그렇게 느껴졌다.

리니의 태도, 그러니까 아기를 대한 태도가 아니라 우리와 아기와의 관계를 대하는 태도에는 뭔가 석연찮은 구석이 있었다. 마치 우리가 아기의 정체를 알아낸 것처럼. 그 이후로부터 나는 — 마이라, 이런 말을 해서 정말 미안하지만 너는 이걸 읽어서는 안 된단다. 호기심 때문에 뜻밖의 재난이 일어날 수도 있는 거야. — 아기의 아버지가 론 힝크스가 아니라 우리 아버지인 것은 아닐까 생각해 왔다. 내가 신혼여행을 떠난 후 리니는 아빌리온에 유일하게 남은 고용인이었다. 그리고 아버지 주변의 모든 것이 무너지고 있었다. 그녀는 아버지에게 따뜻한 스프나 뜨거운 물병을 가져다주는 것과 같은 마음으로 자기 자신을 습포제처럼 아버지에게 내준 것은 아니었을까? 추위와 어둠에 대한 위안으로.

그렇다면 마이라, 너는 내 동생이다. 아니, 내 이복동생이겠지. 우리가, 내가, 앞으로 사실을 밝혀낼 가능성은 없지만. 나를 무덤에서 파내 머리카락이나 뼈나 뭐든 그들이 사용하는 것의 샘

플을 취해서 분석하도록 보낼 수도 있겠지. 하지만 네가 그렇게
까지 하지는 않으리라고 생각한다. 다른 가능성 있는 유일한 증
거는 사브리나일 거야. 너희 둘이 만나서 스스로의 견본을 비교
해 보렴. 그렇지만 그렇게 되기 위해서는 사브리나가 돌아와야
하고, 그녀가 그렇게 할지는 아무도 모르는 일이지. 그녀가 어디
있는지 모르겠구나. 죽었을 수도 있어. 바다 밑바닥에 잠겨 있는
지도 모르지.

로라가 리니와 아버지에 관해 알고 있었는지 모르겠다. 만일
정말 알아야 할 무엇이 있었다면 말이다. 그녀가 알고 있었지만
절대로 말하지 않은 여러 가지 일 중 하나였는지도 모르겠다. 그
럴 가능성도 있다.

아빌리온에서의 나날들은 더디게 흘렀다. 아직 날씨가 너무
더웠고 너무 습했다. 두 강의 수위는 낮았다. 루브토 강의 급류
조차 완만하게 흘렀고, 조그 강에서는 불쾌한 냄새가 풍겼다.

나는 대부분의 시간을 실내에서, 할아버지의 도서실에서 가
죽으로 등을 댄 의자에 앉아 팔걸이에 다리를 올려놓은 채 보냈
다. 지난겨울에 죽은 파리의 형해(形骸)가 아직도 창턱에 두껍게
쌓여 있었다. 도서실은 머거트로이드 부인이 그다지 중시하는
곳이 아니었던 것이다. 애들리아 할머니의 초상화가 여전히 이
곳을 관장하고 있었다.

나는 다과회와 페이비언 협회 방문과 마술 등(燈)을 가진 탐
험가들, 그리고 괴상한 원주민들의 관습에 대한 그들의 설명 등
의 기사를 오려 놓은 할머니의 스크랩북을 들여다보며 오후를
보냈다. 조상들의 두개골을 장식하는 것을 왜 이상하게 여기는

지 모르겠다는 생각이 들었다. 우리도 그렇게 하지 않는가.

또는 옛날 사교계 잡지를 넘겨 보며 그것에 실린 사람들을 내가 한때 얼마나 부러워했는지 기억하기도 했다. 혹은 끝부분에 아주 얇은 금박이 입혀진 시집을 샅샅이 읽기도 했다. 바이올런스 선생과 공부하던 시절 나를 매혹했던 시들은 이제 너무 오래되고 지나치게 감상적으로 느껴졌다. "아아, 고뇌, 그대의, 오도다, 지친." 짝사랑에 대한 예스러운 언어. 그런 단어를 보면 짜증이 났다. 그런 단어가 불행한 연인들을 약간 우스꽝스럽게 보이게 만든다는 것을 이제 깨달았던 것이다. 가련한 우울질의 바이올런스 선생처럼. 무르고, 희미하고, 축축한 사람. 마치 물속에 떨어진 빵처럼. 절대로 건드리고 싶지 않은 것.

벌써 나의 어린 시절이 아득하게 느껴졌다. 말린 꽃처럼 빛이 바래고 달콤 씁쓸한 먼 과거의 시기. 내가 이 상실을 아쉬워했던가? 그것을 되돌리고 싶었던가? 그렇지 않았다.

로라는 집 안에 머물러 있지 않았다. 우리가 예전에 하던 대로 읍내를 돌아다녔다. 작년 여름에 내가 입었던 노란 면 드레스를 입고 그것과 짝이 맞는 모자를 쓰고 다녔다. 그녀의 뒷모습을 바라보며 나는 나 자신을 바라보는 듯한 특별한 감정에 사로잡혔다.

위니프리드는 몹시 따분해하고 있다는 사실을 전혀 감추지 않았다. 그녀는 배 창고 옆의 작은 사유지 강변에 매일 수영을 하러 갔다. 그렇지만 자기 키가 넘는 곳에는 절대 들어가지 않았다. 대부분의 경우 그녀는 커다란 심홍색 쿨리 모자*를 쓰고 물

---

* 삿갓 모양의 밀짚모자. 쿨리는 중국, 인도 등지의 하층 노동자를 가리키는 말이다.

만 첨벙거렸다. 로라와 나에게 함께 하자고 했지만 우리는 거절했다. 우리 둘 다 수영을 그다지 잘하지 못했고, 어떤 것들이 강속에 버려졌는지, 그리고 여전히 버려질지, 알고 있었던 것이다. 위니프리드는 수영이나 일광욕을 하지 않을 때면 집을 거닐면서 메모를 하고 스케치를 하고, 불완전한 곳에 대한 목록을 만들었다. ― 바깥 현관의 벽지는 정말로 교체되어야 했다. 계단 아래에는 건조된 부패 부위가 있었다. ― 그렇지 않으면 자기 방에서 낮잠을 잤다. 아빌리온이 그녀의 에너지를 고갈시키는 것 같았다. 무엇인가가 그렇게 할 수 있다는 사실은 안도감을 가져다주었다.

리처드는 장거리 통화를 많이 했다. 아니면 토론토로 당일치기 여행을 다녀오기도 했다. 남는 시간에는 워터 닉시 호 수리를 감독하며 빈둥거렸다. 그는 우리가 떠나기 전에 그 배를 진수하는 것이 자신의 목표라고 말했다.

그는 매일 아침 신문을 배달시켰다. "스페인에서 내전이라. 오래전부터 일어날 조짐이 보이던 일인데." 어느 날 점심을 먹으며 그가 말했다.

"나쁜 소식이군요." 위니프리드가 말했다.

"우리에겐 상관없지. 우리가 개입되지 않는 한 말이야. 공산주의자들과 나치가 서로 죽이도록 내버려 두라지. 곧 전투로 치닫게 될 테니까." 리처드가 말했다.

로라는 점심을 먹지 않았다. 그녀는 커피 한 잔만 가지고 혼자서 선창에 내려가 있었다. 그녀는 그곳에 자주 갔다. 나는 그것이 염려스러웠다. 그녀는 선창에 누워서 한쪽 팔로 물을 쓰다듬으며 마치 뭔가 빠뜨린 것을 바닥에서 찾는 것처럼 강 속을 응시하곤 했다. 그렇지만 물색이 너무 짙어서 별로 보이는 것은 없었다. 이따금 은빛 도는 잉어 무리가 소매치기의 손가락처럼 휙 지나가는 모습만 보였다.

"그래도, 그런 일은 일어나지 않았으면 좋겠어요. 정말 불쾌한 일이에요." 위니프리드는 말했다.

"좋은 전쟁을 활용할 수도 있지. 경기를 활성화해서 불황을 타개할 기회가 될 수도 있어. 그걸 기대하는 사람들을 알고 있어. 어떤 사람들은 돈을 아주 많이 벌 수 있을 거야." 리처드가 말했다. 나는 리처드의 재정 상황에 대해 아무런 말도 들은 적이 없었다. 그러나 최근에 들어서, 여러 가지 암시와 증거들로 미루어 볼 때 그가 내가 한때 생각했던 만큼 돈이 많은 건 아니라고 믿게 되었다. 아니, 더 이상 돈이 많은 건 아니라고 할 수도 있겠다. 아빌리온을 복구하는 일은 중단(혹은 연기)되었다. 리처드가 더 이상의 지출을 원하지 않았기 때문이다. 리니의 말에 따르면 그랬다.

"왜 돈을 벌게 되죠?" 나는 물었다. 나는 대답이 무엇인지 잘 알고 있었지만, 그저 리처드와 위니프리드가 어떤 말을 하는지 보기 위해 순박한 질문을 하는 것이 버릇이 되었다. 삶의 모든 영역에 그들이 들이대는 제멋대로 기준이 변하는 도덕적 잣대는 언제나 내 관심을 끌었다.

"일이 그렇게 흘러가기 때문이지." 위니프리드가 퉁명스럽게 대답했다. "그건 그렇고, 자기 친구가 체포되었어."

"무슨 친구요?" 나는 너무 성급하게 물었다.

"그 칼리스타 라는 여자. 자기 아버지의 사랑의 오랜 빛. 자신이 예술가라고 생각하던 여자 말이야."

나는 그녀의 말투가 마음에 들지 않았지만 어떻게 반박해야 할지 몰랐다. "그녀는 우리가 어렸을 때 정말 잘해 줬어요." 나는 말했다.

"물론 그랬겠지. 그렇지 않아?"

"나는 그녀를 좋아했어요." 나는 말했다.

"당연하지. 그녀가 몇 달 전 내게 연락을 했더군. 오버올을 입은 못생긴 여자 무리가 있는 끔찍한 그림인지 벽화인지 뭔지 하는 걸 팔려고 말이야. 식당에 걸어 놓을 만한 그림은 못 되더군."

"그녀가 왜 체포된 거죠?"

"붉은 군단이 좌파들 정당에서 일제 검거 같은 걸 한 모양이야. 그녀가 여기로 전화를 했더군. 상당히 다급한 것 같았어. 자기와 통화를 하고 싶어 했지. 자기가 연루되어야 할 이유가 없다고 생각했기 때문에 리처드가 직접 읍내까지 가서 그녀를 보석시켜 줬어."

"그이는 왜 그랬대요? 그녀를 잘 알지도 못하면서." 나는 말했다.

"오, 그냥 좋은 마음에서. 그런 사람들은 감옥 밖에서보다 안에서 더 말썽을 부린다고 오빠가 늘 말하기는 했지만, 그렇죠, 오빠? 그들은 언론에 실릴 때까지 소란을 피워 대지. 여기에 정의, 저기에 정의. 오빠는 수상에게 좋은 일을 해 준 거야." 그녀는 상냥하게 웃으며 말했다.

"커피 더 있어?" 리처드가 말했다.

그것은 위니프리드가 화제를 바꾸어야 한다는 신호였다. 그러나 그녀는 계속했다. "아니면 자기네 가족에게 빚 갚는 셈치고 해야겠다고 오빠가 느꼈을 수도 있지. 그녀를 일종의 가족 유물로 여기는 거 같은데. 여러 손을 거쳐 물려받는 오래된 오지항아리 같이 말이야."

"로라가 있는 선창에 나가 볼게요. 날씨가 너무 좋아요." 나는 말했다.

나와 위니프리드가 대화하는 동안 신문만 읽고 있던 리처드는 재빨리 고개를 들었다. "안 돼. 여기 있어. 당신은 로라를 너무 많이 자극하고 있어. 처제 혼자 있도록 내버려 두면 다 극복할 거야." 그가 말했다.

"뭘 극복한단 말이에요?" 나는 물었다.

"무엇이든 그녀를 괴롭히는 것." 리처드는 말했다. 그는 고개를 돌려 창밖으로 그녀를 내다보았다. 그리고 나는 그의 머리 뒤쪽에 탈모 자국이 생겼다는 것을 처음으로 알아차렸다. 갈색 머리 사이로 보이는 분홍색 둥근 두피. 그는 곧 삭발을 할 것이다.

"내년 여름에는 머스코카로 가요. 이 휴가 실험이 엄청난 성공이었다고 말하기는 좀 힘들겠는데요." 위니프리드가 말했다.

여행이 끝나갈 무렵 나는 다락방에 올라가 보기로 결심했다. 리처드가 전화 통화에 몰두하고 위니프리드가 작은 모래사장 위에 놓인 갑판용 의자에서 젖은 수건으로 눈을 덮고 누워 있을 때까지 기다렸다. 그런 다음 다락방 계단으로 가는 문을 열고 내 뒤에서 닫았다. 그리고 최대한 소리를 죽여 가며 계단을 올라갔다.

로라는 벌써 그곳의 삼나무로 된 상자 위에 앉아 있었다. 다행히도 그녀가 창문을 열어 놓았다. 그렇지 않았으면 그곳은 숨

막힐 정도로 답답했을 것이다. 오래된 천과 쥐똥에서 풍기는 사향 냄새 같은 것이 났다.

그녀는 머리를 천천히 돌렸다. 나 때문에 놀란 것 같지는 않았다. "안녕. 여기 박쥐들이 살고 있어." 그녀가 말했다.

"놀랄 일이 아닌걸." 나는 말했다. 그녀 옆에는 커다란 식료품점 종이 가방이 있었다. "거기 뭐가 든 거지?"

그녀는 물건을 꺼내기 시작했다. 다양한 소품, 오래된 기물. 할머니 것이었던 은제 찻주전자, 드레스덴에서 만들어진 수공예 도자기 컵 세 개와 받침. 모노그램이 새겨진 숟가락 몇 개. 악어 모양 호두 까기 도구. 한쪽만 남은 자개 커프스단추, 이가 빠진 거북이 등껍질 빗, 고장 난 은제 라이터, 식초가 들어 있지 않은 양념 통 선반.

"이런 걸 가지고 뭘 하고 있었던 거니? 이걸 토론토로 가져갈 수는 없어!" 내가 말했다.

"감추고 있는 거야. 그들이 모든 걸 훼손하게 돼서는 안 돼."

"누가 그런다는 거야?"

"리처드와 위니프리드. 그들은 이런 걸 그냥 없애 버릴 거야. 그들이 무가치한 쓰레기에 대해 이야기하는 걸 들었어. 조만간 다 쓸어버릴 거야. 그래서 우리들을 위해 몇 가지 물건들을 챙겨 두는 거야. 여기 트렁크 중 하나에 남겨 둘 거야. 그러면 이 물건들은 안전하게 보관될 거고, 우리는 이게 어디 있는지 알 수 있을 거 아냐."

"만일 그들이 알게 되면?" 나는 물었다.

"그렇지 않을 거야. 정말 가치 있는 물건들은 없어. 봐." 그녀는 말했다. "우리 옛날 학교 공책도 발견했어. 여기, 우리가 놓아

둔 곳에 그대로 있었어. 우리가 이곳으로 갖고 왔던 거 생각나? 그를 위해서?"

로라에게 있어 알렉스 토머스는 이름이 결코 필요하지 않았다. 그는 언제나 '그, 그를, 그의'였다. 그녀가 그를 포기했다고, 그에 대한 생각을 포기했다고 나는 한동안 생각했다. 그러나 그게 아니었다는 것이 이제 명백해진 것이다.

"우리가 그런 짓을 했다는 게 믿어지지 않는구나. 우리가 그를 여기 숨겨 주었다는 거, 우리가 발각되지 않았다는 거." 나는 말했다.

"우리는 조심했어." 로라가 말했다. 그녀는 잠시 생각하더니 이내 미소를 지었다. "언니는 어스카인 선생에 대해 내가 한 말을 정말 믿은 적 없지? 그렇지?" 그녀는 물었다.

그때 철저히 거짓말을 했어야 했다. 그 대신 나는 얼버무렸다. "나는 그가 싫었어. 정말 끔찍한 사람이었어." 내가 말했다.

"그렇지만 리니는 내 말을 믿었어. 그가 어디 있는 것 같아?"

"어스카인 선생?"

"누굴 말하는 건지 알잖아." 그녀는 잠시 멈추고 창밖을 다시 내다보았다. "아직도 사진 가지고 있어?"

"로라, 더 이상 그를 마음에 품고 있으면 안 돼. 그가 나타날 거라고 생각하지 마. 가능성이 있는 일이 아니야." 나는 말했다.

"왜? 그가 죽었다고 생각해?"

"그 사람이 왜 죽겠니? 죽었다고 생각하진 않아. 그저 다른 곳으로 갔을 것 같아." 나는 말했다.

"어쨌든 그는 잡히지는 않았어. 그랬다면 우리가 소식을 들었을 거야. 신문에 났을 테니까." 로라는 말했다. 그녀는 오래된 공책을 주워 들어 종이 가방 속에 집어넣었다.

우리는 내가 생각했던 것보다, 그리고 분명 내가 원했던 것보다 더 오래 아빌리온에 머물렀다. 나는 그곳에서 꼼짝달싹 못하도록 감금된 느낌이었다.

우리가 떠나기로 되어 있던 전날, 내가 아침 식사를 하러 내려갔을 때 리처드는 보이지 않았다. 위니프리드 혼자서 달걀을 먹고 있었다. "거대한 진수식을 놓쳤어." 그녀는 말했다.

"무슨 거대한 진수식요?"

그녀는 손으로 가리켰다. 한쪽에 루브토 강이, 다른 쪽에 조그 강이 있는 곳이었다. 로라가 워터 닉시 호를 타고 강 하류로 내려오는 것을 보고 놀랐다. 그녀는 뱃머리 조각상처럼 이물에 앉아 있었다. 그녀는 우리 쪽으로 등을 돌리고 있었다. 리처드가 조종을 하고 있었다. 그는 형편없는 하얀 항해사 모자를 쓰고 있었다.

"적어도 가라앉지는 않았군." 위니프리드는 약간 가시 돋친 말투로 말했다.

"가고 싶지 않으셨나요?" 나는 물었다.

"아니, 별로." 그녀의 목소리에는 뭔가 다른 어조가 섞여 있었다. 나는 그것을 질투라고 오해했다. 그녀는 리처드의 모든 계획에서 항상 먼저 기회를 차지하고 싶어 했던 것이다.

나는 안도감을 느꼈다. 아마도 로라가 조금 긴장을 푼 모양이라고, 찬바람 쌩쌩 부는 태도를 약간 누그러뜨린 것이라고 나는 생각했다. 그녀가 리처드를 바위 아래서 기어 나오는 무엇이 아닌 인간으로 취급하기 시작한 것이라고. 그렇게 되면 정말 내 삶이 조금 더 편해지겠구나, 나는 생각했다. 분위기가 좀 더 가벼워질 것 같았다.

그러나, 그렇지 않았다. 변화가 있었다면, 긴장감이 더 고조되었다는 점이다. 그러나 관계는 뒤바뀌었다. 이제 로라가 들어올 때마다 리처드가 방을 뜨곤 했다. 마치 그녀를 두려워하는 것 같았다.

"리처드에게 무슨 말을 했니?" 토론토로 돌아오고 난 후 어느 날 밤 나는 그녀에게 물었다.

"무슨 뜻이야?"

"네가 리처드와 배를 타고 나갔던 날, 워터 닉시 호를 타고."

"형부에게 아무 말도 하지 않았어. 내가 왜 무슨 말을 하겠어?" 그녀는 말했다.

"나도 모르겠어."

"형부에게는 아무 말도 하지 않았어. 할 말이 없거든." 로라는 말했다.

밤나무

이제까지 내가 쓴 것을 들여다본다. 그리고 이것이 잘못되었다는 것을 알아차린다. 그 오류는 내가 서술한 내용 때문이 아니라 생략한 것 때문에 생긴 것이다. 여기 기록되지 않은 것 역시 하나의 존재다. 빛의 부재처럼.

물론 너는 진실을 원한다. 너는 내가 둘과 둘을 합쳐 놓기를 바란다. 그러나 2 더하기 2가 항상 진실을 가져다주는 것은 아니다. 2 더하기 2는 창 밖에서 들려오는 목소리다. 2 더하기 2는 바람이다. 살아 있는 새는 이름표를 붙인 새 뼈가 아니다.

어젯밤 나는 갑자기 잠에서 깨어났다. 심장이 마구 뛰고 있었다. 창문에서 쨍 하는 소리가 들려왔다. 누군가가 유리창에 조약돌을 던지고 있었다. 나는 침대에서 나와 더듬으며 창문 쪽으로 가서 창틀을 높이 올리고 몸을 굽혀 밖을 내다보았다. 안경을 쓰지 않았지만 충분히 잘 보였다. 달이 떠 있었다. 오래된 상처 때문에 거미줄 같은 흔적이 있는, 보름달에 가깝게 차오른 달이 떠 있었고, 그 아래로는 가로등이 하늘을 향해 부드럽게 발하는 약한 주황색 불빛이 보였다. 내 아래로는 그림자로 얼룩이 지고 앞마당의 밤나무에 부분적으로 가려진 보도가 있었다.

그곳에 밤나무가 있어서는 안 된다는 것을 나는 알고 있었다. 그 나무는 다른 곳, 100여 킬로미터 떨어진 곳, 내가 리처드와 함께 살았던 집 밖에 있는 것이었다. 그러나 단단하고 두꺼운 그물처럼 가지를 펼치고 하얀 나방 같은 꽃들을 희미하게 깜박이며 그 나무는 거기 서 있었다.

유리창에 뭔가 부딪히는 소리가 다시 들려왔다. 저기 몸을 구부린 듯한 형체가 하나 보였다. 포도주 병 안에 뭔가 남았을지도 모른다는 처절한 희망을 가지고 빈 병을 뒤집으며 쓰레기통을 뒤지는 남자. 공허함과 목마름에 내밀린 거리의 술주정뱅이. 그의 움직임은 은밀하고 침략적이었다. 무언가를 찾는 것이 아니라, 내게 불리하게 작용할 증거를 얻기 위해 내가 버린 쓰레기를 살펴보며 염탐하는 것처럼.

그런 다음 그는 몸을 곧게 펴더니 옆쪽, 빛이 더 밝게 비치는 곳으로 움직인 후 위쪽을 올려다보았다. 짙은 눈썹, 움푹 팬 눈두덩이, 검고 갸름한 얼굴을 가로지르는 하얀 사선 같은 미소가 보였다. 세모꼴로 파인 목선 아래는 창백하게 보였다. 셔츠였다. 그는 손을 들더니 옆으로 흔들었다. 인사, 혹은 떠남을 표시하는 손짓.

이제 그는 떠나가고 있었고, 나는 그를 부를 수 없었다. 내가 부를 수 없다는 것을 그는 알고 있었다. 이제 그는 가 버렸다.

심장 주변으로 숨이 막히는 듯한 압박감이 느껴졌다. 안 돼,

안 돼, 안 돼. 어떤 목소리가 말했다. 눈물이 내 얼굴을 타고 흘려 내렸다.

그러나 내가 그것을 큰 소리로 말했던 것 같다. 너무 크게 말해서 이제 리처드가 깨어났다. 그는 내 바로 뒤에 서 있었다. 이제 막 내 목에 손을 얹으려던 참이었다.

이때 나는 정말로 깨어났다. 나는 젖은 얼굴로 눈을 크게 뜨고 천장의 회색 허공을 응시하면서 심장 박동이 늦춰지기를 기다렸다. 이제 나는 깨어 있을 때는 더 이상 자주 울지 않는다. 이따금 마른 눈물을 흘릴 뿐이다. 내가 울고 있었다니, 놀라운 일이다.

젊을 때는 우리가 하는 모든 일을 쉽게 버릴 수 있을 것이라고 생각한다. 우리는 현재에서 현재로 옮겨 다니며, 시간을 손아귀로 구겨서 던져 버린다. 우리 자신이 바로 초고속 자동차다. 사물을, 그리고 사람을 제거해 버릴 수 있다고, 그것을 뒤에 내버려 둘 수 있다고 생각한다. 그들이 되돌아오는 습성이 있다는 사실을 아직 알지 못한다.

꿈속의 시간은 동결되어 있다. 한때 자신이 있었던 곳으로부터 우리는 결코 도망칠 수 없다.

정말로 쨍 하는 소리가 났다. 유리끼리 맞부딪치는 소리. 침대에서, 내가 실제로 누워 있는 1인용 침대에서 나와 창가로 걸어갔다. 너구리 두 마리가 길 맞은편 이웃의 푸른 상자를 뒤져 병과 깡통을 엎고 있었다. 폐품 처리장에 둥지를 틀고 쓰레기를 뒤지는 존재들. 그것들은 놀라지도 않은 채 경계를 하며 나를 올려다보았다. 달빛 아래서 그들의 작은 강도 복면이 검게 보였다.

행운을 빈다, 나는 생각했다. 할 수 있는 동안 가능한 것은 다 가져가렴. 그게 네 것인지 누가 신경 쓰겠니? 그저 잡히지만 말아라.

나는 침대로 되돌아와 짙은 어둠 속에 누워서, 들려오는 줄도 몰랐던 숨소리에 귀를 기울였다.

10부

눈먼 암살자

지노어의 도마뱀 인간

몇 주 동안 그녀는 상점을 샅샅이 훑고 다닌다. 가장 가까운 약국에 가서 연마용 판자나 오렌지 스틱* 같은 하찮은 것을 산 다음 잡지가 놓인 곳을 지나간다. 손을 대지 않고, 바라보는 것을 들키지도 않으려고 노력하면서, 그러나 눈으로 제목을 훑으면서 그의 이름을 찾는다. 그의 여러 이름 중 하나. 이제는 그 이름들을 알고 있다. 대부분은. 그녀가 수표를 현금으로 바꿔 주었던 것이다.

"불가사의한 이야기." "괴상한 설화." "놀라운 이야기." 그녀는 그 모든 것을 살펴본다.

마침내 무언가에 시선을 고정한다. 분명 이 책일 것이다. 『지노어의 도마뱀 인간. 자이크론 전쟁 연대기의 스릴 넘치는 첫 에피소드』 겉장에는 가짜 바빌론 복장을 한 금발 미녀가 있다. 진

---

* 매니큐어용 기구.

짜로 보이지 않는 가슴 아랫부분을 금 고리 벨트로 단단히 졸라맨 하얀 긴 옷, 청금석 보석류로 휘감은 목, 머리 위에 솟은 은초승달. 손가락이 세 개 달린 갈고리와 세로로 된 눈동자를 가진 두 생물이 촉촉한 입술을 벌리고 커다란 눈을 가진 그녀를 붙잡고 있다. 그들은 붉은 반바지만 걸치고 있다. 얼굴은 납작한 원형이고, 피부는 비늘로 뒤덮여 있으며, 색깔은 주석 기가 도는 청록색이다. 양념장을 바른 것처럼 매끈하게 빛난다. 회청색 가죽 아래로 근육이 불끈거리며 번쩍인다. 입술이 없는 입안에는 바늘처럼 날카로운 치아가 많이 나 있다.

그녀는 어디서라도 그들을 알아보았을 것이다.

이 책을 어디서 구할 수 있을 것인가? 그녀가 누구인지 알아보는 이 가게에서는 안 된다. 어떤 이상한 행동으로 소문이 나게 해서는 안 될 것이다. 다음에 쇼핑을 나갈 때 그녀는 기차역까지 에둘러 간 후 그곳의 가판대에서 잡지를 발견한다. 얇은 백동전 하나. 그녀는 장갑을 낀 채 돈을 지불하고 잡지를 재빨리 말아서 핸드백 속에 숨긴다. 판매원은 그녀를 이상하게 쳐다본다. 하긴, 남자들은 보통 그렇게 쳐다본다.

그녀는 택시를 타고 돌아오는 내내 잡지를 꼭 껴안고 있다가 계단 위층까지 몰래 가져와서 화장실 안에 들어가 문을 잠근다. 페이지를 넘기는 손은 떨리고 있을 것이다. 이것은 부랑아들이 유개 화차 안에서, 혹은 학령기 소년들이 손전등 불을 비춰 가며 보는 종류의 이야기다. 밤에 깨어 있기 위해 한밤중에 공장 야경꾼이 읽는 책. 성과 없는 하루를 보내고 난 판매 사원이 넥타이를 풀고, 셔츠 단추를 끄르고, 발을 올리고, 칫솔용 잔에 위스키를 부어 마시며 읽는 책. 경찰이 지루한 밤에 읽는 책. 그 어느 누구도 활자 어딘가에 분명히 숨어 있는 메시지를 찾지 못할 것이다. 그것은 오직 그녀만을 위한 메시지일 것이다.

종이가 너무나 부드러워 그녀의 손 안에서 거의 부스러진다.

여기 문이 잠긴 화장실 안, 그녀의 무릎 위에 사키얼-논, 천 가지 장려함을 지닌 도시가 선명하게 인쇄되어 펼쳐져 있다. 그곳의 신들, 관습, 놀라운 카펫 직조 기술, 노예화되고 학대당하는 아이들, 희생당할 처녀들. 일곱 개의 바다, 다섯 달, 세 개의 해. 서쪽 산과 사악한 무덤들, 늑대가 울부짖고 죽지 않은 여자들이 은신하는 곳. 궁전 쿠데타는 그 촉수를 펼치고, 왕은 자신에 대항하는 세력을 어림잡으며 때를 기다린다. 여대제사장은 뇌물을 주머니에 챙겨 넣는다.

이제 희생 전날 밤이다. 선택된 자는 운명의 침대 위에서 기다린다. 그러나 눈먼 암살자는 어디 있는가? 그는 어떻게 되었으며, 순수한 소녀에 대한 그의 사랑은 어떻게 된 것인가? 그 부분은 나중을 위해 남겨 두었을 것이라고 그녀는 판단한다.

곧이어, 그녀가 예상한 것보다 일찍, 편집광적 지도자에게 고무된 무자비한 야만인들이 공격을 한다. 그러나 그들은 도시 성문에 들어서자마자 놀라운 일에 맞닥뜨린다. 우주선 세 대가 동쪽의 평원에 착륙한다. 달걀 프라이, 혹은 반으로 자른 토성처럼 보이는 그것은 지노어 행성에서 온 것이다. 우주선에서 울퉁불퉁한 회색 근육과 금속 수영복 반바지와 고등 무기를 가진 도마뱀 인간이 쏟아져 나온다. 그들은 광선총과 전기 올가미 밧줄과 1인용 비행선을 가지고 있다. 온갖 종류의 신기한 도구들.

갑작스러운 공격은 자이크론 행성의 모든 것을 바꿔 놓는다.

야만인들과 도시인들, 직책을 맡은 이들과 모반자들, 주인들과 노예들, 모두 서로 간의 차이점을 잊어버리고 공동의 대의명분을 찾는다. 계급 간 장벽이 사라진다. 스닐파드들은 가면과 함께 오래된 직함을 던져버리고 소매를 걷어 붙이고 이그니로드와 함께 방책을 지킨다. 모두 서로를 "트리스톡"이라고 부르며 인사한다. 그것은 (대충 번역하자면) '나와 피를 나눈 사람' 즉, 동료, 혹은 형제라는 뜻이다. 여자들은 안전을 위해 신전으로 인도되어 그곳에 감호된다. 아이들도 마찬가지다. 왕이 전투를 이끈다. 야만인 세력은 전투에서 용맹함을 발휘하기 때문에 도시에서 환영받는다. 왕은 환희의 시종과 악수를 하고 지휘권을 나눠 갖기로 결정한다. "주먹이란 손가락을 모은 것 이상의 것이지요." 왕은 고대의 격언을 인용하여 말한다. 도시의 무거운 성문 여덟 개가 아슬아슬하게 닫힌다.

도마뱀 인간들은 갑작스러운 공격을 한 덕에 외곽 평원에서 우선 성공을 거둔다. 그들은 몇몇 아름다운 여성들을 포획한다. 그 여자들을 철창에 가둬 놓고 수십 명의 도마뱀 병사들이 철창 너머로 바라보며 군침을 흘린다. 그러나 이내 지노어의 병사들은 후퇴를 맛본다. 그들이 믿고 있던 광선총은 중력의 차이 때문에 자이크론에서는 잘 작동하지 않고, 전기 올가미 밧줄은 가까운 거리에서만 효과를 낼 수 있는데, 사키얼-논의 거주자들은 이제 매우 두꺼운 벽 건너편에 있는 것이다. 도마뱀 인간들은 도시를 점거할 수 있을 정도의 공격 부대를 운송할 1인용 비행선을 충분히 갖추지 못했다. 접근해 오는 도마뱀 인간에게는 성벽에서 포탄이 쏟아진다. 자이크론인들은 온도가 높아지면 지노어인들의 금속 바지에 불이 붙는다는 사실을 발견하고 불타는 공을 던져 댄다.

도마뱀 인간의 지도자는 소리를 지르며 분노를 터뜨리고, 다섯 명의 도마뱀 과학자들이 사형을 당한다 — 분명 지노어는 민주 사회가 아닌 것이다. 살아남은 자들은 기술적 문제를 해결하기 위해 일에 착수한다. 시간이 충분하고 제대로 된 도구가 있다면 사키얼-논의 성벽을 녹여 버릴 수 있다고 그들은 주장한다. 또 자이크론인들이 의식을 잃게 만드는 가스 또한 개발할 수 있다. 그런 다음에는 자신들이 원하는 대로 사악한 짓을 저지를 수 있을 것이다.

그것으로 첫 연재분이 끝난다. 그렇지만 사랑 이야기는 어떻게 된 것인가? 눈먼 암살자와 혀 없는 소녀는 어디 있는가? 소녀는 이 모든 혼란 속에서 거의 잊혔다. 그녀가 붉은 양단 침대 아래 숨어 있는 것이 마지막 모습이었고, 눈먼 남자는 등장조차 하지 않았다. 그녀는 앞쪽으로 책장을 넘겨 본다. 빠뜨리고 읽지 않은 것일 수도 있다. 그러나, 아니다. 그들 두 명은 그냥 사라져 버렸다.

아마 다음의 스릴 넘치는 에피소드에서는 모든 것이 잘 될 것이다. 아마도 그는 메시지를 보낼 것이다.

자신의 이런 기대에 광적인 구석이 있다는 것을 그녀는 알고 있다. 그는 그녀에게 메시지를 보내지 않을 것이며, 혹시 보낸다 하더라도 이런 식으로 도달하지는 않을 것이다. 그렇지만 그녀는 그 기대를 떨쳐 버릴 수 없다. 그런 환상을 자아내는 것은 희망이며, 그런 신기루를 불러일으키는 것은 그리움이다. 희망에 대항하는 희망, 진공 속에서의 그리움. 어쩌면 그녀가 제정신을 잃고 있는 것일지도, 어쩌면 비정상이 되고 있는 것인지도, 어쩌면 부서진 문, 강타당한 성문, 녹슨 금고처럼 흔들리고 있는 것인지도. 흔들리게 되면, 안에 있어야 할 것이 밖으로 나오고, 밖에 있어야 할 것이 안으로 들어온다. 자물쇠는 힘을 잃는다. 파수꾼은 잠에 빠져든다. 암호는 작동하지 않는다.

그녀는 생각한다. 어쩌면 나는 버림받은 것일지도 몰라. 버림받다, 그건 케케묵은 단어지만, 그녀의 상태를 적확히 표현해 준다. 그는 그녀를 저버리는 것을 상상해 온 것일지도 모른다. 충동적으로 그녀를 위해 죽을 수도 있겠지만, 그녀를 위해 사는 것은 완전히 다른 일이다. 그는 단조로움을 견디지 못한다.

무용한 짓이라는 것을 알면서도 그녀는 몇 달 동안 하염없이 기다리고 살펴본다. 그녀는 약국 잡화점, 기차역, 우연히 마주치는 모든 가판대를 서성인다. 그러나 스릴 넘치는 에피소드 다음 편은 절대 나오지 않는다.

《메이페어》, 1937년 5월

토론토 정오 한담

— 요크

올해 4월은 어린 양처럼 활기찼고, 그 쾌활한 즐거움의 분위기를 이어받은 봄은 도착과 떠남이 자아내는 명랑한 분주함으로 온통 들떠 있었다. 헨리 리델 씨 부부는 겨우내 멕시코에서 지내다가 귀환했으며, 존슨 리브스 씨 부부는 팜비치에 있는 그들의 플로리다 은신처에서 자동차로 돌아왔다. 그리고 T. 페리 그레인지 씨 부부는 햇빛 찬란한 카리브 해의 섬들을 향해 여행하고 돌아왔다. 반면, R. 웨스트필드 부인과 딸 대프니 양은 프랑스로 떠났고, "만일 무솔리니가 허락한다면" 이탈리아 역시 방문할 것이다. 한편 W. 매클러랜드 씨 부부는 믿을 수 없이 멋진 그리스로 떠났다. 듀몬트 플레처 가족은 신나는 런던 절기를 보낸 후, 플레처 씨가 심사 위원으로 활동하게 된 도미니언 연극 축제 시기에 맞추어 우리 지역의 무대에 다시 한 번 등장하게 되었다.

한편, 연보라색과 은색으로 장식된 아르카디아 코트에서는 약간 성격이 다른 환영회가 열렸다. 리처드 그리픈(예전의 아이리스 몬트포트 체이스 양) 부인이 시누이인 위니프리드 '프레디' 그리픈 프라이어 부인이 주최한 오찬 파티에 모습을 드러낸 것이다. 여전히 아름답고 지난 절기의 가장 중요한 신부 중 한 사람이었던 젊은 그리픈 부인은 하늘색 실크로 된 세련된 앙상블과

나일 녹색 모자를 쓰고 있었으며, 딸인 에이미 애들리아의 탄생에 대한 축하 인사를 받았다.

플레이아데스 단원들은 그들을 방문 중인 저명인사인 프랜시스 호머 양의 출현으로 떠들썩했다. 유명한 독백 연극배우인 그녀는 이튿 극장에서 운명의 여인들 연작을 다시 공연한다. 그 작품에서 그녀는 역사 속의 여성들과 나폴레옹, 스페인의 페르디난트 공, 호레이쇼 넬슨* 그리고 셰익스피어같이 중요한 세계적 인물의 삶에 그들이 끼친 영향에 대해 묘사하고 있다. 호머 양은 넬 귄**처럼 위트와 쾌활함이 넘쳤다. 그녀는 스페인의 이사벨라 여왕처럼 극적이었다. 그녀의 조세핀은 보기 좋은 삽화 같았으며, 그녀가 묘사한 에마 해밀턴은 연기의 통렬함을 보여 주었다. 전체적으로 보아 생생하고 매력적인 공연이었다.

그날 밤 행사는 위니프리드 그리폰 프라이어 부인이 플레이아데스 단원과 객원 출연자를 위해 라운드 룸에서 관대하게 마련한 뷔페 저녁 식사를 하는 것으로 마무리되었다.

---

* 1758~1805. 영국의 제독.
** 1650~1687. 영국의 인기 배우로 찰스 2세의 총비가 되었다.

벨라 비스타에서 온 편지

관장 사무실
벨라비스타 요양원
안프라이어, 온타리오
1937년 5월 12일

리처드 E. 그리픈 씨
사장 및 이사회 회장
그리픈-체이스 로열 합병 회사 산업
20 킹 스트리트 웨스트,
토론토, 온타리오

리처드 씨,

비록 매우 유감스러운 상황이었지만, 지난 2월 오랜만에 귀하를 만나 뵙고 악수를 나누게 되어 아주 기뻤습니다. "그 좋았던 오랜 황금 법칙의 나날" 이후 실로 우리 삶은 서로 다른 방향으로 흘러갔습니다.

좀 더 심각한 주제로 넘어가서, 귀하의 처제, 로라 체이스 양의 상태가 나아지지 않았다는 소식을 전하게 되어 유감입니다. 오히려 조금 더 악화되었습니다. 그녀를 괴롭혀 오던 환각 증세가 좀 더 깊어진 것 같습니다. 저희 소견으로 볼 때 그녀는 아직도 자해할 위험이 있으며, 끊임없이 감시를 받아야 하는 상태입니다. 필요하다면 진정제 투입도 고려해야 할 것 같습니다. 창문은 더 이상 부수지 않지만, 가위로 자행한 사건이 하나 있었습니다. 그렇지만 재발을 방지하기 위해 최선을 다하겠습니다.

저희는 힘이 닿는 한 계속해서 모든 것을 시도하고 있습니다. 긍정적인 효과를 가져오리라고 기대되는 여러 가지 새로운 치료 방법을 이용할 수 있게 되었습니다. 특히 '전기 충격 요법'을 실시할 수 있는 기기를 곧 갖출 예정입니다. 허락하신다면 인슐린 요법에 이 치료 방법을 추가하도록 하겠습니다. 체이스 양이 완전히 회복될 수는 없다는 것이 저희의 진단입니다만, 언젠가는 나아지리라고 저희는 굳게 믿습니다.

무척 걱정이 되시겠습니다만, 현재로서는 귀하와 부인께서 방문을 하거나 편지를 보내시는 일을 금해 주셨으면 합니다. 두 분과 접촉하게 되면 치료에 부정적인 영향을 미치게 되기 때문입니다. 아시다시피, 체이스 양이 더 집요하게 집착하는 대상은 바로 귀하입니다.

저는 이번 주 수요일 토론토에 갈 예정입니다. 귀하의 사무실에서 사적인 대화를 나누었으면 합니다. 이제 막 어머니가 되신 귀하의 젊은 부인께서는 이런 괴로운 문제로 지나친 고통을 받으셔서는 안 될 것입니다. 그때 저희가 제안한 치료 방법에 관련된 필요한 동의서에 서명을 해 주십사 부탁드리겠습니다.

신속하게 검토하실 수 있도록 제 재량대로 지난달의 청구서를 동봉하였습니다.

원장 제럴드 P. 위더스푼 박사 올림

눈먼 암살자

탑

그녀는 빨지 않은 세탁물로 가득한 가방처럼 무겁고 더러워진 느낌이다. 그러나 동시에 납작하고 실체가 없어진 듯한 느낌도 든다. 텅 빈 종이, 그 위에는 겨우 보일 만한 무채색 서명 자국이 있다. 그녀의 것이 아닌 서명. 탐정이 발견할 수도 있지만, 그녀는 그런 것에 신경 쓸 마음의 여유가 없다. 제대로 쳐다보고 싶지도 않다.

그녀는 희망을 버리지 않았다. 그저 접어 두었을 뿐이다. 희망을 항상 품고 있을 수는 없는 일이다. 그러는 동안에도 건강을 돌봐야 한다. 굶어 봤자 아무 소용이 없다. 어떤 일에도 당황하지 않도록 비상시에 대비하고 있는 것이 최선이고, 음식물은 그렇게 하는 데 도움이 된다. 작은 기쁨 또한. 의지할 만한 꽃, 예를 들면 처음 피어난 튤립 같은 것. 맨발로 거리를 뛰어다니며 "불이야!" 하고 외치는 것 같은 정신 나간 짓을 해 봐야 아무 소용이 없다. 불이 나지 않았다는 사실은 분명 들통 날 것이다.

비밀을 유지하는 가장 좋은 방법은 비밀이 없는 것처럼 행동하는 것이다. "정말 감사합니다. 그렇지만 너무나 죄송하게도 갈 수가 없겠네요. 선약이 있거든요." 그녀는 전화에 대고 말한다.

어떤 날에는, 특히 맑고 따스한 날이면, 그녀는 생매장된 기분이 든다. 하늘은 푸른 바위로 된 둥근 지붕이고, 태양은 진짜 햇빛이 조롱하듯 들어오는 둥근 구멍같이 느껴진다. 그녀와 함께 매장된 사람들은 무슨 일이 일어났는지 모른다. 오직 그녀만 알고 있다. 그녀가 이것을 발설하면 그들은 그녀를 영원히 격리해 버릴 것이다. 그녀가 가진 유일한 기회는 마치 모든 것이 정상적으로 흘러가는 것처럼 행동하면서, 언젠가 꼭 나타나게 되어 있는 커다란 균열을 기다리며 살피는 것이다. 그렇게 된 후에 그는 줄사다리를 타고 내려올 것이다. 그녀는 사다리에 뛰어올라 지붕으로 올라갈 것이다. 그들 두 사람이 줄사다리에, 서로에게 매달려 있을 때, 그것은 위로 끌어올려질 것이다. 작은 탑과 뾰족탑을 지나서 가짜 하늘의 균열을 지나 밖으로, 입을 열고 멍청히 쳐다보는 다른 사람들을 저 아래 남겨 둔 채.

그렇게 전능하고 유치한 줄거리라니.

푸른 돌로 된 둥근 지붕 아래에는 비가 내리고 햇빛이 비치고 바람이 불고 날씨가 갠다. 이 모든 자연적인 날씨 효과가 어떻게 조정되었는지 생각해 보면 놀라운 일이다.

주변에 아기가 있다. 아기의 울음소리가 바람에 날려 온 것처럼 이따금씩 들려온다. 문이 열리고 닫힘에 따라 아기의 작지만 무한한 분노의 소리가 커졌다 작아진다. 그들이 얼마나 크게 울부짖을 수 있는지 놀라울 따름이다. 아기의 헐떡거리는 숨소리는 때때로 상당히 가깝게 들린다. 거칠고도 부드러운 소리. 마치 실크가 찢어지는 것처럼.

그녀는 침대에 누워 있다. 때에 따라 침대보를 덮기도 하고 걷어 내기도 하면서. 그녀는 하얀 베개를 좋아한다. 간호사처럼 하얗고 풀을 약간 먹인 베개. 그녀를 지탱해 줄 여러 개의 베개, 그녀의 마음이 정처 없이 떠내려가지 않도록 고정해 주기 위한 차 한 잔. 그녀는 손으로 잔을 잡는다. 그것이 바닥에 떨어지면 그녀는 잠에서 깨어날 것이다. 언제나 이런 것은 아니다. 그녀는 절대 게으르지 않다.

가끔씩 몽환이 찾아든다.

그가 그녀 자신을 상상하는 모습을 그녀는 상상해 본다. 그것이 그녀를 구제해 준다.

마음속에서 그녀는 도시를 걸어 다니고, 구불구불한 길과 더러운 미로를 더듬는다. 각각의 밀회 약속, 각각의 만남, 각각의 문과 계단과 침대. 그가 무슨 말을 했는지, 그녀가 무슨 말을 했는지, 그들이 무엇을 했는지, 그들이 그때는 무엇을 했는지. 심지어 그들이 다투고, 싸우고, 헤어지고, 괴로워하고, 재회하던 것까지. 서로에게 베여 상처 입고 스스로의 피 맛을 볼 때까지 어떻게 사랑했던가 하는 것도. 우리는 함께 있으면 황폐해져. 그녀는 생각한다. 그렇지만 요즘 같은 세상에 폐허 한가운데가 아니라면 어떻게 살 수 있겠는가?

때로 그녀는 그에게 성냥 불을 당겨 버리고 그와의 관계를 끝내 버리고 싶다. 끝없고 소용없는 기다림을 청산해 버리고 싶은 것이다. 적어도 매일매일 흘러가는 시간과 그녀 몸의 엔트로피가 그렇게 만들어 버릴 것이다. 그녀를 너덜너덜하게 하고, 지쳐 빠지게 만들고, 그녀의 두뇌 속에서 그 장소를 지워 버릴 것이다. 그러나 어떤 주술도 충분하지 않았고, 그녀 또한 열심히 시도하지 않았다. 그녀가 원하는 것은 주술이 아니다. 그녀는 실수로 비행기에서 추락하는 것과 같은 무서운 축복을 원한다. 그의 굶주린 얼굴을 원한다.

그녀가 그를 마지막으로 만났을 때, 그들이 그의 방으로 다시 돌아갔을 때 — 그것은 물에 빠지는 것과 같았다. — 모든 것이 어두워졌고 울부짖었다. 그러나 동시에 은빛으로 빛나며 속도를 늦추고 선명하게 모습을 드러냈다.

속박된다는 것, 바로 이런 것이다.

아마도 그는 로켓에 품듯이 그녀의 영상을 항상 지니고 다닐 것이다. 정확히 말해 영상이라기보다는 도해에 가까운 것. 보물을 찾기 위한 지도 같은 것. 돌아오기 위해 필요한 것.

먼저 수천 킬로미터 직경의 얼음으로 뒤덮이고 균열이 있고 주름진 땅이 있다. 그 외곽에는 바위와 산이 둘러서 있다. 그다음에는 바람에 쓰러진 나무와 뒤얽힌 숲이 있다. 펠트 천과 같이 우거진 숲, 이끼 아래 썩어 가는 죽은 나무. 그다음에는 이상하게도 빈터가 나온다. 그다음에는 관목이 무성한 황야와 바람에 흐트러진 스텝 초원과 전쟁이 진행되고 있는 건조한 붉은 언덕이 있다. 바위 뒤, 바싹 마른 계곡에는 방어자들이 웅크리고 앉아서 매복하고 있다. 그들은 저격 전문이다.

그다음에는 마을이 나타난다. 더러운 오두막집과 눈을 찡그리는 장난꾸러기들과 나뭇짐을 진 여자들, 돼지 진창으로 검어진 흙길. 그다음에는 역과 창고, 공장과 보관소, 교회와 대리석으로 된 은행들이 있는 읍으로 연결된 철도. 그다음에는 도시, 엄청나게 길게 늘어진 빛과 어두움, 탑 위의 탑. 탑의 외장은 애더먼트*로 되어 있다. 아니다. 뭔가 더 현대적인 것, 더 신빙성 있는 것. 아연은 안 된다. 그건 가난한 여자들의 빨래 통으로 사용된다.

탑의 외장은 강철로 되어 있다. 그곳에서 폭탄이 만들어지고, 폭탄이 그곳에 투하되기도 한다. 그렇지만 그는 그런 모든 것을 통과하고, 아무런 상처 없이 그곳을 지나 도시까지 온다. 그녀가 있는 도시, 그 집과 그녀를 에워싸고 있는 뾰족탑까지. 그녀는 가장 안쪽, 그중에서 가장 중심이 되는 탑, 탑처럼 보이지도 않는 그곳에 있다. 일종의 위장인 셈이다. 그것을 집과 혼동한다 하더라도 괜찮다. 하얀 침대 안에 들어가 있는 그녀는 모든 것의 전율하는 심장이다. 위험을 피해 그곳에 감호되어 있지만, 그녀는 그 모든 것의 초점이다. 그 모든 것의 초점은 그녀를 보호하는 것이다. 그들은 그것을 위해 모든 시간을 바치고 있다. 그녀를 모든 것으로부터 보호하기 위해. 그녀는 창밖을 내다보지만 어떤 것도 그녀에게 도달할 수 없고, 그녀 역시 어떤 것에도 도달할 수 없다.

그녀는 둥근 오(O), 근원적인 영(0)이다. 그곳에 존재하지 않음으로써 스스로를 규정하는 공간. 그렇기 때문에 그들은 그녀에게 도달할 수 없고, 손을 댈 수 없는 것이다. 그렇기 때문에 그녀를 고정할 수 없는 것이다. 그녀는 밝게 미소를 짓지만 그 미소 뒤에 그녀는 없다.

---

* 무엇에도 파괴되지 않는 전설상의 견고한 물질.

그는 그녀가 안전할 것이라고 생각하고 싶다. 불이 켜진 창가, 잠긴 문 뒤에 서 있는 그녀. 그는 바로 그곳에 있고 싶다. 나무 아래 서서 올려다보며. 용기를 내어 벽을 기어 올라가 덩굴과 창틀을 한 손씩 내밀어 건너간다. 도둑같이 행복해하며. 몸을 구부리고, 창문을 올리고, 안으로 들어선다. 라디오가 낮게 흘러나온다. 댄스 음악이 고조되다가 사그라진다. 발자국 소리는 음악 소리에 묻혀 버린다. 그들은 말 한 마디도 주고받지 않는다. 그리고 섬세하고도 정성스러운 육체의 탐색이 다시 시작된다. 물속에서 하는 것처럼 답답하고, 우유부단하고, 희미하게.

당신은 온실 속의 화초 같은 삶을 살았어. 언젠가 그는 그녀에게 말했다.

그렇게 말할 수 있겠죠. 그녀가 말했다.

그렇지만 그를 통하지 않고 그녀가 어떻게 그것에서, 자신의 삶에서, 벗어날 수 있겠는가?

《글로브 앤드 메일》, 1937년 5월 26일

바르셀로나에서 일어난 붉은 피의 복수
파리. 글로브 앤드 메일 특종

비록 바르셀로나에서 전해지는 소식은 가혹한 검열을 거치지만, 그곳의 라이벌 공화당 파벌 사이에서 일어난 충돌에 대한 소식이 파리에 있는 우리 특파원에게 전해졌다. 스탈린의 지원을 받고 러시아에서 무기를 공수받는 공산주의자들이 경쟁 상대인 포움(POUM)*, 즉 무정부주의자들과 대의를 함께하는 트로츠키파에 대한 숙청을 단행할 것이라는 소문이 돌고 있다. 공산주의자들이 '다섯 번째 기둥' 배반을 두고 포움을 비난함으로써, 공화파 통치의 무모한 초창기 상황에 의혹과 두려움의 분위기가 번지고 있다.** 시의 경찰이 공산주의자 편을 들고 나서는 거리 전투가 목격되었다. 많은 포움 단원들은 감옥에 갇히거나 도망 중이라고 한다. 캐나다인 여러 명이 집중 공격 당시에 잡혔다고 하나, 이 소식은 입증된 것이 아니다.

---

* Partido Obrero Unificación Marxista. 마르크스주의자 통합 노동자 정당을 의미한다. 트로츠키의 사상에 영향을 받아 스탈린주의에 대항하여 1935년 형성된 공산주의 정당이다. 스페인 내전 동안 무정부주의자와 연합하여 프랑코의 영향력이 미치지 않는 지역에서 프롤레타리아 계급의 지지를 이끌어 냈다. 스탈린주의자와 포움이 대립하여 인민 전선 내부에 분열이 생김으로써 프랑코가 이끄는 파시스트 세력이 더욱 공고해졌다.

** 스탈린주의자들은 포움을 프랑코 세력의 "다섯 번째 기둥"이라고 부르며 그들이 파시스트 세력을 도와주고 있다고 비난했다.

스페인의 다른 곳을 보자면, 마드리드는 계속해서 공화파가 세력을 잡고 있으나 프랑코 장군 지도하의 민족주의자 세력 또한 괄목할 만한 성과를 보이고 있다.

눈먼 암살자
유니언 역

그녀는 목을 숙이고, 탁자 가장자리에 이마를 갖다 댄다. 그
가 나타나는 것을 상상한다.

이제 어스름이고, 역에는 불빛이 환하다. 불빛 속에서 그의 얼
굴은 수척하게 보인다. 가까운 곳 어디엔가 군청색의 해안이 있
다. 그는 갈매기 소리를 들을 수 있다. 그는 칙칙 소리를 내는 증
기의 구름을 뚫고 기차에 올라타서 원통형 잡낭을 선반 위에
올린다. 그런 다음 의자에 털썩 앉아 미리 사 둔 샌드위치를 꺼
내서 구깃구깃한 종이 포장을 풀고 조그맣게 뜯는다. 너무 피곤
해서 먹을 수가 없다.

그의 옆에는 뭔가 붉은 것, 스웨터를 짜는 나이 지긋한 여자
가 있다. 그녀가 무엇을 짜는지 말해 주었던 것이다. 그녀는 허
락만 된다면 그 모든 것에 관해서, 자신의 아이들에 대해서, 손
자들에 관해서 말해 줄 것이다. 분명 그녀는 사진도 가지고 있
을 것이다. 그러나 그는 그녀의 이야기를 듣고 싶지 않다. 그는

죽은 아이들을 너무 많이 보았기 때문에 아이들에 대해 생각할 수가 없다. 아이들의 모습은 그에게 계속 남아 있을 것이다. 여자들보다, 늙은 남자들보다. 그들은 언제나 전혀 예기치 않은 모습이다. 그들의 졸린 눈, 매끈한 손, 느슨한 손가락, 피로 흠뻑 젖은 너덜너덜한 누더기 인형. 그는 얼굴을 돌려 밤의 창에 비친 자신의 얼굴을 본다. 움푹 팬 눈, 얼굴을 감싸고 있는 젖은 것처럼 보이는 머리칼, 녹색 기가 도는 검은 피부, 검댕과 창밖으로 지나가는 나무의 검은 형태 때문에 희미하게 보이는 얼굴.

그는 늙은 여자의 무릎 앞을 가까스로 지나 복도로 나가 차간 통로에 서서 담배를 피우고 꽁초를 던져 버린 후 허공 속으로 오줌을 싼다. 자신이 같은 길로, 무(無) 속으로 가고 있다고 느낀다. 여기서 추락한 후 결코 발견되지 않을 수도 있다.

늪지대, 희미하게 보이는 지평선. 그는 좌석으로 돌아온다. 기차는 춥고 축축하거나 지나치게 덥고 눅눅하다. 그는 땀을 흘리거나 덜덜 떤다. 어쩌면 둘 다일 수도 있다. 그는 불타고 얼어붙는다. 사랑에 빠진 것처럼. 좌석 등받이의 깔깔한 천은 불편하고 곰팡내 나며 뺨이 거칠게 쓸린다. 마침내 그는 입을 벌리고, 머리를 옆으로 기울여 더러운 유리창에 대고 잠에 빠진다. 그의 귀에는 뜨개질바늘의 딱딱거리는 소리가 들려오고, 그 저변에는 완고한 메트로놈이 작동하는 것처럼 쇠 철도를 따라 바퀴가 철컥거리는 소리가 들려온다.

이제 그녀는 그가 꿈꾸는 것을 상상한다. 자신이 그에 대한 꿈을 꾸듯, 그녀에 대한 꿈을 꾸는 그를 상상한다. 젖은 석판석 색깔의 하늘을 통해 그들은 짙은 색깔의 보이지 않는 날개로 서로를 향해 날아간다. 찾고, 또 찾다가, 되돌아가고, 희망과 그리움에 의해 이끌렸다가 두려움에 좌절한다. 꿈속에서 그들은 어루만지고 서로에게 얽힌다. 그것은 충돌에 더 가깝다. 그리고 그것으로 비상은 끝난다. 그들은 지상으로 떨어진다. 명예를 더럽힌 낙하병, 실패해서 재투성이가 된 천사들, 사랑이 찢어진 실크처럼 그들 뒤에 나부낀다. 적군의 지상 포화가 그들을 맞는다.

낮이 지나고, 밤이 지나고, 낮이 지난다. 정거장에서 그는 밖으로 나가 사과와 코카콜라와 담배 반 갑과 신문 한 부를 산다. 마취제가 든 술을 약간, 아니, 한 병 샀어야 했다. 그 안에 든 망각을 위해. 그는 비로 흐려진 창을 통해 길고 평평한 평야가 실이 짧은 융단처럼 펼쳐져 있는 것을, 나무숲을 본다. 나른함으로 눈이 사팔뜨기가 된다. 저녁에는 황혼이 서성인다. 그가 다가감에 따라 황혼은 서쪽으로 물러나며 분홍색에서 보라색으로 시들어 간다. 밤이 동요하며 다가온다. 그 시작과 멈춤, 기차의 거슬리는 비명 소리. 눈의 뒤편에는 붉은 환영이 어른거린다. 비축된 작은 불의 붉음, 공중의 폭발의 붉음.

하늘이 밝아 오자 그는 잠에서 깨어난다. 한편에 물이 있다는 것을 겨우 알아본다. 평평하고 연안이 없고 은빛으로 보이는 물. 드디어 내륙 호수인 것이다. 선로 다른 편에는 허름한 작은 집들이 있고, 마당의 빨랫줄에는 세탁물이 늘어져 있다. 그다음에는 외피가 덮인 벽돌 굴뚝, 긴 굴뚝이 달린 무표정한 공장. 그 다음에는 또 다른 공장. 그것의 수많은 창문이 연하디연한 푸른 빛을 반사하고 있다.

그가 이른 아침 속으로 내려와 역을 지나고, 기둥이 줄지어 서 있는 둥근 천장의 홀을 지나, 대리석 바닥을 가로질러 걷는 것을 그녀는 상상한다. 메아리가 공중에 떠다닌다. 불분명한 스피커 목소리, 명료하지 않은 내용. 공기에서는 연기 냄새가 난다. 담배 연기, 기차 연기, 먼지와 더 비슷한 도시 자체의 연기. 그녀 또한 이 먼지 혹은 연기 속을 가로질러 걷고 있다. 그녀는 팔을 벌리기 위해, 그가 자신을 공중으로 들어 올릴 수 있도록 자세를 취한다. 기쁨이 그녀의 목을 그러쥔다. 공포와 구분되지 않는 기쁨. 그녀는 그를 볼 수 없다. 새벽의 태양이 긴 궁형 창문으로 들어오고, 연기 가득한 공기가 불타오르고, 바닥이 빛난다. 이제 그가 초점에 들어온다. 저 먼 끝 쪽, 눈, 입, 손, 모든 구체적인 모습이 선명히 보인다. 비록 흔들리는 수영장에 비친 그림자처럼 전율하고 있지만.

그러나 그녀의 마음은 그를 붙잡을 수 없다. 그녀는 그가 어떻게 생겼는지에 대한 기억을 고정할 수 없다. 산들바람이 수면에 불어오고, 그가 깨진 색깔로, 파문으로 흩어지는 것과 같다. 그런 다음 그는 다른 곳, 다음 기둥을 지난 곳에서 재형성되고, 그의 낯익은 몸을 입는다. 그의 주변에는 빛이 어른거린다.

어른거리는 것은 그의 부재다. 그러나 그녀에게는 빛으로 보인다. 그것은 그녀 주변의 모든 것을 밝혀 주는 단순한 햇빛이다. 매일 아침과 밤, 모든 장갑과 신발, 모든 의자와 접시.

11부

화장실

여기서부터 사건은 더 우울한 방향으로 전개된다. 하지만, 그렇게 되리라는 것을 당신은 이미 알고 있다. 로라에게 무슨 일이 일어났는지 이미 알고 있기 때문이다.

물론 로라 자신은 알지 못했다. 그녀는 낭만적인 비운의 여주인공 역할을 맡을 의도가 전혀 없었다. 오직 나중에야 그렇게 되었을 뿐이다. 그녀의 종말이라는 틀 안에서, 그리고 추종자들의 마음속에서. 일상 속에서 그녀는 다른 사람과 마찬가지로 종종 귀찮은 존재였다. 혹은 지루한 존재. 혹은 기쁨을 주는 존재가 될 때도 있었다. 적합한 조건(그 적합한 조건이 무엇인지는 그녀만이 알고 있는 비밀이었다.)이 맞아떨어질 때면 그녀는 일종의 환희에 휩싸이기도 했다. 이제 내게 가장 회한으로 남는 것은 섬광처럼 내비치던 그녀의 기쁨이다.

그렇게 기억 속에서 그녀는 일상적인 삶을 태평스럽게 살아간다. 밖에서 보기에는 별로 유별날 것 없는 모습으로. 자기만의 생각에 사로잡혀 언덕을 올라가는 금발 소녀. 이렇게 사랑스럽고 애수 띤 소녀들은 많다. 세상은 그런 소녀들로 가득 차 있다. 그들은 매 순간 태어난다. 이 소녀들 대부분은 특이한 일을 겪지 않고 살아간다. 이런저런 일, 그리고 또 다른 일들, 그리고 그들은 늙어 간다. 그렇지만 당신은, 그리고 나는, 로라에게 특별히 주목한다. 그림이라고 한다면, 그녀는 야생화를 꺾어 모으고 있을 것이다. 비록 실제 삶에서는 그런 경우가 거의 없었지만. 흙색 얼굴을 한 신이 그녀 뒤 숲의 그늘 속에서 웅크리고 있다. 우리만이 그를 볼 수 있다. 그가 갑자기 달려들 것이라는 것을 우리만 알고 있다.

내가 이제까지 쓴 것을 들춰 보았다. 뭔가 부족하게 느껴진다. 경박한 내용이 너무 많아서, 아니, 경박한 것으로 여겨질 소지가 있는 것들이 너무 많아서 그런 것일 수도 있다. 수많은 옷, 이제는 유행에 뒤진 스타일과 색깔, 떨어진 나비 날개. 언제나 좋은 것만은 아니었던 수많은 만찬. 아침 식사, 피크닉, 항해, 가장무도회, 신문, 강에서 했던 뱃놀이. 그런 항목들은 비극과 그리 잘 어울리지 않는다. 그러나 삶에서 비극이란 단일한 긴 비명이 아니다. 그것에 이르도록 만든 모든 것을 포함하는 것이다. 하찮은 매 시간, 매일, 매년, 그런 다음 갑작스러운 순간이 도래한다. 칼부림, 총알 발사, 다리에서 추락하는 차.

이제 4월이다. 설강화(雪降花)가 피었다 지고, 크로커스가 피어난다. 이제 곧 뒤쪽 베란다에, 상처투성이 쥐색 나무 탁자에 자리를 잡을 수 있을 것이다. 적어도 해가 비칠 때는. 보도에 얼음이 사라졌기 때문에 다시 산책을 나가기 시작했다. 겨우내 움직이지 않아 쇠약해진 터였다. 다리가 약해진 것을 느낄 수 있다. 하지만 나의 예전 영역을 되찾고 내가 즐겨 가던 곳에 다시 가 볼 결심을 하고 있다.

오늘은 지팡이의 힘을 빌리고 여러 번 휴식을 취한 끝에 공동묘지까지 갔다. 체이스 가의 천사 두 명이 서 있었다. 눈 속에서 겨울을 보낸 뒤에도 눈에 띄게 더 손상된 것 같지는 않았다. 가족 이름이 약간 잘 안 보이기는 했지만, 내 시력 때문이었을 수도 있다. 나는 이 이름들을, 각각의 글자를 손가락으로 어루만졌다. 그 딱딱함, 그 촉각성에도 불구하고, 그 이름들은 내 손길 아래서 부드러워지고, 엷어지고, 흔들리는 것 같았다. 시간이 보이지 않는 날카로운 이로 그것들을 공격하고 있었다.

누군가가 로라의 무덤에서 지난가을에 떨어진 축축한 이파리를 치워 놓았다. 작은 하얀 수선화 한 다발이 놓여 있었다. 꽃은 이미 시들었고 줄기는 알루미늄 호일에 싸여 있었다. 나는 그것을 집어 들어 가까운 쓰레기통에 던져 버렸다. 로라를 숭배하는 이 사람들은 이런 제물을 누가 좋아할 것이라고 생각하는가? 보다 구체적으로 말해서, 자신들이 가고 난 뒤 누가 청소를 할 것이라고 생각하는 것인가? 이 주변에 가짜 슬픔의 증거를 흩뿌려 놓은 그들과 그들의 꽃 쓰레기를.

"정말로 눈물을 쏙 뺄 이유를 만들어 주지." 리니는 말하곤 했다. 우리가 자신의 딸이었다면 그녀는 우리를 때렸을 것이다. 우리가 자신의 딸이 아니었기 때문에 한 번도 때린 적이 없었다. 그래서 그 위협적인 "이유"가 무엇인지 알아낼 기회가 없었다.

돌아오는 길에 도넛 가게에 들렀다. 나 자신이 느꼈던 만큼이나 다른 사람 눈에도 지쳐 보였던 것 같다. 웨이트리스가 금방 다가왔다. 보통 그들은 탁자 좌석에서 시중을 들지 않는다. 손님이 카운터에 가서 음식을 들고 와야 한다. 그런데 갸름한 얼굴과 검은 머리에 검은 제복처럼 보이는 것을 입은 이 젊은 여자는 무엇을 가져다주면 좋겠느냐고 내게 물었다. 나는 커피를 주문하고, 색다른 것을 맛보기 위해 블루베리 머핀을 주문했다. 그런 후 나는 그녀가 카운터 뒤에 서 있는 다른 여자에게 말하는 것을 보았고, 그제야 그녀가 웨이트리스가 아닌 나와 같은 고객이라는 것을 깨달았다. 그녀의 검은 제복은 제복이 아니라 그냥 재킷과 바지였다. 그녀의 차림 어딘가에 은색이 번쩍였다. 아마 지퍼였을 것이다. 구체적인 것은 볼 수 없었다. 제대로 감사하다는 말을 하기도 전에 그녀는 사라져 버렸다.

그 연령대의 젊은 여자에게서 그런 공손함과 배려를 발견하는 것은 참으로 신선한 일이었다. 그들은 경솔한 배은망덕만 내보이는 경우가 허다하다.(라고 나는 사브리나를 떠올리며 생각했다.) 그렇지만 경솔한 배은망덕은 젊은이들의 갑옷이다. 그것 없이 그들이 어떻게 삶을 헤쳐 나가겠는가? 늙은 자들은 젊은이들이 잘되기를 바라지만, 잘못되기를 바라기도 한다. 늙은 자들은 젊은이들을 먹어 치우고, 그들의 활력을 빨아들이고, 불멸의 존재가 되고 싶어 하는 것이다. 쌀쌀함과 경솔함이라는 보호막이 없다면 모든 아이들은 과거에 짓눌려 버릴 것이다. 그들 어깨에 지워진 다른 이들의 과거. 이기심이야 말로 그들을 구원해 주는 미덕이다.

물론 어느 한도 내에서 말이다.

푸른 작업복을 입은 웨이트리스가 커피를 들고 왔다. 머핀도 가져왔는데, 나는 그것을 주문한 것을 즉시 후회했다. 그다지 많이 먹을 수가 없었다. 음식점의 모든 것들은 너무 커지고 너무 과중해졌다. 물질세계는 거대하고 축축한 반죽 덩어리라는 모습으로 스스로를 드러낸다.

커피를 마실 수 있는 데까지 마신 후 나는 화장실로 나섰다. 지난가을 보았던 것으로 기억하는 중간 칸막이의 문구는 페인트칠로 지워졌지만, 다행히도 이번 계절의 낙서가 이미 시작되었다. 맨 위 오른쪽 구석에는 언제나 그렇듯이 머리글자 한 세트가 다른 세트에 대해 수줍게 사랑을 고백하고 있었다. 그 아래에는 푸른색 활자체로 단정하게 쓰여 있었다.

"좋은 판단은 경험에서 비롯된다. 경험은 나쁜 판단에서 비롯된다."

그 아래쪽에는 자주색 볼펜으로 쓴 필기체가 있었다. "경험 있는 여자를 원하시면, 위대한 입 아니타에게 전화해 주세요. 천국으로 모셔 드립니다." 그리고 전화번호가 있었다.

그리고 그 아래에는, 블록 자체로 붉은 매직 마커를 이용하여 이렇게 써 놓았다. "마지막 심판이 다가왔다. 그대의 운명을 맞을 준비를 하라. 그리고 그것은 당신 아니타를 의미한다."

이런 화장실 낙서가 사실은 로라가 한 짓이 아닐까, 낙서를 하는 소녀들의 팔과 손을 통해 장거리 활동을 하는 것은 아닐까 하고 나는 때때로 생각한다. 아니, 때때로 그런 생각을 가지고 유희를 즐긴다. 바보 같은 생각이지만, 재미있는 생각이기도 하다. 그러나 논리적으로 한 단계 더 나아가 추론을 해 보면, 만일 그럴 경우 이 모든 낙서는 나를 대상으로 한 것이라는 결론에 도달한다. 로라가 이 읍내에서 나 말고 다른 누구를 알고 있겠는가? 이게 나를 대상으로 한 것이라면 로라는 무슨 뜻을 전하고자 한 것인가? 말한 것 액면 그대로는 아닐 것이다.

어떤 때는 나도 끼어들어 한몫하고 싶은 욕망이 강하게 든다. 절단된 소야곡, 갈겨쓴 연애편지, 음탕한 광고, 찬송과 저주의 무명 합창 속에 내 떨리는 목소리를 합류시키고 싶은 것이다.

> 움직이는 손가락은 쓴다, 그리고 쓰고 난 후
> 떠나간다, 너의 경건함으로도, 예지로도
> 그 절반도 취소하도록 유혹할 수 없으리.
> 너의 모든 눈물로도 단 한 단어도 지워 버릴 수 없으리.*

하, 이 정도면 깜짝 놀라겠지. 나는 생각한다.

언젠가 몸이 더 좋아지면 그곳으로 다시 돌아가서 정말로 그것을 적어 놓을 것이다. 그들은 그것을 보고 고무될 것이다. 그들이 원하는 것은 결국 그것이 아닌가? 우리 모두가 원하는 것. 영향력 있는 메시지를 우리 뒤에 남겨 두는 것. 그것이 끔찍한 것이라 할지라도. 지워 버릴 수 없는 메시지.

그러나 그런 메시지는 위험할 수 있다. 소원을 말하기 전 두 번 생각해 보라, 특히 운명의 손에 자신을 맡기는 소원이라면.

("두 번 생각해 봐." 리니는 말했다. 로라는 물었다. "왜 두 번만요?")

---

* 『루바이야트』에서 인용한 것.

새끼 고양이

 9월이 되고, 그다음 10월이 되었다. 로라는 복학했다. 다른 학교로 간 것이다. 그 학교의 킬트는 적갈색과 검은색이 아닌 회색과 푸른색이었다. 그것만 빼면 내가 보기에 이 학교는 이전 학교와 거의 같았다.

 11월, 그녀가 열일곱 살로 접어들기 얼마 전, 로라는 리처드가 돈을 낭비하고 있는 것이라고 말했다. 만일 그가 요구한다면 학교에 계속해서 다니고 책상 앞에 앉아 있겠지만, 자신이 쓸모 있는 것을 배우는 것은 아니라고 말했다. 그녀는 조용히, 화도 내지 않으면서 말했다. 그리고 놀랍게도 리처드는 굴복했다. "어쨌든 처제가 학교에 다닐 필요는 없지. 생활비를 벌기 위해 일을 해야 하는 것도 아닌데." 그는 말했다.

 그러나 나처럼 로라 역시 무슨 일로든 바쁘게 움직여야 했다. 그녀는 위니프리드가 벌이는 일 중 하나에 동원되었다. 병원 방문과 관련된 애비게일이라는 이름의 자원 봉사 단체였다. 애비게일은 활발한 그룹이었다. 미래의 위니프리드가 되기 위해 훈련 중인 좋은 가문 출신 소녀들이었다. 그들은 농장 처녀들이 입는, 가슴판에 튤립이 아플리케 된 앞치마로 성장(盛裝)을 하고, 병실을 할 일 없이 걸어 다녔다. 그곳에서 그들은 환자들에게 말을 걸고, 책을 읽어 주고, 기운을 북돋워 주는 역할을 하기로 되어 있었다. 그러나 그런 일을 어떤 식으로 할 것인지에 대해서는 구체적으로 명시되지 않았다.

로라는 이런 일에 능숙했다. 말할 필요도 없이 그녀는 다른 애비게일 회원들은 좋아하지 않았지만, 앞치마에는 익숙해졌다. 예상했던 바와 같이 로라는 악취와 난폭함 때문에 다른 애비게일 회원들이 피하려고 하는 빈민 병동에 매료되었다. 그 병동은 사회 낙오자들로 가득 차 있었다. 치매를 앓는 노파들, 돈에 쪼들리는 무일푼의 노병, 3기 매독으로 코가 문드러진 남자 등등. 이곳에는 간호사가 부족했고, 곧 로라는 엄밀히 말해 자신과 아무 관련이 없는 업무에 가담하게 되었다. 그녀는 환자용 변기와 토사물에 당황하지 않는 것 같았고, 욕설과 헛소리와 전반적인 추태에 대해서도 마찬가지였다. 그것은 위니프리드가 의도했던 상황은 아니었지만, 곧 우리가 어찌할 수 없는 일이 되고 말았다.

간호사들은 로라가 천사라고 생각했다.(일부 간호사들은 그렇게 생각했고, 다른 이들은 그저 로라가 훼방을 놓는다고 생각했다.) 모든 것을 살펴보고 정탐꾼을 심어 두는 위니프리드의 말에 따르면, 로라는 특히 가망 없는 환자들을 다루는 데 탁월하다고 했다. 위니프리드는 그들이 죽어 가고 있다는 사실을 로라가 알아차리지 못하는 것 같다고 말했다. 그녀는 그들의 상태를 보통 환자들과 같이, 심지어는 정상적인 것처럼 취급했다. 물론 정상적인 사람들은 그렇지 않았겠지만, 환자들은 어떤 의미에서 그런 태도에 위안을 받은 것 같다고 위니프리드는 생각했다. 위니프리드가 보기에 로라의 이런 능란함, 혹은 재능은 근본적으로 괴상한 그녀의 본성을 나타내는 것이었다.

"그녀는 얼음같이 침착해. 분명 나는 그렇게 못 할 거야. 견딜 수가 없을 거라고. 그 더러움을 생각해 봐!"

한편, 로라의 데뷔를 위한 계획이 진행되고 있었다. 로라에게는 아직 알리지 않았다. 나는 위니프리드에게 로라가 긍정적인 반응을 보이지 않을 것이라고 넌지시 알려 주었다. 그렇다면, 만반의 준비를 다 갖춘 후에 그것을 "페타콩플리"*로 제시하는 것이 좋겠다고 위니프리드는 말했다. 더 좋은 방법으로는, 만일 일차적 목표, 즉 정략결혼이 성사되고 나면, 데뷔 같은 것은 하지 않아도 되는 것이다.

우리는 아르카디아 코트에서 점심 식사를 하는 중이었다. 위니프리드가 그곳에 나를 초대했다. 우리 둘만 모여서, 그녀의 말을 빌리자면, 로라를 위한 전략을 짜기 위한 것이었다.

"전략이요?" 나는 말했다.

"무슨 뜻인지 알잖아. 불행한 일이 일어나지 않도록 말이야." 위니프리드가 말했다. 모든 것을 고려해 볼 때, 로라에게 가장 좋은 일은 점잖고 부유한 남자가 이를 질끈 악물고 그녀에게 청혼을 해서 결혼 제단까지 인도해 가는 것이라고 위니프리드는

---

* Fait accompli. '완료된 행위', '기정사실'이라는 의미의 프랑스어.

말했다. 더 나은 방법은, 이미 너무 늦어 돌이킬 수 없을 때까지 이를 질끈 악물어야 한다는 사실조차 알아차리지 못하는 점잖고 부유하고 멍청한 남자가 나타나는 것이다.

"왜 이를 질끈 악물어야 하죠?" 내가 물었다. 나는 그녀가 프라이어 부인이라는 석연치 않은 명칭을 꿰어 찼을 때 사용한 방법이 바로 이것이었는지 궁금해졌다. 이를 질끈 악물게 만들 본성을 신혼여행까지 감추고 있다가 너무 갑자기 남편에게 내보인 것인가? 그렇기 때문에 그는 사진 외에는 어디에도 모습을 나타내지 않는 것인가?

"로라가 그냥 좀 이상한 정도가 아니라는 걸 자기도 인정해야지." 위니프리드가 말했다. 그녀는 내 어깨 너머에 있는 누군가에게 미소를 짓고 손가락을 흔들어 인사하기 위해 잠시 말을 멈추었다. 그녀의 은팔찌가 쨀랑거리는 소리를 냈다. 그녀는 팔찌를 너무 많이 끼고 있었다.

"무슨 뜻인지?" 나는 상냥하게 물었다. 위니프리드가 무슨 뜻으로 한 말인지 설명을 요구하는 것이 내 가증스러운 버릇이 되었다.

위니프리드는 입술을 오므렸다. 그녀의 립스틱은 주황색이었고, 입술에는 주름이 지기 시작하고 있었다. 요즘 같았으면 햇볕을 너무 많이 쬐어서 그런 것이라고 했겠지만, 그 당시 사람들은 그 둘 사이의 연관 관계를 알아내지 못했다. 그리고 위니프리드는 몸을 태우는 것을 좋아했다. 그녀는 금속 같은 윤기를 좋아했다. "그녀는 모든 남자들 입맛에 맞는 여자가 아니야. 아주 괴상한 얘기를 끄집어내지. 뭔가를, '신중함'을 결여하고 있어."

위니프리드는 녹색 악어가죽 구두를 신고 있었다. 그러나 이제 나는 더 이상 그것이 우아하다고 생각하지 않았고, 지나치게 화려하다고 생각했다. 한때 신비롭고 매력적이라고 생각했던 위니프리드의 많은 면들이 이제는 뻔한 것으로 보였다. 이제 나는 너무 많은 것을 알게 되었던 것이다. 그녀의 윤나는 표면은 흠이 난 에나멜이었고, 그녀의 광택은 니스 칠에 불과했다. 나는 커튼 뒤를 들여다보고, 끈과 도르래를 보았다. 철망과 코르셋도 보았다. 나만의 취향도 갖게 되었다.

"예를 들면 어떤 거요? 어떤 괴상한 얘기요?" 나는 물었다.

"어제는 결혼이란 중요하지 않고 오직 사랑만이 중요하다고 나에게 그러더군. 예수가 자기 의견에 동의했다고 그랬어." 위니프리드는 말했다.

"음, 그게 로라의 생각이에요. 그걸 전혀 감추지 않죠. 하지만 그게 섹스를 의미한 건 아니라는 거 아시죠. '에로스'를 의미한 게 아니에요." 나는 말했다.

위니프리드는 자신이 이해하지 못하는 것이 나올 때마다 비웃거나 무시했다. 이번에는 무시했다. "그들이 알거나 말거나 다 섹스를 의미하는 거야. 그런 태도를 지니고 있으면 로라 같은 여자애들은 큰 문제에 부닥치게 될 거야." 그녀는 말했다.

"때가 되면 그런 생각에서 벗어나게 될 거예요." 비록 그렇게 생각하지 않았지만, 나는 이렇게 말했다.

"당장 그렇게 되진 않을걸. 구름 속에 머리를 처박고 있는 몽상적 여자애들이 최악이야. 남자들이 다 이용해 먹거든. 우리에게 필요한 건 느끼하고 귀여운 로미오 같은 남자야. 그러면 그녀의 생각을 구워삶아 버릴 수 있을 거야."

"그럼 어떤 제안을 하시는 건지?" 나는 그녀를 멍하니 쳐다보며 물었다. 짜증, 심지어는 분노를 숨기기 위해 이런 멍한 표정을 사용하곤 했다. 그러나 위니프리드는 그것에 더 고무되었다.

"내가 말한 대로, 동서남북이 어딘지 모르는 괜찮은 남자한 테 시집을 보내 버리는 거지. 그럼 그녀는 나중에 사랑 나부랭이 를 가지고 노닥거릴 수 있겠지. 그게 그녀가 원하는 거라면 말이 야. 아무도 몰래 호박씨를 깐다면 어느 누구도 뭐라 그러지 않 을 거야."

나는 남은 닭고기 포트 파이를 뒤적였다. 요즘 들어 위니프리 드는 속어를 상당히 많이 사용했다. 그걸 신식이라고 생각하는 것 같았다. 그녀도 신식이 무엇인지 걱정하는 나이가 된 것이다.

분명 그녀는 로라를 제대로 파악하지 못했다. 로라가 뒤로 호 박씨 까듯 무엇을 한다는 것은 나로서는 좀처럼 생각할 수 없는 것이었다. 환한 대낮에 대로에서 하는 것이 그녀에게 더 잘 어울 렸다. 그녀는 우리를 무시하고, 우리의 수치스러운 면을 드러내 고 싶어 할 것이다. 사랑의 도피, 혹은 그처럼 멜로드라마적인 무엇. 우리가 얼마나 위선적인가를 보여 주는 것.

"로라는 스물한 살이 되면 돈이 생길 거예요." 나는 말했다.

"충분한 돈이 아니야." 위니프리드가 말했다.

"로라에게는 충분할 수도 있어요. 어쩌면 자신만의 삶을 살고 싶어 할지도 몰라요." 나는 말했다.

"자신만의 삶이라고! 그녀가 무슨 짓을 할지 상상 좀 해 봐!" 위니프리드가 말했다.

위니프리드를 꺾으려고 해 봐야 아무 소용이 없었다. 그녀는 공중에 뜬 푸줏간 칼 같았다. "후보자가 있나요?" 나는 물었다.

"확실한 사람은 없지만, 노력하는 중이야. 리처드와 연줄이 닿는 걸 마다하지 않을 사람들이 몇몇 있지." 위니프리드는 활발하게 말했다.

"너무 애쓰지 마세요." 나는 중얼거렸다.

"오, 하지만 내가 그렇게 하지 않으면 어떻게 되겠어?" 위니프리드가 밝게 말했다.

"네가 공연히 위니프리드를 짜증나게 만들고 있다는 얘기를 들었어. 그녀를 자극하고, 자유연애에 관한 말로 놀리고 말이야." 나는 로라에게 말했다.

"나는 자유연애라는 말은 절대 하지 않았어. 결혼은 케케묵은 관습이라고 말했을 뿐이야. 결혼이 사랑과 아무 상관이 없다고 말했어. 그것뿐이야. 사랑은 주는 것이고, 결혼은 사고파는 거야. 사랑을 계약에 집어넣을 수는 없어. 그러고 나서 천국에서는 결혼이 없다고 말했지." 로라는 말했다.

"네가 몰랐다면 말해 주겠는데, 여기는 천국이 아니야. 어쨌든, 확실히 그녀를 깜짝 놀라게 만들었어." 나는 말했다.

"그냥 사실을 말했을 뿐이야." 그녀는 내 오렌지 스틱으로 손톱 아래 살을 밀어내고 있었다. "이제 그녀는 나를 사람들에게 소개시켜 주기 시작하겠지. 언제나 쓸데없이 참견하려고 들어."

"네가 삶을 망치게 될까 봐 걱정해서 그러는 거야. 내 말은, 네가 사랑을 쫓다가 말이야."

"결혼이 언니 삶을 망치는 걸 방지해 줬어? 아니면 그런 판단을 하기엔 너무 일러?"

나는 그녀의 말투를 무시했다. "그런 그렇고, 너는 어떻게 생각하니?"

"새 향수가 생겼네. 형부가 사 준 거야?"

"결혼하는 거에 대해서 말이야."

"아무 생각 없어." 이제 그녀는 내 화장대에 놓인 브러시로 금발 머리를 빗기 시작했다. 그녀는 최근 들어 외모에 좀 더 관심을 갖는 것 같았다. 자기 옷과 내 옷으로 상당히 세련되게 차려입기 시작했다.

"그러니까, 그 부분에 대해 별로 생각하지 않는다는 뜻이야?" 나는 물었다.

"아니. 전혀 생각하지 않아."

"아마 생각해 봐야 할걸. 네 미래에 대해 적어도 일 분은 생각해 봐야 할 거야. 언제까지나 이렇게 어정거리면서……. 아무것도 안 하고 살 수는 없잖니."라고 나는 말하고 싶었지만, 그런 말을 하는 것은 실수였을 것이다.

"미래는 존재하지 않아." 로라는 말했다. 그녀는 마치 내가 동생이고 자신이 언니인 것처럼 말하는 버릇을 가지게 되었다. 마치 나를 위해 모든 것을 설명해 주어야 한다는 식의 말투. 그러더니 이상한 말을 했다. "언니가 높은 밧줄 위에서 눈을 가리고 나이아가라 폭포를 건너는 줄타기 곡예사라면, 먼 연안에 있는 군중과 언니 발 중 어떤 것에 더 주목을 하겠어?"

"아마 내 발이겠지. 내 브러시를 쓰지 않았으면 좋겠다. 위생적이지 않아."

"그렇지만 언니 발에 너무 신경을 쓰다 보면, 추락하게 돼 있어. 군중에게 너무 신경을 써도 추락하게 되지."

"그럼 맞는 대답이 뭐야?"

"언니가 죽게 되면, 이 브러시가 여전히 언니 것일까?" 그녀는 곁눈질로 자기 옆모습을 바라보며 말했다. 그렇게 하자 거울 속에 그녀의 교활한 표정이 비쳤다. 그런 표정은 그녀에게서 좀처럼 볼 수 없는 것이었다. "죽은 사람들이 물건을 소유할 수 있을까? 만일 아니라면, 지금 왜 이것이 '언니 것'이지? 여기 새겨진 언니 머리글자 때문에? 언니의 세균 때문에?"

"로라, 그만 놀려!"

"놀리는 거 아니야." 로라는 브러시를 내려놓으며 말했다. "나는 생각하는 중이야. 그 차이는 알 수 없는 법이야. 언니가 뭐하러 위니프리드가 하는 말에 귀를 기울이는지 모르겠어. 그건 쥐가 없는 쥐덫에 귀를 기울이는 것과 같아." 그녀는 덧붙였다.

최근 그녀는 달라졌다. 냉담해졌고, 무심해졌고, 이전과 다른 식으로 무모해졌다. 더 이상 드러내 놓고 반항하지 않았다. 나 몰래 담배를 피우는 것은 아닐까 의구심이 들었다. 그녀에게서 한두 번 담배 냄새를 맡은 적이 있었다. 담배, 그리고 다른 무엇. 너무 오래된 것의 냄새, 너무 많이 아는 듯한 냄새. 그녀에게 일어나고 있는 변화에 좀 더 주의를 기울여야 했지만, 다른 많은 일들이 내 마음을 차지하고 있었다.

나는 10월 말이 될 때까지 기다렸다가 리처드에게 임신했다는 말을 했다. 확실할 때까지 기다리고 싶었노라고 말했다. 그는 상투적인 기쁨을 나타내며 내 이마에 키스를 했다. "당신은 좋은 여자야." 그는 말했다. 나는 기대에 부합하는 행동만 했다.

한 가지 좋은 점은 그가 밤에 나를 신중하게 내버려 둔다는 사실이었다. 그는 아무 해도 입히고 싶지 않다고 말했다. 나는 그에게 매우 사려가 깊다고 말했다. "그리고 이제부터는 진 마시는 걸 줄여야 해. 나쁜 행실은 허락하지 않을 거야." 그는 내게 손가락을 저어 보이며 말했다. 그런 행동은 사악하게 보였다. 그가 평소보다 경망스럽게 행동할 때마다 나는 놀라곤 했다. 마치 도마뱀이 장난을 치는 것을 보는 느낌이었다. "최고의 의사를 고용할 거야. 얼마가 들든 간에 말이야." 그는 이렇게 덧붙였다. 모든 것을 상업적인 것으로 환산하는 것은 우리 둘 다에게 안도감을 가져다 주었다. 돈이 개입되어 있으면, 내 입지가 어떤 것인지 알 수 있었다. 나는 아주 비싼 상품을 지니고 있는 것이다. 이렇게 솔직하고 간단했다.

위니프리드는 처음에는 정말로 놀라서 작은 비명을 지르더니, 그다음에는 거짓으로 흥분하는 척했다. 그녀는 정말로 공포감을 느꼈다. 아들이자 상속인의 어머니가 된다는 것, 아니, 단순한 상속인의 어머니가 된다는 것이 내가 리처드와의 관계에서 이제까지 가졌던 것보다, 그리고 내가 마땅히 누려야 하는 것보다 훨씬 더 높은 지위를 부여해 줄 것이라고 추측했던 것이다. 그리고 그녀의 추측은 옳았다. 내 권리는 늘어나고 그녀의 권리는 줄어드는 것이다. 그녀는 나의 영역을 축소할 방법을 노리고 있었을 것이다. 그녀가 어느 순간에라도 아기 방을 꾸밀 구체적인 계획을 들고 나타나리라고 생각했다.

"그 축복된 예정일이 언제지?" 그녀는 물었다. 그리고 나는 한동안 그녀로부터 교태가 가득한 언어 세례를 받게 되리라는 것을 알아차렸다. "새로 태어난 선물", "황새가 가져다 준 선물" 그리고 "작은 낯선이"라는 말이 끊임없이 들려올 것이다. 위니프리드는 자신을 긴장하게 만드는 주제에 대해 상당히 짓궂고 까다롭게 행동하곤 했다.

"4월인 것 같아요. 혹은 3월일 수도 있어요. 아직 의사를 찾아가 보지 않았어요." 나는 말했다.

"하지만 당연히 알고 있어야 하는 거잖아." 그녀는 눈썹을 치켜 올리며 말했다.

"예전에 해 본 일이 아니잖아요. 제가 예상했던 일도 아니고요. 주의를 기울이지 않고 있었다고요." 나는 화가 나서 말했다.

그날 밤 나는 같은 소식을 전해 주기 위해 로라 방으로 갔다. 문을 두드렸지만 그녀는 대답하지 않았다. 그녀가 잠들었으리라 생각하며 조용히 문을 열었다. 그녀는 자고 있지 않았다. 푸른색 잠옷을 입고 침대 옆에 무릎을 꿇고 있었다. 머리를 숙이고 머리칼은 움직이지 않는 바람에 흩날린 것처럼 흩뜨려 놓고 그곳에 던져진 것처럼 팔을 활짝 벌리고 있었다. 처음에는 그녀가 기도를 하고 있는 거라고 생각했다. 그러나 그게 아니었다. 적어도 나는 아무 소리도 들을 수 없었다. 마침내 그녀는 내가 온 것을 알아차리고, 마치 먼지를 떨고 있었던 것처럼 사무적으로 일어나서 주름 장식이 달린 화장대 긴 의자에 앉았다.

언제나 그랬듯이 나는 위니프리드가 골라 준, 로라를 둘러싼 환경, 즉 고상한 프린트, 리본으로 된 장미 봉오리, 오건디, 주름 장식과 로라가 얼마나 어울리지 않는가를 보며 놀랐다. 사진을 찍어서 본다면 완전히 조화로운 모습이었을 것이다. 그러나 내 눈에는 그 둘 사이의 부조화가 너무나 강렬해서 거의 비현실적으로 보였다. 로라는 엉겅퀴의 관모(冠毛) 둥지에 놓인 부싯돌이었다.

나는 '돌'이 아닌 '부싯돌'이라고 했다. 부싯돌은 불로 된 심장을 품고 있다.

"로라, 네게 할 말이 있어. 나는 아기를 가졌어."

그녀는 나를 향해 얼굴을 돌렸다. 도자기 접시처럼 매끈하고 하얀 그녀의 얼굴은 표정을 단단히 감추고 있었다. 그러나 놀란 것처럼 보이지는 않았다. 내게 축하를 건네지도 않았다. 그 대신 이렇게 말했다. "새끼 고양이 기억해?"

"무슨 새끼 고양이?" 나는 말했다.

"어머니가 가지셨던 새끼 고양이. 어머니를 돌아가시게 만들었던."

"로라, 그건 새끼 고양이가 아니었어."

"나도 알아." 로라는 말했다.

아름다운 풍경

리니가 돌아왔다. 그녀는 나를 달갑게 여기지 않는다. "그래, 어린 아가씨. 무슨 변명을 하시겠어? 로라에게 무슨 짓을 한 거야? 도대체 언제 철이 들래?"

그런 질문에는 답이 없다. 답은 질문과 너무 얽혀 있다. 너무나 매듭이 많고 여러 갈래로 찢어져 있어서 진정한 대답이라고 할 수 없다.

나는 여기서 심판을 받는 중이다. 나도 알고 있다. 당신이 곧 무슨 생각을 할지 나는 알고 있다. 내가 지금 생각하는 것과 거의 같은 것이리라. 내가 다르게 행동해야 했던가? 분명 당신은 그렇다고 믿을 것이다. 그렇지만 내게 다른 방도가 있었던가? 지금은 다른 방도가 있지만, 지금은 그때가 아니다.

내가 로라의 마음을 읽어야 했던가? 무슨 일이 진행되고 있는지 알고 있어야 했던가? 다음에 무슨 일이 일어날지 알고 있어야 했던가? 나는 동생을 지키는 자였던가?

무엇을 "해야 했다."라는 표현은 헛된 것이다. 그것은 일어나지 않았던 것에 대한 것이다. 그것은 평행 우주에 속한 것, 우주의 다른 차원에 속한 것이다.

2월의 어느 수요일, 나는 오후 낮잠을 자고 난 뒤 아래층으로 내려갔다. 그 당시 나는 낮잠을 상당히 많이 잤다. 나는 임신 7개월째였고, 밤에 푹 자지 못했다. 혈압도 문제였다. 발목이 부어올랐고, 될 수 있는 대로 자주 발을 높이 하고 자라는 충고를 들었다. 설탕과 자주색 과즙으로 터질 듯 부어오른 거대한 포도가 된 느낌이었다. 추하고 둔중해진 느낌이었다.

그날 눈이 내리고 있었던 것을 기억한다. 크고 부드럽고 젖은 눈송이. 겨우 균형을 잡고 서서 창밖을 내다보았다. 그리고 엄청나게 큰 산호같이 보이는 하얀 밤나무를 보았다.

위니프리드가 구름색 응접실에 있었다. 그녀가 마치 이 집을 소유한 듯 드나들기 때문에 여기 있다는 것이 새로운 일은 아니었다. 그러나 리처드 역시 함께 있었다. 보통 그가 사무실에 있을 시간이었다. 그들은 술잔을 들고 있었다. 두 사람 다 기분이 언짢아 보였다.

"무슨 일이에요? 무슨 문제라도 생겼나요?" 나는 물었다.

"앉아 봐. 여기, 내 옆에." 그는 소파를 두드리며 말했다.

"충격적인 소식이 될 거야. 이렇게 세심한 주의가 필요한 때에 이런 일이 생겨서 정말 유감이야." 위니프리드가 말했다.

그녀가 이야기를 했고, 리처드는 내 손을 잡고 마룻바닥을 응시하고 있었다. 그녀의 이야기가 믿어지지 않는다는 듯이, 혹은 정말 맞다는 듯이 그는 이따금 머리를 가로저었다.

그녀가 말한 요지는 다음과 같았다.

로라가 정신줄을 놓고 딱 꺾여 버렸다. 로라가 무슨 콩꼬투리라도 되는 것처럼 꺾여 버렸다고 말했다. "가련한 그 애를 위해 어떤 도움을 받았어야 하는 건데. 그렇지만 그녀가 나아지고 있다고 생각했지." 그녀는 말했다. 그러나 오늘 그녀가 자선 방문을 하고 있던 병원에서 그녀는 자제심을 잃었다. 다행히도 의사가 현장에 있었고, 다른 전문 의사가 호출되었다. 그 결과, 로라는 자기 자신과 다른 사람들에게 위험을 끼칠 수 있는 것으로 판정되었으며, 리처드는 그녀를 기관에 맡길 수밖에 없었다.

"무슨 말을 하는 거예요? 로라가 무슨 짓을 한 거죠?"

위니프리드는 예의 연민 어린 표정을 지었다. "자해를 하겠다고 협박했어. 그리고 입에 올리기 뭐한 말을 했어. 분명히 망상증에 시달리고 있는 거야."

"무슨 말을 했는데요?"

"자기에게 말을 해도 좋을지 모르겠네."

"로라는 내 동생이에요. 난 알아야 해요." 나는 말했다.

"리처드가 너를 죽이려고 한다고 비난했어."

"정말 그렇게 말했다고요?"

"무슨 뜻으로 한 말인지는 분명했어." 위니프리드는 말했다.

"아니, 제발 정확히 말해 주세요."

"그녀는 리처드더러 거짓말을 일삼고 불성실한 노예 상인이라고, 마몬*을 숭배하는 퇴폐한 괴물이라고 했어."

"로라가 때로 극단적인 견해를 가지고 있다는 것을 알고 있어

---

* 부의 신.

요. 그리고 직접적으로 자기 생각을 표현하는 경향이 있죠. 하지만 그런 말을 하는 것만으로 사람을 정신 병원에 집어넣을 수는 없어요."

"그것 말고도 또 있어." 위니프리드가 말했다.

리처드는 나를 달래기 위해 그곳은 일반적인 기관이 아니라고, 빅토리아 시대풍의 표준과는 다른 곳이라고 말했다. 그곳은 사설 클리닉이며, 아주 좋은 곳, 최상의 시설 중 하나라고 말했다. 벨라 비스타 클리닉. 그곳에서 그녀를 아주 잘 돌보아 줄 것이다.

"풍경이 어때요?" 나는 말했다.

"무슨 말이야?"

"벨라 비스타. '아름다운 풍경'이라는 뜻이잖아요. 그래, 풍경이 어때요? 로라가 창밖을 내다보면 뭐가 보이죠?"

"설마 이게 농담이라고 하는 건 아니겠지." 위니프리드는 말했다.

"아니요. 이건 중요한 거예요. 잔디밭인가요, 정원인가요, 분수, 아니면 뭔가요? 아니면 어떤 지저분한 골목인가요?"

그들 둘 다 내게 아무 말도 하지 못했다. 리처드는 그곳이 분명 이런저런 자연 풍경에 둘러싸여 있을 것이라고 말했다. 벨라 비스타는 도시 밖에 있다고 그는 말했다. 조경술로 녹화한 부지가 있다고.

"그곳에 가 봤나요?"

"여보, 당신이 마음 상했다는 거 알아. 낮잠을 좀 자는 게 어때?" 그는 말했다.

"이제 막 자고 일어났어요. 제발 말해 줘요."

"아니, 가 보지 않았어. 물론 가 본 적이 없지."

"그럼 어떻게 알아요?"

"이제 정말, 아이리스. 그게 무슨 상관이야?" 위니프리드가 말했다.

"로라를 만나고 싶어요." 로라가 갑자기 무너져 버렸다는 것을 믿기 힘들었지만, 하긴 나는 로라의 기이한 행동에 너무 익숙해져서 그런 것을 이상하게 여기지도 않았던 것이다. 그녀가 조금씩 하락해 가는 것을 못 보고 넘어갔을 수도 있다, 정신적 유약함의 증거들을, 그것이 무엇이었든 간에.

위니프리드에 따르면, 의사들이 당분간 로라를 만나는 일은 생각조차 할 수 없다고 했다는 것이다. 그들은 그것을 가장 강조했다. 그녀는 너무나 심한 광란 상태에 있고, 뿐만 아니라 폭력적이기까지 하다고 했다. 또한 내 상태도 고려를 해야 했다.

나는 울기 시작했다. 리처드는 내게 자신의 손수건을 건네주었다. 그것은 풀을 약간 먹인 상태였고 오드콜로뉴 냄새가 났다.

"자기가 알아야 할 것이 또 한 가지 있어. 이게 가장 끔찍한 문제야." 위니프리드가 말했다.

"이건 나중으로 미뤄야 할 것 같은데." 리처드가 낮은 목소리로 말했다.

"정말 가슴 아픈 일이야." 위니프리드는 주저하는 시늉을 내며 말했다. 물론 나는 그곳에서 당장 알아야겠다고 주장했다.

"저 가련한 애가 임신을 했다고 주장하는군. 너처럼 말이야." 위니프리드가 말했다.

나는 울음을 멈췄다. "그래요? 정말 임신했나요?"

"당연히 아니지. 어떻게 임신을 했겠어?" 하고 위니프리드는 말했다.

"아버지가 누구예요?" 나는 로라가 아무런 근거 없이 그런 얘기를 만들어 낸다는 것을 상상할 수 없었다. 그러니까 그녀는 그게 누구라고 상상하고 있는 것인가?

"말하기를 거부하고 있어." 리처드가 말했다.

"물론 그녀가 히스테리를 부렸기 때문에 모든 것이 뒤죽박죽이었어. 설명은 제대로 못했지만 네가 낳을 아기가 실제로 자기 것이라고 믿는 것 같았어. 헛소리를 하는 거였지." 위니프리드는 말했다.

리처드는 고개를 흔들었다. "너무 슬픈 일이야." 그는 장의사 같이 조용하고 우울한 목소리로 중얼거렸다. 두꺼운 적갈색 카펫처럼 억눌린 목소리.

"전문의, 그러니까 '정신과' 전문의는 로라가 너를 미칠 듯이 질투하는 거라고 말했어. 너의 모든 것을 질투하는 거지. 네 삶을 살고 싶어 하고, 바로 네가 되고 싶은 거야. 그게 이런 식으로 나타난 거고. 자기가 해를 입지 않도록 주의해야 한다고 의사가 말했어." 그녀는 이렇게 말하고 술을 한 모금 마셨다. "자긴 아무런 의심도 하지 않았어?"

그녀가 얼마나 교활한 여자인지 보이지 않는가.

에이미는 4월 초에 태어났다. 그 당시에는 에테르를 사용했기 때문에 나는 출산 시 의식이 없었다. 에테르를 들이쉬고 의식을 잃은 뒤, 쇠약하고 기운이 없는 상태에서 다시 깨어났다. 아기는 그곳에 없었다. 다른 아기들과 함께 육아실에 있었다. 딸이었다.

"아기에겐 별 잘못된 게 없죠, 그렇죠?" 나는 물었다. 그것에 대해 많이 걱정하고 있었다.

"손가락 열 개, 발가락 열 개, 그리고 있어야 할 것 외에는 더 없어요." 간호사는 활기차게 말했다.

아기는 오후 늦게 분홍색 담요에 싸인 채 내게 건네졌다. 나는 머릿속에서 이미 그녀의 이름을 지어 놓았다. 에이미란 '사랑받는 사람'이라는 뜻이었다. 그리고 나는 정말로 그녀가 누군가에게 사랑받는 사람이 되기를 바랐다. 내가 그녀를 사랑할 수 있을지, 그녀가 필요한 만큼 사랑해 줄 수 있을지 스스로의 능력에 대해 회의적이었다. 나는 지금 상태로도 하고 있는 일이 너무 많았고, 더 이상 여력이 없을 것 같았다.

에이미는 여느 신생아와 다를 바 없이 생겼다. 급속도로 벽에 내쳐진 것처럼 찌그러진 얼굴을 하고 있었다. 머리칼은 길고 검었다. 거의 감은 눈으로 곁눈질하듯 나를 바라보았다. 불신하는 듯한 곁눈질. 우리는 태어날 때 얼마나 큰 어려움을 겪는가, 나는 생각했다. 외부 공기와 처음 가혹하게 대면하는 순간 얼마나 놀랐겠는가. 나는 이 작은 생명체에게 미안함을 느꼈다. 내가 할 수 있는 한 최선을 다하겠다고 맹세했다.

우리가 서로를 살펴보고 있는 동안 위니프리드와 리처드가 도착했다. 간호사는 처음에 그들을 내 부모님으로 착각했다. "아니에요. 이 사람이 자랑스러운 아빠예요." 위니프리드가 말했고, 그들은 다 함께 웃었다. 그들 두 사람은 꽃과 화려한 코바늘 뜨기 장식과 하얀 새틴 리본이 달린 정교한 신생아 옷을 들고 있었다.

"귀여워라! 그런데 맙소사, 우리는 금발 머리를 예상하고 있었는데. 애는 정말 검네. 저 머리 좀 봐!" 위니프리드가 말했다.

"미안해요. 당신이 아들을 원한다는 걸 알고 있었는데." 나는 리처드에게 말했다.

"다음에, 여보." 리처드는 말했다. 그는 전혀 당황한 것 같지 않았다.

"배냇머리일 뿐이에요. 많은 아기들이 그렇게 태어나죠. 어떤 경우엔 등까지 덮여 있기도 하고요. 이게 빠지고 나면 진짜 머리가 자란답니다. 다른 아기들처럼 치아나 꼬리를 갖고 태어나지 않은 걸 탄생 별에게 감사해야 해요." 간호사는 위니프리드에게 말했다.

"벤저민 할아버지 머리가 백발이 되기 전에 검은색이었어요. 애들리아 할머니 역시 마찬가지였죠. 그리고 물론 아버지도. 삼촌 두 분에 대해서는 모르겠지만. 어머니 쪽이 금발이었죠." 나는 보통 대화하는 어조로 말했다. 그리고 리처드가 별로 신경 쓰지 않는 것을 보고 안도했다.

나는 로라가 여기 없다는 사실에 감사했던가? 내가 도달할 수 없는, 어디 먼 곳에 갇혀 있다는 사실에? 그리고 그녀 또한 내게 도달할 수 없는 곳에 있다는 것, 그녀가 세례식에 초대받지 않은 요정처럼 내 침대 옆에 앉아서 "무슨 소릴 하는 거야?" 하고 말할 수 없는 곳에 있다는 것에?

물론, 그녀는 알아차렸을 것이다. 그녀는 당장 알아차렸을 것이다.

달은 밝게 빛났다

어젯밤 나는 젊은 여자가 분신자살하는 것을 보았다. 불붙기 쉬운 얇은 긴 옷을 입은 날씬한 젊은 여자. 무슨 불의에 대항하기 위한 것이었다. 그렇지만 어째서 스스로를 불태워 이런 화톳불을 피워 올리는 것이 어떤 문제를 해결해 줄 것이라고 생각하는 것일까? "오, 제발 그러지 마. 네 삶을 태워 없애 버리지 마. 뭘 위한 것이든, 그럴 만한 가치는 없어." 나는 그녀에게 말하고 싶었다. 그렇지만 분명 그녀에게는 그럴 만한 가치가 있었을 것이다.

자기희생이라는 재능을 지닌 이 젊은 여자들은 무엇에 사로잡힌 것인가? 여자들도 용기가 있다는 것, 흐느끼고 한탄하는 것 이상의 무엇을 할 수 있다는 것, 자기들 역시 당당한 태도로 죽음을 맞이할 수 있다는 것을 보여 주기 위해서 그렇게 하는 것인가? 그리고 그런 충동은 어디서 오는 것인가? 반항심에서 시작된 것인가? 그렇다면, 무엇에 대한 반항인가? 거대하고 무겁고 숨 막히는 모든 것의 질서, 스파이크가 달린 거대한 전차, 맹목적인 폭군, 맹목적인 신에 대한 반항? 스스로를 일종의 이론적 제단에 바침으로써 그런 것들을 당장 멈출 수 있다고 생각할 만큼 그들은 무모, 혹은 오만한 것인가? 아니면 일종의 선언인가? 집착을 훌륭하다고 생각한다면 훌륭하게 여길 만하다. 용감한 행동이기도 하다. 그러나 완전히 무용한 것이다.

그런 면에서 사브리나가 염려된다. 지구의 저 끝에서 그녀는 무엇에 천착하고 있는가? 기독교 신자에게, 혹은 불교 신자에게 걸려들었을까? 혹은 머릿속에 갖가지 희한한 이념들을 담고 있는 것은 아닐까? "이들 중 가장 보잘것없는 사람 하나에게 한 것이 곧 내게 한 것이다."* 무용함으로 향하는 그녀의 여권에 이렇게 쓰여 있는가? 그녀는 돈에 지배당하고 파멸되고 참담해진 가족의 죄를 속죄하려고 하는가? 제발 그렇지 않기를 바란다.

에이미조차 그런 경향을 지니고 있었다. 그러나 그녀의 경우 그것은 보다 천천히, 좀 더 왜곡된 형태로 나타났다. 에이미가 여덟 살일 때 로라가 다리에서 추락했고, 열 살 때 리처드가 죽었다. 이런 사건들은 그녀에게 영향을 미칠 수밖에 없었다. 게다가, 위니프리드와 나 사이에서 갈팡질팡하며 괴로움을 당했다. 지금이라면 위니프리드가 이기지 못했겠지만, 그 당시에는 이겼다. 그녀는 에이미를 빼앗아 갔고, 내가 아무리 노력해도 되찾을 수 없었다.

에이미가 성년이 되고 리처드가 그녀를 위해 남겨 놓은 돈을

---

* 신약 성경 「마태복음」 25장 40절.

손에 넣게 되었을 때 탈선의 길로 빠져 온갖 화학적 약물 형태의 위안을 구하고 이 남자 저 남자에게 함부로 몸을 굴리게 된 것도 어쩌면 당연한 일이었다.(예를 들어, 사브리나의 생부는 누구인가? 알 수 없는 일이다. 그리고 에이미는 절대로 말해 주지 않았다. 뺑뺑이를 돌린 다음 아무나 찍어 보세요, 하고 그녀는 말하곤 했다.)

나는 그녀와 관계를 지속하려고 노력했다. 그녀와 화해할 수 있기를 바랐다. 뭐라 해도 그녀는 내 딸이었고, 나는 그녀에게 죄책감을 느꼈으며 보상을 해 주고 싶었다. 엉망이 되어 버린 그녀의 유년기에 대한 보상을 해 주고 싶었던 것이다. 그러나 그때 그녀는 내게 등을 돌린 상태였다. 위니프리드에게도 역시 마찬가지였다. 그것이 위안이라면 위안이랄 수도 있었다. 그녀는 우리 둘 중 어느 누구도 자신에게, 그리고 사브리나에게 접근하지 못하도록 했다. 특히 사브리나에게. 그녀는 사브리나가 우리들에게 몰드는 것을 원치 않았다.

그녀는 정착하지 못하고 끊임없이 집을 옮겨 다녔다. 집세를 내지 못해 두어 번 쫓겨나기도 했다. 소동을 일으킨다는 이유로 체포되기도 했다. 여러 번 병원에 입원하기도 했다. 확실한 알코올의존자가 되었다고 말할 수 있겠지만, 나는 그 용어를 사용하고 싶지 않다. 그녀는 돈이 충분했기 때문에 직업을 가질 필요가 없었다. 한 가지 직업에 정착해서 계속 일할 수 없었을 테니 차라리 그 편이 나았을 것이다. 아니, 그렇지 않은 편이 나았을지도 모르겠다. 그런 식으로 정처 없이 살 수 없는 형편이었더라면 더 나았을지도. 우리가 그녀에게 가했다고 생각되는 상처에 몰두하는 대신 다음 끼니를 궁리하는 입장이었더라면. 스스로 벌지 않고 손에 들어온 수입은 이미 자기 연민 경향이 강한 사람의 그런 성향을 더 부추기는 법이다.

내가 마지막으로 에이미를 만나러 갔을 때 그녀는 토론토의 팔러먼트 스트리트 주변의 빈민가에 있는 연립 주택에 살고 있었다. 사브리나일 것이라고 짐작되는 아이가 집 앞 보도 옆의 한 뼘짜리 땅에 쪼그려 앉아 있었다. 반바지 차림에 상의는 아무것도 입지 않은 지저분한 더벅머리의 부랑아. 그녀는 낡은 주석 컵을 갖고 있었고, 구부러진 숟가락으로 모래알을 퍼 담고 있었다. 그녀는 재기 발랄한 꼬마였다. 그녀는 내게 25센트를 구걸했다. 내가 돈을 주었던가? 아마 그랬을 것이다. "내가 네 할머니란다." 나는 그녀에게 말했다. 그리고 그녀는 내가 미친 사람이라도 되는 것처럼 뚫어지게 바라보았다. 분명 그녀는 그런 사람이 존재한다는 것에 대해 한 번도 들어보지 못했을 것이다.

그즈음 나는 에이미의 한 이웃에게 귀가 따가울 정도로 이야기를 들었다. 그들은 친절한 사람들인 것 같았다. 아니, 적어도 에이미가 집에 돌아오는 것을 잊었을 때 사브리나에게 밥을 먹여 줄 정도의 친절함은 갖춘 사람들이었다. 성이 켈리였던 것으로 기억한다. 에이미가 목이 부러진 채 계단 바닥에서 발견되었을 때 경찰을 부른 것도 그들이었다. 넘어진 것인지 누구에게 떠밀린 것인지 뛰어내린 것인지 전혀 알 수 없는 일이다.

그날, 나는 사브리나를 데리고 도망을 갔어야 했다. 멕시코로 가 버렸어야 했다. 그 후에 무슨 일이 일어날지를 알았더라면 그렇게 했을 것이다. 위니프리드가, 에이미를 그렇게 했듯이 사브리나를 훔쳐 내서 내가 접근하지 못하도록 감금해 버릴 줄 알았더라면.

사브리나가 나와 함께 살았더라면 위니프리드와 지내는 것보다 더 나았을 것인가? 부유하고 복수심 강하고 귀찮게 구는 늙은 여자의 손에서 자라나는 것은 어떤 것이었을까? 가난하고 복수심 강하고 귀찮게 구는 늙은 여자, 즉 내 손에서 자라는 대신. 그렇지만 나는 그녀를 사랑했을 것이다. 위니프리드는 그렇게 하지 않았을 것 같다. 그녀는 그저 나를 괴롭히기 위해 사브리나를 붙잡고 있었을 뿐이다. 나를 처벌하기 위해. 자신이 이겼다는 것을 과시하기 위해.

그러나 그 당시 나는 아이를 훔치는 일 따위는 하지 않았다. 나는 문을 두드렸고, 아무 대답이 없자 문을 열고 걸어 들어가서 에이미의 2층 아파트로 향하는 가파르고 어둡고 좁은 계단을 올라갔다. 에이미는 부엌의 작은 둥근 탁자에 앉아서, 미소 짓는 단추가 그려진 커피 머그컵을 쥔 자기 손을 바라보고 있었다. 그녀는 컵을 눈 가까이에 들이대고 이리 저리 돌려 보았다. 얼굴은 창백했고, 머리카락은 마구 흐트러져 있었다. 매력적인 것과는 거리가 먼 모습이었다. 그녀는 담배를 피우고 있었다. 십중팔구 이런저런 마약과 술에 취해 있었을 것이다. 방에서는 오래된 연기, 더러운 개수대, 깨끗이 씻지 않은 쓰레기통 냄새와 뒤섞인 약물 냄새가 났다.

나는 그녀에게 말을 건네려고 시도했다. 부드럽게 말을 시작했지만 그녀는 귀를 기울일 만한 상태가 아니었다. 그녀는 우리 모두에게 싫증이 났다고 말했다. 무엇보다도 모든 것이 그녀에게 비밀로 감춰진 것 같은 석연찮은 느낌에 싫증이 났다. 가족들이 그것을 은폐해 버렸다. 어느 누구도 그녀에게 진실을 말해 주지 않을 것이다. 우리 입은 달싹이고 말이 흘러나왔지만, 그 말은 아무 의미 없이 공허할 뿐이었다.

그렇지만 그녀는 어쨌든 진실을 알아냈다. 그녀는 강탈당했다. 자신의 생득적 유산을 박탈당한 것이다. 왜냐하면 나는 그녀의 진짜 어머니가 아니고 리처드도 그녀의 진짜 아버지가 아니기 때문이다. 이 모든 것은 로라의 책 속에 있었다, 라고 그녀는 말했다.

　나는 도대체 무슨 뜻이냐고 그녀에게 물었다. 그녀는 그것이 명백한 일이라고 대답했다. 그녀의 진짜 어머니는 로라이며, 진짜 아버지는 그 남자, 『눈먼 암살자』 속에 나오는 바로 그 사람이라는 것 말이다. 로라 이모는 그와 사랑에 빠졌지만, 우리는 그녀를 가로막았다. 이 알려지지 않은 연인을 어떤 식으로 해치워 버린 것이다. 그를 위협해 쫓아 버리고, 매수해 쫓아 버리고, 뭐 이런저런 식으로든 쫓아 버렸다. 그녀는 우리 같은 사람들이 일을 어떻게 처리하는지 알게 될 만큼 오랫동안 위니프리드의 집에 살았다. 그런 다음 로라가 그와의 관계에서 임신한 것이 드러나자 우리는 추문을 감추기 위해 그녀를 멀리 보내 버렸다. 그리고 내 아기가 태어나면서 죽게 되자, 우리는 로라에게서 아기를 훔쳐 입양을 해서 우리 아기인 척했다.

　그녀의 말은 전혀 일관성이 없었지만, 이것이 대략적 요지였다. 이런 상상이 그녀에게 얼마나 매력적으로 여겨졌을지 짐작이 간다. 누군들 진부한 진짜 어머니 대신 신화적 존재를 어머니로 두고 싶어 하지 않겠는가? 기회가 주어진다면 말이다.

　나는 그녀가 생각하는 것이 옳지 않다고, 모든 것을 혼동하고 있다고 말했지만, 그녀는 듣지 않았다. 그녀는 자신이 리처드와 나에게서 행복을 느끼지 못한 것은 당연한 것이었다고 말했다. 우리는 그녀의 진짜 부모처럼 행동한 적이 없었다. 우리는 그녀의 진짜 부모가 아니었기 때문이다. 그리고 로라 이모가 다리에서 몸을 던진 것도 당연한 일이었다. 우리가 그녀를 상심하게 만들었기 때문이다. 로라는 아마도 에이미가 나중에 읽도록 이 모든 것을 설명하는 쪽지를 남겨 놓았을 것이다. 그렇지만 리처드와 내가 그것을 없애 버렸을 것이다.

내가 그렇게 형편없는 어머니였던 것도 놀라울 것이 없는 일이라고 그녀는 말했다. 나는 그녀를 진정으로 사랑한 적이 한 번도 없었다는 것이다. 내가 그녀를 사랑했다면 나는 다른 무엇보다 그녀를 우선순위에 두었을 것이다. 그녀의 기분을 고려했을 것이다. 리처드를 떠나지 않았을 것이다.

"나는 완벽한 엄마는 아니었을 거야. 그건 기꺼이 인정하마. 그렇지만 그 상황에서 나는 최선을 다했어. 그게 어떤 상황이었는지 사실 너는 거의 모르고 있어." 나는 말했다. 사브리나를 옷도 입히지 않고 거지처럼 지저분하게 해서 집 밖을 저렇게 돌아다니도록 내버려 두다니, 도대체 그녀는 딸을 어떻게 키우고 있는 것인가? 나는 계속해서 말했다. 그건 아이를 방치해 두는 것이다. 아이는 눈 깜짝할 사이에 사라져 버릴 수도 있다. 아이들은 언제나 사라져 버리곤 한다. 나는 사브리나의 할머니이고, 그녀를 언제든지 받아들일 용의가 있다. 그리고……

"당신은 사브리나의 할머니가 아니에요. 로라 이모가 그 애의 할머니예요. 아니, 할머니였죠. 이모는 죽었어요. 당신이 죽여 버렸죠!" 에이미는 말했다. 이제 그녀는 울고 있었다.

"멍청한 소리 하지 마." 나는 말했다. 그렇게 대답한 건 실수였다. 그런 일은 더 강하게 부정할수록 더 신빙성 있게 들리는 법이다. 겁에 질렸을 때는 잘못된 응답을 하게 마련이다. 그리고 나는 에이미 때문에 겁이 났다.

내가 "멍청한"이라는 말을 하자, 그녀는 나를 향해 비명을 지르기 시작했다. 그녀는 나야말로 멍청하다고 말했다. 나는 위험할 정도로 멍청하다고, 너무 멍청해서 자신이 얼마나 멍청한지도 알아차리지 못한다고. 그녀는 내가 여기 옮길 수 없는 여러 가지 단어를 입에 올렸다. 그리고 미소 짓는 단추가 그려진 커피 머그잔을 집어 들더니 나를 향해 던졌다. 그러고 나서 비틀거리며 내 쪽으로 걸어왔다. 그녀는 울부짖고 있었다. 가슴을 찢는 듯한 큰 흐느낌. 그녀는 위협하는 것처럼 팔을 활짝 벌리고 있었다. 나는 당황스러웠고 마음이 동요되었다. 난간을 붙잡고 신발, 접시 같은 다른 물건들을 피하며 뒷걸음질했다. 정문에 다다랐을 때 나는 도망쳤다.

아마도 나 역시 팔을 벌렸어야 했을 것이다. 그녀를 안아 주었어야 했다. 울었어야 했다. 그런 후 그녀와 함께 앉아 지금 내가 하고 있는 이 이야기를 들려주었어야 했다. 그러나 나는 그렇게 하지 않았다. 나는 기회를 놓쳤고, 그것을 쓰라리게 후회한다.

그 일이 있은 지 겨우 세 주 후 에이미가 계단에서 떨어졌다. 물론 나는 그녀를 애도했다. 그녀는 내 딸이었던 것이다. 그러나 훨씬 더 어린 시절의 그녀를 애도했다는 것을 솔직히 고백해야겠다. 그녀가 될 수 있었던 무엇, 잃어버린 가능성을 애도했다. 그 무엇보다도 나는 나 자신의 실패를 애도했다.

에이미가 죽은 후 위니프리드는 사브리나에게 마수를 뻗쳤다. 아이를 데리고 있다는 사실이 법에서는 가장 중요한 부분이고, 그녀는 현장에 먼저 도착했다. 그녀는 로즈데일에 있는 천박하게 치장된 저택으로 사브리나를 잽싸게 데려가 버렸고, 눈 깜짝할 사이에 자신이 공식적 후견인이라고 주장했다. 나는 법정 투쟁도 고려해 봤지만, 에이미를 둘러싼 싸움의 되풀이에 불과할 것 같았다. 내가 질 수밖에 없는 싸움.

위니프리드가 사브리나를 맡았을 때는 내가 아직 예순이 되기 전이었다. 그때까지는 아직 운전을 할 수 있었다. 때때로 나는 토론토로 가서 옛 탐정 소설에 나오는 사립 탐정처럼 사브리나를 미행하곤 했다. 그녀를 잠깐이라도 보고, 그 모든 일들에도 불구하고 그녀가 잘 지내고 있다고 스스로에게 확인시키기 위해 그녀의 초등학교, 새로운 초등학교, 새로운 고급 초등학교 밖에서 서성거리곤 했다.

한 가지 예를 들자면, 위니프리드가 사브리나를 손에 넣고 몇 달이 지난 후 그녀에게 새로운 파티용 신발을 사 주기 위해 이튼 백화점에 데려갔을 때 나 역시 그곳에 있었다. 분명 그녀는 사브리나에게 물어보지도 않고 다른 옷가지를 사 주었을 것이다. 그것이 그녀의 방식이었을 것이다. 그러나 구두는 신어 볼 필요가 있었고, 무슨 이유에서인지 위니프리드는 고용인에게 이 일을 맡기지 않았다.

그때는 성탄 절기였다. 상점의 기둥에는 가짜 서양 감탕나무가 얽혀 있었고, 금빛 스프레이를 뿌린 솔방울 화환과 붉은 벨벳 리본이 삐쭉삐쭉한 후광처럼 출입구에 걸려 있었다. 그리고 위니프리드는 울려 퍼지는 캐럴 속에 짜증을 내며 갇혀 있었다. 나는 그들이 있는 곳 바로 옆 통로에 서 있었다. 내 옷차림은 예전 같지 않았다. 나는 낡은 트위드 코트를 입고 이마까지 수건을 덮어쓰고 있었다. 위니프리드는 나를 정면으로 바라보았지만 알아보지는 못했다. 아마 청소부, 혹은 염가 물건을 찾아다니는 이민자라고 생각했을 것이다.

그녀는 평소처럼 멋지게 차려 입고 있었다. 그러나 그럼에도 상당히 천박하게 보였다. 그도 그럴 것이, 그녀는 일흔을 바라보고 있었던 것이다. 일정 나이를 넘어선 뒤에도 그녀처럼 화장을 하면 미라처럼 보이게 된다. 그녀는 주황색 립스틱을 계속해서 바르지 말았어야 했다. 그녀에게 전혀 어울리지 않았다.

분을 바른 그녀의 미간이 분노로 찡그려지고, 볼연지를 바른 턱의 근육이 꽉 당겨진 것을 볼 수 있었다. 그녀는 사브리나의 한쪽 팔을 잡고 둔중한 겨울 코트를 입은 쇼핑객들 사이를 밀치며 걸어가려고 했다. 열광적이고 설익은 듯한 노래 소리가 싫었을 것이다.

반면 사브리나는 노래를 듣고 싶어 했다. 그녀는 아이들이 언제나 그렇듯 뒤로 처지며 무겁게 축 늘어졌다. 겉으로 드러나지 않는 저항. 그녀는 학교에서 질문에 대답하는 착한 학생처럼 팔을 똑바로 위로 들고 있었지만, 장난꾸러기처럼 인상을 찌푸리고 있었다. 그것은 힘겹고 아픈 일이었을 것이다. 입장을 굳히고, 포고를 하는 것. 저항하는 것.

노래는 「선한 왕 웬슬라스」였다. 사브리나는 가사를 알고 있었다. 나는 그녀의 작은 입이 움직이는 것을 볼 수 있었다. "그날 밤 달이 밝게 빛났네. 비록 추위는 잔인했지만. 불쌍한 사람이 겨울 여-언-료를 주우며 나타났을 때." 그녀는 노래를 불렀다.

그것은 굶주림에 관한 노래였다. 사브리나는 그것을 이해했다. 그녀는 굶주린다는 것이 어떤 것인지 아직 기억하고 있었던 것이다. 위니프리드는 그녀의 팔을 세게 잡아당기며 긴장된 모

습으로 주위를 둘러보았다. 나를 보지는 못했지만 나를 감지할
수 있었던 것이다. 마치 방책이 잘 둘러진 벌판에서 소가 늑대를
감지하듯. 그렇다 하더라도, 소는 야생동물 같지는 않다. 그것들
은 보호받는 데 익숙해져 있다. 위니프리드는 놀랐지만 겁을 내
지는 않았다. 나에 대한 생각이 그녀의 마음을 스쳐갔다 하더라
도, 분명 내가 어딘가 멀리 있을 것이라고, 다행히도 눈에 보이
지 않는 곳에, 그녀가 나를 처박아 둔 저 밖의 어둠 속에 있으리
라고 생각했을 것이다.

　나는 사브리나를 팔에 들쳐 안고 도망가 버리고 싶은 강한 욕
망이 들었다. 혹독한 날씨에 대해 너무나 태평스럽게 소리 높여
노래하는 캐럴 합창단을 헤치고 도망하는 동안 위니프리드가
떨리는 목소리로 울부짖는 소리를 상상할 수 있었다.

　그 후 나는 혼자서 바깥 거리로 나서서 머리를 푹 숙이고 깃
을 세우고 번화가 보도를 따라서 걷고 또 걸었다. 호수 쪽에서
바람이 불어오고 있었고 눈이 소용돌이무늬를 그리며 내렸다.
낮이었지만 낮게 드리운 구름과 눈 때문에 어둑어둑했다. 제설
작업이 되지 않은 도로 위에서 차들이 천천히 움직였고, 붉은
미등은 뒷걸음쳐 달려가는 곱사등이 야수의 눈처럼 나에게서
멀어지고 있었다.

　나는 꾸러미를 하나 들고 있었고 ─ 내가 무엇을 샀는지는
잊어버렸다. ─ 장갑은 끼지 않고 있었다. 상점에서, 군중의 발
언저리에 떨어뜨렸던 것 같다. 그건 아깝지 않았다. 한때 나는
맨손을 드러내고 눈보라 속으로 걸으면서도 추위를 전혀 느끼
지 못한 채 걸을 수도 있었다. 사랑, 혹은 증오, 혹은 공포, 혹은
단순하고 명백한 분노가 우리를 그렇게 만든다.

나는 나 자신에 대한 몽상을 하곤 했다 ── 사실을 말하자면 지금도 그렇다. 우스꽝스럽기 그지없는 몽상. 하지만 그런 영상을 통해 우리는 스스로의 운명을 형성하는 것이다.(내가 이런 방향으로 일단 접어들고 나면 "스스로의 운명을 형성한다." 같은 과장된 언어로 얼마나 쉽게 빠져드는지 너는 알아차렸을 것이다. 그렇지만 신경 쓰지 말기를.)

　이 몽상 속에서 머리에 돈 화환을 얹은 위니프리드와 그녀의 친구들이 사브리나가 잠든 사이, 하얀 주름 장식 달린 그녀의 침대 주변에 모여들어 그녀에게 무엇을 줄 것인가를 상의한다. 그녀는 이미 버크스 사(社)*의 새김 장식이 된 은제 컵, 길들인 곰 장식 띠가 있는 유아 방 벽지, 한 줄짜리 진주 목걸이를 만들기 위한 배양 진주, 그리고 금으로 된 최상의 여러 가지 선물을 받았다. 그것들은 모두 해가 뜨면 석탄으로 변해 버릴 것이다. 이제 그들은 치아 교정 전문 의사와 테니스 교습과 피아노 교습과 춤 교습과 고급 여름 캠프를 계획하고 있다. 그녀가 뭘 더 바라겠는가?

　바로 이 순간, 번득이는 유황빛과 연기 한 모금과 더러운 날개를 퍼덕이며 초대받지 않은 말썽꾸러기 대모인 내가 나타난다. "나도 선물을 하고 싶다. 나 역시 권리를 갖고 있다!" 나는 외친다.

　위니프리드와 그녀의 무리는 웃음을 터뜨리며 지적한다. "당신? 당신은 오래전에 사라졌어! 최근에 거울을 들여다본 적이 있나? 자포자기하며 살았군. 백두 살쯤은 돼 보여. 당신의 음침

---

* 캐나다의 귀금속 회사.

한 동굴 속으로 돌아가! 도대체 당신이 무슨 선물을 줄 수 있다는 거야?"

"나는 진실을 주겠다. 나는 그것을 줄 수 있는 마지막 사람이다. 그것은 아침이 오더라도 그것은 이곳에 유일하게 계속 남아 있을 것이다." 나는 말한다.

베티네 간이식당

몇 주가 지나도 로라는 돌아오지 않았다. 나는 그녀에게 편지를 쓰고 전화를 하고 싶었지만, 리처드는 그것이 그녀에게 해로울 것이라고 말했다. 그는 그녀가 과거로부터 들려오는 목소리로 인해 방해를 받아서는 안 된다고 말했다. 그녀는 당장 직면한 상황에, 지금 받고 있는 치료에 집중해야 한다. 그가 들은 바로는 그렇다. 이 치료에 관해서는 그는 의사가 아니기 때문에 그것에 대해 이해하는 척하지 않을 것이다. 그런 것은 전문가에게 맡겨 두는 것이 최상이다.

나는 감금된 상태에서 분투하며 스스로 만들어 낸 고통스러운 환상에 갇힌 그녀의 모습, 혹은 다른 종류의, 역시 고통스럽지만 자신이 만들어 낸 것이 아니라 그녀 주변의 사람들이 만들어 낸 환상에 사로잡힌 그녀의 모습을 그려 보며 스스로를 괴롭혔다. 그리고 그 두 가지 환상은 언제 자리바꿈을 하게 되는가? 내적 세계와 외적 세계 사이의 경계는 어디인가? 우리는 제각각이 출입구를 매일 아무런 생각 없이 오간다. 제정신이라는 특권의 값을 공통의 동전으로, 즉 우리가 동의하는 의미로 지불하며 문법이라는 암호를 쓴다 ── "내가 말한다. 네가 말한다. 그와 그녀가 말한다. 반면 그것은 말하지 않는다."

그렇지만 어렸을 때도 로라는 완전히 동의하지 않았다. 그것이 문제였던가? "네."라는 대답이 요구될 때 "아니요."를 굳게 고수했던 것이? 그리고 그 반대, 그리고 그 반대의 경우.

나는 로라가 잘 지내고 있다고 전해 들었다. 그녀는 차도를 보이고 있었다. 그러다가 상태가 나빠지더니 재발했다. 무엇에 있어서 차도를 보인다는 것인가? 무엇이 재발했다는 것인가? 그런 문제를 파고들어서는 안 된다. 그런 문제는 내 마음을 어지럽게 만들 것이다. 나는 어린 아기의 어머니답게 힘을 아껴야 한다. "빠른 시일 내에 당신 몸이 좋아지도록 우리가 노력하겠어." 리처드는 내 팔을 어루만지며 말했다.

"하지만 나는 아프지 않아요." 나는 말했다.

"내가 무슨 말을 하는 건지 알잖아. 정상적인 상태로 돌아오도록 말이야." 그는 말했다. 그는 거의 추파에 가까운 상냥한 미소를 지어 보였다. 그의 눈은 점점 작아지고 있었다. 아니, 눈 주변의 살이 점점 몰려든 것일 수도 있다. 그로 인해 교활해 보였다. 그는 원래 차지하고 있던 자리, 즉 내 위로 다시 올라올 시기를 생각하고 있었다. 그가 내 몸의 숨을 모두 눌러 빼 버릴 것 같았다. 그는 살집이 붙고 있었다. 외식을 자주 했다. 클럽에서, 중요한 회합에서, 유력한 회합에서 연설을 했다. 막중한 회합. 그곳에서 중대하고 유력한 인사들이 만나서 머리를 맞대고 심사숙고했다. 왜냐하면 모든 사람들이 짐작하고 있었던 것처럼 힘든 시기가 다가오고 있었던 것이다.

연설을 하는 일은 사람을 우쭐하게 만들기 마련이다. 이제까지 나는 그 과정을 많이 보아 왔다. 그런 종류의 말들, 그들이 연설에서 사용하는 그런 종류의 말들이 그렇게 만드는 것이다. 텔레비전의 정치 방송 프로그램에서 그런 것을 볼 수 있을 것이다. 말은 그들의 입에서 가스 거품처럼 뿜어져 나온다.

나는 가능한 한 오랫동안 아프기로 작정했다.

나는 로라에 관해 안달복달했다. 위니프리드가 그녀에 대해 해 준 이야기를 이쪽저쪽으로 뒤집어 보고, 모든 각도에서 바라보았다. 그것을 완전히 믿을 수도 없었지만, 믿지 않을 수도 없었다.

로라는 언제나 한 가지 엄청난 힘을 가지고 있었다. 그것은 전혀 의도하지 않은 채 모든 것을 타파하는 힘이었다. 영역 간의 경계를 고려하지도 않았다. 내 것은 그녀 것이었다. 내 만년필, 오드콜로뉴, 여름 드레스, 모자, 머리 브러시. 그 목록에 태어나지 않은 내 아기도 포함되어 있었던 것인가? 그렇지만, 만일 그녀가 망상증을 앓고 있는 것이라면, 즉 그녀가 이 모든 것을 지어낸 것이라면, 왜 하필 그런 것을 지어냈단 말인가?

그러나 다른 한편으로 위니프리드가 거짓말을 하고 있는 것이라고 가정해 보자. 로라가 언제나 그래 온 것처럼 멀쩡하다고 가정해 보자. 그럴 경우, 로라는 진실을 말해 온 것이 된다. 그리고 만일 로라가 진실을 말해 온 것이라면, 그렇다면 로라는 임신을 한 것이다. 만일 아기가 태어날 것이라면 그 아기는 어떻게 될 것인가? 그리고 어떤 의사, 어떤 낯선 사람에게 말하는 대신 왜 내게 말하시는 않은 깃일까? 왜 내게 도움을 구하지 않았던 것일까? 나는 한동안 그것에 대해 생각해 보았다. 여러 가지 이유가 있을 수 있었다. 세심한 주의가 필요했던 내 상태는 한 가지 이유에 불과했을 것이다.

상상 속이건 진짜건 간에, 아기 아버지로 말하자면, 가능한 이는 한 사람밖에 없었다. 알렉스 토머스일 것이다.

그렇지만 그럴 수가 있는가? 어떻게?

로라가 이런 질문에 어떻게 대답을 할지 더 이상 예상할 수 없었다. 그녀는 내게 알 수 없는 존재가 되었다. 장갑을 끼고 있을 때 장갑의 내부를 알 수 없듯이. 그녀는 나와 항상 함께 있었지만, 나는 그녀를 바라볼 수 없었다. 그저 그녀의 존재 형태만을 느낄 수 있었을 뿐이다. 나 자신의 상상으로 채워진 공허한 형태.

몇 달이 지나갔다. 6월, 그다음에는 7월, 그다음에는 8월이 되었다. 위니프리드는 내가 창백하고 지쳐 보인다고 말했다. 그녀는 내가 밖에서 시간을 좀 더 보내야 한다고 말했다. 그녀가 거듭해서 제안한 대로 테니스나 골프를 시작하지 않으려면(그런 운동은 조금 나온 배에 좋을 것이다. 그것이 영구적으로 고착되기 전에 조치를 취해야 한다.) 적어도 암석정원은 가꾸어야 할 것이다. 그것은 모성과 잘 어울리는 일이다.

나는 내 암석정원을 그다지 좋아하지 않았다. 그것은 다른 많은 것들과 마찬가지로 명목상으로만 내 것일 뿐이었다.(생각해 보면, '내' 아기도 마찬가지였다. 분명히 바꿔치기한 아기일 것이다. 분명 집시들이 놓고 간 아기일 것이다. 내 진짜 아기, 잘 울지 않고 잘 웃는 아기, 그리고 이렇게 나를 힘들게 만들지 않는 아기는 분명 유괴되어 버렸을 것이다.) 암석정원 역시 아기처럼 나의 돌보는 손길을 거부했다. 내가 하는 그 무엇도 그것을 만족시키지 못했다. 그곳에 놓인 암석은 보기 좋았지만(석회석과 더불어 분홍색 화강암이 많았다.) 나는 무엇을 자라게 하는 데 실패했다.

나는 책으로 만족했다. 『암석정원용 다년생 식물』, 『북쪽 지방을 위한 사막 다육 식물』 등의 책들. 나는 그런 책을 훑어보며 목록을 만들었다. 내가 무엇을 심을 것인지에 대한 목록, 아니면 내가 이미 심은 식물의 목록, 이미 싹이 텄어야 하지만 그렇지 않은 것들. 기린갈, 등대풀, 덩굴광대수염. 나는 그런 이름들을 좋아했지만 정작 식물 자체에는 별 다른 관심을 두지 않았다.

"저는 화초를 기르는 재주가 없어요. 프레디와는 달리 말이죠." 나는 위니프리드에게 말했다. 무능한 척하는 것은 이제 내 제2의 본성이 되어 버렸기 때문에 생각조차 할 필요도 없었다. 한편 위니프리드는 나의 무능함이 그렇게 편리한 것만은 아니라는 것을 알게 되었다.

"글쎄, 물론 자기도 노력을 조금은 해야지." 그녀는 말하곤 했다. 그러면 나는 죽은 식물들을 성실하게 기록한 목록을 꺼내 놓았다.

"암석들은 예쁜걸요. 그냥 조각이라고 부르면 안 될까요?"

로라를 만나러 혼자서 떠나 볼까 하는 생각도 했다. 새로 들어온 유모에게 에이미를 맡겨 놓으면 될 것 같았다. 나는 새로운 유모를 머거트로이드 양이라고 혼자 생각했다. 우리의 모든 고용인들은 내게 머거트로이드 집안사람들이었다. 그들은 모두 한패였다. 그렇지만 그건 안 된다. 유모는 위니프리드에게 알릴 것이다. 나는 그들 모두를 무시해 버릴 수 있을 것이다. 에이미를 데리고 어느 날 아침 몰래 빠져나갈 수 있을 것이다. 우리는 기차를 탈 것이다. 그렇지만 어디로 가는 기차를 탈 것인가? 나는 로라가 어디 있는지, 그녀가 어디에 숨겨져 있는지 알지 못했다. 벨라 비스타 클리닉은 저 북쪽 어딘가에 있다고 했다. 그러나 저 북쪽이란 넓은 지역을 아우른다. 나는 우리 집 리처드의 서재에 있는 그의 책상을 뒤져 보았지만, 그 클리닉에서 온 편지를 발견할 수 없었다. 그의 사무실에 숨겨 놓은 것이 분명했다.

어느 날 리처드는 집으로 일찍 돌아왔다. 상당히 당황한 것처럼 보였다. 그는 로라가 벨라 비스타에서 없어졌다고 말했다.

어떻게 그런 일이 일어났는가, 나는 물었다.

그는 말했다. 어떤 남자가 그곳에 도착했다. 그는 로라의 변호사라고, 그녀를 대리인으로 활동하는 사람이라고 주장했다. 그는 자신이 체이스 양의 신탁 자금 관재인이라고 말했다. 그는 로라를 벨라 비스타에 입원시킨 근거에 이의를 제기했다. 법적 대응을 하겠다고 위협했다. 나는 그런 일이 진행되고 있다는 것을 알고 있었는가?

아니, 나는 알지 못했다.(나는 손을 접어 무릎에 올려놓았다. 나는 놀라움을 표시하고 약간의 흥미를 나타냈다. 기쁨을 내보이지는 않았다.) 그리고 그런 다음 무슨 일이 일어났는가? 나는 물었다.

벨라 비스타의 원장은 부재중이었고, 직원들은 어찌할 바를 몰랐다. 그들은 이 남자의 보호하에 있도록 로라를 퇴원시켰다. 그들은 가족들이 쓸데없이 남의 이목을 끄는 것을 피하고 싶어 할 것이라고 생각했다.(변호사가 그런 식으로 협박을 했다.)

뭐, 그들이 제대로 일처리를 한 것 같다고 나는 말했다.

물론 그렇다고 리처드는 말했다. 그렇지만 로라가 '콤포스 멘티스'* 상태라고 할 수 있는가? 그녀 자신의 유익을 위해, 그녀의 '안전'을 위해 우리는 적어도 그 정도는 판단을 해야 한다. 비록 표면적으로는 좀 더 안정을 되찾은 것처럼 보였지만, 벨라 비스타의 직원들은 회의적이었다. 만일 그녀가 자유롭게 돌아다닐 수 있도록 허용된다면 자기 자신에게 혹은 다른 사람들에게 어떤 위험을 가할지 누가 알겠는가?

그녀가 어디 있는지 혹시 알고 있지 않은가?

나는 몰랐다.

그녀로부터 소식을 듣지는 않았는가?

듣지 않았다.

그런 일이 일어나면 주저하지 않고 그에게 알려 주겠는가?

주저하지 않고 하겠다. 나는 이렇게 대답했다. 그것은 목적어가 없는 문장이었으며, 그러므로 원칙적으로 따지자면 거짓말이 아니었다.

나는 사태가 진정되었다고 생각될 때까지 상당한 시간을 기다린 후, 리니에게 물어보기 위해 기차를 타고 포트 타이콘드로가로 떠났다. 나는 전화 통화를 꾸며 냈다. 리처드에게 리니가 건강이 좋지 않으며 무슨 일이 일어나기 전에 나를 보고 싶어 한다고 설명했다. 그녀가 죽음의 문전에 있다는 인상을 자아냈다. 나는 말했다. 그녀는 에이미의 사진을 갖고 싶어 할 것이다.

---

* Compos mentis. 라틴어로 '마음이 안정된', '정신적으로 건강한'이라는 뜻.

그녀는 지나간 시절에 대해 이야기를 나누고 싶어 할 것이다. 그 것이 내가 할 수 있는 최소한의 일이다. 결국, 실질적으로 우리를 키워 준 것은 그녀였다. 리처드가 로라에 대해 주의를 기울이지 않도록, 나를 키워 준 것이라고 고쳐 말했다.

나는 리니와 베티네 간이식당에서 만나기로 약속을 잡았다.(그 당시 그녀에게는 전화가 있었다. 자기 것을 당당히 갖고 있었던 것이다.) 그게 가장 좋은 방법일 것이라고 그녀가 말했다. 그녀는 여전히 그곳에서 비상근으로 일하고 있었지만 근무 시간이 지난 다음에 만날 수 있었다. 식당의 주인이 바뀌었다고 그녀가 말했다. 옛 주인은 돈을 내더라도 그녀가 돈을 내는 다른 고객처럼 앞자리에 앉아 있는 것을 좋아하지 않았지만, 새 주인은 가능한 한 모든 고객을 끌어들일 필요가 있다고 생각한 것이다.

베티네 간이식당은 눈에 띄게 사양길로 접어들고 있었다. 줄무늬 차양은 없어졌고, 짙은 칸막이 좌석은 흠이 생기고 싸구려로 보였다. 그곳에서는 더 이상 신선한 바닐라 냄새가 나지 않았고 고약한 기름 냄새가 났다. 내가 지나치게 차려입었다는 사실을 깨달았다. 하얀 여우 목도리를 두르지 말았어야 했다. 이런 상황에서 과시하는 게 무슨 소용이 있는가?

리니는 상태가 나빠 보였다. 지나치게 붓고 누렇게 떴고, 숨을 상당히 거칠게 쉬고 있었다. 정말로 건강이 좋지 않은 것 같았다. 나는 건강 상태에 대해 물어봐야 할지 망설이고 있었다. "발을 쉬니 살 것 같군." 그녀는 칸막이 좌석에서 내 맞은 편에 앉으며 말했다.

마이라, 네가 몇 살이었더라? 서너 살 즈음이었을 거야. 이젠 잘 모르겠다. 마이라가 그녀와 함께 있었다. 그녀의 뺨은 흥분으로 빨갛게 달아올랐고, 눈은 둥글고 마치 살짝 목을 졸린 것처럼 약간 튀어나와 있었다.

"애한테 너에 대한 모든 걸 얘기해 줬어. 너희 둘 모두에 대해서." 리니는 다정하게 말했다. 마이라는 내겐 별 관심이 없었지만, 내 목에 두른 여우에는 호기심을 보였다. 그 정도 나이의 아이들은 보통 털 많은 동물들을 좋아한다. 죽은 것이라 하더라도.

"로라를 보셨죠, 아니면 그 애와 얘기를 했나요?" 나는 물었다.

"입을 다물고 있으면 더 빨리 해결될 거야." 리니는 주변을 둘러보며 말했다. 마치 이곳에서조차도 벽에 귀가 달린 것처럼. 내가 보기에는 그렇게 경계할 필요는 없을 것 같았다.

"변호사에게 의뢰한 것은 리니였겠죠?" 나는 말했다.

리니는 저간의 사정을 알고 있는 것처럼 보였다. "해야 할 일을 한 거야. 어쨌든, 그 변호사는 네 어머니 육촌의 남편이야. 친척이라고 할 수 있어. 그래서 그는 그럴 필요가 있다고 생각한 거지. 그러니까 무슨 일이 진행되고 있는지 내가 알아차린 다음에 말이야." 그녀는 말했다.

"어떻게 알게 되었죠?" 나는 '무엇을 알고 있는지'에 대한 질문을 나중으로 미루어 두었다.

"로라가 내게 편지를 썼어. 네게도 썼지만 답장을 한 번도 받지 못했대. 제대로 된 편지를 보내는 것은 허락되지 않았지만, 요리사가 그녀를 도와줬어. 로라는 그 대가로 나중에 돈을 보내고 다른 것도 좀 보내 주었지." 리니는 말했다.

"나는 편지를 한 통도 받지 못했어요." 나는 말했다.

"그럴 거라고 로라도 짐작했어. 그들이 그런 조처를 취했으리라 생각했지."

그들이 누구인지 나는 알고 있었다. "로라가 여기로 왔겠군요." 내가 말했다.

"달리 어디로 가겠어? 불쌍한 것. 그 모든 일을 겪은 뒤에 말이야." 그녀는 말했다.

"무슨 일을 겪은 거죠?" 나는 정말로 알고 싶었다. 그와 동시에 알게 되는 것이 두렵기도 했다. 로라는 거짓말을 하고 있는 것일지도 몰라, 나는 스스로에게 말했다. 로라는 망상에 시달리고 있는 것일 수도 있었다. 그런 가능성을 제외할 수 없었다.

그렇지만 리니는 그런 가능성을 배제했다. 로라가 무슨 이야기를 했건 간에 그녀는 믿었다. 내가 들은 얘기와 같은 이야기일 것 같았다. 특히 어떤 형태로든 아기에 관련된 이야기가 있을 것 같아 걱정이 되었다. "지금 아이가 있으니 그 얘기는 하지 않겠어." 그녀가 말했다. 그녀는 마이라를 향해 고개를 끄덕였다. 마이라는 소름 끼치는 분홍색 케이크 한 조각을 먹어 치우고 나서 마치 나를 핥고 싶다는 듯한 눈초리로 응시하고 있었다. "그 얘기를 모두 들려준다면 너는 밤잠을 이루지 못할 거야. 단 한 가지 위안이 되는 거라면 너는 거기에 전혀 관여하지 않았다는 거야. 로라가 그렇게 말했어."

"로라가 그랬어요?" 나는 그 말을 듣고 안도감을 느꼈다. 리처드와 위니프리드가 악마 역을 맡고 나는 면제를 받은 것인데, 분명 도덕적 무력함이라는 근거에서였을 것이다. 그렇지만 이 모든 일이 일어나도록 내버려 둔 것에 대해 리니가 나를 완전히 용서하지는 않고 있다는 것을 나는 알 수 있었다.(로라가 다리에서 추락한 이후로 나를 향한 용서의 감정은 더 줄어들었다. 내가 그것과 무슨 관련이 있었을 거라고 생각한 것이다. 그 사건 이후 그녀는 내게 냉랭하게 대했다. 그녀는 원한을 품은 채 죽었다.)

"그렇게 젊은 아이를 그런 환경에 놔둬서는 안 되는 거였어. 무슨 일이 있더라도. 바지를 풀러 놓은 채 돌아다니는 남자들, 온갖 종류의 소행. 패씸한 일이야!"

"이것들은 무나요?" 마이라는 내 여우에 손을 뻗치며 물었다.

"만지지 마라. 네 끈적거리는 손으로 말이야." 리니가 말했다.

"아니. 진짜 여우가 아니야. 봐, 유리 눈을 가지고 있지. 자기 꼬리만 물어." 나는 말했다.

"만일 네가 알았더라면 그녀를 그곳에 놔두지 않았을 거라고 그러더라. 네가 알았다고 한다면. 다른 건 몰라도, 네가 매정하게 굴지는 않았다고 그러더군." 그녀는 말했다. 그녀는 옆쪽으로, 물컵이 있는 쪽을 향해 눈살을 찌푸렸다. 그녀는 그 부분에 대해서도 의구심을 품고 있었던 것이다. "그곳에서는 거의 감자만 먹었다고 해. 삶아서 으깬 감자. 음식에 들어가는 돈을 아끼고, 그곳에 갇힌 가련한 정신병자들과 미치광이들의 입에서 빵을 빼앗은 거지. 자기들 호주머니를 채웠을 거야."

"로라는 어디로 간 거죠? 지금 어디 있는 거예요?"

"그건 비밀이야. 네가 모르는 게 나을 거라고 로라가 그랬어." 리니는 말했다.

"그 애가, 그러니까⋯⋯." 눈에 보이게 미친 것 같더냐고 나는 묻고 싶었다.

"여느 때와 똑같은 모습이었어. 그 이상도, 그 이하도 아니었지. 미치광이같이 보이지 않았어. 그게 네가 묻고 싶은 거라면 말이야. 더 야위었지. 살을 좀 찌워야 해. 그리고 하느님에 대해서 그렇게 많이 얘기하지 않더군. 하느님이 이제는 그 애 곁에 있어 주면 좋으련만." 리니는 말했다.

"리니, 모든 일에 대해 감사해요." 나는 말했다.

"나한테 고마워할 필요 없어. 옳은 일을 했을 뿐이야." 리니는 딱딱하게 말했다.

나는 그렇게 하지 않았다는 뜻이었다. "로라에게 편지를 쓸 수 있을까요?" 나는 손수건을 찾아 더듬었다. 울고 싶은 기분이었다. 범죄자가 된 느낌이었다.

"그러지 않는 편이 낫겠다고 로라가 그랬어. 그렇지만 그 애가 네게 메시지를 남겨 두었다고 말해 주라고 하더라."

"메시지요?"

"그들이 그 애를 그 장소로 데려가기 전에 남겼다고 해. 어디서 찾을 수 있을지 네가 알 거라고 하던걸."

"그게 아줌마 손수건이에요? 감기에 걸렸어요?" 마이라는 내가 훌쩍거리는 것을 흥미롭게 쳐다보며 말했다.

"질문을 너무 많이 하면 혀가 떨어질 거다." 리니는 말했다.

"아니, 그렇지 않아요." 마이라는 혼자 즐거워하며 말했다. 그녀는 탁자 아래로 통통한 다리로 내 무릎을 차면서 맞지 않는 음정으로 흥얼거리기 시작했다. 그녀는 활기찬 자신감을 갖고 있는 것 같았고, 쉽게 겁을 먹지도 않는 것 같았다. 나는 그런 면에 종종 짜증이 나기도 했지만 차츰 그 점을 고맙게 여기에 되었다.(마이라, 이건 네가 몰랐던 것이겠지. 기회가 있는 동안 이걸 칭찬으로 받아들이기 바란다. 그런 기회는 많지 않을 거야.)

"에이미의 사진을 보고 싶어 하실 거라고 생각했어요." 나는 리니에게 말했다. 적어도 그녀의 눈에 들기 위해 내보일 수 있는 무엇을 한 가지 성취한 것이다.

리니는 사진을 받아 들었다. "이런, 이 아이는 정말 검네, 그렇지 않아? 아이가 누구를 닮을지 알 수 없는 일이야." 그녀는 말했다.

"나도 보고 싶어요." 마이라는 설탕투성이 손으로 붙잡으며 말했다.

"그럼 빨리 봐라. 그리고 이제 가야 해. 네 아빠 오실 시간에 늦었어."

"싫어요." 마이라는 말했다.

"아무리 누추해도 집 같은 곳은 없다네." 리니는 종이 냅킨으로 마이라의 작은 코에 묻은 분홍색 케이크 크림을 닦아 내며 노래했다.

"여기 있고 싶어요." 마이라는 말했다. 그러나 억지로 코트를 입고, 손뜨개 모직 모자로 귀를 덮고, 칸막이 좌석 옆쪽으로 끌려 나갔다.

"몸 조심해라." 리니는 말했다. 그녀는 내게 입을 맞추지 않았다.

나는 그녀를 끌어안고 울고 또 울고 싶었다. 위로를 받고 싶었다. 그녀와 집으로 돌아가는 것이 나였으면 하고 바랐다.

"집 같은 곳은 없다네." 로라가 열한 살 혹은 열두 살이던 해 어느 날 이렇게 말했다. "리니가 이런 노래를 불러. 바보 같은 노래야."

"무슨 뜻이니?" 나는 물었다.

"봐." 그녀는 등식을 써서 보여 주었다. 없는 곳＝집.(No place ＝home.) 그러므로 집＝없는 곳.(home＝no place.) 그러니까 집은 존재하지 않는다는 거잖아.*

　집이란 마음이 머무는 곳이라고, 이제 나는 베티네 간이식당에서 떠날 채비를 하며 생각했다. 이제 나는 더 이상 마음이 없었다. 무너져 버린 것이다. 아니, 무너진 것이 아니라 그저 더 이상 존재하지 않았다. 완숙 달걀의 노른자처럼 내게서 깨끗이 제거되었고, 내 나머지 부분은 피도 없이 응결되고 공허하게 되어 버렸다.

　나는 생각했다. 마음이 없는 무정한 사람이다. 그러므로 집이 없다.

---

* '집 같은 곳은 없다네.(There's no place like home.)라는 문장의 'like'를 곧이 곧대로 '같다'라는 의미로 받아들여 등호로 치환한 것.

메시지

어제 나는 너무 피곤해서 소파에 누워 있는 것 말고는 거의 아무것도 할 수 없었다. 분명히 태만하다고 할 수 있는 이런 습관에 어울리게 나는 비밀을 폭로하는 종류의 주간 토크쇼를 보았다. 이제 비밀을 폭로하는 것은 유행이다. 사람들은 스스로의 비밀과 다른 사람들의 비밀을 폭로하고, 자신들이 가진 비밀뿐만 아니라 가지지 않은 것조차 폭로한다. 그들이 그렇게 하는 이유는 죄책감과 괴로움, 그리고 스스로의 쾌락 때문이기도 하지만, 대부분은 자신을 내보이고 싶어 하기 때문에, 그리고 다른 이들이 그것을 보고 싶어 하기 때문이다. 나 역시 마찬가지다. 나는 이 지저분한 작은 죄들, 한심한 가족들 간의 얽힘, 가슴에 품은 상처들을 음미한다. 마치 아주 좋은 생일 선물을 받는 것처럼 벌레가 우글거리는 통조림 뚜껑이 열리는 순간의 기대감을, 그리고 그것을 바라보는 얼굴들에 실망의 기색이 나타나는 것을 즐긴다. 억지로 짜낸 눈물, 남의 불행을 즐거워하며 베푸는 인색한 연민, 신호를 받아 의무적으로 치는 박수. "이게 전부란 말인가?" 그들은 생각할 것이다. "당신의 육체에 생긴 이 상처는 좀 더 특이하고 보다 천박하고 더 서사적이고 보다 더 정말로 비참한 것이어야 하지 않은가? 더 얘기해 달라! 제발 고통의 수위를 높이면 안 되겠는가?"

평생 동안 비밀로 가득 차 살다가 마침내 그 압력으로 터져 버리는 것, 혹은 그 모든 비밀, 모든 단락, 문장, 단어가 다 빠져나와 결국에는 한때 감추어 둔 금처럼 소중했던 것, 피부처럼 가까웠던 것, 가장 중요하게 여겨졌던 모든 것, 우리를 움츠러들게 만들고 감추고 싶게 만들던 모든 것, 우리 자신에게만 속했던 모든 것이 다 소진되어, 남은 일생이 바람에 이리저리 펄럭이는 빈 가방 — 밝은 형광 꼬리표가 붙어 있어 그 안에 어떤 비밀이 들어있었는지 알 수 있는 그런 빈 가방 — 처럼 되어 버리는 것, 이 두 가지 중 어떤 것이 더 나을지 모르겠다.

좋든 나쁘든 나는 모르겠다.

가벼운 입은 배를 침몰하게 만든다,* 이것은 전쟁 당시 포스터 구호였다. 물론 모든 배는 어쨌든 곧 침몰하기 마련이다.

이런 식으로 마음껏 게으름을 피운 후 부엌으로 어정거리며 들어가서 검게 변색되고 있는 바나나 반 개와 소다크래커 두 개를 먹었다. 고기 냄새 같은 것이 났기 때문에 음식이나 뭐 다른 것이 쓰레기통 뒤에 떨어졌을지도 모르겠다고 생각했지만, 잠깐 살펴보니 아무것도 없었다. 어쩌면 그것은 나 자신의 냄새일지

---

* 말을 조심하지 않으면 적에게 유용한 정보가 넘어가 위험해질 수 있다는 뜻.

도 모른다. 아침에 무슨 오래된 향수를 뿌렸건 간에 — 토스카였던가, 아니면 마 그리프, 혹은 주 르비엥이었던가? — 내 몸에서 고양이 사료 냄새가 풍길 거라는 생각을 지울 수 없다. 아직도 이런 몇 가지 물품이 여기저기에 놓여 있다. 마이라, 네가 이런 것을 처리하게 된다면 녹색 쓰레기봉투가 많이 필요할 거다.

나를 달랠 필요가 있다고 생각될 때면 리처드는 향수를 선물하곤 했다. 향수, 실크 스카프, 보석이 박힌 가죽 형태나 새장 속의 새 형태 혹은 금붕어 형태의 작은 핀. 위니프리드의 취향이었다, 그녀 자신을 위한 것이 아닌 나를 위한.

포트 타이콘드로가에서 돌아오는 기차 안에서, 그리고 그 이후로 몇 주 동안, 나는 로라가 내게 남겨 놓았다는 메시지에 대해 곰곰이 생각했다. 그렇다면 병원에서 그 이상한 의사에게 이야기하려고 계획했던 것이 무엇이든 간에 반향을 일으키리라는 것을, 알았던 것이다. 그것이 위험한 일이라는 것을 알았고 그래서 사전 대책을 세운 것이다. 그녀는 어떤 식으로, 어떤 곳에, 어떤 말, 나를 위한 단서를 남겨 놓았다. 숲 속에 떨어진 손수건, 혹은 한 줄로 난 하얀 돌과 같이.

그녀가 글을 쓰기 시작할 때 늘 취하던 모습으로 이 메시지를 쓰고 있는 것을 떠올려 보았다. 분명 그것은 연필, 끝을 깨문 연필로 썼을 것이다. 그녀는 연필 끝을 자주 깨물었다. 어린 시절 그녀의 입에서는 향나무 냄새가 풍겼고, 색연필을 쓸 때는 입술이 푸른색이나 녹색이나 자주색으로 물들어 있곤 했다. 그녀는 글을 천천히 썼다. 모음은 둥글게, 오(o)는 꽉 닫히게, 그리고 지(g)와 와이(y)의 세로선은 구불거리게 쓰는 필체는 꼭 아이

글씨 같았다. 아이(i)와 제이(j)의 점은 마치 그것이 보이지 않는 실로 기둥에 맨 작고 검은 풍선인 것처럼 둥근 모양으로 해서 오른쪽으로 치우치게 써 놓곤 했다. 티(t)의 가로선은 한쪽으로 치우쳐 있었다. 그녀가 다 쓴 다음 무엇을 할지 보기 위해 나는 상상 속에서 그녀 옆에 앉았다.

그녀는 메시지를 끝까지 다 썼고, 그런 다음 그것을 봉투에 넣고 봉한 다음 아빌리온에서 이것저것 잡동사니 꾸러미를 숨길 때처럼 그것을 숨겨 놓았다. 그런데 어디에 그 봉투를 놓아두었단 말인가? 아빌리온은 아닐 것이다. 그녀는 감금되기 전에 그 근처에 간 적이 없었다.

아니다. 그것은 토론토 집에 있을 것이다. 다른 어느 누구도 보지 않을 어떤 곳. 리처드, 위니프리드, 머거트로이드 부부도 보지 않을 곳. 나는 여러 곳을 찾아보았다. 서랍 밑바닥, 찬장 뒤쪽, 내 겨울 코트 주머니, 내 많은 핸드백, 심지어 내 겨울 장갑까지. 하지만 아무것도 찾지 못했다.

문득 그녀가 열 살인가 열두 살일 때 할아버지의 도서실에서 그녀와 한 번 마주쳤던 일이 기억났다. 그녀는 커다란 가죽으로 된 두툼한 가족 성경책을 앞에 펼쳐 놓고 몇몇 부분을 어머니의 바느질용 가위로 잘라 내고 있었다.

"로라, 뭐 하는 짓이니? 그건 성경이야!" 나는 말했다.

"내가 싫어하는 부분을 잘라 내는 중이야."

나는 그녀가 쓰레기통에 던져 넣은 페이지를 펼쳐보았다. 「열왕기」에서 잘라 낸 부분, 「레위기」여러 장, 「마태복음」에서 예수가 메마른 무화과나무를 저주하는 부분. 주일학교에 다니던 시절 로라가 그 무화과나무 사건에 대해 화를 냈던 것이 이제 기억났다. 예수가 나무에 대해 그렇게 앙심을 품었다는 사실에 그녀는 분노했다. "우리 모두 나쁜 날을 겪게 마련이란다." 리니는 노란 그릇에 담긴 달걀흰자를 활기차게 저어 대며 한마디 했다.

"이런 짓을 해서는 안 돼." 나는 말했다.

"이건 종이에 불과해. 종이는 중요하지 않아. 그 위에 적힌 말이 중요한 거야." 로라는 계속 잘라 내며 말했다.

"너 엄청 혼나게 될 거야."

"아니, 그렇지 않을걸. 아무도 이 책을 펼쳐 보지 않아. 출생과 결혼, 그리고 사망 같은 일이 있을 때 앞장만 볼 뿐이야." 그녀는 말했다.

그녀의 말이 역시 맞았다. 그 일은 발각되지 않았다.

그 기억 때문에 나는 결혼식 사진이 보관되어 있는 결혼 앨범을 뽑아 들었다. 분명히 이 앨범은 위니프리드의 관심사 밖이었고, 리처드 역시 그것을 애정 어린 손길로 넘겨 보는 일이 없었다. 로라는 그 사실을 알았을 것이다. 이것이 안전하다는 것을 알았을 것이다. 그렇지만 왜 내가 이것을 들여다볼 것이라고 생각한 것일까?

내가 로라를 찾고 있다면 그렇게 했을 것이다. 그녀는 그것을 알았을 것이다. 그 앨범에는 그녀의 사진이 많았다. 각 모서리에 검은 삼각형을 끼워 갈색 페이지 위에 부착한 사진들. 신부 들러리 복장을 입고 찡그리면서 자신의 발을 내려다보는 모습.

나는 메시지를 찾았다. 그러나 그것은 말로 된 것이 아니었다. 로라는 포트 타이콘드로가에 있는 엘우드 머리의 신문사 사무실에서 훔쳐 나온 작은 튜브 물감인 수공 채색용 재료를 가지고 내 결혼식 사진을 마음대로 활용했다. 그 동안 내내 물감을 숨겨 두었던 것이다. 물질세계에 대해 그토록 경멸을 보이는 사람 치고 그녀는 물건을 버리는 데 참 인색했다.

그녀는 사진 단 두 장만 바꿔 놓았다. 첫 사진은 신랑 신부와 들러리들이 함께 찍은 사진이었다. 이 사진에서 신랑 신부의 들러리는 진푸른색 물감으로 짙게 칠해져 사진에서 완전히 제거되었다. 나와 리처드, 로라 자신, 그리고 수석 들러리였던 위니프리드만 남겨져 있었다. 위니프리드는 야단스러운 녹색으로 채색되었고, 리처드 역시 마찬가지였다. 나는 물색으로 칠해져 있었다. 로라 자신은 드레스뿐만 아니라 얼굴과 손까지 밝은 노란색이었다. 이 휘황찬란한 색채는 무엇을 의미하는 것인가? 정말로 휘황했다. 마치 유리 전등 혹은 인으로 만들어진 소녀같이 내부에서 빛을 발하는 것처럼. 그녀는 사진에 전혀 신경을 쓰지 않는 것처럼 정면을 바라보지 않고 옆을 보고 있었다.

두 번째 사진은 교회 앞에서 찍은 신부와 신랑의 정식 사진이었다. 리처드의 얼굴은 회색으로 칠해져 있었는데, 너무나 짙은 회색이라서 이목구비가 다 삭제된 듯한 모습이었다. 손은 붉은색이었고, 머리 주변, 그리고 두개골 자체가 타고 있는 것처럼 그 내부에서 뿜어져 나오는 불꽃 역시 같은 색이었다. 로라는 내 웨딩드레스, 장갑, 베일, 꽃다발, 이런 장식들에 손대지 않았다. 그렇지만 내 얼굴에는 손을 댔다. 내 얼굴은 탈색이 되어서 눈과 코와 입이 부옇게 되어 버렸다. 춥고 비 오는 날의 유리창처럼. 배경과 우리가 딛고 서 있는 교회 계단은 검은색으로 완전히 뒤덮여 우리 두 사람이 마치 공중 한 가운데, 가장 깊고 검은 밤 속을 부유하고 있는 것처럼 보였다.

12부

《글로브 앤드 메일》, 1938년 10월 7일

그리픈 씨, 뮌헨 협정*을 칭송하다
글로브 앤드 메일 지 특보

그리픈-체이스-로열 통합 유한회사의 회장인 리처드 E. 그리픈 씨는 토론토의 엠파이어 클럽 수요일 회합에서 한 '자신의 일에 전념하기'라는 제목의 박력 있고 적극적인 연설에서 지난주 뮌헨 협정을 이끌어 낸 영국 수상 네빌 체임벌린** 씨의 뛰어난 노고를 치하했다. 영국 하원의 모든 정당이 그 소식에 환호했다는 것은 의미심장한 일이며, 이 협정은 대공황을 해결해 주고 평화와 번영의 새로운 "황금시대"의 도래를 알릴 것이기 때문에 캐나다의 모든 정당들도 역시 환호하기 바란다고 그리픈 씨는 말했다. 그것은 또한 긍정적 사고와 숨김 없는 노련하고 실제적인 사업 감각뿐만 아니라 정치 수완과 외교의 가치를 보여 주는 것이라고 했다. "만일 모든 사람들이 조금씩 기여한다면, 모든 사람들이 많은 것을 얻게 될 것입니다."라고 그는 말했다.

뮌헨 협정하 체코슬로바키아의 정세에 대해 질문을 받자, 그는 그 국가의 국민들이 충분한 보호를 약속받았다고 생각한다

---

* 체코슬로바키아가 독일인이 밀집해 있는 수데테란트를 나치 독일에게 넘겨주는 대신 독일은 체코슬로바키아를 공격하지 않기로 협의한 조약. 당사자인 체코슬로바키아는 독일의 방해로 참여하지 못했고, 영국의 체임벌린, 프랑스의 달라디에, 이탈리아의 무솔리니, 그리고 독일의 히틀러가 합의했다.

** 1937년에서 1940년까지 영국 수상으로 재직한 보수당 정치가.

고 말했다. 강하고 건실한 독일은 서방 국가, 특히 기업에 유익할 것이며, "볼셰비즘을 막아 내고, 그것으로부터 베이 스트리트*를 지켜 줄 것"이라고 그는 주장했다. 그는 그다음으로 요망되는 것은 쌍무적 통상 조약이며, 그것이 진행되고 있다는 것을 확인 받았다. 위협적으로 군사력을 과시하는 것에서 소비자를 위한 상품을 공급하고 그럼으로써 가장 필요한 곳, 즉 "우리의 뒷마당"에 일자리와 부를 창출해 내는 것으로 관심사를 돌려야 할 것이다. 메마른 칠 년의 세월 뒤에는 이제 풍요로운 칠 년이 뒤따를 것이며, 40년대에 이르기까지 금빛 전망이 펼쳐져 있는 것을 볼 수 있다고 그는 말했다.

그리픈 씨는 보수당의 지도 위원들과 협의를 하고 있으며 당수 자리를 노리고 있다는 소문이 들리고 있다. 그의 연설은 힘찬 갈채를 받았다.

---

* 캐나다의 대기업, 큰 은행 등이 위치한 토론토의 번화가.

《메이페어》, 1939년 6월

로열 가든파티의 로열 스타일
— 신시아 퍼비스

오타와의 총독 관저에서 열린 국왕 폐하의 생신 파티에서 폐하 부부*가 자애롭게 돌아가며 접견을 하는 동안 트위즈뮤어 경** 각하와 그 부인의 특별 하객 5000명이 정원 오솔길에 도취된 채 서 있었다.

그들은 4시 30분에 중국 화랑 옆의 총독 관저에서 나왔다. 왕은 주간 예복을 입고 있었고, 여왕은 부드러운 털과 진주가 달린 베이지색 옷에 약간 위로 젖혀진 커다란 모자 차림을 하고 있었으며, 얼굴에는 엷게 홍조가 돌았고, 따뜻한 푸른 눈은 미소를 짓고 있었다. 모든 사람들이 그녀의 매혹적인 태도에 매료되었다.

폐하 부부 뒤에는 인자하고 친절한 주최자인 각하, 침착하고 아름다운 각하 부인, 즉 총독과 트위즈뮤어 부인이 있었다. 캐나다 북극산 여우 모피 덕분에 두드러졌던 그녀의 순백 앙상블은 모자에 달린 터키옥 장식으로 인해 더 돋보였다. 폐하 부부를 알현한 이들은 몬트리올 출신의 F. 펠런 대령과 그 부인이었

---

* 영국 국왕 조지 6세와 엘리자베스 왕비. 현직 국왕 부부가 처음으로 캐나다를 공식 방문한 것이었다.

** 1875~1940. 스코틀랜드의 소설가이자 정치가. 캐나다의 총독으로 재직했다.

다. 부인은 활짝 핀 생생한 작은 꽃들이 날염된 실크 옷을 입었고, 세련된 작은 모자에는 셀로판지로 된 넓고 투명한 챙이 달려 있었다. 여단장과 W. H. L. 엘킨스 부인과 존 엘킨스 양, 그리고 글래드스톤 머리 부부도 비슷한 영광을 누렸다.

리처드 그리폰 부부가 특히 두드러져 보였는데, 부인은 검은 시폰 소재에 광선 형태로 털이 놓인 은 여우 모피로 된 망토를 난초 복장 위에 걸쳤다. 더글러스 와츠 부인은 밝고 엷은 황록색 시폰과 갈색 벨벳 재킷을 입었고, F. 레이드 부인은 오건디와 발랑시엔 레이스* 가운 차림으로 깔끔하고 아름답게 보였다.

왕과 왕비가 작별 인사로 손을 흔들고, 카메라가 찰칵거리고 조명을 터뜨리고, 모두 목소리를 높여 「신이여 왕을 구하소서」**를 부른 후에야 다과회가 시작되었다. 그런 후 생일 케이크가 중앙 자리를 차지했다……. 눈처럼 하얀 크림으로 장식된 거대한 하얀 케이크였다. 실내에서 왕에게 대접된 케이크에는 장미와 토끼풀과 엉겅퀴 장식***뿐만 아니라 부리에 하얀 기를 물고 있는 소형 설탕 비둘기 장식도 있었는데, 평화와 희망을 나타내는 적절한 장식이었다.

---

* 프랑스 또는 벨기에산의 고급 레이스.
** 영국 국가.
*** 장미는 잉글랜드, 토끼풀은 아일랜드, 엉겅퀴는 스코틀랜드를 상징한다.

눈먼 암살자

나방

오후가 절반 정도 지난 시각, 흐리고 습하며 모든 것이 끈적거린다. 난간을 한 번 잡았을 뿐인데 그녀의 하얀 면장갑이 벌써 더러워졌다. 무거운 세상, 순전한 무게. 그녀의 심장은 돌을 밀어대듯 그것을 밀어낸다. 아무것도 꿈쩍하지 않는다.

그러나 이내 기차가 도착하고, 그녀는 시킨 대로 문에서 기다리고, 성취된 약속처럼 그가 그 문을 통해 들어온다. 그는 그녀를 보고, 그녀를 향해 온다. 그들은 재빨리 서로에게 손을 대고, 그다음에는 먼 친척처럼 악수를 나눈다. 그녀는 그의 뺨에 가볍게 입을 맞춘다. 여기는 공공장소고 혹여 무슨 일이 있을지 알수 없는 노릇인 것이다. 그리고 그들은 경사가 진 길을 올라가 대리석으로 된 역으로 간다. 그녀는 그가 낯설게 느껴져 긴장한다. 그를 쳐다볼 여유도 거의 없다. 그는 확실히 살이 빠졌다. 그밖에 또 어떤 점이 달라졌는가?

돌아오는 데 엄청난 고생을 했어. 돈이 별로 없었거든. 오는 내내 부정기 화물선을 탔어.

돈을 보내 줄 수도 있었는데, 하고 그녀는 말한다.

나도 알아. 하지만 내겐 주소가 없었어.

그는 원통형 잡낭을 짐 보관소에 놓아두고 작은 여행용 가방만 가지고 간다. 나중에 잡낭을 다시 찾을 것이지만 지금은 귀찮게 들고 다니고 싶지 않다고 그는 말한다. 그들 주변으로 사람들이 오간다. 발자국 소리와 목소리. 그들은 망연히 서 있다. 어디로 가야 할지 모르는 것이다. 그녀가 그것에 대해 생각하고 무슨 준비를 했어야 했다. 당연히 그는 아직 방이 없다. 적어도 그녀는 스카치위스키를 담은 플라스크 병을 핸드백 한구석에 넣어 가져왔다. 그것은 기억했다.

어디론가 가야 하기 때문에 그들은 호텔로 간다. 그가 기억하는 싸구려 호텔. 예전에 한 번도 한 적이 없는 위험한 일이다. 그러나 호텔을 보는 순간 그들이 결혼하지 않았다는 사실이 뻔히 드러나리라는 것을 알아차린다. 결혼했다 하더라도 각기 다른 사람과 결혼한 사람들로 보일 것이라는 사실을. 그녀는 두 계절 전 입었던 가벼운 비옷을 입고 머리 위에 스카프를 두르고 있다. 스카프는 실크로 된 것이지만 그래도 그녀가 가진 것 중 가장 형편없는 것이다. 호텔 사람들은 그가 그녀에게 돈을 지불하는 것이라고 생각할지도 모른다. 그랬으면 좋겠다. 그렇게 된다면 누군가가 그녀를 알아보는 일은 없을 것이다.

호텔 밖 보도가 이어진 곳에는 깨진 유리, 토사물, 말라 가는 피처럼 보이는 것이 있다. 그건 밟지 마, 하고 그는 말한다.

1층에는 주점이 있다. 비록 '다방'이라는 간판이 붙어 있기는 하지만. 남자 전용, 숙녀와 동반자. 밖에는 붉은 네온 간판이 있다. 세로로 쓰인 글자들, 아래쪽으로 내려와 옆으로 꺾어져 문 쪽을 향하고 있는 붉은 화살표. 글자 일부에 불이 나가서 '나방'으로 보인다. 성탄절 불빛 같은 작은 전구들이 배수관을 따라 내려가는 개미들처럼 간판을 따라 내려가며 명멸한다.

이 시각에도 그곳이 문을 열기를 기다리며 남자들이 서성이고 있다. 그들 옆을 지나갈 때 그는 그녀의 팔짱을 끼고 더 재촉해 걷는다. 그들 뒤에서 남자 한 사람이 수고양이가 야옹거리는 것과 비슷한 소리를 낸다.

호텔 쪽으로는 문이 따로 있다. 출입구의 흑백 모자이크 타일은 한때 아마도 붉은 사자였던 듯하지만 이제는 돌을 먹는 나방에 갉힌 것처럼 되어 난도질당한 폴립처럼 보이는 것을 둘러싸고 있다. 누런 장판이 깔린 바닥은 한동안 닦지 않은 것 같다. 더러운 얼룩이 회색 압화처럼 그 위에 피어나 있다.

그는 숙박자 명부에 서명하고 접수계에 돈을 지불한다. 그가 그렇게 하는 동안 그녀는 가만히 서서 따분한 표정으로 보이기를 바라면서 무표정한 얼굴로 뚱한 직원 위쪽에 시선을 고정하고 철도용 시계를 바라본다. 실용적인 시계. 그것은 이렇게 말한다. "이것이 시간이다. 한 겹밖에 없다. 그밖에는 아무것도 없다."

이제 그는 열쇠를 가지고 있다. 2층이다. 작은 관 같은 승강기가 있지만, 그녀는 그것을 생각하는 것만도 고역스럽다. 그곳에서 어떤 냄새가 날지 알고 있다. 더러운 양말과 충치 냄새. 그리고 그런 냄새가 풍기는 좁은 그곳에서 그와 얼굴을 맞대고 있는 것을 견딜 수 없다. 그들은 계단을 올라간다. 한때 검푸르고 붉은색이었을 카펫. 꽃으로 흐드러졌었지만, 이제는 뿌리가 드러나도록 닳아 버린 길.

미안해. 더 나은 곳에 갈 수도 있었는데. 그는 말한다.

싼 게 비지떡이죠, 뭐. 그녀는 명랑한 척하며 대답한다. 그렇지만 그렇게 말한 것은 실수였다. 그에게 돈이 없다는 사실을 비난하는 것이라고 생각할 수도 있는 것이다. 그렇지만 위장을 하기에는 좋은 곳인걸요. 그녀는 실수를 시정하려고 애쓰며 말한다. 그는 아무 대답도 하지 않는다. 그녀는 지나치게 말이 많다. 그녀는 자신이 말하는 것을 의식하고 있으며, 그 이야기는 흥미롭지도 않다. 그가 기억하던 모습과 달라진 것인가? 그녀가 많이 변한 것인가?

복도에는 색이 완전히 바랜 벽지가 있다. 문은 구멍이 나고 껍질이 벗겨진 짙은 나무문이다. 그는 방 번호를 발견하고 열쇠를 돌린다. 옛날 금궤를 여는 데 사용되는 듯한 긴 구식 열쇠다. 이 방은 그들이 가 보았던 가구 딸린 방들 중에서 가장 형편없다. 다른 방들은 적어도 표면적으로라도 청결한 것처럼 보이도록 꾸며 놓았다. 발바닥처럼 흐릿한 누런 기가 도는 분홍색 모조 퀼트 공단 소재의 매끈한 덮개가 덮인 2인용 침대. 구멍 난 천으로 좌석을 두르고 먼지로 속을 채운 것처럼 보이는 의자. 이가 나간 갈색 유리로 된 재떨이. 담배 연기, 엎질러진 맥주, 그리고 그 아래서 풍기는 더 기분 나쁜 냄새, 오랫동안 빨지 않은 속옷 냄새 같은 것이 난다. 문 위쪽에는 채광창이 있고, 창의 울퉁불퉁한 유리는 하얀 칠이 되어 있다.

그녀는 장갑을 벗고 그것을 코트, 스카프와 함께 의자 위에 떨어뜨린 후 핸드백에서 플라스크 병을 꺼낸다. 어디에도 잔이 보이지 않는다. 병째로 마셔야 한다.

창문이 열리나요? 그녀는 묻는다. 신선한 공기가 좀 필요할 것 같아요.

그는 다가가 창틀을 들어 올린다. 강한 바람이 밀려들어 온다. 밖에서 전차가 삐걱대며 지나간다. 그는 여전히 창가에 서서 몸을 돌리더니 손을 자기 뒤쪽 창턱에 걸친 채 뒤로 기댄다. 뒤쪽에서 들어오는 빛 때문에 그녀는 그의 윤곽밖에 볼 수 없다. 그는 어느 누구일 수도 있다.

그래, 우리 이제 다시 만났군, 하고 그가 말한다. 그의 목소리는 매우 지친 것처럼 들린다. 그가 이 방에서 하고 싶은 일은 잠자는 것뿐일 것이라는 생각이 문득 든다.

그녀는 그에게로 다가가서 그의 허리에 팔을 두른다. 그 이야기를 찾았어요, 하고 그녀는 말한다.

무슨 이야기?

지노어의 도마뱀 인간. 그걸 찾기 위해 온갖 곳을 다 뒤졌다고요, 내가 신문 가판대를 쑤시고 다니는 모습을 당신이 봤어야 하는 건데. 사람들은 내가 미쳤다고 생각했을 거예요. 찾고 또 찾았다고요.

아, 그거, 하고 그가 말한다. 그 시시한 얘기를 읽었어? 나는 다 잊어버렸는데.

그녀는 당황한 기색을 내보이지 않을 것이다. 자신의 절박함을 너무 많이 드러내지 않을 것이다. 그것이 그의 존재를 알려주는 단서였다고 말하지 않을 것이다. 하나의 증거. 아무리 어리석은 것이라 하더라도.

물론 읽었죠. 다음 연재분을 기다리고 있었어요.

그건 쓰지 못했어. 양쪽에서 총을 맞느라 너무 바빴거든. 우리 무리가 가운데 끼게 됐지. 나는 착한 놈들에게 쫓기고 있었어. 얼마나 아수라장이었는지.

그는 뒤늦게 팔로 그녀를 감싸 안는다. 그에게서는 맥아 냄새가 난다. 그는 머리를 그녀 머리 위에 기대고 사포 같은 뺨을 그녀의 목 옆에 갖다 댄다. 그녀는 그를 확실히 소유하고 있다. 적어도 이 순간만은.

이거 한잔해야겠군, 하고 그는 말한다.

잠들지 말아요, 하고 그녀는 말한다. 아직은 잠들지 말아요. 침대로 와요.

그는 세 시간 동안 잠잔다. 해가 움직이고 빛이 어둑해진다. 그녀는 가야 한다는 것을 알고 있지만 차마 가 버리거나 그를 깨우지 못한다. 돌아가면 무슨 변명을 할 것인가? 그녀는 계단에서 쓰러진 늙은 여자를 날조한다. 도움을 필요로 하는 늙은 여자. 택시, 그리고 병원에 가는 것을 지어낸다. 그 가련한 늙은 이를 어떻게 혼자 남겨 둘 수 있었겠는가? 세상에 친구 하나 없이 보도에 누워 있는 그 사람을. 전화를 했어야 한다는 것을 알고 있지만, 가까운 곳에 전화기가 없었고 그 늙은 여자는 심한 통증에 시달리고 있었다고 말할 것이다. 그녀는 앞으로 듣게 될 잔소리, 자기 일에나 신경 써야 한다는 잔소리에 대비한다. 머리를 절레절레 흔드는 것, 그녀를 어떻게 하면 좋겠는가? 그녀는 언제쯤에야 다른 사람에게 참견하지 않을 만큼 정신을 차리게 될 것인가?

아래층에서 시계가 매분 똑딱거리며 간다. 복도에서 목소리가 들려온다. 서둘러 황급하게 신발이 부딪히는 소리. 사람들이 끊임없이 드나든다. 그녀는 눈을 뜬 채로 그의 옆에 누워 그가 잠자는 소리에 귀를 기울이며 그가 어디로 갔었는지 궁금해한다. 그리고 그에게 얼마만큼 이야기해야 할지, 일어났던 모든 일에 대해 이야기할 것인가에 대해서도. 그가 함께 도망가자고 제안한다면 얘기해야 한다. 그렇지 않다면 아마 아무 말도 하지 않는 것이 나을 것이다. 아니, 적어도 아직은.

그는 잠에서 깨자 술과 담배를 찾는다.

이런 짓은 하지 말아야 할 것 같아요. 그녀는 말한다. 침대에서 담배 피우는 거 말이에요. 불을 내고 말 거예요. 스스로를 불태워 버리겠죠.

그는 아무 말도 하지 않는다.

어땠어요? 그녀는 묻는다. 신문을 읽기는 했지만 그것과는 다르죠.

그래, 달라. 그는 말한다.

당신이 죽임을 당할까 봐 너무 걱정되었어요.

거의 죽을 뻔했어. 그는 말한다. 우스운 건 그곳은 지옥 같은 곳이었지만 나는 거기에 익숙해졌고, 이제는 여기에 적응할 수가 없다는 점이야. 당신 몸이 좀 불었군.

오, 내가 너무 뚱뚱한가요?

아니. 보기 좋아. 좀 더 만질 것이 있어서.

이제 완전히 어두워졌다. 창문 아래 다방에 있던 사람들이 쏟아져 나온 곳에서 음정이 맞지 않는 노래 한 소절, 고함 소리, 웃음, 그다음에는 유리가 깨지는 소리가 들려온다. 누군가가 병을 박살내고 있다. 어떤 여자가 비명을 지른다.

축하연을 하고 있군.

뭘 축하하는 거죠?

전쟁.

그렇지만 전쟁은 없어요. 이젠 다 끝났잖아요.

다음 전쟁을 축하하는 거야, 하고 그가 말한다. 이제 다가오고 있어. 저 구름 위의 꿈나라에서는 모든 사람들이 그걸 부정하고 있지. 하지만 아래쪽 지상에서는 그것이 다가오는 냄새를 맡을 수 있어. 스페인을 연습 과녁 삼아서 황폐하게 만든 후 이제 곧 심각한 사업을 시작하게 될 거야. 그건 공중의 천둥 같아. 그리고 그들은 그걸 두고 흥분하고 있어. 그래서 저들은 병을 박살내고 있는 거야. 먼저 시작하고 싶은 거지.

오, 정말 아닐 거예요. 전쟁이 또 일어날 리가 없어요. 협정을 맺고 그 외 모든 일을 했잖아요. 그녀는 말한다.

우리 시대의 평화라. 그는 경멸적으로 말한다. 제기랄, 망할 소리지. 그들이 원하는 것은 엉덩이를 붙이고 앉아서 돈을 버는 동안 엉클 조와 아돌프가 서로를 산산조각내고, 더불어 자신들을 위해 유태인까지 제거해 주는 거지.

여전히 냉소적이군요.

당신은 여전히 순진해.

그렇지 않아요. 말다툼하지 말기로 해요. 그건 우리가 해결할 수 있는 문제가 아니에요. 그녀는 말한다. 그러나 이것이 보다 그다운 행동이다. 예전의 그와 비슷한. 그래서 그녀는 기분이 좀 나아진다.

그렇지. 당신 말이 맞아. 우리가 해결할 수 없어. 우리는 하찮은 사람들이야.

그렇지만 어찌 되었든 당신은 가 버리겠죠. 다시 시작된다면 말이에요. 당신이 하찮은 사람이든 아니든 간에.

그는 그녀를 바라본다. 내가 다른 무슨 일을 할 수 있겠어?

그녀가 왜 우는지 그는 알지 못한다. 그녀는 울지 않으려고 노력한다. 당신이 부상을 입었더라면 더 나았을 텐데. 그러면 여기 머무를 수 있겠죠.

그렇게 되면 당신한테 엄청나게 좋기도 하겠지. 이리 와.

그녀가 그곳을 떠날 때는 거의 아무것도 볼 수 없다. 마음을 진정시키기 위해 혼자서 조금 걷는다. 그러나 날이 어둡고 보도에 남자들이 너무 많기 때문에 택시를 탄다. 그녀는 뒷좌석에 앉아서 입술을 고치고 얼굴에 분을 바른다. 택시가 멈추자 그녀는 지갑을 뒤져서 돈을 지불하고 돌계단을 올라가 궁형의 출입구로 들어간다. 그리고 두꺼운 떡갈나무 문을 닫는다. 머릿속으로 연습한다. "미안해요. 늦었어요. 그렇지만 무슨 일이 있었는지 정말 믿기 힘들 거예요. 정말 상당한 모험을 했다니까요."

눈먼 암살자

노란 커튼

전쟁이 어떻게 슬그머니 다가왔던가? 어떻게 저 혼자 힘을 끌어모은 것인가? 그것은 무엇으로부터 생겨난 것인가? 어떤 비밀, 거짓말, 배반으로부터? 어떤 사랑과 미움으로부터? 어떤 돈무더기, 어떤 금속에서?

희망은 연막을 친다. 연기가 눈에 들어가고, 그래서 어느 누구도 그것에 대비하지 못한다. 그러나 그것은 갑자기 나타난다. 걷잡을 수 없는 모닥불처럼, 살인처럼, 증식할 뿐이다. 이제 전쟁은 전면적으로 확대된다.

전쟁은 흑백으로 벌어진다. 옆에서 방관하는 사람에게는 그렇게 보인다. 실제로 참전하는 이들은 수많은 색깔을 볼 수 있다. 극단적인 색채, 너무나 강렬하고, 붉은색과 주황색이 너무나 두드러지고, 너무나 투명하고 눈부신 색깔들. 그러나 외부인들에게 전쟁은 뉴스 영화와 같은 것이다. 입자가 굵고, 선명하지 않고, 갑자기 터지는 스타카토 소음과 많은 회색 피부의 사람들이 무겁게 걷거나 넘어지는 것. 다른 곳에서 벌어지는 모든 것들.

그녀는 극장에 뉴스 영화를 보러 간다. 신문을 읽는다. 자신의 존재가 이 커다란 사건의 추이에 달렸다는 것을, 그리고 이 사건은 아무런 관용도 베풀지 않는다는 것을 이제는 알고 있다.

그녀는 결심한다. 이제 결정을 내린 것이다. 모든 것과 모든 이를 희생할 것이다. 그 무엇도, 그 누구도 그녀를 막지 못할 것이다. 그녀는 이렇게 할 것이다. 모든 것을 계획해 두었다. 여느 날과 마찬가지로 어느 날 집을 나설 것이다. 그녀는 돈을 가지고 있을 것이다. 뭐든 돈이 되는 것. 이 부분이 좀 불명확하기는 하지만 뭔가 가능한 방법이 있을 것이다. 다른 사람들은 어떻게 하는가? 전당포에 간다. 그녀도 그렇게 할 것이다. 전당하여 돈을 마련할 것이다. 금시계, 은 숟가락, 모피 코트. 이런저런 작은 물건들. 물건을 조금씩 전당하여 들키지 않도록 할 것이다.

충분한 돈이 되지는 않겠지만, 그걸로 만족해야 할 것이다. 그녀는 셋방을 얻을 것이다. 저렴하지만 너무 더럽지 않은 방. 페인트칠을 한 번 하면 모든 것이 깔끔해질 것이다. 되돌아가지 않겠다는 편지를 쓸 것이다. 그들은 전령을, 대사를, 그런 다음에는 변호사를 보낼 것이다. 그들은 위협을 하고 그녀를 불리한 입장으로 밀어 넣을 것이다. 그녀는 계속 두려워하겠지만 굳게 버틸 것이다. 그에게로 가는 다리를 제외한 모든 다리를 다 불태워 버릴 것이다. 비록 그에게로 가는 다리가 너무나 빈약하기는 하지만. "돌아오겠어." 하고 그는 말했지만, 어떻게 확신할 수 있는가? 그런 일은 보장할 수 없는 법이다.

그녀는 사과와 소다크래커, 혹은 차와 우유로 연명할 것이다. 구운 콩 통조림과 콘비프 통조림. 구할 수 있다면 달걀 프라이와 토스트 조각도. 신문 배달부와 낮술 취한 사람들이 밥을 먹는 길 한구석의 카페에서 그런 것을 먹을 것이다. 여러 달이 지나면 점점 더 많은 퇴역 군인들 역시 그곳에서 먹을 것이다. 손, 팔, 다리, 귀, 눈을 잃은 남자들. 그녀는 그들과 말을 나누고 싶지만 시도는 하지 않을 것이다. 그녀 편에서 관심을 보이면 분명 오해를 불러일으킬 것이다. 언제나 그렇듯이 그녀의 몸이 자유로운 대화에 방해가 될 것이다. 그러므로 그녀는 그저 엿듣기만 할 것이다.

카페에서는 종전에 대한 이야기가 무성할 것이다. 모든 사람들이 곧 종전이 될 것이라고 말할 것이다. 약간만 있으면 모든 것이 마무리되고 남자들이 되돌아올 것이라고 그들은 말할 것이다. 이런 얘기를 나누는 이들은 서로 모르는 사람들이지만 그래도 이런 의견을 교환할 것이다. 승리에 대한 전망이 그들을 수다스럽게 만들 것이다. 일부는 낙관주의, 일부는 두려움인 다른 어떤 기운이 감돌 것이다. 어느 날에라도 배가 도착할 수 있을 것이다. 그렇지만 그것에 누가 타고 있는지 누가 알겠는가?

그녀의 아파트는 식료품점 위에 위치해 있고, 소형 부엌과 작은 욕실이 갖춰져 있을 것이다. 그녀는 집에서 기를 식물을 살 것이다. 베고니아, 아니면 양치식물. 그녀는 물 주는 것을 잊지 않을 것이며 그 식물은 죽지 않을 것이다. 식료품점을 운영하는 여자는 머리가 검고 통통하고 자애로울 것이다. 그리고 그녀가 말랐다고, 더 먹어야 한다고 말할 것이고, 흉부 감기 치료 방법에 대해 알려 줄 것이다. 그리스인, 혹은 그 비슷한 나라 사람. 커다란 팔과 앞가르마, 그리고 뒤로 쪽 찐 머리. 그녀의 남편과 아들은 외국에 있을 것이다. 그녀는 그들의 사진을 손으로 채색한 나무틀에 넣어 현금 출납기 옆에 두고 있을 것이다.

그녀와 그 여자, 두 사람은 귀를 기울이며 많은 시간을 보낼 것이다. 발자국, 전화 통화, 문을 두드리는 소리. 그런 상황에서는 수면을 취하기 어려울 것이다. 그들은 불면증을 치료하는 방법에 대해 상의할 것이다. 때때로 그 여자는 그녀의 손에 사과를 밀어 넣어 주거나 판매대에 놓인 유리 사탕 용기에서 신맛의 녹색 사탕을 꺼내 줄 것이다. 그런 선물은 하찮은 가격이 줄 수 있는 것 이상의 위안을 가져다줄 것이다.

그는 그녀가 있는 곳을 어떻게 알아낼 것인가? 이제 그녀의 다리들은 타 버렸다. 그렇지만 그는 알 수 있을 것이다. 어떻게 해서든 찾아낼 것이다. 연인들의 만남 속에서 여로는 끝나기 때문이다. 그럴 것이다. 그래야 한다.

그녀는 바느질을 해서 창문에 달 커튼을 만들 것이다. 노란색 커튼, 카나리아색 혹은 달걀노른자색. 햇빛처럼 활기찬 커튼. 그녀가 바느질을 할 줄 모른다는 사실은 상관없다. 아래층의 여자가 도와줄 것이다. 그녀는 커튼에 풀을 먹여 매달 것이다. 무릎을 꿇고 작은 비로 부엌 개수대 아래에서 쥐똥과 죽은 파리를 치울 것이다. 고물상에서 산 작은 통 세트에 다시 칠을 하고 스텐실로 글자를 쓸 것이다. 차, 커피, 설탕, 밀가루. 이 일을 하는 동안 혼자 흥얼거릴 것이다. 새 타월 일습을 살 것이다. 그리고 침대보 역시. 그것은 중요하다. 그리고 베갯잇도. 그녀는 머리를 자주 빗을 것이다.

이런 것은 그를 기다리며 할 즐거운 일이다.

그녀는 라디오를 살 것이다. 전당포에서 산 작은 주석 중고 라디오. 현 상황에 대해 알기 위해 뉴스를 들을 것이다. 전화도 놓을 것이다. 아직은 아무도 그녀에게 전화를 걸지 않겠지만, 장기적으로 보면 필요할 것이다. 때로는 신호음을 듣기 위해 그냥 집어 들기도 할 것이다. 공동 회선이라 어떤 때는 대화를 나누는 목소리가 들려오기도 할 것이다. 대부분 식사와 날씨와 거래와 아이들에 대한 세세한 정보를 교환하는 여자들, 그리고 다른 곳에 사는 남자들일 것이다.

물론 이런 일들은 일어나지 않는다. 아니, 일어난다. 그렇지만 네가 알아차릴 수 있는 방식은 아니다. 이것은 우주의 다른 차원에서 일어난다.

눈먼 암살자

전보

짙은 제복을 입은 남자가 여느 때와 다름없는 방법으로 전보를 배달해 준다. 그의 얼굴은 결코 즐거운 소식을 전해 주는 법이 없다. 그 직종에 고용될 때 그들은 그런 표정을 지도받는다. 무늬 없는 짙은 색깔의 종처럼 초연하지만 구슬픈 듯한 얼굴. 닫힌 관 같은 얼굴.

전보는 글리신지(紙) 창이 달린 노란 봉투에 담겨 배달된다. 그리고 그런 전보가 언제나 담고 있는 그런 내용을 담고 있다. 냉담한 말들. 마치 길고 텅 빈 방의 저 끝에 서 있는 낯선이, 침입자의 말과 같은. 몇 안 되는 단어가 사용되었지만, 각 단어가 명료하다. "알리다, 상실, 유감." 조심스럽고 중립적인 단어들, 뒤에 이런 질문을 감춘 단어들, "뭘 기대했던 거야?"

이게 뭐에 대한 거지? 이게 누구지? 그녀는 말한다. 오. 기억났어요. 그예요. 그 남자. 그런데 왜 내게 이런 걸 보냈지? 나는 친척도 아닌데!

친척이라고? 그들 중 한 사람이 말한다. 그에게 친척이 있었나? 웃으라고 한 말이었다.

그녀는 웃음을 터뜨린다. 나와는 아무 상관없어요. 그녀는 전보를 구겨 버린다. 그녀에게 넘겨주기 전 그들은 이 전보를 이미 읽었을 것이다. 그들은 모든 우편물을 읽는다. 당연히. 그녀는 좀 갑작스럽게 주저앉는다. 미안해요. 갑자기 이상한 기분이 들어서. 그녀는 말한다.

자, 여기. 마시면 기운이 날 거야. 끝까지 다 마셔. 그게 좋아.

고마워요. 나와는 관계없는 일이지만, 그래도 역시 충격적이군요. 마치 누군가가 내 무덤 위를 걷는 느낌이에요. 그녀는 몸을 떤다.

자, 천천히. 얼굴이 파리해 보이는군. 너무 깊이 생각하지 마.

아마 실수였을 거예요. 주소가 뒤섞였나 봐요.

그럴 수도 있지. 아니면 그가 그렇게 한 것일 수도 있어. 제 딴에는 장난이라고 그런 것일 수도. 내가 기억하기로는 괴상한 놈이었지.

우리가 생각했던 것보다 더 이상하군. 무슨 지저분하고 역겨운 짓인지! 그가 살아 있다면 당신은 손해배상 청구를 할 수 있을 거야.

어쩌면 당신이 죄책감을 느끼도록 하기 위해 그런 것일 수도 있어. 그런 부류의 사람들은 그렇지. 질투심이 많다고. 그 작자들 모두는. 심술궂은 사람 같으니. 그것 때문에 걱정하지 마.

글쎄, 이건 어떤 식으로 봐도 그리 기분 좋은 일은 아니에요.

좋다고? 왜 좋겠어? 그는 어느 면으로 보나 좋은 사람은 아니었어.

상급 장병에게 편지를 써 보는 수도 있겠네요. 설명을 해 달리고 말이죠.

그 사람이 뭘 알겠어? 그가 그렇게 한 게 아니야. 이런 일을 맡은 어떤 직원이었을 거야. 기록에 남겨진 걸 사용하는 것뿐이야. 분명 무슨 착오가 있었다고 그럴 거야. 내가 들은 바에 의하면 드문 일이 아니라고 해.

어쨌든, 호들갑을 떨어 봤자 소용없어. 그저 눈길만 더 끌 뿐이지. 그리고 어떻게 하더라도 그가 왜 그런 짓을 했는지 알아낼 수 없을 거야.

죽은 자가 걸어 다니지 않는 한 말이지. 모두 눈을 부릅뜨고 주의 깊게 그녀를 바라본다. 그들은 무엇을 두려워하는 것인가? 그녀가 무슨 일을 할 것이라고 두려워하는 것인가?

그런 단어는 사용하지 않았으면 좋겠어요. 그녀는 언짢아하며 말한다.

무슨 단어? 오. '죽은' 사람이라는 말. 삽을 삽이라고 부르는 거지. 안 그러면 말이 안 되는걸. 자, 이제 그만……

나는 삽이 싫어요. 땅에 구멍을 파는 그 용도가 마음에 들지 않아요.

과민하게 굴지 마.

이 사람에게 손수건 좀 가져다줘. 이 사람 너무 귀찮게 하지 마. 위층으로 올라가서 좀 쉬어야 해. 그러면 정신이 좀 들 거야.

그것 때문에 기분 나빠하지 마.

마음에 품지 말라고.

잊어버려.

눈먼 암살자

사키얼-논의 몰락

그녀는 밤중에 갑자기 잠에서 깬다. 심장이 마구 뛰고 있다. 침대에서 빠져 나와 조용히 창가로 가서 창틀을 높이 올리고 몸을 굽혀 밖을 내다본다. 오래된 상처 때문에 거미줄 같은 흔적이 있는, 보름달에 가깝게 차오른 달이 떠 있고, 그 아래로는 가로등이 하늘을 향해 부드럽게 발하는 약한 주황색 불빛이 보인다. 그 밑에는 그림자로 얼룩이 지고 마당에 있는 밤나무에 부분적으로 가려진 보도가 있다. 밤나무의 가지들은 단단하고 두꺼운 그물처럼 펼쳐져 있고, 하얀 나방 같은 꽃들이 희미하게 깜박인다.

한 남자가 올려다보고 있다. 짙은 눈썹, 움푹 팬 눈두덩이, 검고 갸름한 얼굴을 가로지르는 하얀 사선 같은 미소가 보인다. 세모꼴로 파인 목선 아래는 창백하게 보인다. 셔츠다. 그는 손을 들어 올려 손짓을 한다. 그녀가 자신과 합류하기를 바라는 것이다. 창문 밖으로 나와 나무를 타고 내려오기를. 그렇지만 그녀는 두렵다. 추락할까 두렵다.

이제 그는 창턱 바깥쪽에 있다. 이제 그는 방 안에 있다. 밤나무 꽃이 너울거리며 타오른다. 그 하얀 빛으로 그녀는 그의 얼굴을 볼 수 있다. 회색 띤 얼굴, 엷은 색조. 사진처럼 이차원적인 모습. 그러나 얼룩이 져 있다. 타는 베이컨 냄새가 난다. 그는 그녀를 보고 있지 않다. 엄밀히 말해 그녀를 보는 것이 아닌 것이다. 마치 그녀는 그녀 자신의 그림자고, 그는 그 그림자를 바라보고 있는 것과 같다. 그 그림자가 볼 수 있다면 그녀의 눈이 있을 바로 그곳을 그는 응시하고 있다.

그녀는 그를 만지고 싶지만 주저한다. 그녀가 그를 감싸 안는다면 분명 그는 희미해지다가 이내 헝겊 조각으로, 연기로, 분자로, 원자로 분해되어 버릴 것이다. 그녀의 손은 그의 몸을 그대로 통과해 버릴 것이다.

돌아오겠다고 했잖아.

무슨 일이 일어난 거예요? 뭐가 잘못된 거죠?

모르고 있어?

이제 그들은 밖에 있다. 지붕같이 보이는 곳에서 도시를 내려다보고 있다. 그녀가 본 적이 없는 도시다. 거대한 폭탄 하나가 떨어져 화염 속에서 모든 것이 동시에 불타 버리는 것 같다. 집, 거리, 궁전, 분수, 그리고 신전. 불꽃놀이처럼 폭발하고 터진다. 소리는 들리지 않는다. 그림 속인 양 소리 없이 터진다. 하얀색, 노란색, 빨간색, 그리고 주황색. 비명 소리도 들려오지 않는다. 그곳에는 아무도 없다. 사람들은 이미 죽었을 것이다. 그녀 옆에서 그는 명멸하는 빛 속에서 명멸한다.

아무것도 남지 않을 거야, 하고 그는 말한다. 돌무더기, 오래된 단어 몇 개. 이제 사라졌어. 소멸되어 버렸지. 아무도 기억하지 않을 거야.

하지만 이곳은 너무 아름다웠는데! 그녀는 말한다. 이제는 그녀가 알고 있는 장소처럼 보인다. 그녀는 이곳을 잘 알고 있다. 자기 손바닥처럼 잘 알고 있다. 하늘에 세 개의 달이 떴다. 자이크론이구나. 그녀는 생각한다. 내 사랑하는 행성, 내 마음의 땅. 한때, 오래전 내가 행복했던 곳. 이제 모두 사라졌구나. 모든 것이 파괴되어 버렸어. 그녀는 차마 불꽃을 볼 수 없다.

어떤 이들은 아름답다고 생각하지. 그는 말한다. 언제나 그게 문제야.

뭐가 잘못된 거죠? 누가 이런 짓을 한 거예요?

늙은 여자.

뭐라고요?

"리스트와르, 세트 비에이유 담 에그잘테 에 망퇴즈."*

그는 주석처럼 빛난다. 그의 눈은 세로로 가늘게 찢어진 선 같다. 그녀가 기억하는 그의 모습이 아니다. 그를 유일한 존재로 만들어 주었던 모든 것이 타 버렸다. 신경 쓰지 마. 그는 말한다. 그들은 다시 건설할 거야. 언제나 그렇게 해.

이제 그녀는 그가 두렵다. 당신은 너무 많이 변했어요. 그녀는 말한다.

상황이 심각해. 불은 불로 맞서 싸워야 해.

하지만 당신이 이겼잖아요. 당신이 이긴 걸 알고 있다고요!

---

* 『눈먼 암살자』 1권 5부 281쪽 주석 참조.

아무도 이기지 않았어.

그녀가 실수를 한 것인가? 분명 승전보가 들려왔다. 시가 행렬이 있었어요. 그녀는 말한다. 그것에 대해 들었어요. 취주 악대가 있었다고요.

나를 봐. 그는 말한다.

그러나 그녀는 그렇게 할 수 없다. 그에게 초점을 맞출 수 없다. 그는 고정되지 않는다. 빛이 없는 촛불의 불꽃처럼 막연하고 흔들린다. 그의 눈을 볼 수 없다.

그는 죽었다, 물론. 물론 그는 죽었다, 전보를 받지 않았던가? 그렇지만 이 모든 것은 창작에 불과하다. 그저 우주의 다른 차원일 뿐이다. 그런데 왜 이토록 슬픈 것인가?

이제 그는 멀어져 간다. 그리고 그녀는 그를 부를 수 없다. 그녀의 목에서는 아무 소리도 나오지 않는다. 이제 그는 사라졌다.

그녀는 심장 주위로 숨 막힐 듯한 압박감을 느낀다. "안 돼, 안 돼, 안 돼, 안 돼." 그녀 머릿속의 목소리가 말한다. 눈물이 얼굴을 타고 흘러내린다.

그녀는 이제 정말로 잠에서 깨어난다.

13부

장갑

오늘은 비가 내린다. 4월 초의 가늘고 절제된 비. 벌써 푸른 무릇이 피기 시작했고, 수선화는 땅 위로 코를 내밀고 있고, 자생 물망초는 빛을 마구 먹어 치울 준비를 하며 슬며시 올라오고 있다. 식물들이 엎치락뒤치락할 또 다른 한 해가 다가온 것이다. 그것들은 싫증도 내지 않는 것 같다. 식물들은 기억력이 없기 때문이다. 이 모든 것을 이전에 몇 번씩이나 했는지 기억하지 못하는 것이다.

내가 아직도 여기 남아서 너에게 이야기를 하고 있다는 것이 사실 놀랍다. 이것은 이야기하는 것이 아니지만 나는 그렇게 생각하고 싶다. 나는 아무 말도 하지 않고 너는 아무 말도 듣지 않는다. 우리 사이에 존재하는 유일한 것은 이 검은 줄뿐이다. 텅 빈 페이지, 텅 빈 공중에 던져진 실.

루브토 골짜기의 겨울 얼음은 거의 녹아 없어졌고, 그늘진 절벽 틈에 있는 얼음까지 사라졌다. 검은색으로 흐르다가 이내 하얀색으로 변하는 강물은 석회석 협곡 사이와 자갈 위를 언제나 와 마찬가지로 수월하게 돌진한다. 거친 소리지만 감미롭기도 하다. 매혹적이라고까지 할 수 있는 소리. 사람들이 왜 그것에 끌리는지 알겠다. 폭포, 높은 곳, 사막과 깊은 호수, 되돌아올 수 없는 곳에.

올해는 이제까지 강에서 시체 한 구밖에 발견되지 않았다. 토론토에서 온, 마약에 취한 젊은 여자였다. 서둘러 간 또 한 명의 젊은 여자. 또 다른 시간의 낭비. 그녀 자신의 시간. 그녀는 이곳에 친척이 있었다. 고모와 고모부. 벌써부터 그들은 그 사건과 무슨 관련이 있는 것처럼 가는 샐쭉한 시선의 대상이 된다. 벌써부터 그들은 의식적으로 결백을 주장하는 사람들이 그렇듯 막다른 곳에 몰리고 화가 난 듯한 분위기를 품고 있다. 분명 그들은 비난받을 이유가 없을 것이다. 그러나 그들은 살아 있고, 누구든 살아 있는 사람이 비난을 받게 마련이다. 이런 일에서는 그것이 규율이다. 정당하지 않지만, 원래 그렇다.

어제 아침 월터는 봄맞이 준비 사항을 점검하기 위해 우리 집에 들렀다. 매년 나를 위해 집 안을 수리해 주는 것을 그는 그렇게 부른다. 그는 공구 상자와 손에 들고 쓰는 전기톱과 전기 나사돌리개를 가져왔다. 그는 모터 일부를 윙윙거리며 돌리는 것을 무엇보다 좋아한다.

그는 이 모든 도구를 뒤쪽 베란다에 놓아둔 뒤, 집 바깥쪽을 쿵쿵거리며 다녔다. 다시 돌아왔을 때는 만족스러운 표정을 짓고 있었다. "정원 문에 널조각이 없어졌어요. 오늘 박아 넣은 다음 비가 오지 않을 때 칠을 하도록 하죠." 그는 말했다.

"오, 괜한 수고하지 말게. 모든 것이 다 망가지고 있는걸, 뭐. 내가 살아 있는 동안은 버틸 수 있을 거야." 나는 매년 그래 왔듯 이렇게 말한다.

월터는 언제나와 마찬가지로 이 말을 무시한다. "앞 층계도 요. 페인트칠을 해야 해요. 계단 하나는 당장 빼고 새것을 넣어야 해요. 너무 오랫동안 내버려 두면 물이 들어가고, 그러면 썩어 버리거든요. 아마도 현관에는 착색제를 써야 할 거예요. 나무에 더 좋아요. 우리는 계단 가장자리를 따라 다른 색깔을 입힐 수도 있을 거예요. 그러면 사람들이 더 잘 볼 수 있겠죠. 지금 상태로는 발을 잘못 디뎌서 다칠 수도 있어요." 그는 예의상 "우리"라고 부르는 것이고, "사람들"이란 나를 지칭하는 것이다. "오늘 중에 새 계단을 놓을 수 있어요."

"그러다 비에 다 젖을 거야. 날씨 예보에서 비가 더 온다고 하더라고." 내가 말했다.

"아니요. 곧 갤 거예요." 그는 하늘을 쳐다보지도 않고 말했다.

월터는 필요한 것들, 두꺼운 판자 같은 것을 가지러 갔고, 나는 그동안 거실 소파에 기대어 시간을 보냈다. 자신의 책 속에서 잊혀 책 자체처럼 누렇게 변색되고 곰팡이 피고 부스러지도록 방치된 소설 속의 덧없는 주인공처럼.

병적인 이미지라고 마이라는 말할 것이다.

너는 다른 어떤 것을 제시할 수 있겠니? 나는 응수할 것이다.

사실은 내 심장이 다시 고약하게 굴기 시작했다. 고약하게 굴다니, 특이한 표현이다. 그것은 심각한 상태를 가볍게 보이도록 하기 위해 쓰는 표현이다. (심장, 위, 간, 무엇이든) 문제를 일으키고 있는 장기는 매나 꾸중으로 버릇을 다스려야 하는 다루기 힘들고 불평 많은 아이 같다는 것을 암시한다. 동시에, 이런 증상들, 이 떨림과 통증, 이 고동이란 단순한 연극이며, 문제시되는 장기는 곧 경망스러운 짓과 망신살 뻗치는 행동을 그만두고 차분한 무대 밖의 생활을 이어갈 것이라는 것을 암시하기도 한다.

의사는 우려를 나타냈다. 그는 시험과 정밀 검사를 하는 것과, 아직 더 푸른 초장을 찾아 도망가지 않은 몇몇 전문 의사들이 잠복해 있는 토론토로 가 볼 것을 계속 제안해 왔다. 그는 현재 내가 복용하는 약을 바꾸고, 새로운 약을 더해 주었다. 수술 가능성에 대해서까지 언급했다. 나는 수술에 필요한 것은 무엇이며 그것으로 어떤 결과가 예상되는지 물었다. 필요한 것은 너무 많았고, 이룰 수 있는 결과는 너무 적었다. 완전히 새로운 장비 일습 — 그가 사용하는 용어다. 마치 우리가 식기 세척기에 대해 이야기하는 것처럼 — 을 사용하지 않는 한 아마도 별 소용이 없을 것이라고 그는 진단하고 있다. 게다가 다른 사람이 더 이상 필요로 하지 않는 장비가 생기기를 기다려야 한다. 단도직입적으로 말한다면, 어느 젊은이에게서 잡아 뜯어낸 심장 말이다. 이제 내가 버리려고 하는 것처럼 낡고 덜거덕거리고 시든 것을 장착하고 싶지는 않다. 신선하고 촉촉한 것이 필요하다.

그렇지만 그런 것을 어디서 구해 오는지 누가 알겠는가? 중남미 부랑아들의 것이리라고 추측된다. 아니, 편집증적 소문에 의하면 그렇다. 훔친 심장, 암시장 심장, 부러진 갈비뼈 사이에서 끄집어낸 따뜻하고 피가 흐르는 심장. 가짜 신에게 바쳐진 그것. 가짜 신이란 누구인가? 바로 우리들이다. 우리와 우리의 돈. 로라라면 이렇게 말했을 것이다. "그 돈은 건드리지 마." 리니는 이렇게 말할 것이다. "그게 어디에서 나온 건지 알 수 없잖니."

내가 죽은 아이의 심장을 지니고 있다는 것을 알면서 태연하게 살 수 있을 것인가?

제발 이 두서없는 불안을 극기로 착각하지 말길. 나는 알약을 먹고, 쉬엄쉬엄 산책도 하지만, 두려움에 대해서는 아무것도 할 수 없다.

점심 ─ 딱딱한 치즈 한 조각, 의심쩍은 우유 한 잔, 시들시들한 당근. 마이라는 내 냉장고를 채워 놓는, 스스로에게 부과한 과업을 이번 주에는 하지 않았다. ─ 을 먹고 났을 때 월터가 되돌아왔다. 그는 측정을 하고, 톱질을 하고, 망치질을 하고, 그런 다음 뒷문을 두드리고 시끄럽게 해서 미안하지만 이제 모든 것이 말쑥해졌다고 말했다.

"자네를 위해 커피를 끓였네." 나는 말했다. 그것은 이 4월 행사의 의식이다. 이번에 내가 커피를 태웠던가? 상관없다. 그는 마이라의 커피에 익숙하다.

"그거 괜찮겠는데요." 그는 조심스럽게 고무장화를 벗어 뒤쪽 베란다에 놓아둔다. 마이라는 그를 잘 길들였다. 그는 마이라가 "그의 더러움"이라고 부르는 것을 "그녀의 카펫"이라고 불리는 것에 남기지 않도록 길들여진 것이다. 그런 다음 거대한 양말을 신은 발로 까치발을 하고 부엌 바닥을 가로질러 걸어왔다. 내 부엌 바닥은 마이라가 고용한 여자가 열심히 닦고 광을 낸 덕분에 이제 빙하처럼 매끈하고 위험하다. 예전에는 유용한 점착성 거죽이 바닥에 깔려 있었다. 얇게 풀을 발라 놓은 듯 먼지와 더러움이 쌓인 것 말이다. 그러나 이제는 그런 것이 없다. 정말로 이 위에 모래알을 뿌려야겠다. 그렇지 않으면 미끄러져 부상을 입게 될 것 같다.

월터가 까치발을 하고 걷는 모습을 보는 것 자체가 큰 즐거움이었다. 달걀 위를 걷는 코끼리 형상. 그는 부엌 탁자에 다다르자 노란 가죽 작업용 장갑을 그 위에 내려놓았다. 장갑은 거대한 여분의 앞발같이 놓여 있었다.

"새 장갑이로군." 나는 말했다. 너무나 새것이라 빛이 나는 것 같았다. 긁힌 자국 하나 없었다.

"마이라가 사 줬어요. 세 거리 떨어진 곳에 사는 남자가 실톱으로 손가락 끝을 잘라 버렸거든요. 마이라는 그걸 두고 난리를 치더니 내가 그런 짓이나 더 끔찍한 짓을 하게 될까 봐 걱정을 하더군요. 그렇지만 그 사내는 얼간이에요. 토론토에서 이사왔죠. 거친 말을 해서 미안합니다. 그이는 톱 같은 건 써서는 안되는 사람이에요. 그러다 자기 머리까지 잘라 버릴 위인이죠. 뭐그런다고 해서 아쉬울 것도 없지만. 거의 미친 작자나 그런 재주를 부린다고, 그리고 나는 실톱 같은 것도 없다고 마이라에게 말했죠. 그렇지만 이 망할 놈의 것을 항상 갖고 다니게 만드네요. 내가 문 밖을 나설 때마다, 여보, 장갑 여기 있어요, 그래요."

"잃어버리면 되겠네." 나는 말했다.

"다른 걸 또 사 줄 거예요." 그는 우울하게 말했다.

"여기 놔두게. 잊어버렸다고 하고 나중에 가져오겠다고 말해. 그런 다음 가져가지 않으면 되지." 외로운 밤 동안 월터의 텅 빈 가죽 손을 붙잡고 있는 내 모습을 떠올려 보았다. 일종의 동반자 같은 것이 될 것이다. 처량하다. 어쩌면 고양이나 작은 개를 구해야 할지도 모르겠다. 따스하고 비판적이지 않고 털이 북슬

북슬한 것. 내가 밤을 새도록 도와주는 동료 생명체. 우리는 포유류의 포옹을 필요로 한다. 지나친 고독은 시력에 나쁘다. 그렇지만 내가 그런 걸 가지게 된다면 분명 그것에 발이 걸려 넘어져 목이 부러지고 말 것이다.

월터의 입술이 실룩거리더니 윗니 끝부분이 드러났다. 싱긋 웃는 것이었다. "위대한 마음은 생각하는 게 비슷하다니까요, 그렇죠? 그런 다음 그 망할 것을 쓰레기통에 우발적으로 일부러 버려 주시면 되겠네요." 그는 말했다.

"월터, 자네는 개구쟁이야." 나는 말했다. 월터는 더 큰 미소를 짓더니 커피에 설탕 다섯 숟갈을 넣어 단숨에 마시고는 양손을 탁자 위에 놓고 밧줄로 끌어올린 오벨리스크처럼 몸을 일으켰다. 나는 그 모습에서 그가 내게 마지막으로 무엇을 해 줄지 미리 보았다. 그는 내 관의 한쪽을 들어 올릴 것이다.

월터 역시 그것을 알고 있고 그에 대비하고 있다. 그가 그냥 수리공이 아닌 것이다. 수선을 떨지 않고, 나를 떨어뜨리지 않을 것이다. 내 마지막 짧은 여행을 기복 없고 평평하고 안전하게 갈 수 있도록 해 줄 것이다. "이제 올라가시는군." 그는 말할 것이다. 그리고 나는 올라갈 것이다.

우울한 상상이다. 나도 알고 있다. 감상적이기도 하다. 그렇지만 제발 나의 이런 면을 참아 주길. 죽어 가는 이들은 어느 정도 자유를 허락받는 법이다. 생일을 맞은 아이들처럼.

가정의 불

어젯밤 나는 텔레비전 뉴스를 보았다. 뉴스 시청은 소화에 나쁘기 때문에 사실 보지 말았어야 했다. 어디선가 또 다른 전쟁이 일어나고 있다. 사소한 전쟁이라고 하지만, 그것을 직접 겪는 사람에게는 결코 사소한 것이 아닐 것이다. 이 모든 전쟁들은 특유의 모습을 지니고 있다. 위장 군복을 입고 입과 코에 수건을 두른 남자들, 떠도는 연기, 속이 드러난 건물들, 부상당하고 흐느껴 우는 민간인들. 한없이 많은 어머니들이 한없이 많은 지친 아이들을 데리고 가는 모습. 피로 얼룩진 얼굴. 끊임없이 보이는 당황한 늙은 남자들. 그들은 복수를 미연에 방지하기 위해 젊은 남자들을 끌고 가서 살육한다. 트로이에서 그리스인들이 그랬듯이. 유태인 아기들을 죽이기 위해 히틀러가 둘러대던 변명이기도 했던 것을 기억한다.

전쟁은 발생하고 사그라진다. 그러나 이내 다른 곳에서 돌발한다. 집들은 달걀처럼 부서져 속을 드러내고, 내부의 살림은 불태워지거나 도둑맞거나 보복적으로 짓밟힌다. 비행기에서 퍼붓는 맹공격을 당하는 피난민들. 수백만 개의 지하실에서 당황한 왕족들이 총살대를 대면한다. 그들의 코르셋에 박힌 보석도 그들을 구하지 못할 것이다. 헤롯왕의 군대는 수천 개의 거리를 순찰한다. 바로 옆집에서 나폴레옹이 은제 식기를 가지고 도망간다. 어떤 공격이든지 공격이 시작될 때면 도랑은 강간당한 여자들로 가득 찬다. 정확히 말한다면 강간당한 남자들 역시. 강간당한 아이들, 강간당한 개들과 고양이들. 모든 것이 통제 불가능한 상태가 된다.

그러나 이곳에서는 그렇지 않다. 이 평온하고 지루한 벽지, 포트 타이콘드로가는 그렇지 않다. 비록 공원에 마약 중독자 한두 사람이 있고, 때때로 강도 사건이 일어나고, 때때로 소용돌이 주변에서 떠도는 시체가 발견되기도 하지만. 우리는 여기서 쭈그리고 앉아 취침 전 음료를 마시고 취침 전 간식을 먹으며 비밀의 창을 내다보듯 세계를 기웃거리다가 싫증이 나면 꺼 버리는 것이다. "20세기에 대해서는 그쯤해 두지." 우리는 위층으로 올라가면서 말한다. 그렇지만 연안으로 밀려오는 조수처럼 먼 곳에서 들려오는 외침 소리가 있다. 무자비한 도마뱀 눈을 한 외계인, 혹은 금속 익룡을 태운 우주선처럼 머리 위를 휩쓸며 여기 21세기가 다가온다. 조만간 그것은 우리 존재를 눈치 채고 우리의 허술한 작은 소굴의 지붕을 철 발톱으로 부수어 버릴 것이다. 그러면 우리는 다른 사람들과 마찬가지로 헐벗고 떨고 굶주리고 병약하고 무능한 존재들이 될 것이다.

이렇게 주제에서 벗어나는 말을 하는 것을 용서해 주길. 내나이 정도가 되면 이런 종말론적 예견을 즐기는 법이다. 우리는 이렇게 말한다. "세상의 끝이 다가왔다." 우리는 스스로에게 이렇게 거짓말한다. "나는 남아서 그런 꼴을 보지 않아도 되어서 기쁘다." 사실 작은 비밀 창문을 통해 볼 수 있다면, 우리 자신이 개입되지만 않는다면, 무엇보다도 그것을 즐겨 볼 것이다.

그렇지만 세상의 종말에 대해 뭐하러 상관하겠는가? 어느 누군가에게는 하루하루가 세상의 종말이다. 시간의 수면은 높아지고 또 높아진다. 그것이 우리 눈높이에 이르면 우리는 익사하게 된다.

그다음에 무슨 일이 일어났던가? 잠시 동안 나는 줄거리를 잊어버렸다. 기억하는 것은 내게 힘든 일이다. 그렇지만 이내 나는 기억을 되살린다. 당연히 전쟁 이야기였다. 우리는 그에 대비를 하지 않았지만, 동시에 한 번 경험해 본 일이라는 것을 알고 있었다. 그때와 똑같은 한기, 안개처럼 굴러 들어오는 한기. 출생 시 나를 둘러쌌던 그 한기. 그때와 마찬가지로 모든 것이 전율하는 조바심을 띠고 있었다. 의자, 탁자, 거리와 가로등, 하늘, 공기. 하룻밤 사이에 현실이라고 생각되던 것들이 그냥 사라져 버렸다. 전쟁이 일어나면 그렇게 되는 법이다.

이것이 어떤 전쟁을 가리키는 것인지 너는 너무 어려서 기억 못 할지도 모른다. 모든 전쟁이 그것을 겪은 사람에게는 '바로 그 전쟁'이다. 내가 지칭하는 전쟁은 1939년 9월 초에 발발했다. 그리고 종전된 것은…… 그 날짜는 역사책에 있다. 네가 직접 찾아볼 수 있을 것이다.

"가정의 불을 계속 타오르게 만들라."* 이것은 옛 전쟁 구호 중 하나였다. 나는 그 구호를 들을 때마다 삼단 같은 머리와 빛

나는 눈을 가진 여자들 한 무리가 비밀스럽게 하나 둘씩 달빛 아래서 자신의 집에 불을 지르는 영상을 떠올리곤 했다.

전쟁이 시작되기 몇 달 전 리처드와 나의 결혼은 이미 삐걱 거리고 있었다. 사실 초기부터 삐걱거렸다고 말할 수도 있겠지 만. 나는 유산을 한 번 했고, 또다시 했다. 리처드는 정부(情婦) 가 한 사람, 그리고 또 한 사람 생겼다. 그것이 내 추측이었다. 내 약한 건강 상태와 리처드의 욕구를 고려해 볼 때 불가피한 일이 었다.(나중에 위니프리드가 그렇게 말하곤 했다.) 그 당시 남자들은 욕구를 갖고 있었다. 그 욕구라는 것은 엄청나게 많았다. 그것은 남자라는 존재의 어두운 구석 지하에 살다가, 쥐의 역병처럼 이 따금 힘을 모아 용솟음치곤 했다. 그것은 너무나 교활하고 강해 서 어떤 실제 남자도 그것을 능가할 수 없었다. 이것이 위니프리 드, 그리고 제대로 말하자면, 다른 많은 사람들이 주장하던 이 론이었다.

리처드의 정부들이란 (내가 짐작하기에) 그의 비서들이었다, 언 제나 매우 젊고, 언제나 예쁘고, 언제나 단정한 여자들. 그들은 학교에서 갓 졸업하자마자 고용되었다. 한동안 내가 그의 사무 실에 전화를 걸면 그 여자들은 나를 신경질적으로 가르치려 들 었다. 그들은 또한 내가 받을 선물을 사거나 꽃을 주문하는 심 부름을 하기도 했다. 그는 그들이 우선순위를 똑바로 알고 있기 를 바랐다. 내가 공식 부인이었고 그는 나와 이혼할 생각이 전혀 없었던 것이다. 그 시대에는 이혼한 남자들은 자기 나라의 지도

---

* 1차 세계대전 당시 유행한 노래에서 나온 구호. 남자들이 전쟁터로 나가 집이 황량하더라도 예전처럼 일상을 유지하라는 뜻이다.

자가 될 수 없었다. 그런 상황은 내게 어느 정도의 권력을 가져다주었지만, 그것은 내가 행사하지 않을 때만 발휘되는 권력이었다. 실제로 내가 아무것도 모르는 척할 때만 권력이 되는 것이었다. 그에게 드리운 위협은 내가 알아낼지도 모른다는 것, 이미 다 아는 비밀인 사실을 내가 폭로해서 온갖 종류의 폐해를 불러올지 모른다는 것이었다.

내가 그것에 신경을 썼던가? 어떤 면에서는 그랬다. 그러나 빵 반 덩어리는 아무것도 없는 것보다 낫다고, 그리고 리처드는 그저 일종의 빵 덩어리에 불과하다고, 나는 스스로에게 말하곤 했다. 그는 나뿐만 아니라 에이미에게도 식탁에 놓인 빵이었다. 리니가 늘 말했듯이 초연해야 했고, 나는 정말 그렇게 하기 위해 노력했다. 달아난 풍선처럼 하늘 높이 날아올라 초연하려고 노력했다. 그리고 때로는 그렇게 할 수 있었다.

나는 바쁘게 지냈다. 그렇게 하는 방법을 터득한 것이다. 이제 진지하게 원예에 열중했고, 어느 정도 소산을 보게 되었다. 모든 식물이 죽지는 않았다. 다년생 그늘 정원을 만들기 위한 계획을 세웠다.

리처드는 체면치레에 신경을 썼고, 나 역시 마찬가지였다. 우리는 칵테일파티와 저녁 만찬에 참석했고, 함께 팔짱을 꼈고 입장과 퇴장을 함께했다. 우리는 언제나 만찬 전에 술을 한두 잔, 때로는 세 잔 마셨다. 나는 이렇게 저렇게 섞어서 마시는 진을 지나칠 정도로 좋아하게 되었다. 그렇지만 발가락을 느낄 수 있고 입을 다물 수 있는 한 위험한 것은 아니었다. 우리는 여전히 모든 것의 표면 위에서 스케이트를 타고 있었다. 기품 있는 태도라는 살얼음 위에서. 그것은 아래에 어두운 호수를 숨기고 있었다. 얼음이 녹게 되면 우리는 침몰한다.

반쪽 인생이라도 전혀 없는 것보다 낫다.

나는 리처드의 실체를 온전하게 전달하지 못했다. 그는 판지의 도려낸 부분으로 남아 있다. 나도 알고 있다. 그를 진정으로 묘사할 수 없다. 정확한 초점을 맞출 수 없다. 버려진 젖은 신문 속 얼굴처럼 그는 번져 보인다. 그가 실물보다 커 보일 때뿐만 아니라 실제보다 작아 보일 때조차 그렇다. 그가 돈이 너무 많다는 사실, 세상에서 너무 큰 자리를 차지하고 있다는 사실 때문에 그렇다. 실제로 있는 이상의 것을 그에게서 기대하기 십상이며, 그렇기 때문에 그에게서 평균적인 것이 발견되면 결핍으로 여기게 되는 것이다. 그는 비정했지만, 사자 같지는 않았다. 일종의 커다란 설치류에 더 가까웠다. 그는 지하에 굴을 파고, 모든 것의 뿌리를 갉아 먹어 죽게 만들었다.

그는 위대한 행위, 상당한 자선을 베풀 수 있는 자력이 있었다. 그렇지만 절대로 그렇게 하지 않았다. 그는 스스로의 동상과 같이 되어 버렸다. 거대하고 공적이고 위압적이며 공허한 존재.

그가 맡은 일에 비해 그릇이 컸던 것은 아니었다. 오히려 그릇이 너무 작았다. 한마디로 요약하면 그랬다.

전쟁이 발발했을 때 리처드는 힘든 상황에 처해 있었다. 그는 사업 거래상 독일인들과 너무 밀착된 관계에 있었고, 연설할 때 그들을 지나치게 찬양했다. 그의 많은 동료들과 마찬가지로 그는 그들이 잔인하게 민주주의를 침해하는 것을 못 본 척했다. 많은 우리 지도자들이 성취할 수 없는 것이라고 비난하던 민주주의, 그러나 이제는 모두가 그것을 열심히 방어하려 들었다.

게다가 리처드는 돈도 많이 잃게 될 형국이었다. 하룻밤 사이에 적이 된 사람들과 더 이상 거래를 지속할 수 없었기 때문이다. 허둥지둥 움직이고 머리를 조아려야 했다. 그의 성격에 맞는일은 아니었지만 어쨌든 해냈다. 가까스로 자신의 위치를 확보하고 호의를 얻게 되었다. 손을 더럽힌 것은 그뿐만이 아니었기 때문에, 다른 이들도 더러운 손가락으로 그에게 손가락질 해 대는 것이 좋은 방법이 아니라는 것을 알았던 것이다. 그리고 이내그의 공장들은 힘차게 가동하면서 전쟁 지원 사업을 위해 전력을 다하게 되었다. 그리고 그는 어느 누구보다 한층 더 애국적으로 행동했다. 그랬기 때문에 소련이 연합군 편에 가담하고 조셉스탈린이 갑자기 모든 사람들의 사랑받는 삼촌이 되었을 때도그는 불리한 입장에 처하지 않았다. 리처드가 한때 공산주의에반하는 말을 많이 했던 것은 사실이었다. 그렇지만 그것은 오래전 일이었다. 그것은 이제 무마되었다. 적의 적은 결국 친구가 아니었던가?

한편 나는 하루하루를 간신히 헤쳐 나가고 있었다. 평상시 같지는 않았지만 — 평상시라는 것은 의미가 바뀌었다. — 내가할 수 있는 한 최선을 다하며. 그때의 나를 묘사하는 것으로 '꿋꿋한'이라는 단어를 쓰겠다. 혹은 '마비된'이라는 단어 역시 쓸수 있을 것이다. 씨름해야 할 가든파티도 없었고, 암흑 시장을통하지 않고는 실크 스타킹도 살 수 없었다. 고기는 배급되었고, 버터와 설탕도 마찬가지였다. 그런 것을 더 원할 때면, 즉 다른사람들이 받는 것보다 더 받고 싶으면, 특별한 연줄을 갖는 것이 중요했다. 호화 여객선을 타고 대서양을 가로질러 여행하는 일도 없었다. '퀸 메리' 호는 군대 수송선이 되었다. 라디오는 더이상 휴대용 야외 음악당이 아니라 광적인 신탁(神託) 전달자가되었다. 매일 밤 나는 뉴스를 듣기 위해 라디오를 켰다. 초기에들려오는 소식은 언제나 나빴다.

전쟁은 치열한 발동기처럼 계속되었다. 그것은 사람들을 지치게 만들었다. 끊임없고 황량한 긴장. 마치 며칠 동안 잠을 못 이루고 누워 있을 때 새벽이 오기 전 어둠 속에서 누군가가 이를 가는 소리를 듣는 것과 흡사했다.

그렇지만 좋은 점도 있었다. 머거트로이드 씨가 우리를 떠나 군에 입대했다. 그때 나는 운전하는 법을 배우게 되었다. 벤틀리로 기억되는 차 한 대를 내가 인수하게 되었고, 리처드는 그것을 내 명의로 해 두었다. 그렇게 하면 가솔린을 더 지급받을 수 있었다.(가솔린은 당연히 배급되었다. 물론 리처드 같은 사람은 별 상관이 없었지만.) 그것으로 인해 나는 더 자유를 누리게 되었다. 하지만 이제 내게 자유란 별 소용이 없는 것이었다.

나는 감기에 걸렸고, 그것은 기관지염으로 발전했다. 그해 겨울에는 모든 사람들이 감기에 걸렸다. 회복하는 데 몇 달이 걸렸다. 나는 처량한 기분으로 침대에 누워 오랜 시간을 보냈다. 계속해서 기침을 해 댔다. 나는 더 이상 뉴스 영화를 보러 가지 않았다. 연설, 전투, 폭격과 폐해, 승리, 심지어 공격까지 보여 주는 것. 감동적인 시간이라고들 했지만, 나는 흥미를 잃었다.

종전이 다가오고 있었다. 점점 더 가까워졌다. 그러다가 마침내 일어났다. 마지막 전쟁이 끝난 후의 침묵, 그다음 울리던 종소리를 기억한다. 그때는 웅덩이에 얼음이 언 11월이었고, 그다음 봄이 왔다. 시가 행렬이 있었다. 성명서가 발표되었다. 트럼펫이 울렸다.

그렇지만 전쟁을 끝내는 것은 그렇게 쉬운 일이 아니었다. 전쟁은 거대한 불이다. 재는 멀리 날아가고 천천히 가라앉는다.

다이애나 스위츠

오늘 나는 주빌리 다리까지 걸은 다음 도넛 가게까지 갔다. 그곳에서 오렌지맛 크룰러*를 거의 3분의 1가량 먹었다. 내 동맥을 따라 침적물처럼 퍼지는 밀가루와 지방의 거대한 덩어리.

그런 다음 화장실로 갔다. 누군가 가운데 칸에 있었기 때문에 나는 거울을 보지 않으려고 애쓰면서 기다렸다. 나이가 들면 피부가 얇아진다. 핏줄과 힘줄이 드러난다. 또한 그것은 우리를 뻔뻔하게 만들기도 한다. 이전의 모습으로, 민감하던 때로 돌아가기는 힘든 법이다.

마침내 문이 열리고 한 소녀가 나왔다. 어두운 색깔의 옷을 입은 짙은 피부의 소녀. 그녀의 눈은 검댕이로 테두리가 둘러져 있었다. 그녀는 작게 비명을 지르더니 곧 웃었다. "미안합니다. 거기 서 계시는 걸 못 봤어요. 깜짝 놀랐어요." 그녀는 외국인

---

* 둥근 꽈배기 모양의 도넛류.

억양을 지니고 있지만, 이곳에 속한 사람이다. 젊은이라는 국적을 가지고 있는 것이다. 이제 나야말로 외국인이다.

최근 메시지는 금색 마커 펜으로 쓰여 있었다. "예수님 없이는 천국으로 갈 수 없다." 벌써부터 주석이 달렸다. "예수님"이 지워지고 "죽음"이 검은색으로 그 위에 기록되었다.

그리고 그 밑에 있는 것은 녹색 낙서였다. "천국이란 모래 알갱이다. 블레이크."

그리고 그 밑에 있는 것은 주황색 낙서였다. "천국이란 지노어 행성에 있다. 로라 체이스."

또 다른 잘못된 인용.

전쟁은 5월 첫 주에 공식적으로 끝났다. 그러니까 유럽에서 있었던 전쟁 말이다. 로라가 관심을 가졌던 것은 그 부분뿐이었다.

일주일 후 그녀는 내게 전화를 걸었다. 그녀는 아침에, 아침 식사 시간 한 시간 후에 전화를 했다. 그때라면 리처드가 집에 없으리라는 것을 알았을 것이다. 나는 그녀의 목소리를 알아듣지 못했다. 그녀가 연락하리라는 기대를 저버리고 있었던 것이다. 처음에는 내 양장점에서 일하는 사람인 줄 알았다.

"나야." 그녀는 말했다.

"너 어디 있니?" 나는 조심스럽게 말했다. 이 시점에 이르러서는 그녀가 내게 있어 알 수 없는 존재가 되었다는 것을 너는 기억해야 할 것이다. 공고함이 불확실한 존재.

"여기 있어, 시내에." 그녀는 말했다. 자신이 어디 머물고 있는지는 알려 주지 않았지만, 그날 오후에 자신을 만날 수 있는 거리 한구석의 이름을 댔다. 그러면 함께 차를 마실 수 있겠다고 내가 말했다. 나는 다이애나 스위츠로 그녀를 데려가려고 생각했다. 그곳은 안전하고 한적한 곳이며 대부분 여성 고객만 상대했다. 그곳에서는 나를 알고 있었다. 나는 차를 가져가겠다고 말했다.

"오, 이제는 차가 있어?"

"그런 셈이지." 나는 설명했다.

"멋있는 차인가 봐." 그녀는 쾌활하게 말했다.

로라는 자신이 말한 대로 킹 스트리트와 스파다이나 애버뉴 교차로 한구석에 서 있었다. 그곳은 그다지 평판이 좋은 곳은 아니었지만, 그녀는 그런 사실에 별로 불안해하는 것 같지 않았다. 나는 경적을 울렸고, 그녀는 손을 흔들더니 다가와서 올라탔다. 나는 몸을 굽혀 그녀의 뺨에 입을 맞췄다. 바로 그 순간 나는 배반자가 된 듯한 느낌이 들었다.

"네가 정말로 여기 있다는 걸 믿을 수 없어." 나는 그녀에게 말했다.

"그렇지만 나는 여기 있는걸."

나는 갑자기 눈물을 흘릴 뻔했다. 그녀는 태연해 보였다. 그렇지만 그녀의 뺨은 아주 차가웠다. 차갑고 홀쭉했다.

"그렇지만 형부에게는 아무 말도 안 했겠지." 그녀는 말했다. "내가 여기 있는 거에 대해서 말이야. 아니면 위니프리드나." 그녀는 덧붙였다. "결국 그게 그거니까."

"그런 짓은 안 해." 나는 말했다. 그녀는 아무 말도 하지 않았다.

운전을 하고 있었기 때문에 나는 그녀를 정면으로 바라볼 수 없었다. 그렇게 하기 위해서는 주차를 하고, 그런 다음 다이애나 스위츠까지 걸어가 서로를 마주보고 앉을 때까지 기다려야 했다. 마침내 나는 그녀의 전면을 완전히 볼 수 있었다.

그녀는 내가 기억하는 로라이기도 했고 아니기도 했다. 물론 더 나이가 들기도 했지만 — 우리 둘 다 마찬가지였다. — 그것 이상이었다. 그녀는 단정하게, 거의 금욕적으로 보일 정도로 옷을 입고 있었다. 주름 잡힌 몸통 부분에 작은 단추가 앞쪽을 따라 달린 흐릿한 푸른색 셔츠 웨이스트 드레스 차림이었다. 머리는 뒤로 넘겨 단단하게 쪽을 찌었다. 그녀는 오그라들어 함몰해 버리고 모든 색깔이 걸러진 것처럼 보였다. 그러나 동시에 반투명한 것처럼 보이기도 했다. 마치 빛으로 된 작은 못이 내부로부터 피부를 뚫고 내밀고 있는 것처럼, 마치 빛의 가시가 그녀로부터 태양을 향해 들어 올린 엉겅퀴 같은 가시 돋친 안개로 내뿜어져 나오는 것처럼. 그것은 형언하기 힘든 효과였다.(그렇지만 내가 하는 말을 너무 깊게 받아들여서는 안 된다. 내 눈은 이미 나빠지고 있었다. 그때는 몰랐지만 이미 안경이 필요했던 것이다. 로라 주변에 보였던 흐릿한 빛은 단순한 시각적 결함에서 비롯된 것일 수도 있다.)

우리는 주문을 했다. 그녀는 차보다는 커피를 마시고 싶어 했다. 나는 질 나쁜 커피일 것이라고 주의를 줬다. 전쟁 때문에 이런 곳에서는 좋은 커피를 기대할 수 없었다. 그러나 그녀는 말했다. "나는 질 나쁜 커피에 익숙해."

침묵이 흘렀다. 나는 어디서부터 시작해야 할지 몰랐다. 그녀가 토론토에 돌아와 무엇을 하고 있는지 물어볼 준비가 되지 않았다. 그동안 그녀는 어디에 있었던 것인가? 나는 물었다. 그녀는 무엇을 했는가?

"처음에는 아빌리온에 있었어." 그녀는 말했다.

"그렇지만 그곳은 전부 잠겨 있었는걸!" 전쟁 내내 그곳은 굳게 닫혀 있었다. 우리는 수년간 그곳에 가지 않았다. "어떻게 들어갔니?"

"아, 알잖아. 우리가 원할 때면 언제든 들어갈 수 있었지." 그녀는 말했다.

나는 석탄 활송(滑送) 장치, 지하 저장실 문의 미덥지 않은 자물쇠를 기억했다. 그렇지만 그것은 오래전에 수리되었다. "창문을 깼니?"

"그럴 필요가 없었어. 리니가 열쇠를 갖고 있었거든. 그렇지만 말하지 마." 그녀는 말했다.

"난방 기구를 켤 수 없었을 텐데. 온기가 하나도 없었겠구나." 나는 말했다.

"없었지. 그렇지만 쥐는 많았어." 그녀는 말했다.

커피가 나왔다. 태운 토스트 부스러기와 구운 치커리 냄새가 났다. 실제로 그런 것을 넣어 만든 것이기 때문에 별로 놀라운 일은 아니었다. "케이크나 뭐 다른 거 먹을래? 여기 케이크 괜찮은데." 내가 말했다. 그녀는 너무나 여위었다. 케이크를 좀 먹는 것이 좋겠다고 생각했다.

"아니, 고마워."

"그런 다음 뭘 했니?"

"그런 다음 나는 스물한 살이 되었기 때문에 아버지가 남겨두신 돈을 좀 갖게 됐어. 그래서 핼리팩스로 갔지."

"핼리팩스? 왜 핼리팩스로?"

"배가 들어오는 곳이었거든."

나는 무슨 말인지 이해하지 못했다. 그녀의 말 이면에는 이유가 있었다. 로라가 하는 말은 언제나 그랬다. 나는 그 이유가 무엇인지 듣고 싶지 않았다. "하지만 뭘 '하고' 있었니?"

"이것저것." 그녀는 말했다. "밥값은 하려고 노력했지." 그 부분에 관해서는 그렇게만 말했다. 자선 식당 같은 것, 혹은 그와 비슷한 무엇이었을 것이라고 나는 짐작했다. 병원에서 화장실 청소하는 일, 그런 종류의 일. "내 편지 못 받았어? 벨라 비스타에서 보낸 것? 언니가 받지 못했다고 리니가 그러던데."

"응. 한 번도 받지 못했어." 나는 말했다.

"그들이 가로챘을 거야. 그리고 전화를 하거나 내게 면회 오는 일도 못하게 했지?"

"네게 좋지 않을 거라고 하더군."

그녀는 약간 웃었다. "언니에게 좋지 않았겠지. 언니는 정말 그곳에, 그 집에 머물러서는 안 돼. 그 사람이랑 지내서는 안 돼. 그는 정말 사악한 사람이야." 그녀는 말했다.

"네가 항상 그렇게 느껴 왔다는 거 나도 알고 있어. 하지만 내가 무슨 일을 할 수 있겠니? 그는 절대로 이혼해 주지 않을 거야. 그리고 나는 돈이 없어." 나는 말했다.

"그건 변명거리가 못 돼."

"아마도 네겐 그렇겠지. 너는 아버지에게서 받은 신탁 자금이 있잖니. 그렇지만 나한테는 그런 게 없어. 그리고 에이미는 어떻게 하니?"

"언니가 데리고 나오면 되지."

"말하기는 쉽지. 에이미가 오고 싶어 하지 않을 수도 있어. 네가 알아야겠다면 말해 주겠는데, 지금 그 애는 리처드에게 상당히 밀착되어 있어."

"왜 그런데?" 로라는 물었다.

"잘해 주거든. 선물을 주니까."

"핼리팩스에서 언니에게 편지를 썼어." 로라는 화제를 바꾸며 말했다.

"그 편지들도 받지 못했어."

"형부가 언니 우편물을 읽겠지." 로라가 말했다.

"그런 것 같아." 나는 말했다. 대화는 내가 예상하지 못한 방향으로 흘러가고 있었다. 내가 그녀를 위로하고 동정하고 슬픈 이야기를 들어줄 것이라고 생각했었는데, 그러는 대신 로라가 나를 훈계하고 있었다. 우리는 얼마나 쉽게 옛날 역할로 되돌아가는지.

"형부가 나에 대해 뭐라고 얘기했어? 나를 그곳에 집어넣은 거에 대해서 말이야." 이제 그녀가 말했다.

이제 바로 그 문제가 눈앞에 놓였다. 중요한 기로였다. 로라가 미친 것이었던가 리처드가 거짓말을 했던 것인가 둘 중 하나였다. 나는 그 두 가지를 모두 믿을 수 없었다. "그는 내게 얘기해 줬어." 나는 모호하게 대답했다.

"어떤 얘기? 걱정 마. 화내지 않을게. 그냥 알고 싶을 뿐이야."

"네가, 그러니까, 정신적으로 혼란 상태에 있다고 그러더라."

"당연히 그랬겠지. 그는 그런 말을 했을 거야. 그밖에 무슨 말을 했어?"

"네가 임신했다고 생각하고 있다고, 그렇지만 그건 망상에 불과하다고 말했어."

"나는 '정말로' 임신했어. 그게 문제였던 거야. 그래서 그렇게 서둘러 나를 눈에 보이지 않는 곳으로 몰아내 버린 거지. 그와 위니프리드, 그들은 완전히 겁먹었어. 치욕, 추문. 그에게 있어 커다란 절호의 기회에 그것이 어떤 식으로 작용할 거라고 그들이 생각했을지 상상할 수 있겠지." 로라는 말했다.

"그래, 알겠어." 의사로부터 걸려 온 비밀 전화, 공포, 그들 둘 사이에서 성급하게 이루어진 회의, 순식간에 만들어진 계획도 상상할 수 있었다. 그런 다음 나에게 들려주기 위해 짜낸 다른 설명. 나는 언제나 고분고분했지만, 어느 정도 넘지 말아야 할 선이 있다는 것을 그들은 알고 있었던 것이다. 그 선을 일단 넘고 나면 내가 어떤 짓을 할지 두려워했던 것이다.

"어쨌든, 나는 아기를 낳지 않았어. 벨라 비스타에서 그들이 한 짓 중 한 가지였지."

"그들이 한 짓 중 한 가지라고?" 나는 바보가 된 느낌이었다.

"엉터리 의술이랑, 약이랑 기계 같은 것 말이야. 그들은 중절 수술을 해. 치과 의사처럼 에테르로 정신을 잃게 만들지. 그다음 아기를 꺼내는 거야. 그런 후에는 내가 모든 일을 꾸며 낸 거라고 말하지. 그리고 내가 그들이 한 짓을 두고 비난을 하면 내가 나 자신과 다른 사람들에게 위험한 존재라고 하는 거야." 로라는 말했다.

그녀는 너무나 침착했고, 너무나 그럴듯하게 말했다. "로라, 확실하니? 내 말은, 아기 말이야. 정말 아기가 있었던 거야?" 나는 말했다.

"물론 확실하지. 내가 왜 그런 얘기를 만들어 내겠어?" 그녀는 말했다.

아직 의심의 여지는 있지만 이번에는 로라를 믿었다. "어떻게 그렇게 됐지?" 나는 속삭였다. "누가 아버지니?" 그런 일은 귓속

말로 해야 하는 것이다.

"아직까지 모른다면 언니한테 말해서는 안 될 것 같아." 로라는 말했다.

나는 알렉스 토머스일 것이라고 추측했다. 알렉스는 로라가 관심을 보였던 유일한 남자였다. 그러니까 아버지와 신을 제외하고 말이다. 그런 가능성을 인정하기 싫었지만 정말로 다른 선택의 여지가 없었다. 그들은 분명 그녀가 토론토에서 처음으로 다닌 학교에서 꾀를 부리던 때, 그리고 나중에 학교에 다니지 않았을 때 만났을 것이다. 그녀가 깔끔하고 신성한 작은 앞치마를 입고 병원에서 노쇠한 빈곤자들의 기운을 북돋워 주는 일을 하고 있었을 때. 그리고 그 기간 내내 새빨간 거짓말을 하고 있었던 것이다. 그는 당연히 앞치마를 보고 싸구려 흥분을 느꼈을 것이다. 그것이 풍기는 특이함에 흥미를 느꼈을 것이다. 아마도 그것 때문에, 알렉스를 만나기 위해서 그녀는 자퇴를 했을 것이다. 그녀가 몇 살이었던가? 열다섯, 열여섯? 그는 어떻게 그런 짓을 할 수 있었단 말인가?

"그를 사랑했니?" 나는 물었다.

"사랑했냐고? 누구를?" 로라가 말했다.

"알잖아." 나는 차마 말할 수 없었다.

"아, 아니. 전혀. 끔찍했어. 그렇지만 그렇게 할 수 밖에 없었어. 희생을 해야 했어. 스스로 아픔과 고통을 감당해야만 했어. 그렇게 하겠다고 하느님에게 약속했거든. 내가 그렇게 하면 알렉스를 구할 수 있다는 것을 알고 있었어." 로라는 말했다.

"도대체 무슨 소리야?" 로라가 온건한 정신을 지녔다고 새롭게 믿었던 것이 산산이 부서져 내리고 있었다. 우리는 그녀의 미친 형이상학의 영역으로 되돌아온 것이다. "알렉스를 뭐에서 구한다는 말이야?"

"구속되는 것에서. 그들은 그를 총살했을 거야. 칼리 피츠시먼스는 그가 어디 있는지 알고 있었고 그걸 말했어. 형부에게 말했단 말이야."

"믿을 수 없어."

"칼리는 밀고자였어. 형부가 그렇게 말했어. 칼리가 자신에게 '정보를 주고 있다.'라고 그가 말했어. 그녀가 감옥에 있고 형부가 그녀를 석방시켜 줬던 거 기억해? 그것 때문에 그렇게 한 거였어. 그녀는 그 덕분에 풀려난 거지." 로라는 말했다.

사건에 대한 이런 설명은 정말 깜짝 놀랄 만한 것이었다. 무시무시하기도 했다. 그러나 그것이 사실일 가능성도 미약하게, 아주 미약하게 있었다. 그러나 만일 사실이라면, 칼리는 거짓말을 해 온 것이다. 알렉스가 어디 있는지 그녀가 어떻게 알았단 말인가? 그는 너무나 자주 옮겨 다녔다.

그렇지만 그가 칼리와 연락을 취하고 있었는지도 모른다. 그랬을 수도 있다. 그녀는 그가 신뢰했던 사람 가운데 하나였는지도 모른다.

"내 편에서는 거래 계약을 지켰어. 그리고 그건 효과가 있었어. 하느님은 속임수를 쓰지 않아. 하지만 알렉스는 참전해 버렸지, 스페인에서 돌아온 후 말이야. 칼리가 그렇게 말했어. 그녀가 내게 말해 줬어." 로라는 말했다.

나는 그녀의 말을 이해할 수 없었다. 머리가 아주 어지러웠다. "로라, 왜 여기로 돌아왔니?" 나는 물었다.

"전쟁이 끝났으니까." 로라는 참을성 있게 말했다. "그리고 알렉스는 곧 돌아올 거야. 내가 여기 없다면 그는 나를 어디서 찾아야 할지 모를 거야. 그는 벨라 비스타에 대해서도, 내가 핼리팩스에 갔던 것도 모를 거야. 그가 갖고 있는 내 주소는 언니 주소뿐이야. 그는 어떻게 해서든 내게 소식을 전해 줄 거야." 그녀는 진정한 신자의 격앙된 굳은 확신을 갖고 있었다.

나는 그녀를 뒤흔들고 싶었다. 나는 순간 눈을 감았다. 아빌리온의 작은 연못과 발가락을 담그고 있는 님프 석상이 보였다. 어머니 장례식 다음 날 너무 뜨거운 햇빛이 고무 같은 녹색 잎사귀에 번득이던 것이 눈앞에 떠올랐다. 나는 케이크와 설탕을 너무 많이 먹어서 배가 아팠다. 로라는 내 옆의 평평한 암반 위에 앉아서 혼자 만족스럽게 흥얼거리고 있었다. 자신이 신과 비밀스러운, 말도 안 되는 계약을 했기 때문에 정말 모든 것이 잘되어 가고 있으며 천사가 자기 편이라고 단단히 확신하면서.

내 손가락이 심술로 근질거렸다. 그다음 무슨 일이 일어났는지 나는 알고 있다. 나는 그녀를 밀쳐 버렸다.

이제 아직까지도 내 마음을 괴롭히는 대목에 다다랐다. 나는 혀를 깨물고 입을 다물었어야 했다. 사랑하는 마음으로 거짓말을 하거나 다른 말을 했어야 했다. 진실이 아닌 무엇인가를. "몽유병 환자를 방해하지 마라. 충격 때문에 죽을 수도 있어." 리니는 말하곤 했다.

"로라, 이런 말 정말 하기 싫지만, 네가 무슨 일을 했든 간에 그건 알렉스를 구하지 못했어. 알렉스는 죽었어. 그는 여섯 달 전 전쟁에서 죽임을 당했어. 네덜란드에서." 나는 말했다.

그녀 얼굴 주변을 감돌던 빛이 사라졌다. 그녀는 아주 창백해졌다. 마치 밀랍이 식는 것을 보는 것 같았다.

"어떻게 알아?"

"전보를 받았어. 관계자들이 그걸 내게 보냈어. 그가 나를 가장 가까운 친지로 써 넣었거든." 나는 말했다. 그때만 하더라도 방향을 바꿀 수 있었을 것이다. 이렇게 말할 수도 있었을 것이다. "실수였을 거야. 네게 보낸 것이었을 거야." 그러나 나는 그렇게 말하지 않았다. 그 대신 이렇게 말했다. "그가 그렇게 한 건 정말 경솔한 짓이었어. 리처드를 생각해서 그런 짓은 하지 말았어야 하는 건데. 그렇지만 그에게는 가족이 없었고 우리는 연인이었으니까, 그래, 비밀리에, 상당히 오랫동안 말이야. 그리고 나 말고 그에게 누가 또 있었겠어?"

로라는 아무 말도 하지 않았다. 그저 나를 쳐다보기만 했다. 그녀의 시선은 나를 곧바로 관통했다. 그녀가 무엇을 보고 있는지 아무도 모를 일이다. 침몰하는 배, 불타는 도시, 등을 찌르는 칼. 그러나 나는 그 표정을 알아보았다. 그녀가 루브토 강에서 거의 빠져 죽을 뻔했던 때의 표정이었다. 그녀가 물에 잠기던 때의 표정, 공포에 질리고 싸늘하고 황홀해하던 그 표정. 강철처럼 빛나는.

잠시 후 그녀는 일어서서 탁자를 가로질러 손을 뻗치더니 빠르고 거의 섬세하다고 할 수 있는 손놀림으로, 마치 깨지기 쉬운 무엇이 들어 있는 것처럼, 내 지갑을 집어 들었다. 그러더니 몸을 돌려 식당 밖으로 나가 버렸다. 나는 그녀를 저지하기 위해 어떤 동작을 취하지도 않았다. 나는 너무 놀라 꼼짝할 수 없었고, 의자에서 일어났을 때는 로라는 이미 사라져 버렸다.

돈을 지불할 때 당황스러운 상황이 펼쳐졌다. 나는 지갑에 든 돈 말고는 한 푼도 없는데 동생이 지갑을 실수로 가져가 버렸다고 설명했다. 다음 날 갚겠노라고 약속했다. 그 문제를 해결한 후 나는 주차해 둔 곳으로 뛰다시피 갔다. 차는 없었다. 차 열쇠 역시 지갑 안에 있었다. 나는 로라가 운전을 배웠다는 사실을 몰랐다.

나는 이야기를 짜내며 여러 구획을 걸었다. 내 차에 무슨 일이 일어났는지 리처드와 위니프리드에게 사실대로 말할 수는 없었다. 로라에게 불리한 또 다른 증거로 작용할 수 있는 것이다. 그 대신 차가 고장이 나서 수리 공장으로 견인되었으며, 그들이 내게 택시를 불러 주어서 집까지 타고 왔는데 그때서야 실수로 지갑을 차에 놓고 왔다는 것을 알아차렸다고 말하기로 했다. 아무 걱정할 필요가 없다고, 아침이 되면 모두 잘 해결될 것이라고 말하기로.

그런 다음 나는 정말로 택시를 불렀다. 머거트로이드 부인이 집에 있기 때문에 문을 열어 주고 택시비를 내 줄 수 있었다

리처드는 집에 저녁 식사를 하러 오지 않았다. 그는 무슨 회관 같은 곳에서 역겨운 저녁을 먹고 연설을 하고 있었다. 그는 이제 열심히 뛰고 있었다. 목표물을 눈앞에 두고 있었다. 이 목표가 단순한 부나 권력이 아니었다는 것을 이제 나는 알고 있다. 그가 원한 것은 존경이었다. 그가 신흥 부자라고 하더라도 받을 수 있는 존경 말이다. 그는 그것을 간절히 바랐고 목말라했다. 존경을 망치처럼 뿐만 아니라 왕의 홀처럼 휘두르고 싶어 했다. 그런 욕망 자체는 비열한 것이 아니다.

이 특정한 회관은 남성 전용이었다. 그렇지 않았더라면 나는 그곳에 참석했어야 했다. 뒷자리에 앉아서 미소를 짓고 마지막

에는 박수를 치면서. 이런 기회가 생길 때면 나는 유모에게 하룻밤 쉬라고 하고 내가 직접 에이미의 취침 준비를 시켰다. 나는 에이미의 목욕을 감독하고 책을 읽어 주고 침대에 뉘었다. 그날 밤, 그녀는 평소와는 달리 쉬이 잠들지 않았다. 분명 내가 무슨 걱정을 하고 있다는 사실을 알아차렸을 것이다. 나는 옆에 앉아서 손을 잡아 주고 이마를 쓰다듬어 주고 그녀가 잠들 때까지 창밖을 내다보았다.

로라는 어디로 갔을까, 어디 머물고 있을까, 내 차로 무슨 짓을 한 것일까? 어떻게 그녀에게 연락할 수 있을까, 모든 것을 제대로 돌려놓기 위해 무슨 말을 할 수 있을까?

빛에 이끌린 풍뎅이가 창문에 부딪혔다. 그것은 눈먼 엄지손가락처럼 유리창에 부딪혔다. 화난 소리처럼 들렸다. 그리고 좌절되고 무기력한 소리처럼 들리기도 했다.

벼랑

오늘 내 두뇌에 갑작스러운 공백이 생겼다. 마치 눈 속에서 방향을 잃듯이. 사라져 버린 것은, 흔한 경우처럼 누군가의 이름이 아니라 한 단어였다. 그 단어는 물구나무서기를 해서 스스로의 의미를 떨어뜨려 버렸다. 바람에 날린 종이컵처럼.

그 단어는 '벼랑(escarpment)'이었다. 왜 갑자기 그 단어가 떠올랐던 것인가? "벼랑. 벼랑." 나는 여러 번 반복해 보았다. 아마도 소리 내서 말했을 것이다. 그렇지만 아무런 개념도 떠오르지 않았다. 이것이 물체던가, 행동이던가, 마음 상태, 몸의 결점이던가?

아무것도 생각나지 않았다. 현기증. 나는 가장자리를 비틀거리며 허공을 붙잡았다. 결국 사전을 찾아보았다. 수직으로 세워진 방어 시설, 혹은 가파른 경사면.

태초에 말씀이 있었다고, 우리는 한때 믿었다. 신은 언어가 얼마나 허술한 것인지 알고 있었는가? 얼마나 빈약하고 얼마나 쉽게 없어지는지?

로라가 경험한 것은 바로 이것이었을 것이다. 문자 그대로 그녀를 가장자리 너머로 밀어 버리는 것. 그녀가 의지했던 단어들이 뒤집어지면서 그 텅 빈 중심을 드러내고 그런 다음에는 휴지처럼 그녀로부터 날아가 버린 것이다. 그것이 견고하다고 믿으며 그 위에 카드로 된 집을 지어 왔는데.

'신.' '신뢰.' '희생.' '정의.'

'믿음.' '소망.' '사랑.'

'자매'는 말할 것도 없다. 그렇다. 그 단어는 언제나 거기에 포함된다.

다이애나 스위츠에서 로라와 차를 마신 다음 날 아침 나는 전화기 주변을 서성거렸다. 시간이 흘렀다. 아무 소식도 없었다. 아르카디아 코트에서 위니프리드와 위원회 임원 두 명과 점심을 하기로 한 약속이 있었다. 위니프리드와 약속한 계획은 항상 지키는 편이 나았다. 그렇지 않으면 그녀가 호기심을 보이곤 했던 것이다. 그래서 나는 예정대로 나갔다.

우리는 위니프리드가 최근에 기획하고 있는, 부상당한 군인을 돕기 위한 카바레에 대한 이야기를 들었다. 노래와 춤 공연이 있을 것이고, 일부 여자들은 캉캉 공연을 할 것이다. 그러니 우리 모두는 소매를 걷어 붙이고 협력해야 하고 표를 팔아야 한다. 위니프리드도 주름 장식이 달린 페티코트와 검은 스타킹을 신고 발을 차올릴 것인가? 제발 그러지 않기를 바랐다. 이제 그녀는 추해 보일 만큼 바싹 말랐다.

"아이리스, 약간 창백해 보이는걸." 위니프리드는 머리를 한쪽으로 가우뚱하며 말했다.

"그래요?" 나는 명랑하게 말했다. 그녀는 최근 들어 내 건강이 좋지 못한 것 같다고 계속 말해 왔다. 리처드를 내조하는 데, 그가 영광을 향해 나아가도록 뒷받침하는 데 내가 최선을 다하지 않는다는 의미였다.

"그래, 좀 쇠약해 보여. 오빠가 지치게 해? 그 사람은 정말 원기가 넘친다니까!" 그녀는 기분이 아주 고조되어 있었다. 내가 게을러도 그녀의 계획, 즉 리처드를 위한 계획은 잘 진행되고 있는 것 같았다.

그렇지만 나는 그녀에게 신경을 쓸 여유가 없었다. 로라가 너무 걱정되었다. 그녀가 곧 나타나지 않는다면 나는 어떻게 할 것인가? 차를 도둑맞았다고 신고할 수도 없는 상황이었다. 그녀가 체포되는 것은 원하지 않았다. 리처드 역시 그것을 바라지 않을 것이다. 그것은 누구에게도 도움이 되지 않는 일이었다.

나는 집으로 돌아왔고, 내가 없는 동안 로라가 왔었다는 소식을 머거트로이드 부인에게 들었다. 로라는 초인종조차 누르지 않았다. 머거트로이드 부인은 바깥 현관에서 그녀와 우연히 마주쳤다. 그렇게 수 년 후에 로라 양을 직접 보다니, 정말 놀랐어요. 유령을 보는 것 같았다니까요. 아니요, 주소는 남기지 않았어요. 그렇지만 무슨 말을 하기는 했어요. "언니에게 나중에 얘기한다고 전해 주세요." 뭐 이런 말을요. 우편함에 집 열쇠를 남겨 두었어요. 실수로 집어 갔다고 하더군요. 뭔가 수상쩍은 냄새를 맡은 머거트로이드 부인이 말했다. 실수로 집어 가기에는 좀 이상한 거죠. 그녀는 자동차 수리 공장에 대한 내 이야기를 더 이상 믿지 않았다.

나는 안도감을 느꼈다. 모든 일이 괜찮을 것이다. 로라는 아직 시내에 있었다. 그녀는 나중에 내게 말해 줄 것이다.

그녀는 내게 말해 주었다, 비록 죽은 자들이 그렇듯이 늘 같은 말을 되풀이하기는 하지만. 그들은 생전에 했던 모든 이야기를 들려준다. 그러나 새로운 이야기는 거의 하지 않는다.

경찰이 사고 소식을 가지고 도착했을 때 나는 오찬 모임에 입었던 옷을 갈아입는 중이었다. 로라는 위험 방벽을 지나쳐서 세인트클레어 애버뉴 다리에서 한참 아래 있는 계곡으로 곧바로 추락했다. 끔찍한 충돌 사고였다며 경찰은 슬픈 듯 머리를 흔들며 말했다. 그녀는 내 차를 몰고 있었다. 그들은 차 번호판을 조회했던 것이다. 처음에는 그들은 당연히 파손 차량 속에서 불타 죽은 여자가 나일 것이라고 생각했다.

그랬더라면 뉴스 감이 되었을 것이다.

경찰이 떠나고 난 뒤 나는 떨지 않으려고 애썼다. 침착해야 했다. 자신을 추슬러야 했다. "음악이려니 하고 비난을 받아들여야 해." 리니는 말하곤 했다. 그러나 그녀는 어떤 음악을 염두에 두고 있었던 것인가? 무도 음악은 아니었다. 거친 취주악, 양편에 군중이 늘어서서 손가락질을 하고 야유하는 일종의 시가 행렬. 길 끝에 서 있는 원기 넘치는 사형 집행인.

당연히 리처드가 자세히 따져 물을 것이다. 그날 로라를 만났지만 중요한 연설을 앞두고 불필요하게 그의 기분을 상하게 하고 싶지 않아서 말하지 않았다고 덧붙인다면 내 차와 자동차 수리 공장에 대한 이야기는 여전히 유효할 것이다.(이제 그의 모든 연설은 중요했다. 그는 원하던 바에 바짝 다가서고 있었다.)

나는 차가 고장 났을 때 로라가 차에 타고 있었다고 말할 것이다. 그녀는 자동차 수리 공장까지 따라왔다. 내가 지갑을 뒤에 남겨 두었을 때 그녀가 그걸 주워 든 것임에 틀림없다. 그리고 다음 날 아침에 가서 차를 되찾고 내 수표책에서 가짜 서명을 한 수표로 지불하는 것은 식은 죽 먹기였을 것이다. 진짜처럼 보이기 위해 나는 수표 한 장을 떼어 냈다. 수리 공장 이름을 대라고 압력을 받으면 잊어버렸다고 말할 것이다. 더 압력을 받으면 울음을 터뜨릴 것이다. 이런 때에 어떻게 그런 사소한 세부 사항을 기억할 수 있겠는가, 나는 말할 것이다.

나는 옷을 갈아입기 위해 위층으로 올라갔다. 시체 보관소에 가기 위해서는 장갑과 베일이 달린 모자가 필요했다. 이미 기자와 사진 기사들이 와 있을 것이다. 나는 차를 몰고 가야겠다고 생각했다. 그러나 내 차가 이제는 동강이 나 버렸다는 사실을 이내 기억했다. 택시를 불러야 했다.

또한 사무실에 있는 리처드에게 경고를 해야 했다. 일단 말이 새나가면 시체 파리들이 그를 에워쌀 것이다. 그는 그것을 피하기에는 너무 중요한 인물이었다. 유감 성명서를 준비해 두었더라면 하고 바랄 것이다.

나는 전화를 했다. 최근에 고용된 비서가 응답했다. 문제가 급박하다고, 아니라고, 그녀를 통해서 전달할 수는 없다고 나는 말했다. 리처드에게 직접 말해야 했다.

리처드가 전화를 받기까지 좀 기다려야 했다. "무슨 일이야?" 그가 말했다. 그는 내가 사무실에 전화하는 것을 달가워하지 않았다.

"끔찍한 사고가 일어났어요. 로라예요. 그녀가 몰던 차가 다리에서 추락했어요."

그는 아무 말도 하지 않았다.

"그건 내 차였어요."

그는 아무 말도 하지 않았다.

"유감스럽게도 로라는 죽었어요." 나는 말했다.

"맙소사." 침묵. "그동안 처제는 어디 있었던 거야? 언제 돌아왔지? 당신 차를 타고 뭘 하고 있었지?"

"신문에서 포착하기 전에 당신이 즉시 알아야 할 거라고 생각했어요." 나는 말했다.

"그래. 잘 생각했어." 그는 말했다.

"이제 나는 시체 보관소에 가야 해요."

"시체 보관소? 시립 시체 보관소? 도대체 뭐 때문에?" 그는 말했다.

"거기 로라가 안치되어 있어요."

"음, 거기서 끄집어내도록 해. 좀 더 괜찮은 곳으로 옮기도록 해. 더……." 그는 말했다.

"은밀한 곳으로. 알았어요. 그렇게 하도록 하죠. 경찰이 이제 막 여기 왔었어요. 경찰에서 넌지시 말하기를, 그들이 암시하기를……." 나는 말했다.

"뭐라고? 그들에게 뭐라고 말했어? 무슨 암시를 했어?" 그는 상당히 놀란 목소리였다.

"로라가 고의로 그랬다는 거죠."

"말도 안 돼. 사고였을 거야. 그렇게 말했겠지." 그는 말했다.

"물론이죠. 그렇지만 증인이 있어요. 그들이 본 것은……."

"쪽지가 있어? 있거든 태워 버려."

"두 사람이에요. 변호사와 은행에 있는 어떤 사람. 그녀는 하얀 장갑을 끼고 있었어요. 그녀가 운전대를 꺾는 것을 봤대요."

"눈이 부셔서 잘못 본 걸 거야. 아니면 술에 취했거나. 변호사에게 전화를 걸겠어. 내가 처리하지."

나는 전화기를 내려놓았다. 화장실로 들어갔다. 검은 옷과 손수건이 필요했다. 에이미에게 말해야 해. 나는 생각했다. 다리 때문이었다고, 다리가 무너졌다고 말해야지.

나는 스타킹을 넣어 두는 서랍을 열었다. 그리고 거기 공책이 있었다. 우리가 어스카인 선생과 공부하던 때 쓰던 싸구려 공책 다섯 권이 요리용 끈으로 한데 묶여 있었다. 로라의 이름이 맨 첫 장에 쓰여 있었다. 그녀의 어린애 같은 필체. 그 밑에는 '수학'이라고 쓰여 있었다. 로라는 수학을 싫어했다.

옛날 학교 과업이로군, 하고 나는 생각했다. 아니다. 옛날 숙제. 그녀는 왜 이걸 내게 남겨 놓은 걸까?

나는 거기서 멈출 수도 있었을 것이다. 무지를 택할 수도 있었을 것이다. 그러나 네가 했을 행동을 나 역시 했다. 네가 여기까지 읽고 있다면 이미 한 행동을. 나는 앎을 택했다.

대부분의 사람들이 그렇게 할 것이다. 우리는 무슨 일이 있더라도 앎을 택하고, 그 과정에서 스스로를 불구로 만든다. 필요하다면 그것을 위해 손을 불꽃 속에 집어넣기도 한다. 호기심만이 그 동기는 아니다. 사랑 또는 슬픔 또는 절망 또는 증오가 우리를 몰아간다. 우리는 죽은 자들을 가열하게 엿본다. 그들의 편지를 열어 보고 일기장을 읽고 쓰레기를 살펴보고, 우리를 저버린 자들, 우리가 무거운 짐을 혼자 지도록 내버려 둔 자들로부터 단서, 마지막 말, 설명을 기대한다. 그 짐은 우리가 추정했던 것보다 훨씬 더 많이 비어 있는 경우가 허다하다.

그러나 우리가 발견하도록 그런 단서를 놓아둔 자들은 어떻게 된 것인가? 왜 그들은 그렇게까지 하는 것일까? 이기심? 연민? 복수? 화장실 벽에 자기 머리글자를 끼적거리듯 단순히 존재를 주장하는 것? 현존과 익명성의 결합, 그러니까 참회 없는 고백, 결말 없는 진실 같은 것은 그 나름대로의 매력이 있다. 어떻게든 손에 묻은 피를 닦아 내는 것.

그런 증거를 남겨 두는 사람은 나중에 낯선 사람들이 자신들과 아무런 관련이 없던 일에 하나하나 간섭을 해 댄다 하더라도 불평을 할 수 없을 것이다. 그리고 낯선 사람뿐만 아니라, 연인들, 친구들, 친척들도 그럴 것이다. 우리 모두는 관음증 환자들이다. 왜 우리는 과거의 어떤 것을 발견했다고 해서 그것을 우리가 가져도 된다고 생각하는가? 다른 이들이 잠가 둔 문을 일단 여는 순간 우리는 모두 무덤 도둑이 된다.

그러나 그저 잠가 두었을 뿐이다. 방과 그 내용물은 온전히 남아 있다. 만일 그것을 남겨 둔 사람들이 완전한 망각을 바랐다면, 언제든 불을 지를 수 있었을 것이다.

14부

금발 타래

이제 나는 서둘러야 한다. 저 멀리 앞에서 깜박이는 종말이 보인다. 어두운 밤, 빗속에 서 있는 길가의 모텔처럼. 전후에 지어진 싸구려 모텔. 아무도 아무것도 묻지 않고, 숙박 명부에 기록된 이름은 모두 가명이고, 현금을 미리 내야 하는 곳. 사무실에는 오래된 크리스마스 장식 전구가 달려 있다. 그 뒤에 위치한 일단의 어두운 작은 방들, 곰팡이 냄새가 풍기는 베개. 앞쪽 야외에 나와 있는 달 얼굴 같은 가스 펌프. 그렇지만 그 안에 가스는 없다. 수십 년 전에 이미 바닥났다. 우리는 그런 곳에 멈춘다.

'종말', 따스하고 안전한 안식처. 쉴 수 있는 곳. 그러나 나는 아직 그곳에 도달하지 않았고, 늙고 지쳤으며, 절름거리며 걷고 있다. 숲 속에서 길을 잃었지만 길을 표시하는 하얀 돌은 하나도 없고 위험한 곳을 지나야 한다.

늑대들이여, 나는 그대들에게 호소한다! 푸른 머리칼과 뱀이 도사리고 있는 심연과 같은 눈을 가진 죽은 여인들이여, 나는 그대들을 불러일으킨다! 이제 우리가 끝을 향하여 가는 동안 내 곁에 있어 주기를. 관절염으로 떨리는 내 손을, 내 싸구려 볼펜을 인도하여 주기를. 모든 것을 제자리에 놓을 때까지 내 구멍 난 심장이 며칠만이라도 활동하도록 해 주길. 내 동반자, 조력자, 친구가 되어 달라. '다시 한 번' 거듭해서 말한다. 과거에 우리는 서로 잘 알던 사이가 아니었던가?

"모든 것은 제자리가 있는 법이다."라고 리니는 말하곤 했다. 혹은 기분이 좋지 않을 때면 힐코트 부인에게 이렇게 말하기도 했다. "똥거름을 주지 않으면 꽃이 피지 않지." 어스카인 선생은 몇 가지 유익한 수법을 가르쳐 주었다. 복수의 여신에게 바치는 제대로 된 기원문은 필요할 때 유용하게 사용될 수 있다. 복수하는 것이 가장 주된 문제일 때.

처음에는 내가 단지 정의를 원하는 것이라고 믿었다. 내 마음이 순수하다고 생각했다. 다른 누구에게 해코지를 하려고 할 때 우리는 스스로의 동기가 선한 것이라고 생각하고 싶어 한다. 그렇지만 어스카인 선생도 지적한 바와 같이, 활과 화살을 가진 에로스만이 유일한 눈먼 신은 아니다. 정의의 여신도 그렇다. 날카로운 무기를 가진 서투른 눈먼 신. 눈먼 정의의 여신이 가지고 다니는 칼은 치명적인 상처를 입힐 수 있다.

너는 물론 로라의 공책에 어떤 내용이 있었는지 알고 싶을 것이다. 그 공책은 그녀가 남겨 놓은 그 상태 그대로 보존되어 있다. 더러운 갈색 끈으로 묶인 채 다른 모든 것들과 함께 내 여행용 짐 가방 안에 너를 위해 남아 있다. 나는 아무것도 바꾸지 않았다. 네가 직접 볼 수 있을 것이다. 페이지를 찢은 것은 내가 아니다.

두려움으로 가득 찼던 1945년 5월의 그날, 나는 무엇을 기대하고 있었던가? 고백, 비난? 아니면 로라와 알렉스 토머스 사이의 밀회를 자세히 적어 놓은 일기? 분명히, 분명히. 나는 가슴이 찢어지는 듯한 고통을 받을 준비를 하고 있었다. 그리고 나는 그것을 받았다. 비록 내가 상상한 방식은 아니었지만.

나는 끈을 자르고 공책을 펼쳤다. 다섯 권의 공책이 있었다, '수학', '지리', '프랑스어', '역사', 그리고 '라틴어.' 지식의 책들.

"그녀는 천사처럼 글을 쓴다."『눈먼 암살자』어느 판의 뒷면에 이렇게 쓰여 있었다. 겉장에 금색 소용돌이무늬가 있는, 미국에서 출간된 판이었던 것으로 기억하는데, 그곳에서는 천사들을 아주 중시했다. 사실상 천사들은 별로 글을 쓰지 않는다. 그들은 죄와 저주받은 자과 구원 받은 자들의 이름을 기록하거나, 몸에서 분리된 손으로 나타나 벽에 경고를 끼적거린다. 혹은 좋은 내용이 별로 없는 메시지를 전해 준다. "신이 당신과 함께 한다."라는 것은 축복일 수도, 저주일 수도 있다.

이 모든 것을 염두에 둔다면, 그렇다, 로라는 천사처럼 글을 썼다. 다른 말로 하자면, 그다지 많이 쓰지 않았다. 그렇지만 정곡을 찔렀다.

내가 가장 먼저 펼친 것은 '라틴어' 공책이었다. 남아 있는 페이지 대부분은 텅 비어 있었다. 로라가 옛날 숙제를 찢어 낸 것임에 분명한 부분은 가장자리가 들쭉날쭉했다. 그녀는 딱 한 구절만 남겨 놓았다. 그것은 내 도움을 받아서, 그리고 아빌리온의 도서실을 참고로 해서 베르길리우스의 『아이네이스』4권에 나오는 대목을 번역한 것이었다. 디도는 사라진 연인 아이네이스와 관련된 모든 물건으로 만든 불타는 장작더미, 혹은 제단 위에서 스스로를 칼로 찔렀다. 아이네이스는 전쟁을 통해 자신의 운명을 실현하기 위해 배를 타고 가 버린 것이다. 비록 칼에 찔린 돼지처럼 피를 흘렸지만 디도는 쉬이 죽을 수 없었다. 그녀는 괴로움에 몸부림쳤다. 어스카인 선생이 이 대목을 즐겨 읽었던 것이 기억난다.

로라가 이 대목을 썼던 날을 기억한다. 오후의 햇빛이 내 침실 창을 통하여 들어오고 있었다. 로라는 바닥에 엎드려서 양말 신은 발로 공중을 차 대면서 우리가 협동하여 갈겨 쓴 것을 열심히 자신의 공책에 옮겨 쓰고 있었다. 그녀에게서는 아이보리 비누 냄새와 연필을 깎아 낸 냄새가 풍겼다.

이윽고 강력한 유노는 그녀의 오래 지속된 고통과 힘겨운 여정에 연민을 느끼고는 올림푸스에서 아이리스를 보내 아직까지 매달려 있는 몸에서 괴로워하는 영혼을 떼어 내도록 시켰다. 디도가 자연스러운 죽음을 맞이하거나 다른 사람에게 죽임을 당한 것이 아니라 절망 속에서, 광적인 충동에 의해 죽음으로 내몰린 것이기 때문에 그렇게 해야 했다. 어쨌든 프로세르피네는 아직까지 그녀의 머리에서 금발을 잘라 내지도 않았고 지하 세계로 내려 보내지도 않았다.

그래서 이제 아이리스는 안개를 자욱하게 일으키면서 수선화같이 노란 날개로 햇빛 속에서 반짝이는 천 개의 무지개 색깔을 뒤로 길게 끌며 지상으로 내려가 디도 위를 떠돌면서 말했다.

나는 명령을 받은 대로 죽음의 신에게 속한 이 성스러운 것을 가져가겠다. 그리고 네 몸에서 너를 풀어 주겠다.

그러자 모든 온기가 단숨에 가셨고, 그녀의 목숨은 공중으로 사라졌다.

"왜 그녀는 머리 한 타래를 잘라야 했지? 그 아이리스 말이야." 로라는 물었다.

나는 답을 알지 못했다. "그냥 그녀가 해야 하는 일이었어. 일종의 제물 같은 거지." 내 이름이 항상 생각해 왔던 것처럼 꽃 이름을 딴 것이 아니라, 이야기에 나오는 인물과 같은 것이라는 사실을 발견하고 나는 기뻐했다. 딸들에게 식물에서 딴 이름을 주는 것은 우리 어머니 집안의 내력이었다.

"그건 디도가 몸에서 벗어나도록 도와주었어. 그녀는 더 이상 살고 싶어 하지 않았어. 그렇게 함으로써 그녀가 비참함에서 벗어나도록 해 준 거야. 그러니까 옳은 일이었지. 그렇지 않아?" 로라는 말했다.

"그런 거 같구나." 나는 말했다. 나는 그런 세심한 윤리적 요소에 대해서는 별 관심이 없었다. 시에서는 특이한 일들이 일어나는 법이다. 그것을 이해하려고 노력하는 것은 아무 소용이 없었다. 그렇지만 디도가 금발이었는지 아니었는지는 궁금했다. 이야기 나머지 부분을 볼 때 갈색 머리를 가진 것으로 보였던 것이다.

"죽음의 신이 누구야? 그는 왜 머리칼을 원하는 거지?"

"머리칼에 대해선 그만해. 라틴어는 다 해치웠어. 이제 프랑스 어를 끝내도록 하자. 항상 그렇듯이 어스카인 선생은 숙제를 너무 많이 내 줬어. 자, 봐. '일 느 포 파 투셰 오 지돌. 라 도뤼르 엉 레스트 오 맹.'*"

"우상에는 손을 대는 것이 아니다. 거기에 칠해 놓은 금색 페인트가 손에 묻어나는 것이다, 이건 어때?"

"페인트에 관한 말은 어디에도 없어."

"그렇지만 실제로는 그런 의미인걸."

"어스카인 선생 알잖아. 그는 무슨 의미인지 상관하지 않아."

"나는 어스카인 선생이 싫어. 바이올런스 선생이 다시 왔으면 좋겠어."

"나도 마찬가지야. 어머니께서 다시 살아나셨으면 좋겠어."

"나도 마찬가지야."

어스카인 선생은 로라의 이 라틴어 번역에 대해 깊이 생각하지 하지 않았다. 그는 붉은 색연필로 온통 지적을 해 놓았다.

지금 내가 빠져들고 있는 이 깊은 슬픔을 어떻게 형용할 수 있겠는가? 도저히 할 수 없다. 그러므로 시도하지 않겠다.

나는 다른 공책들을 넘겨 보았다. '역사' 공책에는 로라가 풀로 붙여 놓은 사진 외에는 아무것도 없었다. 단추 공장 피크닉에서 그녀와 알렉스 토머스가 찍은 사진. 이제 그 두 사람은 연한 노란색으로 채색되어 있었고, 나의 분리된 푸른 손이 잔디밭을 가로질러 그들을 향해 기어가고 있었다. '지리' 공책에는 어스카인 선생이 숙제로 내 준 포트 타이콘드로가에 대한 짧은 설명만 있었다. "중간 정도 크기의 이 읍은 루브토 강과 조그 강의

---

* 『눈먼 암살자』 1권 5부 282쪽 주석 참조.

합류점에 위치해 있으며 석재 및 다른 자원들로 유명하다." 이것이 로라의 첫 문장이었다. '프랑스어' 공책에서는 프랑스어가 모두 지워져 있었다. 대신 알렉스 토머스가 우리 다락방에 남겨 두었던, 그리고 이제 알고 보니 결국 로라가 태워 버리지 않았던 괴상한 단어의 목록이 들어 있었다. "앤코라인, 베렐, 카치닐, 다이아마이트, 에보노트⋯⋯." 낯선 언어. 그렇다. 그러나 내가 프랑스어보다 훨씬 더 잘 이해하게 된 외국어.

'수학' 공책에는 길게 숫자가 쓰여 있었고 그 일부 맞은편에는 단어가 쓰여 있었다. 그 숫자가 무엇인지 알아차리는 데 몇 분이 걸렸다. 그것은 날짜였다. 첫 날짜는 내가 유럽에서 돌아온 날과 일치했고, 마지막 날짜는 로라가 벨라 비스타로 떠나기 석 달여 정도 전이었다. 단어는 다음과 같았다.

아빌리온, 거절. 거절. 거절. 서니사이드. 거절. 재너두, 거절. 거절. 퀸 메리, 거절, 거절. 뉴욕, 거절. 아빌리온. 처음에는 거절.
워터 닉시, X. "취한."
다시 토론토. X.
X. X. X. X.
O.

그것이 사건의 전모였다. 모든 것이 밝혀졌다. 그것은 항상 그곳에, 바로 내 눈앞에서 벌어지고 있었다. 나는 어떻게 그토록 눈이 멀 수 있단 말인가?

그렇다면 알렉스 토머스가 아니었다. 알렉스는 결코 아니었다. 로라에게 알렉스는 우주의 다른 차원에 속한 사람이었다.

승리가 다가오고 지나가다

　로라의 공책을 살펴본 뒤 나는 그것을 다시 스타킹 서랍에 집어 넣었다. 모든 것이 밝혀졌지만 입증된 것은 아무것도 없었다. 확실한 것은 그것뿐이었다.

　그러나 리니가 말하곤 했듯이 고양이 가죽을 벗기는 방법은 언제나 한 가지 이상이다. 관통할 수 없다면 돌아가면 된다.

　나는 장례식이 끝날 때까지 기다리고 일주일을 더 기다렸다. 너무 성급하게 행동하고 싶지 않았다. 후회하는 것보다는 신중하게 행동하는 것이 낫다고 리니는 말하곤 했다. 의문의 여지가 있는 격언이다. 많은 경우 신중하게 행동해도 후회하게 된다.

　리처드는 오타와로 중대한 여행을 떠났다. 중요한 자리에 있는 사람들이 질문을 할지도 모른다고 그는 암시했다. 이번이 아니더라도 앞으로 곧. 나는 이번 기회를 이용해서 로라의 재를 은제 상자에 담아서 포트 타이콘드로가로 가겠다고 그와 위니프리드에게 말했다. 그 재를 뿌리고 체이스 가 기념비에 명문을 살펴봐야 한다고 말했다. 모두 타당하고 적절한 일이었다.

"자책하지 마." 위니프리드는 내가 자책하기를 바라며 말했다. 내가 심하게 자책을 한다면 다른 사람을 책망할 여지가 없어지기 때문이었다. "어떤 일은 계속 마음에 품지 않고 털어 버리는 게 좋아." 그럼에도 우리는 계속 마음에 품는다. 달리 어찌할 방도가 없다.

리처드의 여행을 배웅한 후 그날 밤 나는 집안 고용인들에게 휴가를 주었다. 나는 혼자 알아서 하겠다고 말했다. 최근 들어서 종종 이렇게 하곤 했다. 나는 에이미가 잠들었을 때 그녀와 단둘이 집에 있는 것을 좋아했다. 그렇기 때문에 머거트로이드 부인조차 의심하지 않았다. 방해할 사람이 없어지자 나는 재빠르게 움직였다. 벌써 몰래 짐을 좀 꾸려 두었다. 보석 상자, 사진, 『암석정원용 다년생 식물』. 그리고 이제 나머지 짐을 쌌다. 내 옷가지, 비록 다 싸는 것은 무리였지만. 그리고 에이미가 쓸 물건, 그것 역시 다 싸는 것은 무리였다. 한때 내 혼수가 들어 있었던 여행용 짐 가방, 그리고 그와 짝이 맞는 여행용 행낭에 들어갈 수 있는 만큼 넣었다. 미리 손을 써 둔 대로 철도 회사 직원이 짐을 가지러 왔다. 그런 후, 그다음 날 에이미와 택시를 타고 유니언 역으로 가는 것은 쉬운 일이었다. 우리는 각각 1박용 가방을 들고 있었고, 아무도 알아차리지 못했다.

나는 리처드에게 편지를 남겨 놓았다. 그가 저지른 일, 이제 내가 알게 된 그의 행적을 생각해 볼 때, 다시는 그를 보고 싶지 않다. 그의 정치적 야망을 고려해서 이혼은 요구하지 않을 것이다. 그의 상스러운 행동에 대해서는 로라의 공책이라는 충분한 증거를 가지고 있다. 그것은 대여 금고에 보관되어 있다.(라고 나는 거짓말했다.) 만일 그가 에이미에게 더러운 손을 뻗칠 생각을 하고 있다면, 그런 생각은 버리는 게 나을 것이라고 나는 덧붙였다. 나는 아주, 엄청나게 큰 추문을 일으킬 것이며, 그가 내 금전적 요구를 이행하지 못할 경우에도 그렇게 할 것이다. 큰 금액을 요구하는 것은 아니다. 내가 원하는 것은 포트 타이콘드로가에 작은 집을 사고 에이미를 양육하는 데 들어갈 정도의 돈이다. 내게 필요한 것은 다른 방법으로 스스로 조달할 수 있다.

나는 '올림'이라는 공손한 말로 이 편지를 끝맺음했다. 그리고 봉투 덮개에 침질을 하면서 '상스러운'의 철자를 제대로 썼는지 잠시 생각했다.

토론토를 떠나기 며칠 전 나는 칼리스타 피츠시먼스를 수소문했다. 그녀는 조각을 포기하고 이제 벽화 화가로 활동하고 있었다. 그녀에게 작품을 발주한 보험 회사의 본사에서 그녀를 찾아냈다. 전쟁 지원 사업에 여성이 기여한 바가 주제였다. 전쟁이 끝난 지금 그런 주제는 한물간 것이었다.(그리고 우리 둘 다 그때는 몰랐지만, 그 그림은 곧 매우 단조로운 짙은 회갈색 덧칠 아래로 사라져 버렸다.)

그들은 벽 한 면에 이르는 너비를 그녀에게 제공했다. 작업복을 입고 용감한 미소를 띤 채 폭탄을 생산하는 여자 공원 세 명, 구급차를 모는 소녀, 군복을 입고 타자기를 휘두르는 여자. 저 아래 구석, 한편으로 몰린 곳에는 한 어머니가 오븐에서 빵 한 덩어리를 꺼내고 있었고 두 아이가 지지한다는 듯한 표정으로 올려다보고 있었다.

칼리는 나를 보고 놀랐다. 그녀가 나를 피하지 못하도록 사전에 찾아가겠다는 말을 하지 않았던 것이다. 그녀는 화가들을 지도하고 있었다. 밴대너*로 머리를 올리고 카키 바지와 테니스 신발을 신고 호주머니에 손을 집어넣고 아랫입술에 담배를 꽂아 물고 성큼성큼 걸어 다니고 있었다.

그녀는 로라의 죽음에 대해 알고 있었다. 신문에서 읽었던 것이다. 그렇게 사랑스러운 아이가, 아이일 때부터 참 비범했는데, 정말 유감이야. 이런 서두가 끝난 후 나는 로라가 내게 이야기해 주었던 것을 말하고 그것이 사실인지 물었다.

칼리는 분노했다. 그녀는 "망할"이라는 단어를 여러 번 사용했다. 소요를 일으켰다는 이유로 붉은 군단에게 체포되었을 때 리처드가 그녀를 도와준 것은 사실이었다. 그러나 그저 옛날 집안끼리 관계를 참작해서 그렇게 해 준 것이리라고 그녀는 생각했을 뿐이다. 리처드에게 알렉스나 다른 좌파 사람이나 동조자에 대해 어떤 말도 한 적이 없었다. 정말 망할 소리 같으니! 그들은 그녀의 친구들이었다! 알렉스에 대해 말하자면, 그렇다, 그가 궁지에 몰려 있을 때 처음에는 도와주었다. 그러나 그 이후 그는 사라져 버렸다. 사실 그녀에게 빚도 약간 진 상태였다. 그리고 그 다음에는 그가 스페인에 있다는 소식을 들었다. 그가 어디 있는지 그녀 자신도 몰랐는데 어떻게 밀고를 할 수 있었겠는가?

아무 소득이 없었다. 아마도 리처드는 다른 것에 대해 나에게 거짓말했듯, 이 문제에 관해 로라에게 거짓말을 했을 것이다. 다른 한편으로는 칼리가 거짓말을 했을 가능성도 있었다. 그러나 나는 그녀가 다른 어떤 말을 해 주었기를 기대했던 것인가?

에이미는 포트 타이콘드로가에 사는 것을 좋아하지 않았다.

---

* 면이나 실크에 화려하게 염색을 한 장방형 천으로, 주로 인도에서 목이나 머리에 스카프처럼 두른다.

자기 아버지를 보고 싶어 했다. 아이들이 늘 그렇듯 자신에게 익숙하던 것을 다시 갖고 싶어 했다. 자신의 방을 다시 갖고 싶어 했다. 오, 우리 모두 그렇지 않던가.

나는 이곳에 잠시 동안 머물러야 한다고 설명했다. 사실 아무것도 설명해 주지 않았기 때문에 "설명했다."라고 말해서는 안 될 것이다. 어떻게 말해야 여덟 살 난 아이가 알아들을 수 있었겠는가?

포트 타이콘드로가는 이제 달라졌다. 전쟁이 이곳까지 잠식해 왔었다. 전쟁 동안 여러 공장이 다시 문을 열었지만 ── 여자들이 작업복을 입고 도화선을 생산해 냈다. ── 이제 다시 폐쇄되고 있었다. 아마도 귀환하는 군인들이 분명히 얻게 될 집과 가정을 꾸리기 위해 정확히 무엇을 구매할지 일단 결정이 나면 평화시 생산 체계로 전환될 것이다. 그러는 동안 많은 이들이 직업을 잃었고, 사태의 추이를 관망하는 수밖에 없었다.

빈자리도 눈에 띄었다. 엘우드 머리는 더 이상 신문을 발행하지 않았다. 그는 곧 전쟁 기념비에 새로 새겨질 빛나는 이름이 될 터였다. 해군에 입대해 목숨을 날려 버렸던 것이다. 흥미롭게도 읍의 남자들 중 어떤 이들에 대해서는 죽임을 당했다고 말하고, 다른 어떤 이들에 대해서는 스스로 죽음을 자초한 것이라고 말했다. 그런 죽음이 마치 서투른 행동 혹은 약소하지만 의도적인 행동이라도 되는 것처럼. 머리를 자르는 것 같은 거래 행위인 양 말이다. 그것을 지칭하는 것으로 "비스킷을 샀다."라는 표현이 근래 이 지역에서 사용되었다. 그런 말을 하는 것은 언제나 남자들이었다.

리니의 남편인 론 힝크스는 이런 충동적인 죽음 쇼핑객으로 분류되지 않았다. 사람들은 그가 왕립 캐나다 연대에 입대한 포트 타이콘드로가 출신의 여러 동료들과 함께 시실리에서 전사했다고 엄숙히 말했다. 리니는 그다지 많지 않은 금액이었지만 연금을 받았고 자신의 작은 집에 세를 놓고 있었다. 그리고 허리가 아파서 죽을 것 같다고 말하면서도 베티네 간이식당에서 계속 일했다.

그녀를 죽음으로 몰아가고 있던 것이 허리가 아니라는 것을 나는 곧 알게 되었다. 문제는 그녀의 신장이었다. 그리고 내가 그곳으로 옮긴 지 육 개월 후 그녀는 그 병으로 죽었다. 마이라, 네가 이것을 읽고 있다면 그 사건이 내게 얼마나 큰 충격이었는지 알게 되기를 바란다. 나는 그녀가 그곳에 있어 줄 거라고 늘 믿어 왔다 — 그녀는 언제나 그곳에 있지 않았던가? 그리고 이제, 갑자기, 그녀가 가 버린 것이다.

그러다가 그녀의 존재는 점점 되살아났다. 내가 생생한 설명을 원할 때마다 듣게 되던 목소리가 결국 누구의 것이었던가?

나는 당연히 아빌리온으로 가 보았다. 그곳에 가는 것은 힘겨운 일이었다. 경내는 황폐했고 정원은 제멋대로 자라 있었다. 온실은 완전히 파손되어 유리창이 부서져 있고 아직까지 화분에 담겨 말라 죽은 식물만 남아 있었다. 하기야 우리가 살던 때도 그런 식물이 몇몇 있기는 했다. 수호신 스핑크스에는 "존이 메리를 사랑한다네." 유의 글이 새겨져 있었다. 그중 하나는 뒤집혀 있었다. 님프 석상이 있는 연못은 죽은 풀과 수초로 막혀 버렸다. 님프 자체는 손가락 몇 개를 잃었지만 아직 서 있었다. 그녀의 미소는 여전했다. 초연하고, 비밀스럽고, 태연한 미소.

집에 무단 침입할 필요는 없었다. 그때는 아직 리니가 살아 있었고, 그녀는 아직 비밀 열쇠를 가지고 있었다. 집은 비참한 상태였다. 도처에 먼지와 쥐똥이 있었고, 이제 광택이 사라진 조각나무 세공 마루에 뭔가 샌 곳에는 얼룩이 져 있었다. 트리스탄과 이졸데는 여전히 그곳에서 텅 빈 식당을 관장하고 있었다. 비록 이졸데의 하프에 흠이 생겼고, 제비 한두 마리가 가운데 창문에 둥지를 틀기는 했지만. 그래도 내부는 아무것도 파괴되지 않았다. 체이스 가 이름의 영향력이 미약하게나마 집 주변을 감돌고 있었고, 권력과 돈이라는 사그라져 가는 영기가 공중을 떠돌고 있었을 것이다.

나는 집 전체를 걸어 다니며 둘러보았다. 곰팡이 냄새가 구석구석에 배어 있었다. 나는 도서실을 살펴보았다. 메두사의 머리가 여전히 벽난로 위에서 그곳을 지배하고 있었다. 애들리아 할머니 역시 맥이 빠지기 시작하기는 했지만 제자리에 있었다. 이제 그녀는 억눌렸지만 즐거운 교활함의 표정을 담고 있었다. 결국 당신은 방종한 생활을 하고 다녔던 것이 분명해요. 나는 그녀를 보며 생각했다. 분명 당신은 비밀스러운 삶을 지니고 있었을 거예요. 그게 당신을 지탱해 주었던 거죠.

나는 책들을 뒤져 보고 책상 서랍을 열었다. 어느 서랍 안에는 벤저민 할아버지 때의 단추 견본이 든 상자가 들어 있었다. 할아버지 손 안에서 금으로 변한 희고 둥근 뼈. 그것은 오랜 세월 동안 계속 금으로 남아 있었지만 이제는 다시 뼈로 변해 버렸다.

다락방에서는 로라가 벨라 비스타를 떠난 후 마련한 은신처를 발견했다. 보관용 짐 가방에서 꺼낸 퀼트, 아래층 자기 침대에서 가져온 담요. 만일 누군가가 그녀를 찾아 집 안을 수색하고 있었다면 빤히 볼 수 있는 증거들. 말라빠진 오렌지 껍질 몇 개와 사과 씨 부분이 뒹굴고 있었다. 언제나와 마찬가지로 그녀는 깨끗하게 치울 생각은 하지 않았던 것이다. 벽면에 붙은 찬장 안에는 워터 닉시 호 사건이 있던 그해 여름 그녀가 감춰 둔 잡동사니가 숨겨져 있었다. 은제 찻주전자, 도자기 컵과 컵 받침들, 모노그램이 새겨진 숟가락들. 악어 모양 호두 까기 도구, 한쪽만 남은 자개 커프스단추, 고장 난 라이터, 식초가 들어 있지 않은 양념 통 선반.

나중에 돌아오겠어. 나는 스스로에게 말했다. 그리고 더 가져와야지.

리처드는 직접 나타나지 않았다. 그것은 (내가 보기에) 죄책감의 표시였다. 그 대신 위니프리드를 보냈다. "너 정신 나갔니?" 이것이 그녀의 첫 공격이었다.(이것은 베티네 간이식당 칸막이 좌석에서 일어난 일이었다. 세를 낸 나의 작은 집에 그녀를 들이고 싶지 않았고, 그녀가 에이미에게 접근하는 것도 싫었다.)

"아니요. 그리고 로라도 미치지 않았어요. 적어도 당신 둘이서 꾸며 댄 만큼은 아니었죠. 리처드가 무슨 짓을 했는지 나는 알고 있어요."

"무슨 말을 하는 건지 모르겠군." 위니프리드는 말했다. 그녀는 광택 나는 꼬리로 만들어진 밍크 어깨걸이를 걸치고 있었고, 장갑에서 억지로 손을 끄집어내고 있었다.

"그이는 나와 결혼할 때 염가 거래를 했다고 생각했겠군요. 하나 가격으로 둘을 얻는 거죠. 그야말로 노래 한 곡조 값밖에 안 되는 헐값에 사들인 거죠."

"말도 안 되는 소리 하지 마." 위니프리드는 그렇게 말했다. 그러나 그녀는 동요하는 것 같았다. "로라가 뭐라고 말했든 간에 오빠는 전적으로 결백해. 눈보라처럼 순수하다고.* 너는 심각한 판단 착오를 범하고 있는 거야. 오빠는 너의 이 미친 짓을 간과해 줄 준비가 되어 있다고 전하라고 했어. 네가 돌아온다면 오빠는 전적으로 용서하고 잊어버릴 용의가 있어."

"하지만 나는 돌아가지 않을 거예요. 그이가 눈보라처럼 마구잡이로 구는지는 모르겠지만, 눈처럼 순수하지는 않죠. 그건 전혀 다른 거예요." 나는 말했다.

"목소리를 낮춰. 사람들이 보잖아." 그녀는 쉬쉬했다.

"당신이 애스터 부인**처럼 차려 입고 있으니 어쨌건 사람들은 쳐다볼 거예요. 그 녹색은 당신에게 전혀 어울리지 않아요. 특히 지금 나이에는 말이죠. 사실 어울린 적이 한 번도 없었어요. 그 색을 입으면 당신은 성마르게 보여요." 나는 말했다.

나의 말은 급소를 찔렀다. 위니프리드는 그 충격을 쉬 삭이지 못했다. 나의 이런 새롭고 악의에 찬 면모에 익숙하지 않았던 것이다. "정확히 뭘 원하는 거야? 오빠가 무슨 나쁜 짓을 했다는 건 아니야. 그렇지만 소동이 일어나는 건 원하지 않으니까." 그녀는 말했다.

"그에게 정확히 말해 줬어요. 하나하나 자세히 써 줬어요. 그리고 이제 나는 수표를 받고 싶어요." 나는 말했다.

---

* 위니프리드는 '(눈처럼) 순진한, 순수한'이라는 뜻의 'pure as driven snow'라는 표현을 'pure as driven'으로 말하고 있다.
** 1879~1964. 영국 하원에서 최초로 봉직한 여성.

"오빠는 에이미를 보고 싶어 해."

"죽었다 깨어나도 그런 일은 허락할 수 없어요. 그는 어린 소녀들이라면 사족을 못 쓰거든요. 당신도 알고 있죠. 예전부터 알고 있었겠죠. 내가 열여덟 살일 때도 이미 나이 상한선에 근접한 거였죠. 로라와 같은 집에 사는 것은 그에게 너무 지나친 유혹이었어요. 이제 그걸 알겠군요. 그녀를 가만히 둘 수 없었던 거예요. 그렇지만 에이미에게는 손 댈 수 없을걸요." 나는 말했다.

"구역질나는 소리 하지 마." 위니프리드는 말했다. 이제 그녀는 화가 머리끝까지 났다. 화장 밑으로 얼굴이 붉으락푸르락했다. "에이미는 오빠의 딸이야."

나는 이렇게 말할 뻔했다. "아니, 그렇지 않아요." 그러나 그것이 전략적 실수가 되리라는 것을 알고 있었다. 법적으로 그녀는 그의 딸이었다. 아니라는 것을 증명할 방법이 전혀 없었다. 그때는 유전자 감식 같은 것이 아직 발명되지 않았던 것이다. 만일 리처드가 진실을 알았더라면 에이미를 내게서 떼어 내기 위해 더 열을 올렸을 것이다. 그는 그녀를 인질로 잡아 두었을 것이고 나는 이제까지 점유했던 우월한 입장을 잃게 되었을 것이다. 그것은 지저분한 체스 게임이었다. "그는 절대로 멈추지 않을 거예요, 에이미조차도. 그런 다음 로라에게 했던 것처럼 불법 낙태 공장으로 보내 버리겠죠."

"이런 논의를 계속 해 봤자 아무 소용이 없겠군." 위니프리드는 장갑과 어깨걸이와 파충류 지갑을 집어 들며 말했다.

전쟁이 끝나자 모든 것이 바뀌었다. 그것은 우리가 사물을 보는 방식을 바꾸어 놓았다. 어느 정도 시간이 흐르자 입자가 굵은 연회색과 중간 색조는 사라졌다. 그 대신 현란하고 원색적이고 그늘 없는 정오의 광휘가 다가왔다. 진한 분홍색, 폭력적인 파란색, 붉고 흰 비치볼, 형광 녹색 플라스틱, 스포트라이트처럼 내리쬐는 태양.

읍과 시의 외곽 주변으로 불도저가 사납게 돌진했고, 나무들이 쓰러졌다. 땅에는 마치 폭탄이 떨어진 것처럼 커다란 구멍이 생겼다. 거리는 자갈과 진흙투성이였다. 벌거벗은 흙이 드러난 가운데 가냘픈 묘목만 심겨 있는 잔디밭이 나타났다. 가지가 늘어진 자작나무가 많이 보급되었다. 하늘이 너무 많이 보였던 것이다.

고기가 넘쳐났다. 커다란 조각과 두툼한 부위와 큰 덩어리가 푸줏간 창문에서 번들거리고 있었다. 떠오르는 해처럼 밝은 오렌지와 레몬이 있었고, 설탕 더미와 산같이 쌓인 노란 버터가 있었다. 모든 이들은 먹고 또 먹었다. 마치 내일이 없는 것처럼, 구할 수 있는 모든 총천연색 고기와 총천연색 음식으로 잔뜩 배를 채웠다.

그러나 내일은 있었다. 내일밖에 없었다. 사라진 것은 어제라는 시간이었다.

리처드에게서 받은 돈, 그리고 로라의 재산으로 돈이 충분해졌다. 나는 작은 집을 샀다. 에이미는 예전의 훨씬 더 부유하던 삶에서 자신을 끌고 나온 것에 대해 나를 여전히 미워했지만, 그런대로 정착한 듯 보였다. 비록 이따금 나에게 차가운 시선을 던지기는 했지만. 그녀는 내가 어머니로서 자격 미달이라고 이미 판단했던 것이다. 반면 리처드는 멀리 떨어져 있다는 이점이 있었고, 이제 더 이상 볼 수 없기 때문에 그녀의 눈에는 그가 훨씬 더한 광휘를 지닌 것으로 보였다. 그렇지만 그로부터 오던 선물은 점점 뜸해졌고, 그녀에게는 별다른 선택의 여지가 없었다. 나는 그녀가 보다 금욕적이기를 바랐다.

그러는 한편 리처드는 통솔권을 쥐기 위한 대비를 하고 있었다. 신문 기사에 따르면 거의 손아귀에 넣은 것이나 다름없다고 했다. 내 존재가 방해가 되었던 것은 사실이지만, 별거에 대한 소문은 진정되었다. 나는 "시골에" 있는 것으로 알려졌다. 그리고 내가 그곳에 머물기만 한다면 그것도 이럭저럭 괜찮은 걸로 받아들여졌다.

나도 모르는 사이에 또 다른 소문이 돌았다. 내가 정신적으로 불안정하며 정신병을 앓는데도 리처드가 나를 재정적으로 지원해 주고 있다는 소문. 리처드는 성인군자라는 소문. 제대로 돌보기만 한다면 미친 아내가 있다는 것이 해로울 것은 없다. 권력가의 아내들은 그의 입장에 훨씬 더 동정을 느끼게 된다.

나는 포트 타이콘드로가에서 그런대로 조용히 살았다. 외출을 할 때마다 공손한 귓속말의 바다를 헤치고 다녔다. 내가 가까이 다가가면 조용해졌다가 이내 다시 시작되었다. 리처드에게 무슨 일이 일어났던 간에 내가 나쁜 쪽이었음에 분명하다는 묵계가 이루어져 있었다. 모든 상황이 내게 불리하게 돌아갔다. 정의와 소중한 작은 관용이 존재하지 않았기 때문에 나를 위한 어떤 배려도 없었다. 물론 책이 출판되기 이전의 일이었다.

시간이 흘렀다. 나는 정원 손질을 하고, 독서를 하고 기타 여러 가지 일을 했다. 리처드에게 받은 동물 모양 보석 몇 점으로 수수하게 중고 예술품 거래를 이미 시작했고, 그 후 수십 년간 그 덕분으로 생계를 유지할 수 있었다. 정상적인 삶과 비슷한 것이 정착되었다.

하지만 흘리지 못한 눈물을 담고 있으면 상한 냄새를 풍기게 된다. 기억도 마찬가지다. 혀를 깨무는 것 역시. 힘겨운 밤이 시작되었다. 나는 잠을 이룰 수 없었다.

공식적으로 로라는 그늘 속에 가려졌다. 몇 년이 더 흐르면 마치 그녀가 전혀 존재하지 않았던 것처럼 될 것이다. 나는 침묵을 맹세해서는 안 된다고 스스로에게 말했다. 나는 무엇을 원했던가? 많은 것을 바란 것은 아니었다. 일종의 기념비 같은 것. 그렇지만 결국 생각해 보면 기념비란 견뎌 낸 상처를 기념하는 것에 불과한 것이 아닌가? 견뎌 내고 혐오한. 기억이 없다면 복수도 없을 것이다.

"우리가 잊지 않도록.""나를 기억해 다오."*"쇠약한 손으로 네게 던진다." 목마른 유령들의 외침.

죽은 자를 이해하는 것처럼 어려운 일은 없다는 것을 나는 알게 되었다. 그러나 그들을 모른 체하는 것보다 더 위험한 일은 없다.

---

* 셰익스피어의 『햄릿』 1막 5장에서 햄릿의 아버지 유령이 햄릿에게 한 말.

돌무더기

나는 책을 보냈다. 머지않아 편지가 왔다. 나는 답장을 했다. 일이 진행되었다.

출간되기 전 저자 증정본이 도착했다. 안쪽으로 접힌 표지에는 감동적인 짤막한 전기가 적혀 있었다.

로라 체이스는 스물다섯 살이 되기도 전에 『눈먼 암살자』를 썼다. 이것은 그녀의 첫 소설이다. 슬프게도 그녀의 마지막 작품이기도 할 것이다. 그녀가 1945년에 비극적인 자동차 사고로 사망했기 때문이다. 이 젊고 재능 있는 작가의 첫 놀라운 재능이 발현된 작품을 자랑스럽게 소개한다.

그 위에는 로라의 사진이 있었다, 형편없는 복제. 마치 그녀의 얼굴에 얼룩이 진 것처럼 보였다. 그렇지만 그건 대단한 성과였다.

책이 출판되었을 때, 처음에는 아무런 반응이 없었다. 사실 그것은 상당히 작은 책이었고 베스트셀러감이라고 보기는 힘든 것이었다. 그리고 비록 뉴욕과 런던의 비평가 집단에서는 호평을 받았지만 이곳에서는 평판이 미미했다, 적어도 초기에는. 그러다가 도덕주의자들이 그것을 손아귀에 넣었고, 교회 설교자들과 지방의 노파들이 한몫 끼더니 큰 소란이 시작되었다. 일단 시체 파리들이 로라가 리처드 그리폰의 죽은 처제라는 것을 밝혀내자 사람들은 그 책에 미친 듯이 달려들었다. 그 즈음 리처드에게는 정적(政敵)이 상당히 많았다. 심상치 않은 이야기가 흘러나오기 시작했다.

사건 당시에는 교묘하게 잘 은폐되었던 로라의 자살설이 표면으로 다시 부상했다. 포트 타이콘드로가의 사람들뿐만 아니라 관련된 모든 집단의 사람들이 그것에 대해 말했다. 만일 그녀가 자살했다면, 이유가 무엇이었는가? 누군가가 익명으로 전화를 했다. 그렇다면 그 사람은 누구겠는가? 그리고 벨라 비스타 클리닉이 전면에 부상했다. 전직 직원이 증언을 한 것을 계기로(신문사에서 돈을 두둑이 받았다는 소문이 있었다.) 그곳에서 행해진 수상쩍은 진료 행위에 대한 완전 조사가 이루어졌고, 그 결과 뒷마당이 파헤쳐지고 그곳 전체가 문을 닫았다. 나는 그곳 사진을 흥미롭게 살펴보았다. 그곳은 클리닉이 되기 전 제재 산업 제왕의 저택이었으며, 비록 아빌리온의 것보다는 못하지만 그래도 상당히 괜찮은 스테인드글라스 창문이 식당에 있다고 했다.

리처드와 원장 사이에 오간 서한이 특히 치명적이었다.

이따금 마음의 눈 속이나 꿈속에서 리처드가 내게 나타나곤 했다. 그는 머리가 셌지만 웅덩이 위에 뜬 기름처럼 진줏빛 광채를 지니고 있었다. 그는 내게 의구심에 가득 찬 눈길을 던졌다. 원한을 품은 또 다른 유령.

그가 현실 정치에서 은퇴한다는 소식이 신문에 실리기 직전 나는 그에게서 전화를 받았다. 내가 그를 떠난 후 처음이었다. 그는 분통을 터뜨리며 광적으로 행동했다. 그는 추문 때문에 더 이상 지도자 후보로 간주될 수 없다는 말을 들었으며, 이제는 중요 관계자가 그의 전화를 받지 않았다. 그는 냉대를 당했다. 모두가 그를 외면했다. 그는 내가 그를 파멸시키기 위해 일부러 그렇게 한 것이라고 말했다.

"뭘 했다는 거예요? 당신은 파멸되지 않았어요. 아직도 굉장한 부자잖아요." 나는 말했다.

"그 책! 당신은 고의적으로 내 일에 훼방을 놓았어. 그걸 출판하기 위해서 돈을 얼마나 쥐어 준 거야? 로라가 그 더러운, 그런 쓰레기를 썼다는 걸 믿을 수 없어!"

"믿고 싶지 않겠죠. 그녀에게 취했었으니까. 당신이 그녀에게 더러운 짓을 하던 그 기간 내내 그녀가 다른 남자와 침대를 들락날락했다는 가능성을 마주하고 싶지 않겠죠. 당신과는 달리 그녀가 사랑하던 사람과 말이에요. 그게 그 책이 의미하는 바일 거라고 생각되는데요. 안 그래요?" 나는 말했다.

"그 빨갱이였지, 안 그래? 그 망할 나쁜 자식, 그 피크닉에서!" 리처드는 굉장히 화가 났던 것 같다. 보통 그는 욕을 하는 경우가 거의 없었다.

"내가 어떻게 알아요? 나는 그녀를 염탐하지 않았어요. 그렇지만 당신 생각에 동의해요. 그 피크닉에서 시작되었을 거예요."
나는 말했다. 알렉스가 연관된 피크닉이 두 번 있었다는 것은
말하지 않았다. 로라가 있었던 피크닉, 그리고 일 년 후, 퀸 스트
리트에서 알렉스와 내가 마주친 후, 로라 없이 이루어진 두 번째
피크닉. 완숙 달걀을 먹었던 그 피크닉.

"그녀는 악의로 그랬던 걸 거야. 나에게 앙갚음을 하려고 했
던 것뿐이야." 리처드는 말했다.

"그렇다 해도 별 놀라운 일은 아니군요. 그녀는 당신을 증오
했을 거예요. 왜 안 그랬겠어요? 당신은 그녀를 강간한 거나 다
름없어요."

"그건 사실이 아니야! 그녀의 동의 없이는 아무것도 하지 않
았어!"

"동의? 당신은 그걸 그렇게 부르나요? 나 같으면 협박이라고
부르겠어요."

그는 전화를 끊어 버렸다. 그 집안의 내력이었다. 전에 내게
욕을 퍼붓기 위해 전화했을 때 위니프리드도 똑같은 짓을 했다.

그런 다음 리처드는 실종되었고, 그런 후 워터 닉시 호에서 발
견되었다. 너도 그 모든 것을 알고 있을 것이다. 그는 읍내로 몰
래 숨어든 다음, 아빌리온 경내로 몰래 들어와, 배 안으로 몰래
들어갔을 것이다. 말이 났으니 언급하자면, 그 배는 신문에 오보
된 것처럼 선창에 묶여 있던 것이 아니라 보트 창고 안에 있었
다. 물 위에 떠 있는 배 안의 시체는 그런대로 정상적인 것이지만
보트 창고 안의 배에 있는 시체는 괴이한 것이다. 위니프리드는
리처드가 정신이 나갔다는 의혹이 퍼지는 것을 원하지 않았을

것이다.

그렇다면 실제로는 무슨 일이 일어났던 것인가? 나도 잘 모르겠다. 일단 그의 소재가 파악되자 위니프리드는 사건을 전담하고 최대한 포장을 했다. 그녀가 꾸며 낸 이야기는 뇌졸중이었다. 그러나 그는 팔에 책을 안고 있던 채로 발견되었다. 나는 그것만큼은 알고 있다. 위니프리드가 히스테리 상태에서 내게 전화해서 말해 주었던 것이다. "어떻게 그에게 이렇게 할 수가 있니? 너는 정치가로서의 오빠의 생명을 끝내 버리고 그다음에는 오빠가 품고 있던 로라에 대한 기억을 파괴해 버렸어. 오빠는 그녀를 사랑했어! 깊이 흠모했다고! 그녀가 죽었을 때 정말 견딜 수 없어했어!" 그녀는 말했다.

"그가 일말의 후회를 느꼈다니 기쁘군요. 그 당시 나는 전혀 알아차리지 못했는데." 나는 쌀쌀하게 말했다.

물론 위니프리드는 나를 비난했다. 그 이후로는 전면전이 벌어졌다. 그녀는 생각할 수 있는 한 가장 끔찍한 짓을 내게 저질렀다. 에이미를 데려가 버린 것이다.

너는 아마도 위니프리드에게 사건의 전말을 들었을 것이다. 그녀의 말에 따르면, 나는 술고래, 매춘부, 허튼 계집, 나쁜 엄마였을 것이다. 시간이 흘러감에 따라 그녀의 입에서 나는 분명 심술쟁이 노파, 미치고 늙은 음란한 여자, 초라하고 오래된 쓰레기 행상인이 되었을 것이다. 그렇지만 내가 리처드를 죽였다고는 말하지 않았을 것 같다. 만일 그렇게 얘기했다면, 자신이 왜 그런 생각을 하게 되었는지 말해야 했을 테니까.

"쓰레기"라고 부르는 것은 중상모략이다. 내가 싸게 사서 비싸게 판 것은 사실이다. 골동품 장사에서 누군들 그러지 않겠는가? 하지만 나는 좋은 안목을 지니고 있었고 아무에게도 강요하지 않았다. 지나치게 술을 마신 기간이 있기는 했다. 그건 인정하겠다. 그러나 에이미가 떠난 후에는 그런 일이 없었다. 남자들에 대해 말하자면, 몇몇이 있었던 것이 사실이다. 절대로 사랑해서 그런 건 아니었다. 그건 주기적으로 붕대를 감아 주는 것과 비슷했다. 나는 주위의 모든 것으로부터 절연되었고, 다가갈 수도, 만질 수도 없었다. 동시에 피부가 벗겨지도록 긁힌 느낌이 들었다. 다른 몸이 주는 위안이 필요했던 것이다.

내가 이전에 관여하던 사교계의 남자들은 피했다. 그래도 이들 중 일부는 내가 혼자라는 것, 그리고 어쩌면 비참한 상태에 처해 있을지도 모른다는 소식을 듣자마자 초파리처럼 나타나기도 했다. 그런 남자들은 위니프리드가 부추긴 것일 수도 있다. 분명 그랬을 것이다. 이제 "수집품"이라고 불리는 것을 찾아 가까운 읍이나 도시로 나갔을 때 만나게 된 낯선 남자들만 고집했다. 내 실제 이름은 절대로 대지 않았다. 그러나 위니프리드는 내가 감당하기에는 너무 집요했다. 그녀가 필요로 한 것은 단 한 명의 남자였고, 그녀는 그것을 확보했다. 모텔 방 문, 들어가는 모습, 나오는 모습 사진. 숙박자 명부에 있는 가짜 서명. 현금을 반기는 모텔 주인의 증언. "법정에서 싸울 수도 있겠지만 그렇게 하는 것은 권하지 않겠습니다. 방문할 수 있는 권리를 시도해 볼 수 있습니다. 기대할 수 있는 것은 그 정도입니다. 당신은 그들에게 탄약을 내주었고 그들은 그걸 사용한 겁니다." 내 전담 변호사가 말했다. 변호사마저 나에 대해 비판적이었다. 나의 도덕적 문란에 대해서가 아니라 어수룩함에 대해서.

리처드는 유언에서 위니프리드를 에이미의 후견인으로 지정했고, 에이미의 상당한 신탁 기금을 맡은 유일한 관재인으로도 지정했다. 그래서 그녀는 그런 면에서도 유리한 입장이었다.

책에 관해 말하자면, 로라는 단 한 자도 쓰지 않았다. 그렇지만 너는 이미 그 사실을 알고 있었을 것이다. 그걸 쓴 것은 나였다. 알렉스가 돌아오기를 기다리던 때, 그리고 그 이후, 그가 돌아오지 않으리라는 것을 알게 되었을 때, 혼자 긴 밤을 보내며. 집필을 하는 것이라고 생각하지는 않았다. 그냥 끼적거리는 것이었을 뿐이다. 내가 기억한 것들, 그리고 내가 상상한 것들 또한. 상상한 것 역시 사실에 포함된다. 나는 기록을 하고 있는 것이라고 생각했다. 벽을 가로질러 휘갈겨 쓰는 몸 없는 손.

나는 기념비를 원했다. 그렇게 시작된 것이다. 알렉스를 위해서, 그리고 나 자신을 위해서.

로라를 저자로 내세운 것과 그것 사이에는 커다란 간극이 없었다. 내가 소심하기 때문에, 혹은 담력이 없기 때문에 그렇게 했던 것이라고 판단할지도 모르겠다. 나는 단 한 번도 스포트라이트를 좋아한 적이 없었다. 혹은 단순한 조심성일 수도 있다. 내 이름을 붙였더라면 에이미를 잃게 될 것이 확실했던 것이다. 결국 잃어버렸지만. 그렇지만 다시 생각해 보면, 그건 그저 정당한 행동이었을 뿐이다. 로라가 한 글자도 쓰지 않았다고 말할 수 없기 때문이다. 원칙적으로 보자면 그건 정확한 말이지만, 로라라면 영적 의미라고 불렀을 다른 의미로 보자면 그녀는 내 공저자였다. 실제 저자는 우리 둘 다 아니었다. 주먹은 손가락을 다 모은 것 이상의 것이다.

로라가 열 살, 혹은 열한 살이었을 때 아빌리온의 도서실에 있는 할아버지의 책상에 앉아 있던 것을 기억한다. 그녀는 종이 한 장을 앞에 두고 천국에서의 자리를 배정하느라 여념이 없었다. "예수님이 하느님의 오른손 쪽에 앉지. 그럼 하느님의 왼손 쪽에는 누가 앉지?" 그녀는 말했다.

"하느님은 왼손이 없는지도 모르지. 왼손은 나쁜 거라고 하잖아. 그러니까 왼손이 없을 수도 있지. 아니면 전쟁에서 왼손을 잃었을 수도 있고." 나는 그녀를 놀리기 위해 이렇게 말했다.

"우리는 하느님의 모습을 따라 만들어졌어. 그리고 우리는 왼손을 갖고 있어. 그러니까 하느님도 왼손이 있어야 해." 로라는 말했다. 그녀는 연필 끝을 씹으며 도표를 들여다보았다. "알았다! 탁자가 둥근 거야! 그러니까 모든 사람들이 나른 이들의 오른손 쪽에 앉는 거야. 빙 둘러서 말이지."

"그리고 그 반대로 말이지." 나는 말했다.

로라는 내 왼손이었고, 나는 그녀의 왼손이었다. 우리는 그 책을 함께 썼다. 그것은 왼손잡이 책이다. 그렇기 때문에 어떤 식으로 보든 우리 둘 중 한 사람은 언제나 보이지 않는 것이다.

로라의 삶 ― 나의 삶 ― 에 대해 쓰기 시작했을 때에는 내가 왜 이것을 쓰고 있는지, 혹은 다 쓰고 나면 누가 읽을 것인지에 대해 뚜렷한 생각이 없었다. 그러나 이제는 확실히 안다. 소중한 사브리나, 나는 너를 위해 이것을 쓰는 것이다. 너야말로 이제 이것을 필요로 하는 유일한 사람이기 때문이다.

로라는 네가 생각해 왔던 것과 다른 사람이고, 너 역시 네가 생각하는 것과 다른 존재란다. 그것은 충격적이지만 위안이 되기도 할 것이다. 예를 들자면, 너는 위니프리드와 아무런 관련이 없고 리처드와도 아무 상관이 없다. 네게 그리픈 가의 피는 한 방울도 섞이지 않았다. 네 진짜 증조할아버지는 알렉스 토머스고, 네 아버지는, 글쎄, 하늘만이 그 가능성의 한계가 되겠지. 부자, 가난뱅이, 거지, 성자, 수십 개의 출신 국가, 수십 개의 취소된 지도, 수백 개의 파괴된 마을들. 네 마음대로 고르렴. 그로부터 네가 물려받은 유산은 무한한 추론의 영역이다. 너는 의지에 따라 자유롭게 스스로를 재창조할 수 있단다.

15부

에필로그 — 다른 한 손

그녀는 그의 사진을 단 한 장 가지고 있다. 흑백 사진. 그녀는 이 사진을 조심스럽게 보관한다. 그녀가 지닌 그와 관련된 유품은 이것이 거의 유일하기 때문이다. 그것은 피크닉을 즐기고 있는 그녀와 그 남자, 두 사람이 함께 있는 사진이다. 뒷면에는 연필로 "피크닉"이라고 쓰여 있다. 그의 이름도, 그녀의 이름도 아닌 그냥 '피크닉.' 그녀는 이미 이름을 알고 있고, 그래서 적을 필요가 없다.

그들은 나무 아래 앉아 있다. 분명 사과나무였다. 그녀는 하얀 블라우스 소매를 팔꿈치까지 말아 올리고 넓은 치맛자락으로 무릎 부근을 감싸고 있다. 더운 날이었다. 사진 위로 손을 갖다 대면 사진에서 뿜어져 나오는 열기를 아직도 감지할 수 있다.

그 남자는 옅은 색 모자를 쓰고 있는데, 그것은 부분적으로 그의 얼굴에 그늘을 드리우고 있다. 그녀는 반쯤 그를 향한 채로, 그 이후로는 어느 누구에게도 지어 본 기억이 없는 그런 미소를 짓고 있다. 사진 속의 그녀는 너무나 앳되어 보인다. 그 또한 웃고 있지만, 카메라를 막아 내듯 자신과 카메라 사이에 손을 치켜들고 있다. 마치 미래에 그 두 사람을 돌아보고 있는 그녀를 밀어내듯. 마치 그녀를 방어하듯. 그의 손에는 담배꽁초가 끼워져 있다.

혼자 있을 때 그녀는 사진을 다시 꺼내서 탁자 위에 뉘어 두고 그것을 물끄러미 응시한다. 그녀는 세세한 부분들을 모두 살펴본다. 그의 흐릿한 손가락, 하얗게 바랜 그들 옷의 구김, 나무에 달려 있는 설익은 사과들, 전경의 죽어 가는 풀밭. 그녀의 미소 짓는 얼굴.

그 사진은 잘린 것이다. 3분의 1가량이 잘렸다. 왼쪽 하단에는 손목 부분이 잘린 손이 풀밭 위에 놓여 있다. 그것은 다른 한 사람의 손이다. 보이든 보이지 않든 간에 항상 사진 속에 있는 그 사람. 모든 것을 기록할 그 손.

나는 어쩌면 그렇게 무지했던가? 그녀는 생각한다. 그토록 어리석고 그토록 눈멀고 그토록 경솔했다니. 그렇지만 그런 무지함과 경솔함이 없다면 우리가 어떻게 살 수 있겠는가? 앞으로 무슨 일이 일어날지 알고 있다면, 그다음 일어날 모든 일을 알고 있다면, 우리가 하는 행동이 가져올 결과를 미리 알 수 있다면, 우리는 파멸하게 될 것이다. 신처럼 영락하게 될 것이다. 돌이 되어 버릴 것이다. 결코 먹거나 마시거나 웃거나 하지 않고 아침에 잠자리에서 일어나지 않을 것이다. 아무도 사랑하지 않을 것이다. 다시는. 감히 그럴 수 없을 것이다.

이제 다 가라앉아 버렸다. 나무도, 하늘, 바람, 구름도. 그녀에게 남은 것은 사진뿐이다. 그리고 그것에 대한 이야기.

사진은 행복에 관한 것이고, 이야기는 그렇지 않다. 행복이란 유리벽으로 보호된 정원이다. 그곳으로는 들어갈 수도, 나갈 수도 없다. 낙원에는 이야기가 없다. 그곳에는 여로가 없기 때문이다. 상실과 후회와 비참함과 열망이 굴곡진 길을 따라 이야기를 앞으로 나아가게 만든다.

《포트 타이콘드로가 헤럴드 앤드 배너》, 1999년 5월 29일

아이리스 체이스 그리폰, 기억할 만한 여사

—— 마이라 스터제스

아이리스 체이스 그리폰 부인은 지난 수요일 향년 83세로 이곳 포트 타이콘드로가에 있는 자택에서 갑자기 세상을 떠났다. "그녀는 뒤뜰에 앉아 있다가 매우 평화롭게 우리를 떠났다."라고 오랜 가족 친구인 마이라 스터제스 부인이 말했다. "그녀는 심장 상태가 좋지 않았기 때문에, 예상치 못한 일은 아니었습니다. 그녀는 개성이 킹한 사람이었고 역사에 남을 두드러진 인물이었습니다. 그리고 그 나이에도 건재했습니다. 우리 모두는 그녀를 그리워할 것이며 그녀는 분명 오랫동안 기억될 것입니다."

그리폰 부인은 이 지역의 저명한 여류 작가인 로라 체이스의 언니였다. 뿐만 아니라, 그녀는 이 읍에서 오랫동안 기억될 노벌 체이스 대위의 딸이었으며, 단추 공장과 그 외 다른 공장을 일으킨 체이스 산업의 설립자인 벤저민 체이스의 손녀였다. 게다가 그녀는 저명한 실업가이자 정치가인 고 리처드 E. 그리폰의 아내였고, 우리 고등학교에 관대한 유산을 남기고 지난해 작고한 토론토의 자선 사업가 위니프리드 그리폰 프라이어의 올케였다. 유족으로는 손녀인 사브리나 그리폰이 있다. 그녀는 이제 막 해외에서 돌아왔으며 할머니의 일을 처리하기 위해 곧 이 읍을 방문할 것으로 기대되고 있다. 그녀는 따스한 환영과 더불어 우리가 제공할 수 있는 모든 도움 혹은 지원을 받게 될 것이다.

그리픈 부인의 의향에 따라 장례식은 비공개로 진행될 것이며, 유해는 마운트 호프 공동묘지에 있는 체이스 가 기념관에 매장될 것이다. 그러나 그 동안 체이스 가족이 기여한 많은 것들을 감사하는 뜻에서 추도 예배는 오는 화요일 오후 3시에 조던 장례식장의 예배당에서 열릴 것이다. 예배 후 마이라와 월터 스터제스 부부 집에서 다과가 제공될 것이다. 누구든 환영한다.

문턱

오늘은 비가 내린다. 따뜻한 봄비. 공기는 비 때문에 꽃빛을 띠고 있다. 급류 소리가 절벽 위로, 그리고 그 너머로 쏟아진다. 바람처럼 쏟아 붓지만, 모래 위에 남은 파도 자국처럼 움직이지 않는다.

나는 뒤 베란다에 놓인 나무 탁자 앞, 현관 돌출부 아래 안락한 곳에 앉아서 길게 우거진 정원을 내다보고 있다. 거의 어스름 녘이다. 야생 풀협죽도가 한창 꽃을 피우고 있다. 아니, 그게 풀협죽도일 것이라고 나 혼자 생각하는 것일 수도 있다. 선명하게 보이지 않는다. 뭔가 푸른 것, 정원의 끝 아래쪽에 깜박이는 것, 그늘 아래 인광을 발하는 눈. 꽃밭에는 크레용 모양의 자주색, 연한 녹청색, 붉은색 새싹이 마구 밀치며 올라온다. 물기 머금은 흙냄새와 신선한 초목 냄새가 밀려온다. 물기 많고 미끌미끌한 냄새. 그것에는 나무껍질처럼 신맛이 섞여 있다. 그것은 젊음의 냄새를 풍긴다. 그것은 비탄의 냄새를 풍긴다.

나는 숄로 몸을 감싸고 있다. 오늘 저녁은 절기에 비하면 따뜻한 편이지만, 내게는 따뜻함이라기보다는 냉기가 가신 것 정도로 느껴진다. 이곳에서 나는 세계를 선명하게 바라볼 수 있다. 이곳이라 함은 파도의 꼭대기에서, 밀려오는 다음 파도가 나를 밑으로 밀어 버리기 전에 순간적으로 포착한 풍경을 말하는 것이다. 하늘이 얼마나 파란지, 바다가 얼마나 푸른지, 최후가 얼마나 임박했는지.

팔꿈치 옆에는 내가 몇 달에 걸쳐 열심히 더해 둔 종이 더미가 놓여 있다. 다 끝내고 나면, 마지막 쪽을 쓰고 나면, 나는 이 의자에서 일어나 부엌으로 가서 고무줄이나 노끈이나 오래된 띠를 찾기 위해 뒤적일 것이다. 이 종이 더미를 묶은 후 내 여행용 짐 가방 뚜껑을 들어 올리고 다른 모든 것 위에 이 뭉치를 올려놓을 것이다. 그것은 네가 여행에서 돌아올 때까지 그곳에 그대로 남아 있을 것이다, 네가 돌아온다면 말이다. 변호사가 열쇠와 지시 사항을 갖고 있다.

내가 너에 대한 몽상에 잠기곤 한다는 사실을 고백해야겠다.

어느 날 저녁, 문을 두드리는 소리가 들리고 네가 거기 서 있을 것이다. 너는 검은 옷을 입고 있고, 요즘 사람들이 모두 핸드백 대신 들고 다니는 작은 배낭을 갖고 있을 것이다. 오늘 저녁처럼 비가 내리지만 너는 우산을 안 들고 있다. 너는 우산을 경멸한다. 젊은이들은 비바람에 머리칼이 흐트러지는 것을 즐기니까. 그것이 활기를 돋워 준다고 생각하는 것이다. 너는 현관에, 축축한 빛이 어렴풋이 비치는 가운데 서 있을 것이다. 너의 윤기 나는 검은 머리는 젖어 있을 것이고, 네 검은 옷은 흠뻑 젖어 있으며, 빗방울이 네 얼굴과 옷에서 장식용 금속 조각처럼 빛날 것이다.

너는 노크를 하고 나는 그 소리를 들을 것이다. 나는 발을 끌며 복도를 따라 내려가 문을 열 것이다. 내 가슴은 마구 뛰고 파닥거릴 것이다. 나는 너를 뚫어지게 쳐다보다가, 이내 알아볼 것이다. 내가 간직해 오던, 내 마지막 남은 소원. 이렇게 아름다운 사람은 본 적이 없다고 혼자 생각하지만, 입 밖에 내어 말하지는 않을 것이다. 네가 날 덜떨어진 사람이라고 생각하는 것은 바라지 않기 때문이다. 그런 다음 너를 환영하고 네게 팔을 벌리고 네 뺨에 입맞춤을, 아주 가볍게 할 것이다. 자제력을 잃는 것은 보기 흉한 짓이기 때문이다. 나는 눈물도 몇 방울 흘릴 것이다. 하지만 정말 몇 방울만. 늙은이의 눈은 건조한 법이다.

나는 네게 안으로 들어오라고 하고 너는 들어올 것이다. 나와 같은 사람이 사는 내 집과 같은 곳의 문턱을 넘는 것은 젊은 여자에게 권할 만한 행동은 아니다. 화석화된 조그만 집에 혼자 살며 불타는 거미줄 같은 머리와 뭐가 뭔지 모를 것으로 가득 찬 정원을 가진 늙은 여자, 노숙한 여자. 그런 사람에게서는 유황 냄새가 살짝 풍긴다. 너는 나를 약간 무서워할지도 모르겠다. 그렇지만 우리 집안의 모든 여자들처럼 너는 약간 무모하기도 할 것이다. 그렇기 때문에 어쨌든 들어올 것이다. "할머니." 너는 입을 열 것이다. 그리고 그 한 마디로 인해 나는 더 이상 버림받은 사람으로 남지 않을 것이다.

나는 내 탁자에, 나무 숟가락과 나뭇가지 화환과 불을 붙인 적이 없는 초 사이에 너를 앉힐 것이다. 너는 몸을 떨 것이고 나는 네게 타월을 주고 담요로 감싸 주고 코코아를 만들어 줄 것이다.

그런 다음 나는 네게 이야기를 하나 들려줄 것이다. 이 이야기를 들려줄 것이다. 네가 어떻게 이곳에 오게 되었는지, 어떻게 내 식탁에 앉아 내가 네게 하고 있었던 이야기를 듣고 있는지에 대한 이야기. 무슨 기적으로 그런 일이 정말로 일어난다면 이렇게 아무렇게나 섞어 놓은 종이 더미는 더 이상 필요하지 않을 것이다.

내가 네게서 무엇을 원하게 될까? 사랑은 아닐 것이다, 그건 너무 과분하다. 용서도 아닐 것이다, 그건 네가 할 수 있는 것이 아니다. 아마도 그저 내게 귀기울여 주는 사람을 원할 것이다, 그냥 나를 바라봐 줄 누군가. 그렇지만 무엇을 하든 나를 미화하지는 마라, 나는 장식된 해골이 되고 싶지는 않다.

그러나 나는 네 손에 나 자신을 남겨 둔다. 내가 달리 무엇을 할 수 있겠니? 네가 이 마지막 장(張)을 읽을 때 내가 존재할 유일한 곳은 — 만일 내가 어딘가에 남아 있다면 — 바로 거기일 것이다.

감사의 말

나는 다음에 열거된 사람들에게 감사를 표하고 싶다. 나의 더없이 소중한 조수인 세라 쿠퍼. 나의 다른 조사원인 A. S. 홀과 세라 웹스터. 팀 스탠리 교수. 런던 세인트 제임스 도서관 큐나드 라인 유한회사 문서 보관 담당자인 샤론 맥스웰. 온타리오 역사학회 전무이사인 도로시 던컨. 위니펙에 위치한 허드슨스 베이/심슨스 문서 보관소. 토론토 유적회, 스파다이나 하우스의 피오나 루커스. 프레드 커너, 테렌스 콕스. 캐서린 애신버그. 조너선 F. 밴스. 메리 심스. 존 게일. 돈 허친슨. 론 번스틴. 로나 툴리스와 토론토 공공 도서관의 공상 과학 소설 및 환상 작품 메릴 컬렉션 담당 직원, 그리고 아넥스 서점의 재닛 잉크세터. 또한 책을 미리 읽어 준 엘리노어 쿡, 램지 쿡, 잰드라 빙리, 제스 A. 깁슨, 그리고 로절리 아벨라. 그리고 나의 대리인인 피비 라모어, 비비언 슈스터, 그리고 다이애나 매케이. 그리고 나의 편집자인 엘런 셀리그먼, 헤터 상스터, 낸 A. 텔리즈, 그리고 리즈 캘더. 또한 아서 겔구트, 마이클 브래들리, 밥 클라크, 진 골드버그, 그리고 로즈 토네이토. 그리고 언제나와 마찬가지로 그레임 깁슨과 나의 가족들에게.

이미 출판된 자료를 인용할 수 있도록 허락한 것에 대해 다음 열거된 이들에게 감사를 표한다.

제사(題辭)
· 리샤드 카푸친스키, 『샤의 샤』 ⓒ 1982, 리샤드 카푸친스키. 윌리엄 알 브랜드, 카타르치나 므로크조프스카–브랜드 공역. 하트코트 브레이스 조바노비치, 1985. 저자의 허락을 받아 전재.
· 하급 귀족 여성인 자슈타(BC210~BC185)의 것이라고 추정되는, 카르타고 항아리에 새겨진 비문은 에밀 F.슈바르츠바드 박사의 「카르타고 파편 제사」,《크립틱 — 고대 명각 학회지》7권 9호, 1963년에서 인용.
· 실라 왓슨, 『깊고 공허한 시내』 ⓒ 1992, 실라 왓슨. 매클러랜드 앤드 스튜어트 사의 허가를 받아 전재.

노래를 일상어로 표현한 것은 다음에 기반을 둔 것이다.
· 「연기는 똑같이 굴뚝에서 올라가네」, 전통 음악.
· 「흐릿한 달」, G.다모다 작사, 크래드 셸리 작곡 ⓒ 1934 스틱사/스카이라크 뮤직. 1968년에 차가스 뮤직 사가 저자와 작곡가를 대신하여 저작권 갱신. 허가를 받아 사용.
· 「험악한 날씨」, 테드 쾰러 작사, 해럴드 알런 작곡 ⓒ 1933 밀스 뮤직 사/ S. A. 뮤직 사/ 테드 쾰러 뮤직/EMI 밀스 뮤직 사/레

드우드 뮤직. 1961년에 아코 뮤직 사에 의해 저작권 갱신. 미국 내에서 연장된 기간 동안 미국 저작권은 테드 퀼러 뮤직을 대표하여 프레드 아러트 뮤직 사에서 관리. 미국 저작권은 해럴드 알런 뮤직을 대표하여 S. A. 뮤직에서 관리. 미국 밖에서의 저작권은 EMI 밀스 뮤직 사에서 관리. 캐나다와 귀속된 영지에서 발생되는 테드 퀼러의 이익에 관한 모든 저작권은 레드우드 뮤직을 대표하여 빈스톡 출판사가 관리. 국제 저작권 확보. 허가를 받아 사용.

퀸 메리 호의 첫 항해 관련 기사는 다음에서 발췌한 것이다. · 허버트 호진스, 「형용사를 찾아서」, 《메이페어》, 1936년 7월. (매클린 헌터, 몬트리올.) 저작권의 정확한 소유주는 알려지지 않음. 로저스 미디어 앤드 서덤 사의 허가를 받아 전재.

작품 해설

  마거릿 애트우드의 열 번째 소설 『눈먼 암살자』는 82세의 화자 아이리스 체이스 그리픈의 회고록을 통해 다시 쓴 20세기 캐나다 역사이다. 동시대 가족 구성원 중 유일한 생존자인 아이리스가 죽은 자들을 기념하고 이제까지의 자기 삶에 의미와 질서를 부여하기 위해 서술하는 가족사는 캐나다 사회의 경제적, 문화적, 이념적 변화를 보여 주는 렌즈로 작용한다. 삼중 액자 형식으로 된 서사 구조, 사적 서술을 가로지르는 '공적 문서'의 병치를 통해 사실과 허구 사이의 경계를 뒤흔들고 주관적 경험과 객관적 표현 사이의 간극을 문제시한다. 그럼으로써 공식적 역사에 대안적 시각을 제시하는 사적 회고록으로서의 역사, 영광스러운 과거에 대한 찬양이 아니라 "견뎌 내고 혐오한" 상처를 기억하는 기념비를 보여 준다.

  『눈먼 암살자』는 복잡한 구조를 통해 한 가족의 성쇠와 국가의 역사 및 정세가 긴밀하게 얽혀 있음을 보여 주며 개인의 사적인 회고록이 대안적 역사가 될 수 있음을 효과적으로 드러내고 있다. 평론가들은 서로 다른 세 가지의 형식과 내용의 서술 타래가 교묘하게 짜여 서로의 주제를 반향하고 도전하는『눈먼 암살자』의 정교한 구조를 두고 "모든 조각이 제대로 맞아떨어지는 아름다운 퍼즐", "정교하게 고안된 문학적 퍼즐", "러시아 인형과 같은 구조"라고 평가한다. 첫 서술 타래는 전체 틀을 이루는 아이리스의 자서전으로, 나머지 두 가지 서술 타래를 담는 역할을 한다. 첫 서술 타래에서 아이리스는 토론토와 가상의 장소인 포트 타이콘드로가를 배경으로 펼쳐지는 두 상류층 집안의 성쇠를 그려 낸다. 특히 여기에서는 각 집안의 운명이 두 번의 세계대전, 경제 대공황, 스페인 내전과 같은 국내외의 정치적, 경제적, 이념적 변화와 밀접하게 연관되어 있음이 드러난다. 두 번째 서술 타래는 아이리스의 동생인 로라 체이스의 이름으로 사후 출판된 소설 「눈먼 암살자」이다. 상류 사회의 여인과 도망 중인 공산주의자 남성 간의 적나라한 밀애를 다룬 이 소설은 첫 서술 타래와 연관이 되어 있음을 암시하면서도 주인공들의 정체를 구체적으로 밝히지 않아 독자들의 궁금증과 긴장감을 증폭시킨다. 이 두 번째 서술 안에는 남자가 여자에게 들려주는 이야기 형식으로 세 번째 서술 타래인 공상 과학 이야기가 들어 있다. "우주의 다른 차원"을 배경으로 펼쳐지는 펄프 픽션과 같은 이 이야기는 작품의 나머지 부분과 아무런 상관이 없는 것처럼 보이기도 한다. 그러나 이것은 사실상 빈부 격차, 자본주의의 타락, 전쟁의 잔인함 등 현실에 대한 가장 신랄한 비판을 담고 있으며, 이를 통해 작품 전체의 정치적 파장을 증폭시킨다.

이렇듯 상이한 텍스트들 사이를 이어 주는 연결 고리는 감춤과 드러냄의 메커니즘이다. 한 층위의 서술이 감추고 발화하지 못한 것이 다른 층위의 서술로 표현되고 설명되는 것이다. 예를 들어 「눈먼 암살자」 속의 밀회는 역사적 배경이 전혀 제시되지 않은 상태에서 진행된다. 다만 남자가 쫓기는 상태에 있다는 것, 그가 어떤 먼 곳에서 벌어지는 두 전쟁에 참여하여 전장에서 사망한다는 사실이 암시될 뿐이다. 그가 참여한 전쟁이 스페인 내전과 2차 세계대전이라는 사실은 아이리스의 서술에서 밝혀진다. 한편 아이리스의 서술에서 전쟁이 기업 및 국가 간의 이권 사업 측면에서 그려진다면, "눈먼 암살자" 속 남자가 들려주는 자이크론 행성과 지노어 행성 이야기에서는 전쟁의 잔인함과 비참함이 부각된다. 무엇보다 중요한 것은 이러한 텍스트 간의 상호 작용이 '글쓰기'라는 행위 자체에 주목하게 만든다는 점이다. 실제로 아이리스는 회고록 전체를 통해 글을 쓰는 행위, 글을 쓰고 있는 자신의 손에 대해 끊임없이 언급한다. 비슷한 맥락에서, 「눈먼 암살자」 속의 남자와 여자는 동일한 이야기의 결론을 각자의 바람에 따라 다르게 서술하는 '창작의 과정'을 보여준다. 이 모든 것은 글쓰기의 자의성, 인공성을 강조한다.

『눈먼 암살자』가 출판되기 몇 달 전 애트우드는 케임브리지 대학에서 글쓰기와 작가의 역할을 주제로 강의한 바 있다. 그 강의를 바탕으로 집필한 책인 『죽은 자들과 타협하기(Negotiating with the Dead)』에서 애트우드는 모든 종류의 이야기적 화술은 죽음, 유한성에 대한 두려움과 매혹, 그리고 사자(死者)의 세계로 들어가 죽은 자들로부터 무언가를 가져오고자 하는 바람에서 비롯된 것이라고 말한다. 아이리스의 글쓰기 역시 죽음과 밀접하게 관련되어 있다. 자신의 임박한 죽음 앞에서 이제까지 은폐되고 외면당했던 죽은 자들의 이야기를 펼쳐 내고, 그들을, 그리고 자신을 기억하게 하려는 것이다. 즉 그들을 위한, 그리고 그녀 자신을 위한 기념비를 남기기 위해 글을 쓰는 것이다. 그녀의 말을 빌리자면, 죽은 자들을 이해하기란 지난한 일이지만 "그들을 모른 체하는 것보다 더 위험한 일은 없"기 때문이다. 아이리스의 글쓰기 과정은 현실 세계와 망자들의 세계 사이를 위태롭게 줄타기하는 것과 같다. 그녀는 기억과 상상 속에서 나온 죽은 자들과 끊임없이 마주치며, 그들이 벽의 낙서, 꿈을 통해 자신에게 메시지를 보내고 있다고 생각한다.

그러나 『눈먼 암살자』 속에 등장하는 기념비는 통상적인 미화와 찬양의 기능을 전복한다. 아이리스의 아버지가 헌정한 포트 타이콘드로가의 전쟁 기념비를 둘러싼 갈등은 전쟁의 실상을 실제로 경험한 사람과 전쟁을 자신의 개인적 및 정치적 목적에 부합하도록 포장하고자 하는 사람들 간의 간극을 보여 준다. 피곤에 지치고 헝클어진 모습의 병사가 고장 난 총을 들고 있는 동상으로 장식된 이 기념비는 영웅주의, 애국주의를 정면으로 반박한다. 1차 세계대전은 당시 영국의 식민지였던 캐나다에게 독립의 결정적 기회를 마련해 준 영광스러운 전쟁이었다. 그러나 참전자이자 부상자이며 전쟁에서 두 형제를 잃은 아이리스의 아버지는 전쟁의 비참한 실상을 무마하는 수사를 거부한다. 그는 "자진하여 최고의 희생을 한 이들"이라는 미사여구로 잔혹함과 무의미한 살상을 미화하기보다는, 전쟁의 '실상'과 '진실'을 "우리가 잊지 않도록" 기념비를 세우고자 한다.

"지친 병사" 동상은 아이리스가 쓰는 글의 성격을 파악하는 데 좋은 단서를 제공한다. 전쟁의 잔인함과 무의미함을 보여 주는 동상과 마찬가지로 아이리스의 기록 또한 '진실'을 보여 주고자 한다. 즉 이것은 자신의, 그리고 로라의 무의미한 희생이 불러온 상처에 대한 기록이자 로라를 죽음으로 몰아간 스스로의 눈멂과 경솔함에 대한 고백인 것이다. 우리가 감추려고 하는 삶의 어두운 부분을 드러내는 이야기. 그래서 아이리스는 스스로의 회고록을 "왼손잡이 책"이라고 부른다. "왼손잡이 책"이라는 맥락에서 볼 때 단추 공장 피크닉에서 두 자매가 공산주의자 알렉스와 찍은 사진은 새로운 의미를 갖게 된다. 아이리스와 알렉스가 사과나무 아래 함께 앉아 있는 사진. 그것은 아이리스가 유일하게 간직하고 있는 알렉스와 관련된 물건이며, 아이리스가 가장 행복했던 순간을 포착한 것이다. 아이리스는 혼자 남겨졌을 때 그 사진을 응시하며 무언가를 찾으려고 노력한다. "자신이 떨어뜨렸거나 잃어버린 것, 손으로 잡을 수는 없지만 아직 눈으로 볼 수 있는 무엇, 모래 위의 보석처럼 반짝이는 그 무엇"을. 그러나 그것은 이미 존재하지 않는 것이다. 사진 속에 기록된 시간은 잃어버린 낙원처럼 되돌릴 수 없는 시간, 죽음에 귀속된 순간이다. 그 사진의 한쪽 구석에는 손목 부분이 잘린 손이 놓여 있다. 기괴하게 노란색으로 채색된 그 손은 사진에 잘려 나간 부분이 있음을, 보이지 않는 이면이 존재함을 나타낸다. 그것은 "모든 것을 기록하는 손"이다. 사진에 포착된 순간은 이미 과거로 사라졌다고 얘기하며, 이제는 행복한 정원 밖으로 나와 그에 대한 이야기를 쓸 것을 촉구하는 것이다.

"왼손잡이 책"이라는 주제는 「눈먼 암살자」 안에서 다른 식으로 반복되어 나타난다. 남자가 들려주는 이야기 속에서 자신들 두 사람의 행복한 미래에 대한 암시를 얻고 싶어 하는 여자는 슬픈 이야기 대신 행복한 이야기를 들려줄 것을 요청한다. 이에 대한 답으로 남자가 만들어 낸 이야기가 바로 '아어아 행성' 이야기이다. 자신들의 모든 환상이 충족된 낙원에 간힌 남자들의 이야기. 더 이상 욕망할 것도, 더 이상 상처받을 것도 없기 때문에 이야기는 더 이상 앞으로 나아갈 수 없다. 아이리스의 말을 빌리자면, 낙원에는 여로가 없기 때문에 이야기가 존재할 수 없다. 결국 여자는 죽음이 존재하는 "정원 밖"으로 이야기의 주인공들을 내보내 줄 것을 요청한다. 죽음이 존재하지 않는 정원에는 시간도 존재하지 않으며, 시간이 존재하지 않으면 어떤 사건도 일어날 수 없는 것이다. 그리고 사건이 일어나지 않으면 이야기가 존재할 수 없다. "상실과 후회와 비참함과 열망이 굴곡진 길을 따라 이야기를 앞으로 나아가게" 만들기 때문이다.

여기에서 주목해야 할 점은 아이리스가 자신이 기술하는 '진실'이 상당히 불안정하다는 것을 인식하고 있다는 점이다. 진실을 쓰는 방법은 훗날 아무도 그것을 보지 않으리라고 상정하는 것이지만, 그것은 불가능한 일이라고 그녀는 말한다. 또 중간에 이제까지 쓴 것을 읽어 보고 자신이 기록하지 않고 생략한 것으로 인한 오류가 있음을 알아차린다. 그리고 글의 마지막 부분에 이르러서는 자신의 글쓰기에 관해 다음과 같이 설명한다. "집필을 하는 것이라고는 생각하지 않았다. 그냥 끼적거리는 것이었을 뿐이다. 내가 기억한 것들, 그리고 내가 상상한 것들 또한. 상상한 것 역시 사실에 포함된다." 실제로 그녀가 여행용 트렁크 안에 남겨 둔 "종이 더미", 즉 그녀의 자서전, 로라의 이름으로 출간된 「눈먼 암살자」, 신문 기사 스크랩, 절단된 사진, 로라의 공책은 하나의 관점에 따라 일관되게 서술된 기존의 역사 기술에 대치된다. 여성으로서, 변방에 존재하는 자로서 공적 역사를 겪은 아이리스는 기존의 역사 서술 방법을 전복하고, 다중적 화술과 불확정적 진실이 담긴 자신의 이야기를 역사의 대안으로 제시한다.

그렇다면 아이리스는 누구를 대상으로 이 '왼손잡이 이야기'를 쓰는 것인가? 회고록을 쓰기 시작할 때 아이리스는 특정한 독자를 상정하지 않는다. 그러나 글의 마무리 부분에 이르러 유일한 후손인 사브리나를 위해 자신이 글을 써 왔음을 깨닫는다. 이제까지 감춰져 온 가족사의 비밀을, 그에 대한 진실을 사브리나에게 제공하기 위한 것이다. 회고록의 가장 마지막 부분, 아이리스가 사브리나와의 해후를 상상하는 부분은 마치 사자의 세계에 이미 살고 있는 아이리스가 마지막 생존자인 사브리나를 문턱 너머, 죽음의 영역으로 불러들이는 듯한 느낌을 준다. 우선 아이리스는 사브리나가 "돈에 지배당하고 파멸되고 참담해진 가족"으로부터 자유로운 존재라는 것을 밝힌다. 사브리나가 부도덕하고 탐욕스러운 리처드나 위니프리드와 아무런 관계가 없다는 것을 알려 주는 것이다. 그녀의 할아버지는 출신 국가도, 근원도 알 수 없는 알렉스이며, 아버지는 그 존재조차 알려지지 않았다. 그렇기에 그녀는 유전에 의해 규정되지 않고 "무한한 추론의 영역"을 물려받았으며, "의지에 따라 자유롭게 스스로를 재창조할 수 있"는 것이다. 더 나아가 아이리스는 자기 자신을, 이제까지 써 온 글과 모아 온 모든 자료, "아무렇게나 섞어 놓은 종이 더미"를 사브리나의 손에 맡긴다. 사브리나가 자신이 쓴 글을 읽을 즈음에는 이미 죽은 자들의 대열에 합류하게 될 아이리스는 무덤 밖에 향하여 사브리나에게 '죽은 자들과 타협'하는 의무를 요구한다. 애트우드가 자주 인용하는 존 매크레이의 시를 빌려 말하자면 "쇠약한 손으로" 사브리나에게, 그리고 더 나아가 글을 읽는 우리 모두에게 "횃불을 던지"며, 그것을 높이 들 것을 촉구하는 것이다.

2010년 12월

차은정

작가 연보

1939년   마거릿 엘리노어 애트우드, 11월 18일 캐나다 오타와
            에서 출생.

1940~1945년   오타와에 기반을 두고 있었으나, 곤충 학자인 아
            버지의 직업 때문에 북부 온타리오와 북부 퀘벡의 숲
            에서 많은 시간을 보냄. 1945년까지 북부 온타리오에
            위치한 수세인트마리에서 거주.

1946년   토론토로 이사. 그러나 여름은 여전히 북부에서 지냈
            으며, 애트우드는 11세(6학년)가 돼서야 학교에서 정규
            수업을 모두 받기 시작함.

1952~1957년   리사이드 고등학교에 재학하며 학보 칼럼 집필.
            그림 형제 동화, 추리 소설 시리즈, 캐나다 동물 이야
            기, 만화책을 비롯한 다양한 책을 다독함. 6세부터 글
            을 쓰기 시작했으며, 16세에 전문 작가가 되기로 결심
            했다고 함. 여름 캠프 지도 교사로 일함.

1957~1961년 토론토 대학의 빅토리아 칼리지에 재학. 재이 맥퍼
슨과 노스롭 프라이를 사사. 대학 문학잡지에 단편 소
설과 시를 발표하고 대학 연극회의 포스터와 프로그
램을 제작.《캐나디안 포럼(The Canadian Forum)》이라
는 좌파적 문화-정치 잡지에 첫 시를 발표. 보헤미안
엠버시 커피하우스에서 시를 낭독하기 시작함. 1961년
에 영문학 전공 및 불문학과 철학 부전공으로 학사 학
위 취득. 래드클리프 대학(이후 하버드 대학으로 병합.)
에서 수학할 수 있는 우드로 윌슨 장학금을 받음.
　자비 출판한 소책자 『위선적 페르세포네(Double
Persephone)』로 토론토 대학의 E. J. 프랫 메달 수상. 신
화와 원형(原型)을 지향하는 이 초기 시들에서 맥퍼슨
과 프라이의 영향이 드러남.

1961~1963년 래드클리프 대학에서 석사 학위를 취득하고 하버
드 대학에서 박사 과정을 시작함.

1963~1964년 토론토로 돌아와 시장 연구 회사에서 일함. 첫 소
설에 착수. 1964년 여름에 영국과 프랑스로 첫 여행.

1964~1965년 밴쿠버의 브리티시컬럼비아 대학에서 영문학 강
의. 『식용 여인(The Edible Woman)』의 초고를 완성하
고, 단편 소설 열네 편과 오십 편 이상의 시를 집필.
　하버드 대학으로 돌아와서 박사 과정을 계속했으
나 논문(「19세기와 20세기의 영국 형이상학적 로맨스
에 나타난 자연과 권력(Nature and Power in the English
Metaphysical Romance of the Nineteenth and Twentieth
Centuries)」)은 마치지 못함.

1966년	시집 『서클 게임(The Circle Game)』 출간.
1967년	『서클 게임』으로 캐나다 총리 상을 받고 시인으로서의 명성을 확립. 하버드 대학의 대학원생이었던 미국인 제임스 폴크와 결혼. 부부는 몬트리올로 이주하고, 애트우드는 조지 윌리엄스 경 대학(현 컨커디아 대학)에서 영문학 강의.
1968년	에드먼턴 주 앨버타로 이사. 시집 『그 나라의 동물들(The Animals in That Country)』 출간.
1969년	첫 소설 『식용 여인』 출간. 시에서 다루었던 '여성의 소외'라는 주제가 반복됨. 앨버타 대학에서 문예 창작 강의.
1970년	연작 시 『수재너 무디의 일기(The Journals of Susanna Moodie)』와 시집 『지하 세계의 절차(Procedures for Underground)』 출간. 19세기에 영국에서 캐나다로 이민 간 수재너 스트릭랜드 무디의 글에서 영감을 받아 집필한 『수재너 무디의 일기』에서 인간 경험의 비이성적이고 신화적인 차원을 탐구함. 영국과 프랑스에서 한 해를 보냄.
1971년	시집 『권력 정치(Power Politics)』 출간. 개인적 신화를 보다 폭넓은 맥락 속의 성적(性的) 대결로 변환함. 토론토로 돌아와 요크 대학 조교수로 취임. 1973년까지 하우스 오브 아난시 출판사 이사회의 일원으로 참여. 아난시 출판사를 통해 국가주의적 문화 문제에 관여함.
1972년	소설 『떠오름(Surfacing)』과 캐나다 문학 이론서 『생존 ── 캐나다 문학의 주제별 지침서(Survival: A

Thematic Guide to Canadian Literature)』 출간. 기술과 자연의 첨예한 대립이 정치적 언어로 표현된『떠오름』에서는 본질적 여성성의 추구가 표현됨. 캐나다 문학의 원형적 이미지를 설명한『생존』은 출판 당시 캐나다 문학에 관한 가장 대담한 책으로 평가되며 큰 반향을 불러일으킴. 이 책은 지속적으로 애독되고 캐나다 문학 및 캐나다인들의 자기 정체성 형성에 지속적으로 영향을 미침. 1973년까지 토론토의 매시 칼리지에서 체류 작가로 지냄.

1973년 폴크와 이혼. 작가 그레임 깁슨과 온타리오 주 앨리스턴의 농장으로 이사. 온타리오 주 트렌트 대학에서 첫 명예박사 학위를 받음.

1974년 『너는 행복해(You are Happy)』 출간. 이 시집에는『오디세우스』를 키르케의 관점에서 재서술한 시가 포함되어 있음. CBC(캐나다 공영방송)의「하녀(The Servant Girl)」대본 집필. 이 대본은 1996년 출간된 소설『그레이스(Alias Grace)』의 소재가 된 그레이스 마크스의 살인 사건을 담고 있음. 《디스 매거진(This Magazine)》의 풍자 만화가로 활동.

1976년 『시 선집(Selected Poems)』과 소설『신탁 여인(Lady Oracle)』 출간.『신탁 여인』은 동화와 고딕 로맨스를 희화화한 것. 딸 엘리너 제스 애트우드 깁슨 출생.

1977년 단편집『춤추는 소녀들(Dancing Girls)』과 역사서『반역자들의 시대, 1815~1840(Days of the Rebels: 1815~1840)』 출간.『춤추는 소녀들』로 토론토 시 도서

상과 캐나다 서점 상 수상. 애트우드 작품에 대한 첫 비평 개론인 《말라햇 리뷰(Malahat Review)》 애트우드 특집판이 출간됨.

1978년　시집 『머리가 두 개 달린 시(Two-Headed Poems)』와 동화 『나무 위에서(Up in the Tree)』 출간. 『머리가 두 개 달린 시』에서는 언어의 이중성을 탐구. 『나무 위에서』의 삽화를 직접 그림으로써 시각 예술가로서의 면모를 보여 줌. 첫 번째 책 홍보 여행(프랑스, 아프가니스탄, 인도, 오스트레일리아)을 떠남. 가족이 모두 스코틀랜드로 이주.

1979년　소설 『남자 앞의 삶(Life Before Man)』 출간. 삼각관계를 통해 20세기의 삶을 구체적으로 조명.

1980년　동화 『애나의 애완동물(Anna's Pet)』 출간. 가족과 함께 토론토로 돌아옴. 캐나다 작가 협회(Writers' Union of Canada) 부회장으로 선출됨.

1981년　소설 『신체 훼손(Bodily Harm)』과 시집 『실제 이야기(True Stories)』 출간. 두 책은 각각 정치적, 사회적 자유라는 주제를 다루고 있으며, 국제 사면 기구에서 여러 해 활동하는 등 시민권 수호에 관심을 보여 온 애트우드의 면모를 잘 드러냄. 몰슨 상과 구겐하임 기금, 캐나다 훈장 훈작사 작위를 받음. 작가 협회 회장직 맡음.

1982년　초창기 페미니즘 비평이 담긴 『두 번째 말 — 비평 산문집(Second Words: Collected Critical Prose)』 출간. 윌리엄 토이와 함께 『새로운 옥스퍼드 캐나다 영어권 시선집(The New Oxford Book of Canadian Verse』 편찬.

1983년 『어둠 속의 살인 사건 — 단편 소설과 산문시(Murder in the Dark: Short Fictions and Prose Poems)』와 『푸른 수염의 알(Bluebeard's Egg)』 출간. 토론토 대학에서 명예박사 학위 받음. 11월에 가족과 함께 영국 노픽으로 이주.

1984년 산문 및 시집 『달이 저문 시기(Interlunar)』 출간. 3월부터 5월까지 서베를린에 체류하다 여름에 토론토로 돌아옴. 1986년까지 국제 펜클럽 캐나다 영어권 지부 회장직 맡아 문학 검열에 맞섬.

1985년 『시녀 이야기(The Handmaid's Tale)』 출간. 우파적 단일 신정주의 사회를 배경으로 한 디스토피아 이야기를 통해 국제적, 대중적 명성과 인기를 얻음. 앨라배마 주 터스칼루사의 문예 창작과 방문 학과장을 맡음.

1986년 소설 『시녀 이야기』로 총독상 픽션 부문, 토론토 예술상, 아서 C. 클라크 상 최고 공상 과학 소설 부문, 로스앤젤레스 타임스 픽션 상 수상. 『시 선집 2 — 정선한 시와 새로운 시, 1976~1986(Selected Poems II: Poems Selected and New, 1976~1986)』 출간. 로버트 위버와 공동으로 『옥스퍼드 캐나다 영어권 단편 소설집(The Oxford Book of Canadian Short Stories in English)』 편찬. 뉴욕 대학의 방문 버그 교수직 맡음.

1987년 국제 펜클럽 원조를 위해 『캐나다 문학 요리책(The Canlit Foodbook)』 편찬. 텔레비전 영화 대본인 「지상 위의 천국(Heaven on Earth)」과 동화 『실종된 크래스의 축제(The Festival of Missed Crass)』(이후 뮤지컬로 각색.)

집필. 캐나다 왕립 협회 회원으로 선출. 시드니에 있는 매쿼리 대학에서 체류 작가로 지냄.

1998년   가슴 아픈 유년 시절의 기억과 맞닥뜨림으로써 예술가로서의 정체성, 창조성, 시간에 대해 탐구하게 되는 중년의 화가를 그린 소설 『고양이 눈(Cat's Eye)』 출간. YWCA의 창립자인 아그네스 블리저드의 이름을 딴 '애기(Aggie)' 조상 수상.

1989년   『고양이 눈』으로 캐나다 서점 협회 상과 토론토 시 도서상 수상. 미국 텍사스 주 샌안토니오에 위치한 트리니티 대학교에서 체류 작가로 지냄. 1991년까지 『고양이 눈』 영화 각본 집필.

1990년   『시 선집 1966~1984(Selected Poems 1966~1984)』과 동화 『새를 위하여(For the Birds)』 출간. 『새를 위하여』는 아이들에게 환경 문제의 심각성을 일깨우고자 하는 의도로 창작됨. 온타리오 훈장과 하버드 대학의 100주년 메달을 받음. 폴커 슐렌도르프가 영화화한 「시녀 이야기」 첫 상영을 위해 베를린 영화제에 참여.

1991년   단편집 『황무지에서의 생존 방법(Wilderness Tips)』 출간. 영국 옥스퍼드 대학에서 캐나다 문학을 주제로 클래런던 강연(Clarendon Lectures)을 함.

1992년   단편집 『좋은 뼈(Good Bones)』 출간. 『황무지에서의 생존 방법』으로 온타리오 정부로부터 트릴리엄 상을 받음.

1993년   토론토의 생활 방식과 여성의 우정을 다룬 소설 『도둑 신부(The Robber Bride)』 출간. 이 소설로 캐나다 작가 협회 선정 올해의 소설상, 캐나다와 카리브 해 지역 영연방 상 수상.

1994년 　단편집 『좋은 뼈와 단순한 살인(Good Bones and Simple Murders)』 출간. 『도둑 신부』로 트릴리엄 상 수상. 프랑스 정부로부터 문화 예술 공로 훈장 기사장(Chevalier dans l'Ordre des Arts et des Lettres) 받음.

1995년 　1991년 옥스퍼드에서의 강연을 바탕으로 쓴 캐나다 문학 개설서 『기이한 것들 ― 캐나다 문학에 나타난 사악한 북방(Strange Things: The Malevolent North in Canadian Literature)』과 시집 『타 버린 집의 아침(Morning in the Burned House)』, 동화 『프루넬라 공주와 보라색 땅콩(Princess Prunella and the Purple Peanut)』 출간. 『기이한 것들』을 통해 캐나다의 북부, 신비로운 황야가 여전히 애트우드의 상상력에 있어 큰 자리를 차지하고 있음을 보여 줌. 로버트 위버와 『새로운 옥스퍼드 캐나다 영어권 단편집(The New Oxford Book of Canadian Short Stories in English)』 편찬. 퀘벡 작가인 빅토르레비 보리우와 불어로 연속 인터뷰를 함. 『타 버린 집의 아침』으로 트릴리엄 상 수상. 스웨덴 유머 협회로부터 국제 해학적 작가상(International Humourous Writers Award) 수상.

1996년 　『그레이스』 출간. 19세기 중반 캐나다에서 살인자로 악명이 높았던 그레이스 마크스를 다룬 이 작품에서 애트우드는 진실을 말하는 것과 그것을 표현하는 것을 문제시함. 또한 권력과 문화, 그리고 정체성에 관한 애트우드의 오랜 철학적, 정치적 견해를 드러냄. 이 작품으로 길러 상 수상. 단편집 『래브라도의 대실패(The Labrador Fiasco)』출간. 노르웨이 문학적 공로 훈장 수상. 캐나다 서점 협회의 올해의 작가로 뽑힘.

1997년   『수재너 무디의 일기』가 찰스 파처의 삽화와 함께 재출간됨. 단편집 『조용한 게임과 다른 초기 작품들(A Quiet Game: And Other Early Works)』, 『그레이스』를 집필하기 위한 자료 조사 과정에서 발견한 것과 놓친 것, 그리고 그것이 작품 창작에 어떤 영향을 미쳤는지를 설명한 『그레이스를 찾아서(In Search of Alias Grace)』출간. 쿠바 작가 연합을 위하여 그레임 깁슨과 함께 캐나다 단편집 『겨울부터(Desde El Invierno)』 편찬.

1998년   『불 먹기 — 시 선집 1965~1995(Eating Fire: Selected Poetry 1965~1995)』출간. 오타와 대학에서 명예박사 학위 받음.

1999년   런던 문학상 수상.

2000년   소설 『눈먼 암살자(The Blind Assassin)』를 출간하고, 이 작품으로 부커 상 수상. 20세기 초중반의 국가적, 개인적 역사를 다층적 서술을 통해 보여 줌. 다양한 목소리, 관점, 플롯 라인을 능숙하게 짜내어 비평가와 일반 대중에게 큰 찬사를 받음. 케임브리지 대학에서 엠슨 강연. 코펜하겐에서 포울 루더스가 감독한 「시녀 이야기」 오페라 초연에 참석.

2001년   『눈먼 암살자』로 국제 추리 작가 협회 북미 지회가 수

여하는 해멋 상 수상. 케임브리지 대학과 수세인트마리에 위치한 앨고머 유니버시티 칼리지에서 각각 명예박사 학위 받음. 소설가로서는 최초로 캐나다 명성의 길(Canada's Walk of Fame)에 자리를 받음.

2002년   2000년 케임브리지 대학에서 한 엠슨 강연을 바탕으로 쓴 『죽은 자들과 타협하기 ─ 작가가 쓰는 창작론(Negotiating with the Dead: A Writer on Writing)』 출간.

2003년   과학 기술의 오용과 기업 및 사회 윤리의 소실로 인류가 거의 소멸에 이르게 된 상황을 그린 디스토피아적 소설 『인간 종말 리포트(Oryx and Crake)』와 동화 『무례한 램지와 고함치는 무(Rude Ramsay and the Roaring Radishes)』 출간. 「시녀 이야기」 오페라 런던 초연에 참석.

2004년   산문집 『병(Bottle)』과 『움직이는 표적 ─ 의도적 글쓰기, 1982~2004(Moving Targets: Writing with Intent, 1982~2004)』, 동화 『수줍은 밥과 침울한 도린다(Bashful Bob and Doleful Dorinda)』 출간. 「시녀 이야기」 오페라 토론토 초연. 하버드 대학에서 명예박사 학위 받음.

2005년   트로이의 전쟁 영웅 오디세이 이야기를 그의 부인인 페넬로페의 관점에서 새롭게 쓴 소설 『페넬로피아드(The Penelopiad)』와 산문집 『기이한 작업 ─ 우발적으로 쓴 글, 1970~2005(Curious Pursuits: Occasional Writing, 1970~2005)』 출간. 파리의 신(新)소르본 대학에서 명예박사 학위 받음.

2006년	단편집 『텐트(The Tent)』와 『도덕적 혼란(Moral Disorder)』 출간.
2007년	시집 『문(The Door)』 출간
2008년	CBC 라디오에서 돈과 빚에 대한 주제로 한 매시 강연(Massey Lectures)의 내용을 바탕으로 『돈을 다시 생각한다 — 인간, 돈, 빚에 대한 다섯 강의(Payback: Debt and the Shadow Side of Wealth)』 출간.
2009년	『인간 종말 리포트』의 연작 『홍수(The Year of the Flood)』 출간. 온타리오 아트 앤드 디자인 칼리지에서 명예박사 학위 받음.
2010년	넬리 작스 상을 수상하고, 바드 칼리지에서 명예박사 학위를 받음.

세계문학전집 **261**

눈먼 암살자 2

1판 1쇄 펴냄 2010년 12월 24일
1판 15쇄 펴냄 2023년 3월 14일

지은이 마거릿 애트우드
옮긴이 차은정
발행인 박근섭, 박상준
펴낸곳 (주)민음사

출판등록 1966. 5. 19. (제 16-490호)
서울특별시 강남구 도산대로1길 62(신사동) 강남출판문화센터 5층 (우편번호 06027)
대표전화 02-515-2000 팩시밀리 02-515-2007
www.minumsa.com

한국어 판 ⓒ (주)민음사, 2010. Printed in Seoul, Korea

ISBN 978-89-374-6261-0 04800
ISBN 978-89-374-6000-5 (세트)

세계문학전집 목록

세계문학전집은 계속 간행됩니다.